方尖碑

一十四洲 著

广东旅游出版社
中国·广州

CONTENTS

目录

楔子 日暮时		001
卷一 忠诚者的誓言		003

◆ 无名世界　　创生之一　　微笑瓦斯　　创生之二

004　　016　　022　　144

燃灯之城	创生之三	命运齿轮	创生之四	远星倒影
167	285	295	411	447

楔子
日暮时

永夜之门的第一万四千零六位客人消散在了未知之处。

乐园依然像我第一天来时那样繁华喧嚣,许多人来了又走,更多人走了又来。无数人同我一样,已经将这暂留之所视作故乡。无尽的世界里有无限的时光以寻找归处,可惜得到者寥寥无几。

克拉罗斯

日暮时于创生之塔

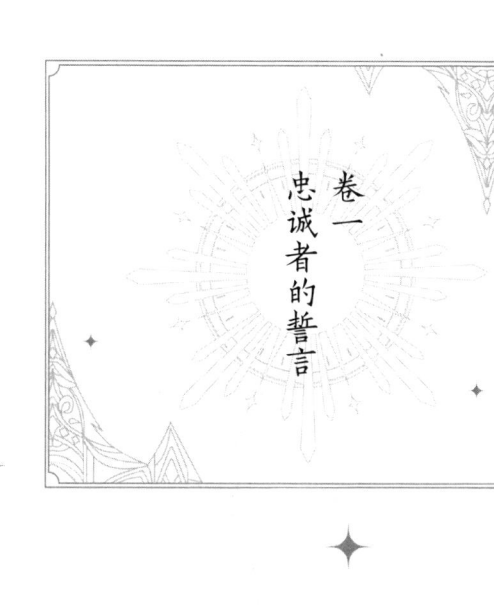

卷一 忠诚者的誓言

无名世界

血腥气游荡在低垂的天空和大地之间。

四面八方传来混沌的响动，弥漫天空的，是一种腐朽的氛围。

丧尸围城，死物军队已经包围了人类基地。

人类军队列阵，直升机悬在半空，坦克在前，步兵在后，堡垒在正中，如同风暴中的孤岛。前方一片死寂，连呼吸声都难以听到。

就在这死一样的寂静里，忽然响起几道沮丧的自暴自弃声。

"完了。

"凉啦。

"交待了。

"咱们要留在这儿了。"

正在喃喃自语的人是个胖子，有一颗锃光瓦亮的脑袋。他正站在一辆坦克的平台上，手持望远镜看向前方。此刻，万物晦暗沉闷，他站在军阵最前方，"寸草不生"的光头仿佛成了唯一的光源。

一个人往他身边缩了缩。

"队……队长，"那人哆嗦着问，"您不是说，最擅长打丧尸副本吗？"

另一个人也说："您不是说，砍丧尸的头就像砍西瓜吗？"

"——还是脆皮大西瓜。"

光头队长的声音也哆嗦了："你……你看看——这能叫'丧尸'吗？"他伸出手颤巍巍指向前方，"这是亡灵天灾啊！"

只见前方缓缓行来紫黑色的尸群，皮肉腐烂变质，裸露的肋骨下吊着半风干的内脏。这本来是丧尸副本里司空见惯的东西，但现在，它们还额外产生了变异，甚至进化出了首领。

他们把目光投向丧尸潮中央，那里有一个缓慢移动着的巨大怪物，几乎有整个人类堡垒那么大，像一座山脉在大地上行走，每一步都引起地面的微微颤动。

这就是那个丧尸首领，科学家给它命名为"黑撒旦"。拥有首领后，丧尸群的战斗力有了恐怖的提升，人类阵营的前线一退再退，直到如今。

黑撒旦诚然是军方的头号心腹大患，但心腹大患不止这一个。

"看到A1407个体了吗？"光头队长问。

他右手边操纵望远镜的一个队友说："还没有，正在找。"

另一个队友操作显示屏，图像停在一张黑撒旦的局部特写上，它那沟壑起伏的肩膀上，立着一个模糊的影子，似乎是个人形。

这是最近几个月中侦察机发现的异常影像之一。

经过比对，这个模糊的人影在黑撒旦极近处出现数次，也曾多次在丧尸王国的腹地如幽灵一般出没。它移动范围极大，行动轨迹不符合普通人形丧尸的特征，并且呈现出能操纵其他个体的迹象。

科学家如临大敌，给它编号为"A1407"，怀疑是继黑撒旦之后出现的第二个高智商个体。

大怪物还没办法打死，又进化出了新的疑似首领，实在是雪上加霜。

"这也太难了。"他的队友眼神涣散，"可是、可是咱们计划得不是很好吗？"

"谁说不是呢，咱们还请了外援呢。"光头队长声音也微微飘忽，"说好了，兵分两路，我们和郁神拖住丧尸群，夏森协助基地研究出疫苗。打赢保卫战，完美完成任务，回乐园拿奖励——这不是很好吗？"

"谁知道郁神开场就跪了呢。"

"骨灰都被丧尸扬啦，哈哈。"

"这就是天价外援郁飞尘吗？哈哈，我不活啦。"

"现在丧尸进化了，基地的疫苗方向也宣告错误了。"

"我们的小夏森还带着病毒样本被飞行丧尸抓走了。"

"鸡飞蛋打了啊，队长。"

"完了呀，队长。"

"是啊，队长。"

"怎么办呢？队长。"

"闭嘴！"队长面部肌肉微微颤抖，"现在一听见'郁飞尘'这三个字,我就上头了,我就没见过这么不靠谱的玩意——"

就在此刻,一道尖厉的长叫声响起,警报轰鸣。军阵最前方的一架军用直升机俯冲太过,螺旋桨与一只丧尸飞鸟悍然相撞,机身猛地着了一团浓烟烈火,翻滚着划出一道黑烟滚滚的抛物线,向下方一头栽去。

"砰——"第一声炮响炸亮了浓黑的天际。下一秒,枪炮声震响,硝烟四起。

开打了。

光头队长怒吼一声,扛起身边的巨型迫击重炮,但这东西实在太沉了,连他那异常魁梧的体格都招架不住,怒吼声中途变成一声脏话,"哐当"一声,重炮砸回原本的起降支架。

他检查装填匣,拉下瞄准镜目视前方,姿态自然得仿佛刚才无事发生。

"怎么打?"似乎是情况紧急,队友并没有嘲笑这尴尬的一幕,而是焦急发问。

队长说:"根据我纵横丧尸副本的经验,这种看起来坚不可摧的大型怪物,一定有致命的薄弱部位。记住我的七字真言,'瞎猫碰上死耗子'。只要开炮够多,弱点就会被打到。"

可惜,并没有人听他的鬼话。队友都在瑟瑟发抖。

"怕什么?"队长回到舱内,吼道,"大不了等盒饭!这里又不是永夜之门!"

尾音消散在震耳欲聋的炮火声中,但这话似乎确实安抚了在场之人的情绪。各个位置上的队友都开始正常操作。

坦克天窗关闭,履带牢牢抓着地面向前滚动,深入丧尸群。

这是件极端危险的事,但情况危急,他们没别的选择了。

"时刻防备 A1407,"队长对舱内成员说,"只要想到有这么个鬼东西还没出现,我就有不好的预感。"

"收到。"队友说。

舱室微微震颤,不断有丧尸生物撞上坦克的外壳,沉闷的咚咚声隐隐约约传过来,像沉抑的鼓点。

"注意右侧面!"

能见度极低的灰白色烟尘里,一只五米高的丧尸巨兽狠狠撞上了坦克的侧面,钢板嘎吱作响,坦克差点被掀翻,但他们的反应也不慢,穿甲弹在巨兽退后蓄力的那一刻就炸穿了它的脖颈,拦截成功。

"有点顶不住了,"有队友说,"不过比想象中好一点,我还以为咱们也得开场跪来着。"

他转头,却见队长死死盯着外景屏幕,嘴里喃喃道:"不对……情况不对啊。"

"不对啊。"一个也在看屏幕的队友说。

"不对啊。"又响起一道声音。

"你们是复读机吗?"队长已经对他们忍无可忍。

"确实不对,"小队里终于有了不一样的声音,"一部分丧尸呈现静止状态,没有进攻行为。所以咱们刚才没感受到特别大的压力。"

"10点钟方向那个,好像死机了。1点钟方向也有两个。"

顺着指示看去,1点钟方向确实有两个遍体苍白的腐尸低垂着头颅,丧尸潮往哪里动,它们就随波逐流地往哪里走,却没别的动作,也不撕咬扑食。

放眼战场,这样的丧尸竟然不在少数。

队长的眉头逐渐紧锁,声音也沉了许多,快速道:"打开天窗,我出去看看。"

仿佛肉眼见到的东西会比电子屏幕上的显示得更清晰一般,他半个身子探出坦克顶部,架起望远镜观察周围景象,脸色逐渐苍白,低声重复道:"不对、不对……"

"哪里不对?"

"我在很久以前的一个丧尸类副本里也见过这种情况。那是它们被首领控制,开始了二次变异,那个副本我们几乎团灭了。"光头队长仿佛想起极可怕之事,尾音带颤,忽然大吼,"停火!全体戒备!通信员转接统战中心!首领监控加强!"

他又道:"黑撒旦没本事,找A1407的人呢?监控员!"

"还、还没……"

"白养你了!"队长大骂一声,一边拿起通信器联络统战中心,大声吼着"停火,准备防御",一边怒气冲冲地往舱内看,却忽然对上了舱内队友抬头看他的眼睛。

睁得圆大,目光呆滞,仿佛被忽然吓到的眼睛。

被这样的目光一看，队长也不由得打了一个激灵，背后蓦地发寒。

"瞪我干什么？"他哂笑，"这又不是恐怖副本。"他一边说，一边感觉到了什么一般，缓缓转身。

他的肩上，有力道传来。似乎是一只手轻轻搭在了那上面。

光头队长转身的动作僵了僵，想到丧尸并不能做出"拍肩膀"这样高度类人的动作，他用余光瞟向自己的右肩。

确实是一只手，角度有限，只能看见中指、无名指和小指。

是只人的手，准确地说，男人的手。指甲平整，指节长且分明。

只是这只手的皮肤未免过于苍白，而皮肤下隐约透出的血管又泛着不祥的茄青，这明明是独属于丧尸的颜色。

而且，他也没听见呼吸声。

刹那间，他脑中划过一个恐怖的想法——有丧尸在自己身后。

一只手已经按在了随身的冷钢军刀刀柄上，他沉住气，继续转头。

视野扩大，苍白修长的食指映入眼帘，赫然发现有一枚熟悉的黑色的细环戒指，他们队每个人手上都戴着一枚。

队长愣了愣。

就在这时，通信器里响起声音，是统战中心的询问声。

"请报告异常情况与停火理由。

"请报告异常情况与停火理由。"

而就在他的身后，另一道声音响起，语调平平，音色冷淡，没有任何起伏："为什么要停火？"

没等到回答，冰凉的手指不由分说地卸下了光头队长手里的通信器。

"听我指挥。"那不知道是人还是丧尸的生物对通信器那边说。这声音，有些耳熟。队长木然。

木然的队长往下看向他木然的队友。

队友呆滞的目光回到队长身上，张开嘴，缓缓用口型说了几个字："有、内、鬼。"

队长的嘴角抽搐几下，右手反手到背后，握住他心爱的火箭筒，深深吸了几口气，仿佛壮胆。然后，愤怒的声音响彻了战场："郁——飞——尘——我——要——投——诉——你——"

声音在场上回荡，久久不散。

队长愤然转身，阴沉沉的天幕下，滚滚浓烟中，他身后果然站着一个人。或者说，一个人形生物。

黑风衣，长靴，短发，一张仿佛能冻死人的脸，那五官烧成灰他都记得。

郁飞尘，他们队请来的外援，提供"副本包过"服务。

他们小队并不是特别富裕，是因为这次要带新人，想让新人感受到大家的强大与可靠，才忍痛掏钱请了最贵的那个执行者，看见他就肉疼。

没想到，刚踏进这个丧尸世界的第一天，也就是三个月前，天价请来的外援就被丧尸群给埋了，死无全尸。

金钱的损失简直触目惊心，而少了一个外援，他们的任务也开始磕磕绊绊。就在昨天，新人夏森还带着极其重要的病毒标本，被丧尸给叼走了，不知所终。

简而言之，人财两空，鸡飞蛋打了。

以至于队长现在一看见郁飞尘的脸就想骂人。

他深吸一口气，刚刚平复了一点儿情绪，就注意到了郁飞尘那苍白的皮肤、变色的虹膜、面无表情的脸，还有完好的、没腐烂的身体。这些全都是高级丧尸的特征。

战场相见，队友成了丧尸，他该说什么？

你好吗？吃了吗？你死了吗？你还爱人吗？

队长还没来得及酝酿好情绪，就见这东西拎着一个人的衣领，把人丢了进来——是个灰头土脸的半大少年，纤细，穿着一件沾满血污的白大褂。

"队长，"半大少年被光头队长接了个满怀，抬起头来，"郁神是好人，他把我从丧尸手里救了。"

这就是他们队的新人夏森，智商很高，第一次来副本，表现还不错。

"夏森，"队长第一句问了最要紧的问题，"病毒样本呢？"

夏森从怀里掏出一个微型冷冻箱："主神保佑，没弄丢。"

队长长舒一口气，但这口气刚舒，就又堵住了。

他听见了郁飞尘的声音，这人给统战中心说了几句难懂的命令后，对舱里人说："往前开。"

队友面面相觑后得出结论——似乎也只能照办。

天价请来的"副本包过"外援,开场就死在了丧尸手里,已经是一件离奇的事情。而已经"死无全尸"的外援,忽然以高级丧尸的形态在战场上出现,就更加匪夷所思。

当然,更加难以想象的事情是,这个已经变成高级丧尸的外援忽然出现在我方阵营,开始指挥人类军队与丧尸群战斗。

队友的嘀咕声隐约传来。

"我们中出了一个内鬼。"

"但丧尸里也出了一个内鬼。"

"两个内鬼是同一个人。"

"所以他究竟算是哪一方的内鬼?"

"好家伙。"

"好家伙——我炸——"

炮声再次轰然炸响,这次启动的是霰弹炮,每枚炮弹炸开后都激射出近万枚微型钢箭片。即使没被伤到要害,丧尸也会在中弹的那一刻有短暂的僵直。

装甲坦克就抓住这样的机会,缓慢又坚定地碾了过去。

"继续,"郁飞尘道,"最佳点位坐标北 177.642,西 69.685。"

然而,越是接近黑撒旦,周围的丧尸体形越是巨大。丑陋的巨兽围成固若金汤的堡垒,霰弹炮已经失效,穿甲弹也没了用武之地,最重要的是,弹药即将告罄。

硝烟弥漫,能见度几乎为零的前方,无数巨大的灰白影子涌动着向这边撞来!

几位队友本能地大叫一声,仿佛已经被车撞了一般。

就在此时——

沉闷的肉体撞击声忽然响起,竟然是一个巨大的身影从后方疾射而来,直直撞上了巨兽的头颅,然后,两个怪物滚落在地,疯狂地撕咬在了一起。

一个丧尸怪物救了他们。

紧接着,又是一只扑了上来。

越来越多。

队长拿着望远镜努力向后看,他们本已经深入了丧尸潮中,四面八方都是敌人。可现在，后方的丧尸潮疯狂拥来，却是与另外一些丧尸巨兽殊死搏斗。

浓烟翻滚，巨兽彼此撕咬，更有无数小型丧尸像浪潮一样一拨拨前拥，仿佛一片海的海潮被分成两边，彼此击打一般。

丧尸内讧了？

而突然叛变的一方，极有可能就是之前那些一动不动的奇怪丧尸！

队长立刻想起那个疑似是第二个丧尸首领的A1407。

"有诈！"他骂道，"内讧了！两个首领要打起来了！A1407到底在哪儿？不是让你们找了吗？"

队友谁都没找到A1407，不敢回答，抱团瑟瑟发抖。

寂静的坦克里，忽然响起一道冷淡的声音："你找我？"

队长瞠目结舌，看向郁飞尘，心情只能用"震惊"来形容，连口中称呼也不由得发生变化："你……您……您……"

郁飞尘没说话，只是眼睛一眨不眨地看着前方的一切，或许是因为太过专注，那双因变异而泛紫的眼瞳里，显露出一种隐隐约约的疯狂。

这人不说话也没关系，一旦大家接受了这个事实，目光就陡然变了。

联想到科学家监测到A1407踪迹的时间点，正是郁飞尘"死无全尸"后不久，一切都说得通了。

原来，丧尸首领A1407就是郁飞尘，是他们队的外援，是站在人类这边的！

这场面真没见过。

战况瞬间柳暗花明，A1407的控制力比黑撒旦高出不少。反水的丧尸极大缓解了坦克的压力，坦克一路深入，直逼黑撒旦本体。

黑撒旦巨大如山脉的体形让它看起来毫无弱点，但这东西显然对不断逼近的钢铁坦克产生了焦虑——千万只丧尸飞鸟发出尖厉的鸣叫声，俯冲向下加入战局。它们这一转场，飞行编队就有了喘息之机。

轰炸机占领了制空权。目标足够大，重型钻地炸弹与稳压弹有条不紊地落了黑撒旦的身上。这些东西杀不死它，却能让它伤筋动骨。

低沉的吼声传来，地面震颤，那嶙峋丑陋的脊背缓缓弓了起来。

"坐标点到了。"

坦克停下后，黑撒旦投下的阴影逐渐变大，如同一座高山破土而出。

011

血肉模糊的黑撒旦站起来了。

坦克就在它的脚下,至多不过一百米远,仰头就是它的肚皮——如果这东西有肚皮的话。

尖厉的唳叫响起,一只翼展数米的黑色飞鸟在掠过的刹那抓住了郁飞尘的肩膀,将人带离坦克的顶端。郁飞尘高悬半空,仿佛忽然长出一双黑色翼翅一般。

炮架也空了,队长蓦地抬头,看见郁飞尘已经轻而易举地对黑撒旦举起了自己之前没能扛起来的炮筒,他似乎根本不需要准星。

这人究竟是什么怪物?

在某个节点变成丧尸,控制自己的变异方向,朝丧尸首领进化,并且在过程中找到黑撒旦的神经中枢所在点,然后在最后关头返回人类阵营,计划对抗节奏,拿起人类的武器……

队长觉得自己打丧尸副本的经验还是太少,以至于每一个环节,他都想不通能用什么方法做到。

然而,仰头看空中的郁飞尘,想着他先前的神情,队长有种感觉,这东西绝非善类。

"砰——"一声不起眼的动静伴随着烟雾与火光响起,流光划破阴霾的天空,刹那间没入黑撒旦因直立而露出的腹部。

那巨大的身影猛地一僵,时间仿佛为之静止。

郁飞尘在空中比了个手势。

队长瞳孔骤缩:"快退!快!"

舱内队友脸色苍白,猛拉操纵杆。

崎岖不平的地面上,重装坦克以平生能开出的最快速度跌跌撞撞地后退。

阴影劈头盖脸地扣下来,坦克就在阴影的边缘疾驰,仿佛在带着这片影子前进,然后……影子超过了它。

先砸中它的却不是黑撒旦的身体,而是一个人头那么大的尸块。

队长大吼:"关天窗——"

天窗关闭,猛烈的撞击声不断响起,仿佛被无数滚石敲砸一般,钢板不堪重负,每一次嘎吱作响后,满舱室都是心脏的跳动声。

等一切终于停止,队长第一个爬出天窗,他眼前是一地散碎的、丑陋的碎块。黑撒旦没有整个倒下，它解体了。

环视四周，硝烟不再弥漫，还在反抗的丧尸越来越少。

仿佛被按下了休止键，疯狂地撕咬变成缓慢地咀嚼，迅疾地飞扑变为迟缓地踏步。最后，所有丧尸都停下了。

然后，它们渐渐向中央会集。

寂静无声的战场上，仿佛在进行一场沉默的迁徙，它们越靠越近，最后集中在一个不太规则的方阵中，所有毫无生气的脸都朝向人类基地的方向，连飞鸟与虫子都落了下来。

郁飞尘落回了坦克舱内。

队友念念叨叨的声音在舱内响起："好，现在A1407和人联手，借助人类军队，打败黑撒旦了。"

"好，新的丧尸王诞生了。"

"好，接下来会发生什么？"

"不好，该是A1407翻脸不认人，反咬人了。"

"真有你们的。"这次是通信器里传来的声音。

郁飞尘不由得往他们那里看了一眼。

他接"副本包过"的活儿已经很久了，遇见过形形色色的雇主和队伍，但这样专心致志于复读和"喜剧表演"的小队，确实比较少见，不知道是哪个世界的。

当然，统战中心的频道里传来的那句话也不太正常。他数了数舱内人数，和进本前的人数相比，少了一个，看来队长在统战中心里也安排了一位队友。

那么，这个小队能发挥的作用虽然有限，但总算还有可取之处。

一个半小时过后，丧尸群的聚集已经进入了尾声，它们密密麻麻地排列在平原上，毫不反抗，像一锅已经下好的饺子那样。

郁飞尘对通话那头的统战中心说："炸了吧。"语气平静自然，就像说"开饭吧"一样。

人类，就这样胜利了。

地毯式轰炸是一件很简单的事，简单到有些人已经丧失了观看的欲望。

"郁飞尘，郁哥。"队长沉重的声音在舱内响起。

郁飞尘看向他，示意自己听见了。

"你愿意真诚地解释一下今天发生的这些事情吗?"队长说。

"雇用内容做完了,"郁飞尘语气也确实很真诚,说,"记得交尾款。"

"真的做完了吗?"队长声音悲痛。

郁飞尘回想。

这个队伍的任务是:打赢保卫战,消灭所有丧尸,拯救人类基地。

他们对他的雇用要求1:全员存活。

雇用要求2:任务完成。

附加要求1:最好暴力通关——让新人体会到队友的强大与可信,使其倾倒,产生深深的崇拜。

想起把夏森从丧尸手中救下时,夏森感动的神情,郁飞尘的语气更加确定了几分:"做完了。"

打扫战场,短暂庆祝过后,基地绝大部分的力量开始投入丧尸病毒疫苗的研究中。夏森带回来的病毒样本发挥了很关键的作用,一切顺利。

队长在找郁飞尘的途中碰见了夏森。夏森说:"队长,你看到郁哥了吗?"

"你也找他?"

夏森抿唇笑了笑。

"你不对劲。"队长斜眼瞟了一眼夏森。

夏森笑了笑:"我对这个人很好奇,求知欲是我家乡信奉的'美德'之一。"

"这'美德'倒是不错,可惜容易害死人。"队长嘀咕了一声。

他们在基地东北角的瞭望塔找到了人。瞭望塔八楼有一个凸出的平台,郁飞尘就坐在平台侧面的水泥宽栏杆上,背靠墙壁,一条腿随意屈着。他右手拎了一个透明的玻璃瓶,看起来像基地食堂勾兑的半成品高度酒,别名假酒。

他喝了一口。很难说喝酒这一行为在他身上代表着什么,因为血泼一般的残阳天幕下,他乍看有个忧郁的剪影,仔细看却实在面无表情,即使放在这里的是个机器人,也没法比他更死板。

一时间,队长也没和他搭话,而是走到栏杆的前方,放眼望去。这里可以说是基地的最高处,灰色的水泥建筑像蚁群一样密密匝匝地挨挤在一起,被一道无形边界框住,再往外,就成了没有尽头的黑色平原。

一群乌鸦在荒野上盘旋，巨大的夕阳下，这城市比一只乌鸦还渺小。而幸存的居民在灾难过后，想要重新恢复昔日的生活，似乎比打赢保卫战还要困难。

"队长？"夏森轻轻问。

"感伤了。"光头队长叹了口气。

"苦难终将过去，"夏森望着鸦群，双手交握置于胸前，说，"因为神爱每个人。"

"你知道得还挺多。"队长说。

"虽然现在还对'乐园'知之甚少，但我的家乡是兰登沃伦，我们世代信仰主神。"

郁飞尘转头看他们。

"你醒啦。"队长说。

这些天来，队长已经想通了——通关方式出人意料又怎样，总比团灭好。至于队伍在新人心中的形象——反正早晚有一天要被破坏。

他现在心平气和。

"我找你是想问点事，郁哥。"队长说，"丧尸剿灭了，今天疫苗也宣布生效了，咱们怎么还回不去呢？是不是还有什么隐藏机制？"

郁飞尘看着他。那眼神队长已经不是第一次从他眼里看到了。左眼写着"你怎么还没想通"，右眼写着"你怎么还能活着"。

郁飞尘的目光从队长身上移开，雇主经常对他提出一些太过简单，以至于有些奇怪的问题。对于这类问题，如果接的单子要求是"辅导"，他有时也会稍作解答，但这次只是一个单纯的"副本包过"服务。

自从被投诉得越来越频繁，他已经不接"辅导"单了。

酒精在喉咙间烧灼的感觉渐渐消散，78度，还行。

他再抽出随身带着的长匕首，用半瓶酒把它从尾部淋到刀尖。然后，队长和夏森就眼睁睁看着他……看着他面无表情，把自己给捅了。

半空中，忽然轻轻响起一声——"叮。"

接着是温和的女声："791154 已完成。回归通道开启，10、9、8、7、6……"

"欢迎回到乐园。"

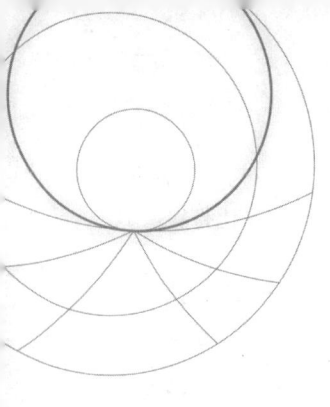

创生之一

  任务被判定完成后,自然会被传回乐园。
  之所以迟迟没有回去,当然是因为这里还有一个丧尸活着。它死了,副本就会结束,这是个很简单的问题。
  那道声音落下,洁白的光芒忽然笼罩视野。世界虚化,然后重新凝固。
  不远处有人在交谈,喧嚷的人声撞进了郁飞尘耳中。
  "从外面回来了?这次顺利吗?"
  "差点团灭。神明在上,那鬼地方简直是世界尽头。"
  "很少有人见过世界尽头的景象。"
  "管他是不是呢,总之,我回来了。还能看见世界中央是什么样的,这不就够了?"
  一片志得意满的笑声轰然响起,连路边披着猩红斗篷的小丑都吹哨一声,将手中红蓝相间的彩球高高抛向金色的天穹,尖声长笑:"世界的中央——是座塔——"
  郁飞尘抬腿向前方走去,打算掠过他们欢呼笑闹之地,身边却有流星样的光芒猝然划过。片刻后,一个脑袋反光的人影出现,俨然是队长。过一会儿,队友高矮胖瘦不一的人影也出现在这里了。
  "来,给郁哥打个招呼。"队长招呼他们过来。
  "创生之塔,"招呼完,队长的语调平静中含有疲惫,像一声轻轻的叹息,"终于回来了。"
  一个默契的动作,他们抬头望向前方。
  前方淡金的天空中,辉煌色泽向下倾倒,浓白的卷云聚集成巨大的旋涡。旋涡中央连着一座雪白的高塔。
  这是一座方尖塔。

它宏伟、庄重，线条并不优美。四条棱向上延伸，逐渐靠近，而后在无穷远处陡然收拢，汇聚成尖锐的顶端，锋利得像一柄直刺天空的长剑。

创生之塔，世界的中央。

它太大，也太高，穷尽一个人的目力，也无法望见全貌。

塔矗立在一望无际的日落广场，如同矗立在无尽的冰河之上，但最晶莹剔透的冰河也比不上这个广场的地面。

它由来自东大陆的辉冰石铺成，因此又被称作"辉冰石广场"。石头与石头间看不到一丝缝隙，其上倒映着天空、流云与圣洁的高塔，并在事物的边缘折射出微微的彩虹。据说这些晶莹璀璨的石头在古时曾是旷世奇珍，仅用以点缀国王的陵墓。

空气中浮动着许多颗由复杂的符文组成的金光闪烁的圆球，行人经过圆球时，它们会发出活泼的声音。

"你好，买捏脸数据吗？喜欢什么风格？"

"巨树旅馆，今日打折，让您找到回家的感觉。"

"第一次来乐园？需要向导吗？需要翻译球吗？"

"复活日许愿牌，伊斯卡迪拉大神官亲手制作，打折出售，您需要一个还是两个？"

喧嚣声无处不在，辉冰石广场上人来人往。流星闪烁，有人出现，有人消失。有个捧花的少女往一名队友的怀里塞了把有着夕阳色泽的花束。

"真好啊，还能回来。"队长感叹，"这次辛苦了，我请你们去日落街喝酒。郁哥，咱们一起吧。"

无人回答。

"郁哥呢……"

前方有个修长的黑色背影——郁飞尘正往远处走去。

"郁哥！郁哥！"队长的袖子被拉了一下，他不再观赏巨塔，说，"等等嘛！"

郁飞尘闻言回头。金色的天际洒下柔和的光线，又被璀璨的辉冰石地面折射，让他的轮廓显出一刹那的不真实。

"您的脸捏得真帅。"就见队伍里一个披银发、穿白袍子的少年往前几步到了他面前，抿唇笑了笑，眉眼弯弯，声音也温雅，说，"您救了我一命，我想谢谢您。"

看着这位少年那张陌生的脸，郁飞尘脑中出现了微微的空白。

看了五秒钟，他才依稀想起来，这应该是那个叫"夏森"的队伍成员。

夏森在丧尸世界里是个没什么战斗力的医疗官。那地方血肉横飞，大家都灰头土脸，没时间注意别的，遑论他人外貌。况且，人们在不同世界里的长相千差万别，即使回到乐园，也可以随意改换外表，他们把这叫作"捏脸"。

似乎是被看的时间过长了，夏森眨了眨眼睛。

有一点微光闪了闪。于是郁飞尘忽然看到夏森的右眼角下有一颗暗红的小痣，很奇异的色彩，像凝固了的血。

他有轻微的脸盲症，分得清美丑，想记住却得花点心思，但他懒得费力，于是认人主要靠发色、瞳色和声音，或是一些关键特征，譬如队长的光头。

那色泽在他眼前又晃了晃。我在哪里见过这种颜色，他想。

夏森说："郁哥，我们一起去酒馆？"

那念头难以捕捉，转瞬即逝，郁飞尘的目光从那颗小痣上离开。

"不用。"他语调里没有任何感情的起伏，"我走了。"说完，他转身朝静立着的创生之塔走去。

"哎，郁哥！"夏森说，"你不高兴了？"

"没有。"乌黑的瞳仁转过来，可能是捏脸的时候给瞳孔打光太少，他有凉飕飕、不近人情的一双眼睛，冷不丁被看一眼，几乎让人打个寒战。

他说："我要去永夜之门。"

这话一落地，周遭倏地静了。

他们几个原地不动，举目凝视郁飞尘，仿佛这人要去往的是什么吃人不吐骨头的刀山火海，一群相识不久的人，硬生生瞪出了生离死别的氛围。

半晌，队长才迟疑说道："你……级别够了？"

郁飞尘道："刚升。"

"不是，你……您……"队长结巴了一会儿，道，"别想不开啊。"

郁飞尘看了他一眼，仿佛不能理解这人何出此言。

"再见。"他转身离开。

背后传来一句嘀咕："那恐怕是最后一面了。"

郁飞尘知道他说这话的缘由，众所周知，永夜之门是个极端危险的地方，有去无回。去到那里的，要么是狂信徒，要么……是亡命徒。

郁飞尘走进创生之塔。

这塔是一座巨大的建筑，通体洁白，高处满是金色的魔法符号与浓白的云雾，见不到尽头。

每纪元一次的复活日将至，乐意去外面世界探险的队伍越来越多。创生之塔比往日热闹许多，第一层甚至比辉冰石广场还喧闹。

人流在郁飞尘身边匆匆淌过。他们各自有着不同的种族、外貌与着装，或是从这边穿到那边，或是登上紧贴塔内壁而建的宽阔的螺旋阶梯。塔壁上排列着无数金饰雪松木门，往来之人络绎不绝。

乐园里，所有与契约、法律有关的活动都在这一层进行。中央静静矗立着一座神像。它巨大、显眼，最高处与云雾相接，所刻之神的服装形式古老，面容严肃冷峻，右手托着一块悬浮的刻字石碑。

这是契约之神莫格罗什，创生之塔的第一层由他掌管。他的殿堂就在螺旋阶梯的尽头，那是郁飞尘很熟悉的地方。

郁飞尘往前走，和他迎面走来的两人在交谈。

"我刚从莫格罗什那里回来，他约我喝茶，说对我太失望了，他很烦恼。"

"你又被投诉啦？"

"吹毛求疵是雇主的天性。"

"如果只是吹毛求疵，莫格罗什不会说出'我很烦恼'这种话。"

"世界上能让莫格罗什烦恼的事情太多了。"说到这里，那人扑哧一下笑出了声，"我进去的时候，莫格正在处理一桩针对小郁的投诉。你该看看他的表情……"

这时他们正好走到郁飞尘对面，六目相对，场面陷入沉默。

那两个人一个拉着另一个，飞快地消失在一扇魔法梯门里。

郁飞尘也进了一扇，这是个密闭的半透明笼状小空间，侧面的一列数字符号对应着创生之塔的层数。不同楼层对应不同的颜色，他按下了漆黑的"X"——第十三层。

无形的力量在笼内震颤，笼以平稳又极快的速度穿过云雾，向上攀升。

第二层同样人满为患，这是接任务的地方。

除此之外，郁飞尘常去的就只剩下第七层。那是力量女神的辖地。

女神像身着黄金长裙，手拄大剑，微闭双眼，面容平静。神像飞扬的发绺是那地方的道路与桥梁，连接着塔壁上的七扇浮雕石门，每扇门都有名字，对应七种危险程度的外部世界。

一支队伍在第二层选择任务后，来到第七层，沿着属于自己的道路行走，女神的力量会为他们打开通往任务世界的大门。

每个世界的任务结束后，奖励以辉冰石结算，它是乐园的货币之一，可以前往第三层取出。

每个人因执行任务所获的奖励数都记录在智慧女神的脑海中，代表此人所获的功勋。

因援助、指引所获的报酬，因为经过了契约之神的见证，打一折后同样计入功勋之中。功勋累积到了一定的程度就可以升级，获得进入更高级世界的资格。

更高级的世界意味着危险程度的提升，也意味着奖励更加丰厚。

郁飞尘的身价很贵，"副本包过"收三万方辉冰石，"修车"双倍。"修车"这个词特指那些允许场外求助的世界里，执行者把事情搞砸后，只能请人来收拾烂摊子的情况。所以他的功勋涨得迅速，他的等级也提升得很快。

丧尸世界的奖励和报酬结算后，他获得了前往第十三层永夜之门的资格。

永夜之门没有既定的奖励，但乐园之中却流传着关于它的传说。传说在那里，只要活下来，你就能得到任何想要的东西——不论是什么。

魔法笼停了，它的颜色已经由开始时的洁白变为了纯粹的漆黑。

门迟迟没有打开。

郁飞尘伸手，手指与门扉触碰的那一刻——

一切都消失了，他置身于无边的黑暗中。

虚空中，四面八方传来一道低沉的男声。

"客人，"那声音道，"为何来到永夜之门？"

"为何来到永夜之门？"

回声层层回荡，许久才彻底落下。

郁飞尘不是很想回答。首先他不喜欢漆黑的地方，其次他讨厌过大的声音,最后他不爱回答别人的问题。

他说:"因为功勋够了。"

那声音陡然大了数倍,蕴含了怒意与威严:"为何来到永夜之门?"

敷衍的表面理由看来被识破了,乐园中也流传着诸如"永夜之门前不可说谎"的告诫。他微微垂下眼帘,整理词句,然后开口:"因为主神是众王之王、万神之神,日照之地,皆由他统治。"

"为何来到永夜之门?"话未说完,那声音又响起。

"七扇门后,全是主神的领土。"

"为何来到永夜之门?"

"神无处不在。"

付出辉冰石就能得到的援助,进入世界前就能得到的提示,能从乐园带进外世界的体质强化,还有无数这样的东西——由主神的力量所维持的一切,被称作"主神的恩赐"的东西,无处不在。仿佛主神就在那里,时刻俯视着他们。

但他不是信徒。时至今日,他连一座主神的雕像都没有见过。

"为何来到永夜之门?"声音震耳欲聋。

"别人的地盘,"他直视前方,字字清晰坚定,说,"我不喜欢。"

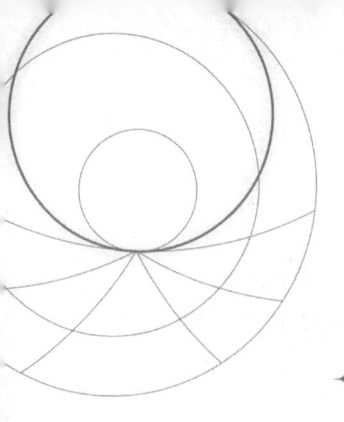
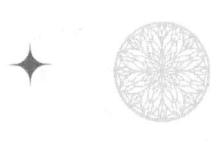

微笑瓦斯

最后一字落下后,那东西忽然消声了。

很多时候,突然的寂静是为了酝酿什么,但郁飞尘并不惧怕。虽然乐园的绝大多数居民都是愿为主神赴汤蹈火的信徒,但没有任何一条律法明令禁止对神不敬。

终于,那声音又响起了,不再像先前那样震耳欲聋。

"永夜门外并非孤军奋战之地。"沉郁的声音从四面八方传来,"全心全意追随你的,应被带回。一次历险,带回一个。"

郁飞尘说:"必须带回?"顿了顿,他又道,"门外是什么?"

声音的主人却并未回答他的任何问题。

虚无的黑色死寂里,只响起淡漠的一句:"祝你好运。"

仿佛夜的黑刹那深浓,无形的力量把郁飞尘重重往前一推——那感觉就像从悬崖一跃而下,但冰冷的黑暗如影随形,比起下坠,更像落水。

终于喘了第一口气后,阴冷又潮湿的空气灌了郁飞尘满肺。他睁开眼,发现自己身处一个不停摇晃的狭小空间内。四面都是人,周围传来细细的啜泣声。

他此时靠着角落席地而坐,铁皮地板布满黑色污迹,下面传来哐当声。他很快做出判断,自己在一节车厢里。

郁飞尘抬头,见身边或坐或卧挤满了人。车厢昏暗,只有最右侧有一扇小窗。他用手捻了一下地板上的黑色东西。

煤渣。

这是一列运煤的火车,却运了满车的人。

一声抽泣忽然从他面前不远处传来,一个绅士打扮的男人抱着一个裹着大衣的女人,抽泣声就是她发出的。"我们到底要去哪儿?"她的手紧紧捂着腹部，声音颤抖。

看起来像是她丈夫的那位绅士只是一遍一遍亲吻她的脸颊和头发，安慰她："我陪着你，我会永远陪着你……别怕、别怕，莱安娜。"

"我们一直在往北走。"右侧，一道年轻的男声响起来，"那么长时间，肯定已经不在科罗沙了。"

啜泣声加重了，车厢里也响起其他人的喃喃低语。

"要把我们带去哪里？"

"神明保佑。"

郁飞尘看向右边。

"发生了什么？"话说出口，他才发现自己的嗓音沙哑得可怕。

余光里，那对夫妻正在推让一个保温瓶里的水。看来大家都已经渴了很久。

"你醒啦。"他身边那大男孩说，"昏睡了这么久，我们都以为你死了。"

郁飞尘："还没死。"

车厢里的人情绪低沉，只有这男孩似乎还保持着乐观，甚至搭话问郁飞尘："你叫什么？"

郁飞尘摩挲着自己的衬衫右袖口，那里绣着几个凸起的字母。

"詹斯亚当斯。"他说。

"我听过你，"男孩道，"大律师。"

原来是个律师。郁飞尘接受了这个说法，他身上的大衣与衬衫确实面料昂贵，打理得体。

他靠在墙壁上，舒展了一下筋骨，关节咔咔响了几下。这副身体肩宽腿长，体格不差，算是件好事。

"你呢？"他问。

"白松。"男孩说，"我在港口服过一年役，是下士。出事前刚刚应召打算去前线，第二天黑章军就占领了科罗沙。"

前线，占领，黑章军。这三个词串起来，郁飞尘知道自己无疑来到了一个战争年代。而在战争年代用运煤的火车堆在一起运输的人，恐怕只有俘虏。

黑章军占领了一座城市，并把城市原本的居民驱赶上火车，运送到其他地方。

哐当声忽然变小了，一道刺耳的汽笛声穿透整个车厢。这个叫"白松"的年轻男孩忽然抓住了他的小臂，那只手微微颤抖。

原来他也在害怕。

一道难听至极的嘎吱声响起，惨白的天光照进来，车盖被打开了。"下车！排好队！"车外响起极为粗暴的语调。

三秒钟过去，没有人下车。车下面的黑军装士兵猛地对天放了一枪，人们这才陆陆续续走下去。寒风里传来一声尖叫，是个下得慢的女人被踹了一脚。

邻近的十几节车厢陆陆续续有人下来，一眼望去，至少有六百个。每节车厢前都站着两个拿枪士兵，人下得差不多之后，士兵开始往前方走，俘虏被迫排成一条长队跟着他们。

那对夫妇排在郁飞尘前面，妻子仍然用右手按着腹部。后面是白松。他们前方是座被电网围着的灰色建筑。

建筑大门是扇黑色的铁门，旁边也有守卫。铁门右边歪歪斜斜挂着一块破旧的标牌，上面写着"橡谷化工厂"。

旧标牌上面是块新打的铁牌，也写着一串字母，"橡谷收容所"。

郁飞尘环视四周，这座建筑坐落在三面高山矗立的一处平原上，天空铅灰，是冬天。押送和看守的士兵全部荷枪实弹，这座收容所显然不是什么安全的地方。

被推入永夜之门后，他身上那道来自乐园的力量消失得干干净净，仿佛他就是生长在这地方的一个普通人一样。他已经很久没有过这种彻底自由的感觉。

另一个明显的不同是，以往的所有世界都会有一个明确的任务目标，任务完成人便立刻被召回，而永夜之门的那东西把自己送来之前，根本没有说任务目标。

不过，他既然来到了这里，要完成的事情一定和这座收容所有关。

走入大门，一堵新砌的长墙隔绝了视线，让人没法看到收容所的全貌。墙下摆着几张深色桌子，桌后坐着几个军官和两个穿白大褂的医生。

寒风呼啸，排队的俘虏紧缩着脖子往前走。队伍里有平民，也有衣着得体的绅士和夫人。然而，走到桌前，他们得到的却只有一个指令："脱衣服。"

队首是个戴圆框眼镜的老人，他穿着卡其色的西装，雪白头发打理得一丝不苟。他直视着面前的军官，没有任何动作。

那军官眼珠微凸，嘴角紧绷，看不出神情，重复了一遍："脱衣服。"

"您无权要求我这样做。"老人说。

军官抬手，一声枪响。

人群响起尖叫。

接着就是沉闷的身体倒地声，血溅了很远。

第二个人发着抖解开了衬衫的扣子，并在军官的注视下继续往下脱，直到只剩一条单裤。

他的衣服被一个士兵拿过去，衣兜里的钞票和手表被掏出来放进一个铁皮箱里，衣服则被丢进一个更大的纸箱。然后，他们发了一件灰色的长袖工作服给他。

"整趟火车，补给没见到一点儿。"郁飞尘身边不远处，随队看守的一个黑军装士兵说。

他同伴说："垃圾倒是一车车往这里送。"

"好在垃圾里能淘到金子。"

前面那个妻子的肩膀颤了一下，和自己的丈夫靠得更近了。她的手一刻也没离开自己的腹部，寒风刮着衣服，使她身体的轮廓更加明显——腰腹部微微隆起，她怀孕了。

队伍缓慢前移，青壮年男人和一些强健的女人被分成一队，老人、孩子和其他女人被分为一队。除此之外，还有一个单腿残疾的人和一个白化病人被分到一起。过了一会儿，另一个怀孕的女人也加入了他们。

其他地方都是空地，一览无余，唯一值得一提的是，队伍的侧面还停着一辆黑色的军用轿车。

郁飞尘原以为里面坐着的也是一队荷枪实弹的士兵，然而队伍缓慢前行，他从侧后方看去时，发现并不是。透过车窗，其他地方都空空荡荡，只有一个人影坐在副驾驶的位子，微垂着头。看不清他在做什么，或许什么都没做。

那人穿着黑色的军装制服，短檐帽下隐约一片白色，再看，是铂金色的长发散了下来。

"车里那娘们哪儿来的？昨天还没见过。"士兵说。

"不是娘们,是锡云军校的。这个月刚毕业就成了黑章上尉,不知道是谁派过来的。"另一个士兵语气嘲弄,"大校打算给他个下马威,晾着呢。"

队伍又往前移了一截,路过那辆黑色军用轿车时,郁飞尘微微转头。

那里面是个年轻男性的侧影,脊背挺直,半靠在黑色皮座椅上,姿势美观。他左手戴着雪白的手套,右手的手套则被褪下,拿在手中,用来擦拭一把银色枪的枪膛。

卫兵口中,这位黑章上尉这个月刚从锡云军校毕业,然而在郁飞尘看来,即使是军校的枪械教官也未必能练出这样优雅自如的擦枪手法。

并且,只有常开的枪,才需要拆开擦拭。

将拆开的东西安回去后,手枪就留在膝上。年轻的上尉将右手搭在半开的车窗上,这动作看起来轻慢倨傲,仿佛他才是这地方的长官。那雪白的细布手套从他手指间滑下来,在风中打了几个旋儿,落在结霜的灰褐色地面。

卫兵之一咒骂了一句。他们的白手套已经污迹斑斑,里面这位外来长官却这样浪费物资。

寒风的呜咽声猛地大了,天空飘下几片雪花,又将雪花卷进半开的车窗。那位有着铂金色长发的上尉微微低下头,拿手帕遮住唇鼻,咳嗽几声后,终于朝俘房的方向侧过头来,他有双淡冰绿色的眼瞳。

他的目光扫过这一列人,郁飞尘确信他们两个的视线曾在某一刻有短暂的相接,不过那时候他面无表情,这位高贵倨傲的上尉同样如此。

下一刻上尉按下了车窗一侧的旋杆,深茶色的车窗玻璃升起来,什么都看不见了。

小雪只持续了十五分钟左右,天空灰得像瓷茶杯磨破的底座。

轮到那对夫妇了。

长桌正中央的军官肩章是大校衔,他对着那名妻子抬了抬下巴。让妇女难堪似乎是黑章军感兴趣的事情之一,因为男性可以留下一条长裤,女性却必须脱得一丝不挂。

长桌前不远处还摆放着一面一人高的长镜,不仅照着脱衣者,还能让脱衣者清楚地看见后面所有人,将这种来自内心的羞辱成千上万倍放大。

丈夫一直轻声说:"别怕,莱安娜,没关系。"

她抽泣着除去外面的衣裤,再解开束带。

"你怀孕了？"一位穿着白大褂的医生说。

其实她的小腹并不明显，若非郁飞尘一路目睹她如何保护自己的肚子，那微微的凸起也可以解释为发福。

她惊慌地看向自己的丈夫，再看向左边的两队人。一队是妇女、老人与孩童，另一队是即将临盆的孕妇、单腿残疾的人、白化病人和一个新加入的面容丑陋的侏儒。

那名医生有一张和善的圆脸，右手搭着一张厚绒毯，对她微笑致意："我和席贝医生会照顾你和腹中的孩子。"

丈夫拍了拍她，示意她过去那边。

诚然，这名医生的善意足够动人，但谁都没有听过世界上有一座这样的收容所，它在照顾孕妇的同时，让每个女性都裸身在寒风中久站。

没人知道选择哪边更安全。

她的目光在两队人之间逡巡不定，最后咬了咬嘴唇，说："我没有怀孕，长官。"

医生歉意地笑一下，摆了摆手："那我很遗憾。"

她走到妇女、儿童与老人中间，卫兵发放给她一件外观和麻袋无异的绒布长袍。

军官看向她的丈夫："名字？"

"格洛德·希尔丁。"

"来之前做什么？"

"我是个中学教员，"他顿了顿，又补充，"教化学。"

军官说："还不错。"

书记官记下名字，他被分到成年男子的那支一看就是为劳力准备的队伍中。

格洛德离开后，郁飞尘上前，报完名字和职业后，他看清了镜子里的自己。二十五六岁，身姿挺拔，穿黑衬衫、马甲和灰蓝色格子大衣，深金栗色头发，眼睛是深墨蓝色的。

至于五官，他觉得和在乐园的模样有些相似，但鉴于自己辨认脸部的能力，这点相似不一定可信。

脱掉大衣后他开始解衬衫扣，同时有一个卫兵搜查他的裤兜和靴底。

郁飞尘微垂着脸，伸出右手，作势把衬衫递给另一个卫兵。那卫兵同时伸手,将准备好的劣质灰衣服递给他。

就在这时,他轻轻抖了抖左边手腕。

卫兵抬眼看,白金腕表折射着银光,就在这短暂的一秒之内——

早就被转移到衬衫兜里的镀银打火机和一把锋利的折叠小刀被他钩在手中,迅速没入了灰衣服的掩蔽下。

交接完衣服,卫兵粗暴地转到左边,卸下他的腕表。

与此同时,小刀和打火机滑落进长裤的侧兜,没有一个人看见。

彻底除去上衣后,镜子里的年轻男人四肢有力,肌肉结实,线条利落。

"好小子。"军官神色阴冷,讥笑一声,嗓音嘶哑地咒骂着。

他的副官,以及其他士兵一起笑了起来。

郁飞尘冷眼看他。下流玩笑大概是他们这里常见的消遣,但这位大校凸出的眼球、眼球里的红血丝、微微抽搐的眼轮匝肌和混乱低促的语调无不暗示着,他神志已经有所异常。

换成上一个丧尸世界,这已经可以说是异化的开端了。不过,根据一路看到的种种情况,郁飞尘觉得这里目前还算是个正常世界。

军官呓语般的咒骂结束后,郁飞尘顺理成章地加入了劳工的队伍。

下一个是白松,这位服过兵役的大男孩只比他矮一点,肌肉饱满,骨架匀称。于是他得到了一句"吃煤渣的科罗沙浑蛋"。

接下来还有几个人得到了"吃青蛙的科罗沙浑蛋""吃煤渣的科罗沙青蛙""吃浑蛋的科罗沙煤渣"的称谓。

妇女和儿童从墙的另一侧被带走,孕妇和白化病人则乘坐一辆轿车消失在了同侧。劳工被分成了四队,第一队去南面的橡山采集橡子,第二队去北边的山坡伐木,第三队修筑营房,第四队则分派了砖窑。

夜晚已经到来,不过收容所没让他们连夜干活,而是用三辆卡车把他们拉到了住处。

下车后,他们被带进一座长条形的水泥建筑,两边各砌出二十个小隔间作为营房。营房里狭小潮湿,摆着十几张草席,每张草席上搭着一条褥子。

"住那里,浑蛋。"

郁飞尘被分配的地方是最深处角落里那一间,对面是盥洗室。他和白松、化学教员、"吃青蛙的科罗沙浑蛋",以及其他三个不认识的男人在一起，一共七个人。

他选了靠门的一边，这里方便看见外面。白松在他旁边。

卫兵一路走过来，一一把营房打开的铁门踢回原位，落了锁。

"希望明早我醒来的时候，科罗沙的青蛙还在这里。"营房的总管是个满身横肉的肥胖男人，他提着一篮面包，挨个从铁牢的笼门扔进去，那些一看就坚硬无比的黑色羊角面包在落地的时候发出了类似石子掉落的声音。

"总有浑蛋试图逃跑，每当逃跑一个人，这里就会有十个人被处决。"

声音越来越近，当一个羊角面包"梆"的一声砸到白松脑袋上时，总管的脸紧紧贴在了铁栅栏上，和郁飞尘打了个照面。

这张脸的五官被阴影笼罩得模糊不清，投下的影子也因为灯光，呈竖长一条，投射在营房的墙上。

"门一直锁得好好的，但你们这一间曾经有两个人跑得没影了。"总管用阴沉尖细的声音说，"你们猜猜，其他人在哪里？"

不难猜，都被处决了。四十间营房里，别的营房都有"原住民"，只有他们这一间是空的。

白松往郁飞尘旁边缩了缩，这显然符合总管的期待，他"呵呵"笑了一声，拉了墙壁上的电灯拉绳。

一片漆黑。只有墙壁上靠近天花板处的一扇拳头大的小窗露了点光亮。

总管的皮靴声远去后，又是一道沉闷的落锁声，水泥房的大门也被关上了。

对面的盥洗室发出规律的滴水声，别的营房里传来隐隐约约的说话声，听不真切。他们的营房却始终死寂无声——除了白松啃羊角面包的声音，那声音活像在啃真的煤渣。

"你们为什么不说话？"过了许久，白松问。

郁飞尘没回答，他在想自己的处境。

像之前无数次执行任务那样，他被投放到了一个乐园之外的世界，但是不知道任务目标，也不知道奖励。

一座在战争时代关押众多平民的收容所，能产生的任务无非三种：营救、摧毁、获取情报。如果没有明确的目标，那就把三种都尝试一遍。

他正想着，终于有人打破了寂静。

是那位"吃青蛙的"。他是个清秀瘦弱的修士。

"为什么喊我们'吃青蛙的浑蛋'？"他问。

白松说："黑章军认为科罗沙人背叛了真理神，导致他们的国家遍地荒芜。"

"科罗沙从未信奉过真理神。"

白松啃了一口面包，没说话。

另一个男人开口了："科罗沙遍地都是煤矿，他们觊觎已久。"

"你在做什么？"白松停止嚼"煤渣"，问郁飞尘。

郁飞尘在看那把锁，看完厚重的铁锁，他又去摇严丝合缝的铁栅栏。都很结实。

"两个人曾经逃出去。"他说。

"应该不是这里吧，"白松也摸了摸，说，"采橡子或者伐木的时候倒是可以跑。"

可惜他们两个都属于砖窑了。

但郁飞尘清楚记得总管强调了一句"门一直锁得好好的"。这不正常。有时候，细微的异常之处就是破局的关键。

修士说："他们的真理神认为优待俘虏是美德。"

"希望如此。"

他的同伴似乎没有任何逃跑的意愿。

借着月光把营房看过一遍后，郁飞尘干脆闭上了眼睛，进入浅眠。没去吃面包，他对啃"煤渣"没有任何兴趣。面包在这个潮湿的地方放一夜后，或许早上会变软一点。

他睡得很浅。这是无数次任务后养成的习惯，任何一点可疑的动静都会让他醒来，即使没有异常的声响，每过一小时，他也都会醒来一次。

一个小时后，他们营房里另一个人开始嘎巴嘎巴地吃起了"煤渣"。白松开始小声打鼾。

两小时后，营房的六个人都睡下了。

三小时后，隔壁营房一直在小声说话。

四小时后，远处"咚"的一声钟响，是午夜 12 点的报时声。

一片黑暗中，郁飞尘蓦地睁开了眼睛。盥洗室的滴水声忽然消失了。

滴水声忽然消失可能有很多原因，或许是这里供给有限导致的停水，又或许深夜天寒，铜水管冻住了，但是周围太静了。

屋内、屋外，原本那些细微的响动全部消失了。一片死寂。

郁飞尘靠墙坐起来，拿出自己的打火机。

"哒"的一道打火声，火光照亮了营房的一角。他挨个看营房其他人。

白松微蹙眉头；化学教员平躺在地，双手在胸前交握仿佛祈祷；"吃青蛙的"修士则蜷在角落。

黑暗如有实质，打火机只能照亮有限的范围，郁飞尘起身来到营房的另一边——余下三个人睡姿各异，好在身体都有微微的起伏。

睡着，活着。

他把打火机举高一些，天花板上空无一物，从小窗往外望，能看见夜色里建筑物的轮廓。接着望向对面——灰白的水泥墙裂开一个漆黑洞口，里面没有一丝光亮，是盥洗室的门。再向外，盥洗室外的那些营房完全被黑暗吞没，看不清了。

熄灭打火机，郁飞尘觉得，有些事情发生了。他不是个神经质的人，从不出现幻觉。

寂静的营房内，他忽然出声："有人没睡吗？"

回声遍及每个角落，但营房里仍然阒寂无声。

他再次开口："有人吗？"

回答他的只有死寂。只是在三秒钟后，白松似乎被他吵到了，翻了个身。

郁飞尘直勾勾地看着白松翻身过后，露出来的那片墙脚。

他拍了拍白松的肩膀。这孩子睡得不算沉，肩膀被拍后，一个激灵睁开了眼睛。

郁飞尘没说话，按下打火机，把火光凑近那地方。

"我——"白松及时止住了一句脏话。

只见惨灰的水泥墙面上，有三道深色的长条形痕迹——深浅、长短不一，右上方重，到左下方越来越轻，像一道没蘸足颜料的画痕。

郁飞尘低声问："之前有吗？"

"我不知道。"白松说，顿了顿，他又道，"我没注意，应该没有吧。"

郁飞尘没说话，睡前他仔细观察过营房的环境，没有这种东西。

静默里，白松喘了几口气，忽然伸出右手，拿手指头上去比画。中指粗，小指细，符合墙上痕迹的特征。

"见鬼了。"白松泄气一般躺回去，离墙远了点，"是人手抓出来的。他们真的会善待俘虏吗？"

就在这时，营房里又有动静，是那位名叫"格洛德"的化学教员被他们的交谈弄醒了。

"发生什么了吗？"他问。

"没事。"郁飞尘伸手，手指穿过铁门，将那个锁住铁门的老式铁锁换了个方向，从平挂在门前变成侧放。

做完后，他说："睡吧。"

化学教员和白松陆续睡下。郁飞尘没再躺下，而是用一个方便随时起身的姿势靠墙坐着假寐。周围依然死寂得像个墓地，直到大约五个小时后，一丝苍白的天光从小窗照进来，滴水声重新响了起来。

郁飞尘先看向了白松旁边的墙。那道痕迹消失了，仿佛从来没存在过。再看铁门——原本被他摆成侧放的铁锁，此时却静静平挂在门外，仿佛悄无声息地自行移动了一般。

他深吸一口气，没管它们，开始收拾自己。

当然也没什么可以做的，无非是理了理头发，然后拿那把锋利的小刀刮掉了微微冒出头的胡楂。他不是个在意外表的人，但有些事情必须井井有条。

营房里的人陆续醒来。修士开始晨间祷告，零星的祷告词中，能听出来他信奉的是一个叫作"约尔亚尔拉"的人物，或许是神；化学教员对着墙壁发呆；一个大鼻子的中年男人唉声叹气；一个金发的壮汉在与一个小个子男人交谈。

"我妈妈上了另一辆卡车，"他说，"不知道现在她怎么样了。"

白松还在睡觉。

修士冗长的祷告结束，白松还在睡觉。确实，如果前半夜从浅眠中惊醒，下半夜的睡眠会变得异常昏沉。

郁飞尘面无表情地凝视着白松的睡相，三秒后，他打算把人踢醒。

营房大门发出一声"嘎吱"重响，冬日冷风蓦地灌了进来，冲淡了整间房内的潮湿和人气，虽然寒意彻骨，却让人神思一清。

走廊响起脚步声，几人在侧，两人被簇拥在中央，听脚步，一道重，另一道轻，重的那道间隔短，轻的那道间隔长。

显然，一人重，另一人轻；一人腿短，另一人腿长。

"起床查房了，青蛙。"总管的尖细声音响起来，"真理神的子民已经工作，科罗沙浑蛋却还在赖床，打开门后你们必须排队站好，我要赏给你们每人一鞭子。"

无疑，体重且腿短的是总管。而另一个——

郁飞尘抱臂倚在营房的侧边墙壁上，他原本在看地上那个睡得像尸体一样的白松，听到声音后微微抬眼，映入眼帘的先是一双带银扣的黑色长靴。

"长官，就是这里，"总管的语气在谄媚里带着一丝阴阳怪气，"那两个吃煤渣的浑蛋就是在这里失踪的。"

年轻军官俯身去看门上的铁锁。他的军装是带有长披风的那种，流苏银链从肩上坠到胸前，被过肩的铂金长发挡了一半，熠熠生辉。总而言之，有种非同寻常的挺括，与他的人相比显得格格不入。

或许是因为刚从外面走进来，他身上带着雪一样的寒意。

"当天还发生了什么？"他问总管。

"没别的了，长官。"总管说，"前一天晚上关进去的时候，人头数还对呢。第二天早上查房，人就找不到了，锁好好地挂着。"

"其他人呢？"目光冷冷地扫过营房内，他问。

"科罗沙赖皮蛇竟然能逃走，大校觉得是奇耻大辱，他问话剩下的几个人，那些人说睡前还看见他们两个，睡着后什么都没听见，睡醒后就没了。"总管笑了笑，"他们包庇逃犯，还想撇清自己，大校把他们全都杀了。"

总管又说："不过，逃了两条赖皮蛇，也不值得锡云派人来这样兴师动众地调查嘛，长官。"

他的长官只说了两个字："开门。"

总管讪讪地开门，两个与当地卫兵打扮不同的士兵进屋搜查。

"我们营房铜墙铁壁，没法逃脱，这只是一次意外事件——"总管高谈阔论，滔滔不绝，直到士兵在一张无人使用的草席下翻出了一条弯曲的铁丝。

士兵把铁丝递给了长官。

只见这人把铁锁重新扣上,用铁丝捅进锁孔,没过几分钟,锁便"咔嗒"一声弹开了。

总管站在外面:"这个……我们外面还有一扇门,他即使逃出这一扇,也没法逃出大门嘛。"

郁飞尘看着眼前这一幕。这位年轻的长官不仅擦枪手法远胜他人,撬锁的技艺也炉火纯青。

随着长官到来,情形明朗了一些。橡谷收容所失踪了两个俘虏,收容所的军官认为这是件无足轻重的小事,他们的上级却很重视,派人前来调查——来的就是这位来自锡云军校的上尉。

不过,有了昨晚发生的事情,这桩失踪案可能并没有那么简单,郁飞尘心想。而他那来自永夜之门的任务目标也需要再作商榷。

"善待俘虏是美德,总管。虽然我还不知道你们在橡谷做了什么……"年轻长官语调冷淡,咬字很轻,但清晰无比,"如果无法克制自己,至少做到保守秘密。"

总管擦了一把额头上的汗:"我们会加强看守,不会再让第三个人逃出去。"

"能撬开锁的人不会把工具落在床下。"那双冰绿色的眼睛忽然直视向郁飞尘,"昨晚有异常的事情发生吗?"

短暂的寂静。

"没有。"郁飞尘道。

他们就那样对视数秒,直到长官把目光移开。

自始至终,那双眼睛都像冬日的冰湖一样平静透明。

"去搜橡山。"长官转身,披风因他的动作掀起一角,他带着冷冷寒意离开了这间营房。

脚步声远去,白松也早就醒了。

他看着那位长官离去的背影,又看向郁飞尘,最后再看向墙脚。他明明记得,昨晚此地方像见鬼一样出现了三道可怖的血迹,但现在再看,墙脚很干净,什么都没有。

白松瞳孔有些涣散:"你……他……我……这……"

俘虏在卫兵的驱赶下排队前往盥洗室,经过白松身边时,郁飞尘低声道:"今天去砖窑,想办法带点东西回来,什么都可以。"

简单清洁过后，每个俘房都得到了自己的早餐——一杯灰白色的糊状物，像是被热水冲泡的面粉。

一开始没人喝它，大家都在低头祷告。他们祷告的内容五花八门，但郁飞尘仔细听着，大部分都关于约尔亚尔拉。

大意是：在风暴交加的远古，寒冰冻结了万物。约尔亚尔拉的先民斩断钢铁一样的荆棘，越过比冻冰还寒冷的城墙，穿过刀尖一样嶙峋的乱石，跋涉过一半是冷水、一半是冰块的河流，来到春暖花开的神圣之地科罗沙。来到满溢着面包、牛奶与鲜花之地，人们在这里过上了幸福的生活。

忽然，一道皮鞭破空的声音响起。

惨叫声响彻整间营房，所有祷告声戛然而止。人们看过去，见一个男人被去而复返的总管用皮鞭抽倒在地，皮鞭上环绕着无数铁倒刺，那人的衣服被刮破了，脊背上皮开肉绽，他抱着头痛苦地在地上翻滚，殷红的鲜血沾了一地。

"啪！"总管又是一鞭下去，在营房中央大声道："我不想听到任何祷告词，这是真理神忠诚的子民赐给叛徒的猪食，是科罗沙浑蛋不劳而获的产物。现在，你们每个人都给我用劳动向真理神赎罪。"

结合双方的说辞，郁飞尘觉得自己大致拼凑出了这两个国家的渊源。有一部分人离开了原本的苦寒之地，来到科罗沙，并在这个地方繁衍生息。而留在原地的人则继续信仰真理神，继续着他们的生活，同时也目睹着科罗沙人日益富足优渥，甚至掌握了稀少的煤矿资源，将他们远远抛在后面。

至于真理神和约尔亚尔拉是否存在，这故事又是否真的正确，或许无关紧要。事实上，只需要"煤矿"这一个理由，就足以挑起无数个国家的战争。

白松注视了那杯东西一会儿，捏着鼻子喝了下去。

"像泔水。"他说。

郁飞尘这次没有拒绝食用，泔水毕竟比"煤渣"好一些，他得保证起码的体力。

用完早餐后，他们按照分好的四队上了卡车。这地方的所有建筑物都用高墙隔起来，无法看到远处，卡车的车门一关，更是没法探明路线。

所有行动都被严密控制,就像盲人摸象一样。

郁飞尘贴着车壁估测方向,卡车停下来的地方应该是这座收容所的东北方。

砖窑不大,但很繁忙。

他们营房的七个人中,化学教员、修士、小个子被分配去切割和摆放泥土做的砖坯,离开了他们。大鼻子男人被指派去烧炭,也被带走了。郁飞尘则和白松、金发壮汉在火窑工作。

他们与其他二十个身强体健的成年男子一起,负责把刚烧好的砖块从火窑里搬出来,堆到一辆卡车上,卡车会把砖运到需要它的地方。

为了节省时间,把砖块用最快的速度装车,窑门一打开,俘房就必须跑进去。他们得顶着滚烫的热气和砖红色的烟尘,把滚烫的砖头拿下来,然后堆在铁皮手推车上。

起初,面对着那些热气腾腾的砖块,很多人都犹豫了,但皮鞭的声音一刻不停地响着,稍有懈怠,带刺的倒钩就会深深打进皮肤里,再拉开一条长长的、血肉外翻的口子。

这样的半天过去后,所有人手掌上都满是带血的水疱。

郁飞尘的情况要好一些,他比别人快,砖头在手上停留的时间很短。一个年轻的看守拿着鞭子路过他,满眼轻蔑和审视,看起来像是要找碴,但实在无碴可找,最后只能恶狠狠地一鞭打在他脚下的土地上。

或许是人手不够,这些看守不是训练有素的士兵,而是一些穿上了不合身制服的当地人。这个抽鞭子的年轻人早上的时候还一脸青涩,束手束脚。一上午过去,他已经变得凶神恶煞,四处寻找抽鞭子的机会。

火光、热气、惨叫、水疱、鲜血。

俘房身上的汗水和红色的砖灰凝结在一起,砖灰又渗入手掌的水疱里,带来钻心的疼痛。

他们中的大部分人在昨天之前都生活体面、衣食无忧,此刻却承受着由平常人变为毫无尊严的奴隶的无穷无尽的屈辱。

中午,俘房聚在一起啃面包,郁飞尘往外走。吃饭的地方和砖窑后的厕房都有人看守,但连接这两个地方的一条狭长过道没人。

郁飞尘估测了一下窑墙的高度,起身助跑几步,然后猛地蹬在外侧墙上借力,跃上了窑墙。窑墙表面粗糙,这让他很好使力,几下攀登后,他来到了窑顶,并借烟囱挡住了身形。

这里原本就地势较高,爬上窑顶后,他终于看清了整座收容所的全貌。

收容所很大,高墙隔出五个区域,他在东北角的砖窑,旁边还有伙房、犬舍和一些种植蔬菜的园地,西北角是士兵的住所。中央区域有几个水泥色长条形建筑,看起来像俘虏的营房。西南方正在建设,东南方的一片区域面积最大,有许多灰色矮楼和一座巨大的圆柱形灰塔。地面隐隐约约能看见纵横的管道,像是化工厂本来的设施。

就在这时,他看见浓郁的白烟如同云雾一般从圆灰塔的顶端飘散出来,灰白的天空上出现一朵雪白的云,转瞬间又被风吹散了。

记下整座收容所的路线,他跳回原来的地方,回到人群里。

其他人也在看东南方向的白烟。

"那是什么?"有个人问。

没人回答他,有人目露疑惑,有人毫无反应,还有几个人注视着那转瞬即逝的白烟,脸上满是悲伤。

过了足足三分钟,才有一个看守挑起眼角,发出一声嗤笑,说:"炉子。"

郁飞尘垂下眼帘。

这座收容所没有任何善待俘虏的可能,他知道自己必须抓紧时间。

黄昏的时候,砖窑的工作才算告一段落,俘虏全身已经被砖灰沾满,因此得到了洗澡的机会。这让郁飞尘觉得,这一天还可以忍受。

他从砖窑带回了两根皮鞭上掉落的铁倒刺。白松的表现出乎他的意料——他直接带回来了一块砖。

"我睡不着,长官。"他对看守说,"我需要一个枕头,即使它那么硬。"

看守看着他满是水疱的双手,从鼻子哼了一声,说:"那就作为你赎罪一整天的奖赏。"

烟灰进了肺里,一整晚,营房的人都在咳嗽。

"这里就像地狱。"修士声音里有种神经质的颤抖,"我们到底做错了什么?"

"祖国会解救我们。"白松枕着他的砖头,对修士说。

"可是他们知道我们在哪里吗?"

白松扶着墙壁直起身来,想去拍拍他的肩膀,却突然愣住了。

他浑身颤抖，惊惧地望向墙脚。扶墙起身的过程中，他那被磨出了血疱的三根手指，在墙上画下了三道新鲜的血迹——形状和昨晚离奇出现的那三道痕迹一模一样。

怎么会这样？怎么会这样？

郁飞尘把右手放在他的肩膀上。白松深吸一口气，似乎镇定了一些。

"你们可以先睡一会儿，"郁飞尘对他们说，"12点，我会把你们叫醒。"

"什么意思？"金发壮汉问他。

"12点过后，"郁飞尘斟酌着措辞，"可能会发生一些……离奇的事情，到时候你们就会知道了。"

顿了顿，他又说："或许能帮我们逃出去。"说完，没再理会他们的追问，他闭上了眼睛。

前天晚上，这间营房里失踪了两个人。昨晚，营房也出现了离奇的变化，那今晚一定也不例外。

12点，钟响。郁飞尘睁开眼睛。

他用打火机照亮了墙脚，那三道血痕已经由不久前的新鲜变得陈旧无比，而白松一脸神经衰弱的模样。

他不擅长安慰人，只是拎起了那块白松带来的砖。

那位长官用一根铁丝轻而易举地把铁锁撬开后，总管把门上的锁换了，换成一把看起来就严密许多的新铜锁。

郁飞尘拿砖块去砸锁，这地方的土壤很黏，烧出来的砖硬得像石头，砸了几下后，他就听见了锁芯松动的声音。

"你要干什么？"修士尖叫道，"他们会听见的。"

郁飞尘停下了动作，让周围的死寂来告诉修士答案。

放下砖，他把两根铁刺拧在一起，伸进锁孔中，试探几下后，铜锁"咔嗒"一声弹开了。

"嘎吱"一声，郁飞尘拉开铁门，走了出去。

死寂的走廊。

还有死寂的营房。

他走到盥洗室里，用打火机烤洗手池旁边的铁皮肥皂盒，肥皂盒里是一块公用的劣质牛油肥皂。肥皂很快被烤化成一摊半透明的油脂。接着，他从衣服上撕下一根细布条，浸入油脂里，只露一个短头——麻布耐烧，勉强能当作灯芯。他再用打火机引燃布头，这个肥皂盒就变成了一盏简易的油灯。

昏暗的光线照亮空无一人的走廊。

他先往隔壁的营房看去，里面空空荡荡。其他营房也是。

白松跟上了他。

"那些痕迹——"白松说，"那三道血迹应该是我抹出来的，但是昨天晚上，我还没抹，它们就出现了。"他环视四周，"那、那这里……现在、现在是以后的这里吗？"

他的用词混乱，但郁飞尘知道他的意思。

昨天晚上 12 点过后，墙上出现了三道陈旧的血痕。

今天晚上，白松因为手指的血疱，在墙上留下了三道痕迹。

也就是说，12 点过后的营房，可能变成了未来某个时间的营房，而他们这些人还是原来的人。

他回答白松："我认为是。"

"那……詹斯，我们做什么？"

郁飞尘还没完全记住"詹斯"这个名字，他对人名的记忆和他对人脸的记忆一样差。"郁飞尘"这个名字，是长久以来在各个世界的称呼里，他意外能记清楚的一个。从那以后，他就把这个名字沿用下来了。

"你可以喊我另一个名字。"他是在乐园买过翻译球的，无论在什么世界里，都不会有语言障碍。思索片刻，他对白松说了一个这个世界的人比较容易发出的音节："郁。"

"郁。"白松重复了一遍，说，"你打算做什么？"

"现在这里没人，"郁飞尘说，"或许外面也没有。我们可以从这里出去。"

"逃出去？"

"先探明路线。有路线以后，可以慢慢找机会。我会在白天带你们逃出去。"

夜间，这座收容所的时间好像诡异地改变了，在夜里逃出去，不知道会发生什么。

这也是郁飞尘觉得奇怪的地方。他在许多个类型的世界里做过任务，那些世界都是始终如一的。如果正常，就始终一切正常；如果有鬼，那就始终有鬼;如果时间能被改变,那改变原理就像课本上的童谣一样尽人皆知,而不是在一个仅仅发展到热武器阶段的世界里,忽然发生了时间线的变动。这就像军礼服的胸前出现一个蕾丝蝴蝶结一样,不搭,也不美观。

如果永夜之门外都是这样的丑陋之地,而且任务目标还要他自己来揣测,那他好像为远离主神而做了一个错误的选择。

"带我们逃出去?"白松说,"我们有七个人,很难逃吧。"

"不是七个,"郁飞尘道,"我的意思是所有人。"

白松卡壳了。

郁飞尘看向原本的营房和营房里剩下的五个人:"你们跟我来吗?"

金发壮汉犹豫了一下,第一个跟上了他。紧接着是大鼻子,化学教员随后。

只剩两个人的营房显得空旷可怕了许多。

"我要出去,我要出去。"修士喃喃念道,"神明保佑。"他也跟上了。

小个子的男人始终坐在他的草席上,望着打开的铁门,嘴唇微微颤抖,但身体没动。

郁飞尘并不强求,他举着灯,带另外五个人往前走。

只见两旁的营房有的锁着门,有的只是虚掩着门,有的甚至铁门大开。里面被褥凌乱,仿佛刚刚还有人睡过。

但所有人都离开或消失了。

到了走廊的尽头,大门是往外开着的。这倒不令人感到意外,既然已经没有了俘虏,大门也就没了反锁的必要。

走出大门后,夜雾扑面而来,前面是灰蒙蒙的高墙影子。

"我们现在在收容所正中间,"郁飞尘稍微抬手,指了指右边,说,"那里还有几间营房,或许是妇女和孩子住的地方,我需要一个或两个人去那边。"

没人说话,他们都看着他。

郁飞尘补充道:"去那边的人需要在天亮前回到我们的营房,然后告诉我去那地方的详细路线,他们住在哪里,旁边有没有士兵值夜或者居住的地方。"

仍然没人说话。

遇到过许多不靠谱的雇主后,郁飞尘知道了一点——如果你要发号施令,那么发布的命令必须足够详细,因为谁都不知道去执行命令的人是聪明人还是傻瓜。

他继续补充:"如果遇到危险,保护好自己,见到的所有东西都告诉我,一定要在天亮前回来。"

沉默仍然在持续,直到一分钟后,那名金发的壮汉才开口说:"你真要带我们走?"

看着他们犹疑又恐惧的目光,郁飞尘缓缓地呼出一口气。他忽然反应过来,这些人并不是那些无条件信任并服从他的雇主或临时队友。他们是一个战争世界里,刚刚经历过非人遭遇的普通人。而他与他们,只不过是素昧平生的狱友而已。

"这里到底是什么地方?为什么没有人?"大鼻子男人也开口了,"而且,我们逃出去,他们会追上来杀了我们。"

"收集到足够的信息后,我会把方案告诉你们。"郁飞尘说,"到时候,你们可以选择逃或不逃。"

"我要逃,这里的日子就像牲口的一样,"修士抓住了郁飞尘的胳膊,颤抖着声音道,"我撑不过下一个白天了。"

砖窑里一刻不停的繁重工作不是他这样一个只会读书、翻译和祷告的人能忍受的——他今天已经被抽了一鞭子,再挨一鞭子,他就要没命了。

逃,他一定要逃!

然而仍然没人愿意离开大部队,白松张了张嘴,正要自告奋勇,忽然听金发壮汉道:"我去,我妈妈被带去了那边。"

他看着郁飞尘:"前提是你确定真的要解救他们。"

他们对视,郁飞尘缓缓点了点头。

"我也去。"化学教员格洛德道,他的妻子也在那里。

"我要去东南角找逃跑的路线,那边有个化工厂,"郁飞尘对他说,"或许你跟着我能帮上忙。"

化学教员脸上出现了犹豫的神情。

最终,那名金发壮汉说:"你放心吧。"

化学教员点了点头,走到了郁飞尘后面。

令人意外的是,那位大鼻子男人也选择了去疑似是妇女和儿童的营房探察。他们在这堵墙前分开。

路很长,郁飞尘一边观察四周,一边按照白天的记忆带他们往东南方走。大约一小时后,那些建筑出现在了他们眼前。

地面,管道纵横交错,建筑门口都贴着封条。把油灯贴在有些灰色矮屋的窗玻璃上,隐约能看见里面堆放着一些化学药品,还有试剂架之类的东西。"甲氟……异丙酯。"化学教员紧紧贴着窗玻璃,眯起眼睛念出试剂标签上的字,脸色不太好,"这是剧毒试剂。"

矮屋的中央,有一座比它们都大的建筑,是座两层小楼。

楼门上了锁,但白松带来的砖再次发挥了作用,确认这里确实没什么人之后,这孩子直接把窗玻璃砸碎了。

他们从窗户翻进去,眼前有许多复杂的仪器,这毫无疑问是个化工制品的厂房。

"他们是在制造煤气吗?"看着中央那硕大的反应炉,以及地面上堆放的数十个两人高的铁罐,白松小声道,"难道他们已经占领了我们的煤矿?"

修士的声音仍在颤抖:"或许是的。神明在上,为何要让科罗沙经历这些……"

煤气?只有天真的小孩才会这样认为。

化学教员的脸色更加苍白,郁飞尘也没有说话。他们在这里转过一圈后,上了二楼。

昏暗里,四十个解剖台一字排开。黑黢黢的影子投在墙上。

解剖台前还有各色仪器与刑具,油灯昏黄的光芒照亮了那些漆黑的轮廓,白松低头往下看,忽然一个激灵,出了一身冷汗。一根突兀的尖刺就在他眼睛前方一厘米处,差点戳穿他的眼球。

为什么会有这种东西?

"神明在上,"化学教员拿起一个电击设备的铁夹,目光中现出迷茫,"他们在做很多残忍的实验。"

郁飞尘穿过解剖台和实验装置,对面有办公桌与文件柜。他拉开柜门,却发现里面什么都没有。和俘虏们所在的营房一样,这地方也空了。

抽屉里同样没什么有价值的东西,直到郁飞尘拉开最后一个,才有一张报纸慢悠悠地飘了下来。

他们聚在灯下看它，首先看到的就是配图，一个被绑在解剖台上、神情痛苦、正在遭受电击的白化病人，正是他们刚来收容所那天看到的那个。

报道的内容是，真理神对科罗沙叛徒的惩罚已经出现，这位病人所携带的基因疾病就是征象之一。同时，罪恶的科罗沙人中还出现了许多侏儒、单腿残疾与失明之人。神的惩罚不仅已经出现，而且终会蔓延到所有罪人身上。

"难道他们中就没有单腿残疾的人吗？"白松嘀咕道。

空无一物的解剖台，贴上封条的房间，被搬空的文件柜。这些东西无一不表明，橡谷收容所被弃用了。

是这些人的活动因为什么意外事故而终止，还是说，橡谷收容所已经完成了它的任务？

"这里。"郁飞尘终于在一张桌子的底下发现了一个铁制的火盆，盆中除了木炭的残渣，还有一些被烧焦的纸片。

他们在灰堆中翻找，有些碎片没被完全烧毁，还有零星的字迹留了下来。

除去一些毫无意义的关联词和难懂的专业名词，能读到的词只剩了几个。

"成功……科罗沙……结束……净化……罪恶……"白松缓慢地念出那些东西，"微笑？"

没人知道这些词语背后的逻辑。

"在未来，他们销毁了自己罪恶的证据，然后离开了这里。"他们离开这里，白松边翻窗户边说，"那我们这些俘虏呢？被释放了吗？"

他们挨个跳出来。一座灰色的圆柱建筑就突兀地出现在了他们眼前，在雾气里散发着幽灵一样的光。

走近了，能看见它外表上新鲜水泥特有的色泽。它格格不入的质地和颜色显示着，这不是化工厂本来就有的建筑，而是橡谷化工厂被改造成橡谷收容所后新添的建筑。

白松忽然浑身颤抖："那是什么？"

化学教员用低沉的声音回答他："是焚化炉，你没在殡仪馆后面见到过吗？"

一时静默,所有人都想起了白天时,在砖窑遥望到的那一缕云一般的白烟。

荒芜的橡谷收容所,又有什么东西值得被这样焚烧呢?

恐怕只有……尸体吧。或者说,科罗沙人的尸体。

修士的喘气声增大了好几倍,无可比拟的恐惧抓住了他的心脏。仿佛他此刻已经被投入焚尸塔,被烈火烧成骨灰。

"这是神明对我们的警示。"他声音颤抖,说,"神明……神明在降下预言,他赐我短暂看到未来的眼睛,他在告诫我们应当远离……远离这罪恶之地……"

他的眼珠不安地到处乱转,仿佛抓住救命稻草般大叫一声:"那里有门!"

东南的角落,围墙的尽头,赫然有一扇铁制的大门。像所有的铁门一样,在没被反锁的情况下,能从里面拉开门闩,打开它。

"嘎吱"一声,修士哆嗦的双手推开了大门。

铁门洞开,外面是雾气弥漫的连绵原野和不远处像黑影一样矗立着的橡山。

郁飞尘的手按在修士的肩膀上,把修士强硬地转过来。

"回去吧。"他带修士往回走,"现在是晚上,我不确定出去的后果。"

白松和化学教员深深凝望了那扇大门一眼,也转身跟他们离开了。

郁飞尘看着前方,路线已经探明了,接下来只需要——

牛油灯烧到了尾声,"扑哧"一声,火灭了,彻底的黑暗笼罩了他们。

修士瘦小的身躯在这一刻忽然迸发出难以想象的力量,衣服"刺啦"一声被挣破,他矮身从郁飞尘手下挣脱出来,一边大喊着难以听懂的词汇,一边朝铁门的方向拔足狂奔。

门外的雾气转瞬间吞没了他。

"哎,你!"白松正要叫住他,就听这人的声响突兀地消失了。

他向前跑进雾气之中,雾中却没出现他的影子。

最先探出的脑袋先凭空消失,然后是上身、腿、脚、衣角。

一个活人,就这样生生不见了。

门外,雾气依然静静翻涌,仿佛从没有人出去过。

他们怔怔望着那个方向,背后发寒。这离奇的一幕完全颠覆了他们的所有认知。

刚刚到底发生了什么？世界上怎么可能会有这样的事情？

这个地方到底是什么样的存在？

天边浮现出一丝日出前的灰白。

"走！"郁飞尘的语声比先前沉着冷静了许多。

他们在天亮前回到了营房，金发壮汉和大鼻子已经回来了，小个子也还待在原来的位置，安然无恙。

修士却消失了，再也没有回来——就像这间营房里曾经消失的两个人那样。

5点钟和6点钟的交界，俘房的一天开始了。

查房的士兵站在他们门前数人头，然后发出一声愤怒的喊叫，他拔出腰间的手枪指向里面。

"放下！"一声呵斥传来。

靴子踏地的声响传来，比总管来得更快的是那位铂金长发的长官。他抿着嘴唇，淡冰绿色的眼睛扫过营房的每一个角落，神情中似乎有一丝薄怒。

缓缓握住冰冷的铁栏杆，他一字一句道："你们遇到了什么？"

郁飞尘没什么心情回答，但他看着这一幕，总觉得这位长官生气的原因与查房士兵不同，并不是犯人的出逃，而是挂念俘虏们的安危。

"长官……"他刚想说些什么，那人就先开口了。

"今晚，"长官看向姗姗来迟、额头又冒出冷汗的总管，眼神冰冷，语气平淡，"把我也关进去。"

郁飞尘抱臂背倚着墙壁，打量他。

巧了，他刚刚正想用某种不算太真诚的语气说——"您如果非要知道，不如今晚前来借宿。"

白松凑近了郁飞尘。经历了晚上的一切，他对黑章军的戒备大大提高了。

"他要干什么？"白松说，"他是想把我们全杀了吗？"

郁飞尘说："不会。"

白松："为什么？"

或许是出于一种因为常做内鬼而不知不觉养成的……"直觉吧。"郁飞尘微不可察地叹了一口气,说道。

总管看向莫名其妙消失了一个人的营房,再看向说了"把我也关进去"的上尉,最后留下阴恻恻的笑容。

"我认为还是要把这几个人抓起来,严刑拷打,"他用手指拨弄着门上的铜锁,发出"哐哐"的声音,"他们在我们找不到的地方挖了地道,不然一个人怎么会无缘无故消失在房子里?"

说罢,总管斜眼瞧着营房里的几个人:"谁能第一个说出那个浑蛋是怎么逃跑的,我发誓他在收容所解散之前,可以得到比咱们这位上尉还要优厚的待遇。"

所有营房都发出了骚动声,显然是被"收容所解散"这几个字激起的。

总管对此报以"果然如此"的笑容,然后用更加凶恶的目光逼视营房里的每一个人:"你怎么想,大个子?还有这位戴眼镜的先生,你们到底把通道挖在了哪里,天花板?"

他们都没有说话。

事实上,不论说什么,都没有好的结果。

告诉总管,午夜12点过后,这间营房进入了另一个离奇死寂的世界吗?

这样做只有两个结果。要么,总管认为这些科罗沙人在用拙劣到令人发笑的理由来搪塞他,继而勃然大怒;要么,总管相信了这个说法,把他们转移到别的营房——那他们就失去了在夜间探察整座收容所的机会。

如果总管知道他们在夜间走遍了大半个集中营,并看到了那些剧毒的化学药剂与二楼的解剖台,他们的命运可想而知。

当然,也不排除有人愿意供出来,以此获取那个"优厚的待遇"。

"他每天都会得到涂满黄油的软面包,不必再用劳动赎罪……"总管的目光从一个人移到另一个人,"你知道他是怎么逃掉的吗?大鼻子,你的鼻子像一只蟾蜍那么大。还有你,小个子,你简直是个侏儒。"

郁飞尘的余光看着那个小个子男人。他是唯一没有和他们一起出去的人,只是旁听了他们回到营房后简单交代给彼此的情况。这人自然也不知道修士所谓的"消失"究竟是怎样的情形。或许,他还真以为修士成功逃脱了。

总管似乎看出了什么,目光在小个子身上停止不动,而小个子的脊背并不挺直,目光略有闪躲。郁飞尘快速扫过,测算这间营房里的兵力,如果小个子真打算出卖他们,他得做好最坏的准备。毕竟从昨晚来看,这是个极度胆小的人。

他看见那位上尉也有了一个微小的动作——手指按在了配枪枪柄上。

就在这时,小个子的嘴唇动了一下。

郁飞尘微蹙眉。

小个子咳嗽了两声。"我没看见什么。"他瓮声说,"长官。"

总管从鼻子里哼了一声,目光转到郁飞尘身上。

"这里没有通道,"郁飞尘说,"您可以随意搜查。"

"谁知道你们科罗沙人在玩什么把戏,或许是用了什么恶魔的法术,"总管背着手在门外踱步,"偏偏是你们这间营房出事,我得换个地方把你们关起来——"

话到一半,却又停下了,换成他常有的那种阴沉的笑容:"过了今晚再换也不迟,毕竟我们英明神武的安菲尔德上尉要亲自探询他们消失的原因。"

原来这位长官名叫"安菲尔德",不是个很难记的名字。

总管拿出钥匙给他们开门,那个昨晚被强行撬开的铜锁现在完好无损:"赎罪去吧,叛神之人。"

经过安菲尔德身边的时候,郁飞尘闻到了与昨天别无二致的冰雪寒意,但多了一丝鲜血的气息。

俘虏一天的工作开始,但今天的营房里已经有至少十人起不来身。有的是因为昨天劳累过度,难以站立,有的则是因为鞭伤发炎流脓,导致高烧不退。

他们在地上痛苦呻吟的时候,郁飞尘正从营门离开。

清晨的寒气扑面而来,他微微侧身回望,目光穿过重重营房,见那位安菲尔德上尉的身影伫立在一片尘埃弥漫的昏暗中,只有铂金色的长发透出微光。

总管手持皮鞭,正要迫使其中一个人站起来。下一刻他一转头,瞥到安菲尔德,嘴角抽搐一下,挥鞭的动作顿了顿,最终没有做出。

"这就是真理神对叛徒的惩罚。你会流脓到发臭。"他对着地上呻吟不止的科罗沙人啐了一口。

郁飞尘离开。

很多时候，神是借口而非真实。这也是他始终无法对乐园里的那位主神产生实感的原因之一。

砖窑的工作还像昨天一样繁重。唯一有变化的或许只有那几位当地看守。

他们昨天还只是惩罚不卖力干活的人，今天已经变成对任何看不惯的科罗沙人下手。皮鞭声频繁响起，那种牲畜一样的屈辱又出现在了每个科罗沙人脸上，但这只能招致更残暴的鞭打。

午间短暂休息的时候，郁飞尘的手轻轻搭在一个亚麻色头发的男人肩上。

"如果他背对你，"他用只有他们两个能听到的声音道，"用一块砖头干掉他，你可以吗？"他的目光投向砖窑门口拿枪的卫兵。

那男人转头，用警惕的目光看着他："你要做什么？"

"看守手里只有鞭子，我同伴能把他们放倒，"郁飞尘说，"还差一个人，帮我搞定那两个卫兵中的一个。"

"你疯了吗？"那男人说，"卫兵队会给他们报仇的。"

"那时候我们已经消失在橡山里了。"郁飞尘说。

"你要逃走？"

"不然呢？"

那男人犹豫片刻，摇了摇头："他们会杀了我们的。"

郁飞尘已经第四次听见这种答案了。这半天的时间他都在观察自己的俘虏同伴，找到看起来受过训练并且具有勇气的几个，但是无一例外，都被拒绝。

带所有人集体逃出不是只靠他一个人就能做到的事，他人的内心难以控制，这不是郁飞尘擅长的差事。

以前的任务多半可以用单纯的武力碾压，但这次，他必须获取同伴的信任。

他声音大了一点儿，对那男人说："没关系。"

这声音惊动了持枪的卫兵，那个大块头卫兵转过头来大喝一声："浑蛋，你在做什么？"

"报告长官，"郁飞尘说，他用上了那种常年混迹杂牌军队的人会染上的口音,"我们在打赌,如果公平比武,是您撂倒我,还是我撂倒您。"

那位卫兵像听到笑话一样咧开了嘴,鼓起的眼睛上下打量他,迸射出兴奋又残暴的神情。

"我不想和砖头打交道,长官,"郁飞尘看着他的眼睛,"您也站四个小时了。"他转而用律师特有的彬彬有礼的真诚腔调说。

这话显然正中了卫兵的下怀,他"咔嗒"一声解开配枪的系扣,把它丢给同伴。

"滚开,浑蛋。"他说,"最后想念一次你老婆吧,小子。"

周围的科罗沙人用惶恐又惊惧的目光看着这一幕。郁飞尘直视那位士兵,活动了一下筋骨。关节咔咔作响,郁飞尘笑了笑,他没什么东西可想,也不太喜欢这种下流句子。

现在和卫兵对峙,还从"浑蛋"变成"小子",接下来的事情只需要用拳头解决,这种感觉比在营房和砖窑舒服多了。

他接了话,说:"我已经想念完了。"

"你要是能挨住我三下,"卫兵把腰间的酒袋也解下来,丢在地上,"今晚你就能喝醉一次,坏小子。"

郁飞尘没说话,把灰色工作服衬衫的扣子解了两颗,左手稍稍在身前抬起。

他还不知道这个世界赤手空拳搏斗的风格,但是——

一声怒吼由远及近压过来,没有任何伴攻,一记野蛮到了极点的抡拳从郁飞尘左上方砸了下来。

郁飞尘刹那间飞快侧身,左手肘抬起,和卫兵钢铁一样硬的右手手腕沉闷相撞。整条胳膊的骨头都在剧震,他咬紧牙关,硬生生扛下了那一刻的爆发力。与此同时,右腿瞬间发力,一记凌厉的低位侧踹正中对方小腿骨。

那硕大块头的卫兵差点一个趔趄,人在左腿吃痛的时候,会反射性挥右拳。

半秒钟后,右边的阴影当头罩了下来,铺天盖地。这一拳如果打实,当场人就废了。

但郁飞尘等的就是这第二记右拳。

他不是左撇子,右手比左手好使,所以早在最开始就放左手在前,引对方右拳来攻。而对面挥右拳的时候，左边必然有空当。他抓住那转瞬即逝的破绽，不留任何余力，右手成拳狠狠砸在卫兵的左太阳穴上。

论力量，这位年轻律师当然比不上卫兵那烙铁一样的拳头，但用这手的人是他，也够用了。

一击即退，趁卫兵头部受击，郁飞尘快速和他拉开距离。当然，力量反震，他的手也麻了半边。

他用右手比了一个"1"。

只见卫兵狰狞地笑了一下，追击上来，出腿直踹。

这卫兵骨架大而沉，肌肉极为发达，可想而知体重更为可怕。体形的差距在搏斗里几乎不可逾越。腿风呼啸而来，这一条腿的力量足以折断一个正常体形人的脊椎。不过，这也限制了他的速度，而下部防守的最好方法只有上身进攻。

出拳原本就比出腿快，这次，郁飞尘的左拳打中了他的右太阳穴。

同样，吃痛的人动作会有稍微的迟缓，郁飞尘步伐再动，在三步远的地方，缓缓比了"2"。

卫兵的双眼爆出红血丝，不再咧嘴笑了，而是缓缓把右手横过胸前，做了一个防守的动作，意思是：你来。

他就那样微微弓身防守，小山一样的身子肌肉鼓胀，坚不可摧。

这样的防御几乎无法突破，但现在才算变成了郁飞尘最擅长的局面。绝大多数情况下，只有他主动打人的份。

再加上先前那正中头部的两拳，已经让这卫兵对他有了畏惧。畏惧的下一步就是躲避。

他上前，右腿、左拳同时虚晃。

卫兵早有准备，侧身移步躲开，右腿在前，左腿在后，右拳横扫。

郁飞尘向左闪，左腿侧踹，这时卫兵的拳头离他左边胸膛只有一寸之差。只见他忽然拧身向前，硬生生吃了这一拳。

骨肉相击的声音沉闷炸开，几乎能听见骨骼的碎裂声。没有一个人敢出声，科罗沙人的目光瞬间充满绝望。

就在这时，郁飞尘左腿还没收，整个人腾空跃起，同时身体扭转，右小腿带着整个身体的重力直直撞上对方右膝弯侧面。

郁飞尘落地。从右边肩膀爆发出剧痛。

但他落地是稳的，卫兵则斜着打了摆子。

换成郁飞尘笑了一下，拇指与小指并起，比了一个"3"。

这是他们约好的，三下。

卫兵却从胸膛里发出"隆隆"的声音："再来。"

郁飞尘说："好。"

又是三次。

这次结束的时候，郁飞尘左边胳膊也挨了一下，没站稳，但对面斜着趔了好几步才停下。

"再来。"

"好。"

人群中传来一道抽泣声。谁都看得出来，两人抗击打的能力是不同的，就算占了上风，也没人扛得住一直继续下去。

这位大律师的身体纵然锻炼得宜，但和刀口舔血的士兵相比，也仅仅是"得宜"了。

这次受伤的地方换成了右腹部。郁飞尘喉咙里翻涌着血味，眼前一阵阵发黑，就像刚刚的打斗完全是靠意志力支配着这副身体，一次次突破速度和力量的极限那样，他现在也全靠着意志力才站住。

但他的对手是躺在地上的。站着的人无论多狼狈，都胜过倒下的那个。

过了好久，卫兵才重新站起来。他们各自喘着粗气，直直对视。

汗水从脸颊滑下来，郁飞尘调整着自己的呼吸，准备迎接下一次"再来"。

卫兵野兽一般的喘气声也停了，他张嘴，声音嘶哑无比。"小子、小子。"他额上淌满了汗，几乎是咬着牙发声，重重道，"小子。"

接着，他抬腿，把地面上那个皮酒囊往郁飞尘的方向踢了过去。

郁飞尘深呼吸一下，握紧的拳头缓缓松开。他俯身，捡起那个酒囊。

所有人都注视着这一幕，卫兵看了看科罗沙人，又看向郁飞尘，鼻翼鼓动，那种兴奋的神情又出现了。

郁飞尘面色平静，拧开瓶塞。

今天，他打得尽兴了，那就做点更尽兴的事情。

他把士兵给他的酒全部倒在了地上。

酒液飞溅。他合上瓶塞，将它丢回了卫兵脚下。

卫兵的神色几经变化，脸上肌肉放松又收紧，最后瞪大眼睛，恶狠狠地瞪着他，咬牙切齿道："好……好小子！"

声音里全是愤怒和恨意，仿佛下一刻就要开枪把郁飞尘的脑袋打成碎片，但他最终没有，而是嘴角抽动，似笑非笑，转身离开。

道理很简单，对一个刚把自己撂倒在地的人开枪，大大有损名誉和体面。

至少，今天不会。

于是郁飞尘也转身，对上科罗沙人望着他的目光。所有人都看着他。那是一种静默又肃穆的氛围。

他低头看着地上流淌的酒液，这是他昨晚刚刚从白松那里补习到的知识——科罗沙人绝不喝酒。那卫兵一开始拿酒囊做彩头，就是要侮辱科罗沙。

不过，不知道也没关系。如果先前不知道，他不仅会把酒倒在地上，而且要添上一句："黑章军的酒，只配倒给地砖。"

他继续往前走，所有人都默默给他让开一条路。他们看他的目光变了，不再是看着同伴中寻常的一员。更值得一提的是，整个下午，也没有一个看守或卫兵来找郁飞尘的麻烦，即使他的工作肉眼可见敷衍了许多。从早到晚劳作的牲畜换不到尊严，但用两条腿站起来的可以。

就这样，他们在砖窑的第二天结束了。离开的时候，他们要排队上卡车，没人第一个上前，他们似乎是要把第一个位子留给打赢了的人。

但今天的收工却不平常。

砖窑旁边的菜地里还有人，是二十几个戴着头巾的女人，她们在把白菜收到一个大筐里。

"莱安娜！"郁飞尘听见化学教员格洛德喊了一句。

那些女人中的一个看向这边，显然，这对恩爱的夫妇能在人群中一眼认出对方。

但莱安娜似乎并不只是想打招呼，白菜滚落在地，她朝这边跑过来。

看守立马就发现了，一手拿着鞭子，另一手粗暴地推搡她。她好像在争执乞求着什么，但离得太远了，只能看见一阵争执后，看守把她搡倒在地，高高举起鞭子。

格洛德痛苦地喊了一声，朝那边冲过去，却被金发壮汉死死拦住。

下一刻,却见莱安娜把手伸进了自己的嘴里。她费了很大的力气狠狠地从嘴里挖出什么东西,在裙子上擦了擦,塞进了看守手里。

然后,看守不再拦她了。

她提着裙子往这边大步跑来,走近了,能看到她嘴角大股大股冒着血——她拔掉了自己的金假牙,谁都能猜到。

"格洛德——"她几乎是大哭着扑进格洛德怀里。

化学教员紧紧抱着她,哭着吻她的头发:"你不用过来、不用过来的,莱安娜。"

"我一定要过来,"她抬起一张苍白到近乎可怖的脸,眼睛神经质一般瞪得很大,哆嗦着握住化学教员的手,"我们再也见不了面了,格洛德。"

"等到收容所解散——"

"不会、不会。"她的声音也在抖,"他们在选人,格洛德,每一天、每一天我们那里都有很多人消失,看守说,他们再也不会回来了。"

格洛德痛苦地抱住她:"或许他们只是被送走了。"

她缓缓摇头,这时她的下巴搭在格洛德的肩膀上,所有人都能看见她的脸,看见她满嘴的鲜血,也听见她的声音:"他们在天上,我也快了。我们都快了。我们再也回不到科罗沙了。我是来和你别的,格洛德。我永远爱你,我永远爱我们的孩子,还有我们的孩子,格洛德。"

格洛德的哭声变成了野兽一般的哀鸣。

但不会有人留给他们更多拥抱的时间,没到一分钟,那边的卫兵就来粗暴地拉开了他们。

格洛德跪倒在地,哽咽着大声说:"长官,让我和她一起,长官,我做什么都可以。"

卫兵看着他,又看了看痛苦地捂住肚子的莱安娜,饶有兴味地捻了捻胡楂:"我们那倒确实需要能干重活的人。"

这时另一个卫兵也过来了,他们商量了几句,转向这边:"还有谁想来我们这儿?"

几乎是立刻,有四个人站出来了,或许他们也有牵挂的妻子、孩子或母亲,胜过生命。

郁飞尘看向金发壮汉。他的目光在莱地和这边犹疑闪烁数下,最后他咬了咬牙,没有动。

053

两个卫兵便一个架着几乎没法再站起来的莱安娜，另一个领着那五个男人往回走了。

　　若是在今天之前遇到这样的事情，人们或许会面面相觑，满怀恐惧与绝望，但今天，他们恐惧与绝望着面面相觑后，却不约而同地看向了郁飞尘，尤其是那几个上午被郁飞尘寻求过合作的人。有些变化发生得很快。

　　卡车的车斗里，没有卫兵和看守，只有俘虏。

　　但郁飞尘现在不是很想说话，也不太能说话。

　　"她说得没错，"白松替他说了，"这座收容所不会让我们活下来。我们得离开，而且得通力合作。如果有人不敢离开，至少、至少——"白松顿了顿，"至少不要告发这个秘密。"

　　长久的静默蔓延开来，然后是抽泣声。

　　"明天，"郁飞尘哑着嗓子，淡淡道，"我会再找你们。"

　　说罢，他不再说话，也不再听，不能说不太清醒，几乎是有些昏迷了。这种轻微的昏迷持续到夜晚，他让白松帮他捋直胳膊的时候才结束。

　　原因无他，太疼了。肩膀加上一条胳膊，还有腹部，无一幸免。那卫兵的力气比得上一头发狂的大象，但如果不把关节活动开，他接下来几天的活动都会受限。

　　白松知道一扯他就会疼，愣是一直不敢下重手。

　　"你没吃饭吗？"郁飞尘几乎咬牙切齿。

　　"我——"白松的话刚出口，却又消声了。

　　消得彻彻底底，这很奇怪。于是郁飞尘从墙角里抬头。

　　明明离12点还有一段时间，他们那位铂金头发的长官却已经带了两个亲卫，面无表情地站在了铁门前，目光还落在他的胳膊与白松的手上。

　　"你们在做什么？"他看着那条胳膊，声音里带着冰。

　　这审讯一样的语气，仿佛不用刑具，就能把人屈打成招。

　　几乎是与生俱来的那种本能瞬间在郁飞尘身上发挥了作用。就像面对进攻时要防守一样，面对严刑逼供，他像一个身怀绝密情报的人那样平静沉着，仿佛无事发生。

　　"搬砖。"他其实早在白松消声的那一刻就管理好了表情，此时只是平静地把胳膊从白松手里抽出来，再用同样平静的语气说，"有点拉伤。"

拉伤，这也不算说谎。

对郁飞尘来说，只要意识还清醒，就不算重伤。

更何况他已经得到了计划中的结果——只有产生了领袖，一群人才能进行有计划的行动，他必须让科罗沙俘虏信服自己。

但这不代表他愿意让别人知道自己现在半身不遂的事实。

总管用钥匙打开铜锁，皮笑肉不笑道："上尉，请吧。"

他的笑容活像条花斑蛇，因终于把仇人关进了牢狱而昂头吐芯。而那位名为"安菲尔德"的上尉并没多看他哪怕一眼。

年轻军官右手提着一盏玻璃油灯，走入营房，动作从容不迫。铂金色长发发梢微卷，在灯光下熠熠生辉。

暖黄的光亮也照亮了整间营房。

一道重重的"嘎吱"声响起，总管重新锁上了门："希望您能在梦中顺利找到科罗沙浑蛋的密道。当然，找不到也没关系，明天我们就会制定更加上等的纪律来约束这些未开化的叛民。"

说罢，他走了，留下两个卫兵守在这里，和安菲尔德的亲兵加起来一共四个人。虽然同为黑章军的成员，但橡谷收容所看起来不信任安菲尔德。

在安菲尔德走进营房的那一刹那，郁飞尘的右手已经放在了自己的左肘关节上，五指紧扣那里，用力一扳。

意料之中的剧痛从关节处席卷而来，但他就那样硬生生忍住了，连一声闷哼都没发出来。

剧烈的疼痛带来的是惊人的清醒。他轻轻喘了两口气，潮气拂过略微汗湿的额发。

两天下来，这位大律师的头发早已不能保持那种体面的形状。微卷的深栗色发绺垂下来碰到凌厉的眉尾，再加上因为刚刚对胳膊进行了近乎自残的行为而戾气未消的眼睛，他整个人呈现出一种难驯的野性，与先前那位律师判若两人。

确认左边胳膊恢复了一些行动能力后，郁飞尘抬起头，见安菲尔德面不改色地在他不远处一张污迹斑斑的草席上盘膝而坐。这牢房里除了他的地盘，没有一平方厘米的地方是干净的，不过长官看起来不介意。

他熄了油灯，营房里重新陷入寂静。

郁飞尘闭上眼，也打算休息。他今天消耗体力太多，12点过后还得去外面，得抓紧最后的时间恢复精力。

但他没睡着，一直没有。

因为就在他闭上眼十分钟后，那位长官开始咳嗽了。

不是哮喘病人那种连续不断的大声咳嗽，只是压低了的一两声，很轻，其他疲惫劳作了一天的人睡眠丝毫不受打扰。

郁飞尘除外。

一旦那位长官咳嗽出声，郁飞尘就会睡意全消。他睁开眼睛望着黑暗中的天花板，再次感到那种计划受到外力更改的不悦。

他一直是个浅眠的人，但在以前，非要睡觉的情况下，即使是在人声震天的菜市场，他也能强制自己睡过去恢复精力。

现在却不是这样，为什么？郁飞尘为此思考了半分钟。

他得出结论，这仍然是自己过分警觉。他还没完全确认这位长官的立场，不能把对方划归毫无危险性的同伴阵营。

虽然咳嗽声经过刻意的压低，但由于营房过分死寂，也会被衬托得刺耳。

很刺耳。

于是，当咳嗽声再次响起的时候，郁飞尘起身了——拎着自己的被子。他走到安菲尔德面前，把被子丢下，没说什么。

安菲尔德的嗓子因为刚刚咳嗽过而有点哑，他说："谢谢。"

"不客气。"郁飞尘道，"你吵到我了。"

安菲尔德把被子披在了身上。

"我有肺病。"他淡声道。

郁飞尘猜到了。这不是第一次看见他咳嗽，而这间营房也确实太过阴冷潮湿。

按照科罗沙人的礼仪，他象征性地说了一句"早日康复"，然后打算转身离开。

"你的胳膊，"他却听见安菲尔德说，"还好吗？"

"还好。"郁飞尘道。

"肩膀呢？"语调很平，不带有情绪的起伏。

郁飞尘动作一顿。肩膀上的伤影响不到什么，但还是被察觉了。这位长官的眼力远胜常人。

"不太好。"既然被察觉,他也没再隐瞒。

"我带了冷冻剂。"安菲尔德的声音原本就有像冰霜一样的质地,但因为微微地压低,变成了冰块上稍纵即逝的雾气。

这倒是个善意的信号,和郁飞尘先前的判断相符。

他收回原本打算离开的动作,转而在安菲尔德对面坐下。他们靠得很近。卫兵就守在门口,有些话不能让他们听到。

他压低了声音,用只有他们两个能听清楚的咬字措辞:"我得确认你的立场,长官。"

月光里,安菲尔德微垂着眼睑,平静得像座会呼吸的雕像——郁飞尘也不知道脑海里这个奇怪的比喻到底从何而来。

"我不是科罗沙人。"长久的沉默后,安菲尔德回答了他,声音同样压得很低,郁飞尘得倾身过去。前面是墙,他比安菲尔德稍高一点,体格结实,肩膀也宽阔。看上去倒像是他把长官抵到了墙角。

"'彻底消灭科罗沙人'的口号一直在黑章军中流传,"安菲尔德道,"但我始终认为,仇恨不应波及平民。"

话音落地,郁飞尘绷紧的身体放松,回身。

"有劳。"他伸手解开了衬衫领口的纽扣,坦然道。

安菲尔德仍然面无表情,从制服前胸的口袋里拿出一管喷雾。

冷冻喷雾对伤口愈合起不到一点作用,但它的镇痛效果比得上麻药。冰凉的喷雾从胳膊一直淋到肩胛,郁飞尘穿回上衣,他的动作比之前轻便了很多。

"睡吧。"安菲尔德收起喷雾,把夜光怀表放在了他们两个之间。

分针指向最下面,现在是 10 点半。

"还有一个半小时。"郁飞尘道。

安菲尔德没问他"一个半小时"指代什么,他回到自己的草席上,闭上了眼睛。

这次意外睡得很沉,但郁飞尘依然控制着自己,在 11 点 58 分的时候准时醒来了。安菲尔德依然在那里,是醒着的,仿佛连动作都没改变过一分一毫。

月光也消失了,营房里只有黑幢幢的轮廓。盥洗室规律的滴水声像秒表在走动。

"滴答。

"滴答。

"滴答。"

秒针指向 12 点的那一刹那,它消失了。

郁飞尘拿出打火机,打火。

光亮起的下一刻,他瞳孔骤缩,陡然松开了手指。刚刚燃起的火焰猝然熄灭,营房重回黑暗。

脚步声响起,安菲尔德走了过来。

"你看见了吗?"郁飞尘道。

"看到了。"安菲尔德伸手过来,取走了他的打火机。

"咔嗒"一声,火焰重新燃起,玻璃油灯被点燃。两个突兀的黑色轮廓就那样横在地面上,是两具尸体。

其中一具体格壮硕,有一头耀眼的金发,是他们营房里那个金发壮汉。另一具是小个子。尸体遍身青紫,无疑在死前经历了极为痛苦的挣扎。

郁飞尘一步步走到尸体近前,尸体的脸被火光映照得清清楚楚,正是他刚才打着火那一刹那看到的情形。

尸体的脸——两张诡异离奇的脸,闭着眼睛,面带微笑。

那是一种极为平静的笑容,灰紫的嘴角僵硬地翘起,眉毛也略微上扬,可出现在两具尸体身上,就成了令人毛骨悚然的画面。

他看向营房四周,所有人都还在,包括壮汉和小个子,他们都处于睡眠状态。深呼吸一口气,他开始砸门开锁。开锁的动静弄醒了所有人。

"不要睁眼,然后起来。"安菲尔德声音沉着冷静。人们迟疑着陆陆续续起身,他们不知道这位长官为什么要他们这么做,但下意识听从了命令。

"白松、瓦当斯,"安菲尔德准确地喊出了他们的名字——瓦当斯是那个大鼻子,"睁眼。"

听命令睁眼的那两个人第一眼就看到了地面上的两具尸体,白松脸色苍白,睁大了眼睛,大鼻子则惊叫出声。

小个子闭着眼,问:"怎么了?"

没人回答他,只有安菲尔德重复一遍:"不要睁眼。"

下一刻，郁飞尘把锁打开了。"带他们两个出去。"安菲尔德说。

迟疑了一下，白松拉住了金发壮汉的胳膊，带他往营房门口走去，大鼻子拉住了小个子男人，也往外面走。

"走出去后，可以睁眼，"安菲尔德一字一句道，"但不要往回看。"

白松牵着金发壮汉走到外面的走廊，轻声说："可以了。"壮汉松了一口气，睁开眼，脖颈处微微抽搐的肌肉证明他在克制自己转头的想法，他小声道："到底在做什么？"

大鼻子牵着小个子也在门外停下："好了。"因为受到了过度的惊吓，他抓着小个子的手在不住颤抖。

小个子如释重负，睁开眼睛，努力目视前方，但前方没灯，只有无边无际的浓浓黑暗压过来，令人心生无穷的恐惧。

营房里，安菲尔德提着灯，郁飞尘在查看各个角落。"他们挣扎过。"他看着墙壁上的血迹和撞痕，说。

他也看过了这两个人的尸体，布满陈旧的鞭伤，也有新的碰撞痕迹。

12点之前，他以为一切还是会像昨晚一样，但现在，情况变了。12点后的收容所会呈现出未来某天的情景，而在这一天，小个子和金发壮汉浑身是伤，却面带微笑地死在了营房中。

"去看其他房间。"等他检查了一遍，安菲尔德说。

安菲尔德提灯走出去，郁飞尘跟上，其他人也往前走。

就在这个时候——

小个子心中的好奇和担忧愈来愈浓，那感觉就像猫爪挠着脚心一样，抓着他的心脏。

到底发生了什么？他们有什么瞒着我？是什么？

我就看一眼，用余光，就一眼——

他眼角肌肉微微颤动，眼珠右转，用余光瞥了一眼营房。

就在铁栏杆的缝隙里，看见了他自己面色惨青、面带微笑的脸。非人的惨叫从他嘴里发了出来，他难以置信地扑到铁门口，身体剧烈地抽搐起来。

惨叫声响彻房间，一个人就算恐惧到了极点也不会发出这样的声音，除非他身上还在发生别的事情。

小个子还在剧烈抽搐，并且往地面栽去。

彻底栽倒在地的一瞬间,他的身体毫无预兆地消失了,就像消失在收容所大门外的修士一样。

不过,修士是在门外的灰色雾气里消失得无影无踪。而营房里,却还静静躺着那具属于小个子的、微笑着死亡的尸体。

白松的声音颤抖着响起:"怎么……怎么会?为……为什么?"

他显然是在问安菲尔德,安菲尔德没说话,却用那双淡冰绿的眼睛看向郁飞尘,似乎在示意对方回答。

这位长官问话的时候仿佛审讯犯人,看人的时候仿佛课堂提问。

郁飞尘深呼吸了一下,他确实有自己的猜测。

"一个人不能既死了,躺在地上,又活着站在外面,"他说,"所以,他看到自己尸体的时候,他们两个,只能存在一个。所以,他死了。"

这番话落下的一瞬间,金发壮汉的呼吸声陡然粗重了起来。

其他人的脚步也都蓦然一顿,他们茫然地望向昏暗的前方。

前方会有什么?

两个人的尸体平白无故出现在了营房里。那其他人呢?又会在哪里?谁又能保证,当灯光照亮前方,出现的不会是自己的尸体?谁又能保证,下一刻不会因为目睹了自己的尸体而像小个子一样从这个世界上消失呢?

没人敢上前了。直到整整两分钟后,金发壮汉才迟疑着往前走了一步。

确实,他不必担心遇到自己的尸体,因为那尸体已经静静地躺在背后的营房里了。

壮汉挪动步子后,白松跟在他后面也走出了一小步,只有大鼻子还站在原地。

"实在害怕,可以留在里面。"郁飞尘说。小个子昨晚就是安然无恙地在那里度过了一夜。

大鼻子的嘴角死死绷着,他看了一眼横倒着两具微笑尸体的营房,脸上的肌肉抽搐好几下,最后还是跟上了他们。

"他们笑得太可怕了。"大家一起行动后,白松仿佛松了一口气,说,"打死我都不会回房的,那——"他的话戛然而止,变成一声毫无意义的"咯",仿佛他变成了一只从背后突然被卡住嗓子的鸭子。

因为安菲尔德往前走时,油灯的光芒照亮了他们隔壁的营房。那里也躺着一具尸体。

尸体仰面朝着天花板，双手不自然地举过头顶，像是临死前还在努力想向上抓住些什么，但是无济于事，还是颓然倒下了。

这是个体形偏瘦的年轻人。一道深深的鞭痕从侧脸到脖颈，没入衣服里。最引人注目的是，他同样嘴角翘起，露出平静又令人背后发寒的微笑。

再往前走，接下来的几间营房是空的。

接下来的一间，一具尸体还保持着死前抓住营房门铁栏杆的姿势。那张带着微笑的脸就贴在门上，明明闭着眼睛，却因为那带笑的表情过于生动，仿佛在看着走廊里经过的所有人。

"他是想打开门逃出去吗？"白松喃喃道。

再往前走，不少营房都有尸体。有的是一具，有的是两三具。尸体姿势各异，大多数都倒在门口附近或者死死抓着铁门。铁栏杆的阴影投射在尸体上，在他们微笑的脸上留下一道漆黑的印记。到死这扇牢门还在束缚着他们。

"我的天哪。"金发壮汉的声音微微沙哑。

郁飞尘的目光从那些微笑尸体上收回，扫了一眼其他人。

他自己是外来人，因此无论见到了什么，都能维持执行任务时必需的理智和冷静，但白松他们不是，看到同为科罗沙人的同胞如此凄惨又离奇的死状，白松的眼睛睁大，脸色苍白，陷入了巨大的恐惧与悲伤中。

而安菲尔德……安菲尔德走在前面。玻璃油灯暖橘黄的光芒里，他的轮廓显得柔和了，长发也被映得熠熠生辉。

他就那样提着一盏灯火行走在幽深的、两旁满是狰狞尸体的走廊里，步伐平稳，看不出什么表情，但当他从尸体上收回目光，微微垂下眼睫看向前方昏暗的道路时，一种超越了阵营与种族的淡淡悲悯浮现在郁飞尘心中。

他们穿过走廊，推开大门，寒风吹起了安菲尔德的披风。那"呜呜"的风声像是悲伤的哭泣或鸣叫。

郁飞尘最后回望了营房一眼。

"有些人我有印象，"他说，"被看守虐待过，没法起来。"

俘房出去干活的时候，那些被毒打而丧失行动能力的人没法过去，就还是被锁在营房里。也就是说，在未来的这一天，他们营房的金发壮汉和小个子也因为受到虐打倒在了营房里，没法出去干活。然后，就在这一天，恐怖的事情发生了，所有人都面带微笑死在了营房中。

"他们是怎么死的？"大鼻子问，"巫术吗？"

如果化学教员格洛德在这里，可能就有人回答他的问题了。因为让所有人同时死在营房里，同时又拼命想要往外逃的东西只有一种，那就是气体。

沉默中，白松忽然"啊"了一声，说："我们在化工厂那边看到的东西……那些罐子！那些罐子不是煤气罐……我在港口服役的时候，他们说有的军队会用有毒的气体当武器，像催泪瓦斯那样的东西。他们肯定是在营房里被毒死的，可是为什么还会笑？他们为什么要毒死我们？我们——"

他的声音再次戛然而止，因为大家一起往前走时油灯照亮的区域里，出现了两具收容所卫兵的尸体。他们身上没伤，但也面带微笑，动作挣扎。

郁飞尘俯身检视这两具尸体，确认他们是千真万确的收容所卫兵。

"走吧。"他说，"还得去化工厂一趟。我怀疑是他们的毒气大规模泄漏了。"

不然，为什么连收容所自己的士兵都死了？

没人提出异议，他们加快了脚步。在路上，他们又发现了几具士兵和当地看守的微笑尸体。

而走到化工厂的时候，几乎所有人都屏住了呼吸。

惨白的月光下，空地上足有上百具尸体。女人、孩子、老人、士兵，各种特征的人都有。次序也很混乱，全部微笑着朝向天空。

"确实是毒气泄漏了，所有人都死了。那时候我们可能在砖窑，也死了。"白松看过去，道，"但是夫人和孩子不该在这里，他们不是在另一间营房吗？"

郁飞尘说："去实验楼。"

他们穿过尸体和储藏化学药品的仓库，来到昨天看过的两层实验楼前。

一楼还是那些罐子。

安菲尔德穿梭在那些反应仪器与储存气体的大型铁罐和钢瓶间。他咳嗽的频率高了一些，他靠近罐体与管道，最后停在最大的那个两人高的罐子前。

"帮我上去。"他说。

没有指出具体的人名,但郁飞尘觉得,恐怕是自己。

郁飞尘轻轻松松跃上了一个稍矮的罐子,半跪下来,朝安菲尔德伸手。安菲尔德先把油灯递给他,然后伸出右手任他拉住,借力攀上罐子,动作干净利落。

上来后,安菲尔德拿灯照亮了最大那个罐子的罐口。郁飞尘也看过去。

这个世界科技水平有限,再结实的密闭气体罐也都有个用力就可以打开的阀门。眼前这个罐子的阀门就被打开了,一个黑洞洞的口露了出来。不仅如此,阀门处的金属还呈现不规则的烧熔痕迹。

"有人打开了阀门,然后用强腐蚀液体把它破坏掉。短时间内阀门无法再关闭。"安菲尔德说了结论。

郁飞尘抱臂:"或许还加了别的化学药品进去,把它引爆,加快毒气扩散。"

安菲尔德微颔首,然后又咳了几声。

"你……"郁飞尘看他一眼,问,"还好吗?"

这里是毒气泄漏的中心,说不定毒气还有微量的残留。他倒是没什么事,但安菲尔德原本就有肺部的疾病。

安菲尔德简短地说:"还好。"

他脸色苍白,眼尾因咳嗽而微微薄红,称不上好,但郁飞尘觉得自己刚才问候一句,已经完成了应有的礼仪,也没再继续这个话题。

"下去吧,上楼看。"郁飞尘说。

他估测了一下他们立足的这个罐子与地面的距离。长官既然没法一个人上去,当然也没法一个人下来。最后是他先下去,把人半扶半抱了下来。

落地,郁飞尘松开揽着长官肩膀的胳膊。安菲尔德转身往楼梯走去。

郁飞尘在原地多站了一会儿,确认自己刚刚确实是像扶梯一样被使用了。而那位长官的态度理所当然得就像是在使用自己家的梯子一样。

作为回应,他也面无表情跟着玻璃灯的灯光往前走了,态度理所当然得像是在使用自己的手电筒。

登上水泥楼梯,二楼还是那个二楼,解剖台还是那些解剖台。只是解剖台上躺满了人。

他们眼熟的白化病人、侏儒、孕妇，还有一些没见过的人，都被绳索牢牢束缚在台上。有的面带微笑死亡，有的则面带恐惧，正常死亡。显然是在毒气泄漏前就死了。

房间的角落，窗户旁，一个白大褂医生倒在地上，眼镜摔在一旁，面带微笑。他们也见过他，就是将病人和孕妇领走的那位。

郁飞尘俯身从他的口袋里抽出了一本工作记录。昨天他们翻遍二楼，就是想找到工作记录或实验记录之类的东西，可惜全部被销毁了。今天倒是很容易就拿到了。

大办公桌上还有很多资料，他们翻过一遍，把重要的都整理了出来。

"我们终于复现了那个意外的发现，使中毒而死的科罗沙人脸上浮现了平静的微笑。他们面向天空，得到了净化与救赎。这无疑是真理神的指示。有罪之人终于重回洁净。

"12月20日，大校下令用集体净化而非排队枪决的方式处决科罗沙俘虏，以免给忠诚的黑章士兵带来心理负担。

"12月21日，第一批科罗沙俘虏在忏悔室接受净化。163人。俘虏的躯壳经由焚化升入天空，回归真理神的怀抱。

"12月29日，第二批科罗沙俘虏在忏悔室接受净化。254人。

"1月3日，第三批科罗沙俘虏在忏悔室接受净化。197人。

"1月14日，第四批科罗沙俘虏在忏悔室接受净化。271人。

"1月18日，新的科罗沙俘虏到来。青壮年俘虏暂时用于必要的劳作。

"1月18日，来自锡云的命令，各个收容所探索行之有效的管理制度，为建构更大的收容体系做准备。我认为应当首先消灭科罗沙俘虏中不事劳作者，以避免无用的物资消耗。

"1月19日，第五批科罗沙俘虏在忏悔室接受净化，115人。

"1月20日，第六批科罗沙俘虏在忏悔室接受净化，173人。"

念到这里，白松的声音已经微微颤抖——1月18日，就是他们来到这里的日子。

"1月23日，第七批科罗沙俘虏……"

"1月25日，第八批科罗沙俘虏……"读到这里，他已经眼中含泪，喃喃道，"我想起……想起莱安娜说，每天都会少一批人。"

郁飞尘则在看另一份记录，上面记载着他们对身体残缺者，以及孕妇进行的各项实验。

郁飞尘若有所思，把实验记录翻到最后，那是一项对孕妇进行的实验。

受试者名字：莱安娜。

这时他余光注意到安菲尔德的身体很久没动过了，他走过去。

安菲尔德站在一个解剖台前。

解剖台上躺着莱安娜。她腹部有一道口子，面带微笑，但这里不只有她一个人。郁飞尘往下看，一个男人的手牵着她的手，跪在解剖台前，脑袋搭在台面上。他微笑着用额头抵住了自己和莱安娜交握的手，他手上有烧伤的痕迹。

是化学教员格洛德的尸体，他们死在了一起。

所有人都默默围过来，看着这一幕。

"我好像知道这是怎么回事了。"白松喃喃道。

郁飞尘检视格洛德的尸体。

格洛德右手上那块灼烧的疤痕的边缘极不规则，焦黄发黑。没有水疱，不是烧伤，是腐蚀——和罐口的腐蚀如出一辙。

再往四周看，地面不远处丢着一张半湿的毛巾，有凌乱的脚步痕迹从楼梯口延伸到这里。不难推测出一个场景——在毒剂泄漏后，格洛德用毛巾捂住口鼻短暂抵御剧毒的侵蚀，跌跌撞撞爬上楼，回到莱安娜的身边，直到抓住她的手才丢下毛巾，用平静的笑容迎接死亡。

而本不应该出现在此的化学教员之所以能够如此及时地赶来，合理的解释似乎只剩一个——毒气罐口的阀门就是他打开的，他就是造成所有人死亡的凶手。

郁飞尘掰开格洛德的手掌。他的掌心满是月牙形的伤口，显然是指甲深深嵌进肉里所形成的。捋开他的衣袖，胳膊上同样全是类似自残的痕迹。

只有在极度痛苦的时候，一个人才会去伤害自己。

另一边，解剖台旁的桌子上摆着一个文件夹，记录着莱安娜所经受的详细实验。

他们用电击、溺水、窒息、鞭打、下毒等手段伤害莱安娜的身体，然后监测她腹中婴儿的状态，以此了解婴儿与母体间到底存在着怎样的连接。

接着,他们又把她的丈夫带来——他们原本指派他和另外几个男人去搬运"净化"后的尸体。医生给了他们相互倾诉的机会,观察那剧烈的情绪波动下,婴儿会发生什么样的变化。

最后,这位母亲癫狂了,除"结束吧"外发不出任何有意义的音节,胎儿的各项指标也混乱无比。他们决定取出这个未长成的婴儿,对它进行更加细致的观察。

而为了完整地取出,他们选择直接用手术刀剖开莱安娜的腹部。

这是怎样的一种折磨,没人能想象出来。

而目睹了这一切的格洛德又经历了怎样的痛苦?

至于这些解剖台上躺着的单腿残疾的人、侏儒、白化病人,以及收容所里其他的科罗沙人,他们在这短暂的收容所生活中遭受的恐惧、痛苦与折磨……

一片沉默里,大鼻子颤抖着声音说:"我们走吧……我们走吧!"

再待下去,一定会有人疯掉。

"说实话,我没想到。"

凌晨4点,他们回到营房,两具尸体还躺在那里。为了防止意料之外的睁眼,白松从衣服上撕下一根布条,蒙住了金发壮汉的眼睛。壮汉像失去所有力气一样跌坐在营房里。

"那里可能还躺着我妈妈,"他目光呆滞,"但我不敢去找。"

白松的声音再次传来:"没想到他们对科罗沙人会抱有那么大的仇恨,也没有想到他们会用那么残忍的手段对待每一个俘虏。他们还会用这样的手段对待所有科罗沙人。他们要建立一座更大的收容所。"

大鼻子说了一句:"而格洛德知道了这些。"

"确实,他被带到这里工作,工作内容是把'净化'完的尸体运到焚化炉。"白松在巨大的悲伤后获得了惊人的冷静,"总之,他知道了这里的一切。

"莱安娜那天跑过来和我们告别,并且告诉我们每天都有人消失的事情,但她那天太激动了,回去的时候一直捂着肚子,这让黑章军和那个医生知道了她怀孕的事情。她本来能隐瞒住的。如果能隐瞒住,她就能保住自己的孩子。"

他继续道:"但是她终究没隐瞒住,被发现了。医生对她做了疯狂的事情——我不是说他其他的举动就不疯狂了。他们疯狂地杀死了其他科罗沙人。"

金发壮汉喃喃补充了一句:"所以格洛德也疯了。"

"格洛德是个化学教员,知道他们在研究毒气,他或许还知道其中的原理。而且,昨天晚上我们一起探察了整个化工厂,他甚至知道哪个房间里有哪些药剂。故意泄漏这件事只有他能做到。"白松说。

"为了给莱安娜报仇,他想杀死医生和黑章军,但是把自己的同胞也杀死了。"

"你觉得是报仇吗?我觉得不是。"白松抬头望着灰白的天花板,低声道,"所有同胞都在受苦、受折磨,而且必定会被送去'净化'、处死。提前结束这一切,或许……或许是一种解救。他爱莱安娜,也爱他的同胞。"

长久的沉默。

整座橡谷收容所都有种诡异的氛围,它先让一部分人变成刽子手,又让刽子手变得不像人,最后,连囚徒也被扭曲了。

沉郁的氛围笼罩了这间营房,白松和大鼻子都低着头,金发壮汉蒙着眼睛,没动,也没说话。

"长官。"郁飞尘说。

安菲尔德看向他。

郁飞尘:"借支笔。"

安菲尔德从胸前口袋里取下一支别着的钢笔,递给了他。

郁飞尘又继续道:"纸。"

安菲尔德面无表情,从口袋里取出一个便笺本。

拿到纸、笔,郁飞尘开始在纸上面写写画画。他不会安慰别人,很久以前,几次有限的尝试都起到了反作用。所以他选择闭嘴,去做别的事情。

其他人仍然一动不动,良久,大鼻子哽咽了一声。仿佛一个开关,金发壮汉的身体也开始颤抖。

郁飞尘终于听见安菲尔德开口。

"我建议你们先睡一觉。"他说,"或者,我们来梳理这些事情。"

"但是我的心脏一直在狂跳。"白松说。

安菲尔德的声音难得温和了少许。他说:"毕竟今天你们看到的事情还没有发生。"

还没有发生。

午夜12点的营房,会去到未来的某一天。在这一天,杀伤力极强的毒气害死了所有人。他们或在牢房里死命挣扎,或在空地上徒劳奔跑,最后跌倒在地,失去呼吸,脸上肌肉因不正常的抽搐呈现出笑容。这简直是人间地狱一样的景象。

但是……但是……虽然他们目睹了这些,但这些残忍至极的事情,还没有发生。

围绕整个房间的阴云终于散去些许。

白松在草席上长长出了一口气:"那我们能阻止它发生吗?比如劝阻格洛德之类的。"说完,他又否认了自己,"但即使格洛德不释放那些毒气,黑章军也会把我们一批一批全部杀光。"

"首先得知道,12点过后我们看到的究竟是什么。"安菲尔德说。

"是未来某一天的情景。"白松说,"根据那个医生的记录,至少是1月26日之后的一天……在这一天里,大家都死了。"

"我来之前的那个晚上,你们也出去了吗?"安菲尔德问。

郁飞尘从纸、笔中抬头,看着白松思索片刻,然后开口交代了他们昨晚从营房门出去后看到的东西——这孩子就这样轻易地倒戈了这位有漂亮长发的敌方长官。

"空无一人的收容所和已经清空的实验室。"安菲尔德提炼了他的描述。

"是的,长官。"

那种仿佛课堂提问的气氛此刻笼罩了白松,安菲尔德语声淡淡,问他:"你认为发生了什么?"

"我认为……那时候我们认为……"白松想了想,脸色微微苍白,"昨天我们也看到了化学试剂和焚尸炉,但没想那么多,我总觉得事情不会太糟,但是今天看到他们的记录后,我才知道,我把黑章军想得太好了。收容所里空无一人是因为所有科罗沙人都被用毒气处死,然后送进焚化炉烧掉了。没有了俘虏,黑章军和那个医生也离开了。"

金发壮汉插话:"他们可能是带着管理橡谷收容所的经验去建立更大

的收容所了，就像记录里说的那样。"

他们说得没错。郁飞尘看着这一幕，如无必要，他不会向别人解释情况，当然更不可能像安菲尔德一样引导他们自己推理。长官乐意这样做，他就不用再多费口舌，不错。

安菲尔德的声音再次响起："这是收容所的一个未来。"

"是的，这就是我们昨晚看到的收容所的未来。"

安菲尔德没说话。半分钟后，白松忽然睁大了眼睛。

"一个未来。你是说、你是说——"他语速变快了许多，"昨晚我们看到收容所清空了，这是一个未来。而今天我们看到格洛德让微笑瓦斯泄漏，杀死了所有人，这也是一个未来。这两个未来是不一样的。昨天，格洛德被士兵带去了莱安娜在的营房，然后引发了后面的事件，所以我们看到的未来变化了，对吗？"

安菲尔德道："或许。"

他们说的这些，也是在第一眼看到营房里微笑尸体的时候，郁飞尘想过的。

两次看到的未来呈现出不同的情景，这不太符合常理，但告诉他们一点——未来是可以被改变的。也就是说，那些惨烈的结局，未必会成真。

安菲尔德淡淡道："我想知道，我们现在所在的确切日期。"顿了顿，他继续道，"最好还有你们昨晚所在的日期。虽然已经不太可能得到。"

他话音落下，白松张了张嘴，忽然用一种近乎痴呆的表情看向郁飞尘。看到白松的神情，安菲尔德微蹙眉，也看向郁飞尘。

郁飞尘放下手中的纸笔。他动作从容，仿佛早有准备，伸手把白松堆在墙脚的被子向旁边一拉——惨灰色的墙壁露了出来。

墙脚，先是三道手指挠出来的血迹。紧接着向右，还有数道长短几乎相等的、竖着的血痕。由于牢房里阴暗潮湿，血迹的边缘已经长了灰绿色的霉，长霉程度从左到右依次减弱。

一共八道。

在安菲尔德的注视下，郁飞尘开口："1月19日0点，我在这里发现了三道血痕。凌晨5点后，营房回归正常，它们消失了。

"1月19日晚上，白松无意在墙上抓出了这三道痕迹。我要求他从当时的明天，也就是1月20日起，每过一天，在这里添一道。今晚您来前不久他刚画完一次。您来得不巧，没看到。"

"昨天这个时候是七道，现在有八道。"组织语言耗费精力，他声音里带了一丝懒倦，说，"所以，今天本该是1月21日，但我们来到了1月29日凌晨，长官。"

这时他看到大鼻子也加入了白松的痴呆阵营，而壮汉也茫然地张开了嘴，他只能临时补充："20日开始，划八次后是27日晚上。28日白松去砖窑，之后大家一起死了。尸体没开始腐烂，所以现在是29日凌晨。"

然后他用目光示意了最开始的三道痕迹，继续说："每次看到它们，都会比上次腐烂一点，腐烂程度可以用旁边的痕迹比较。每次推移一天。所以1月20日凌晨我看到的是1月28日，1月19日看到的是1月27日，全都隔了八天。

"您有什么想法吗？长官。"

安菲尔德看着那些痕迹，一时间没说话，若有所思。

郁飞尘看着他——长官似乎总是对局势了如指掌，但显然，他没想到另一个人早就为这一切做了万全的准备。

玻璃油灯发出轻微的"噼啪"声。安菲尔德的目光从墙脚血迹上移开。

郁飞尘没动，和他对上了视线，但谁都没说话。

长官的目光似乎略带审视。

郁飞尘回他一个坦然的眼神。在这座晦暗阴沉的收容所里，继那天和卫兵赤手搏斗后，他终于再次愉悦了。

那双淡冰绿色的眼睛映着玻璃灯的光芒。过了三秒钟，眼睫微微垂下。

"营房里出现时间错乱，是从1月15日开始。"安菲尔德说。

郁飞尘："你知道？"

"1月15日早晨，有两名俘房在这里失踪。"安菲尔德淡淡道，"白天，我拿到了一些证词，逃跑的两个俘房之一是个建筑师，曾经尝试过挖掘地道来越狱，并因此持续受到许多无理处罚。就在14日的凌晨1点，他还被一个醉酒后的卫兵带出营房，替对方写述职书。"

安菲尔德被派来调查俘房的失踪案，这是郁飞尘知道的。不过，在橡谷收容所上下都对调查者充满敌意的情况下，还能拿到有效的证词，这位长官确实不太简单。他又想到了那天安菲尔德身上淡淡的血腥气，以及总管又恨又怕的态度。

他们的这间营房，12点一过，就和原本的收容所不在同一个时间了。从外面往里看，里面的人都在安睡。如果开门走进来，或许会走进未来。

而在1月14日的凌晨，外面的卫兵还能把里面的人带出来，证明在那个时候，一切还都是正常的。所以，时间的异常从1月15日开始。

郁飞尘在纸上写了几笔，道："那我们的时间不多了。"

安菲尔德微不可察地点了点头。

沉默的空气中，响起白松疑惑的声音："你们在说什么？"

看着白松，郁飞尘叹了口气。他好像看见了以前的那些雇主。

"从1月15日起，这间营房里的人，会见到八天后的收容所。"他说，"问题是，我们看到的到底是什么，又是以什么形式看到的。"

"或许是神明降下预言来警示我们。"白松说。

"修士也这样认为，现在他连一粒灰都不剩了。"郁飞尘道。

这绝非什么神明的预言，而是这个世界出现了故障。这间营房就像一个交点，连接了两个不同的时间。

那问题就在于，它所展现的未来，是不是真实的。

如果是真实的未来，那为什么会随着新一天发生的事情而改变？他们看到的28日和29日之间的事情并不连贯。

但如果只是根据事情的进展而呈现出的预言，那为什么修士和小个子都死了？

安菲尔德开口了。

"它真实存在，遵守规则，而且局限于这个收容所。"他说。

郁飞尘也是这样想的。

那未必是他们真实的未来，却是一个真实存在的时间。否则，当小个子看到自己尸体的时候，他不会消失。

而局限于收容所——这是显而易见的。当修士拉开大门，走向外面，他消失了。他现在在哪里，谁都不知道，或许就那样消失在了无穷无尽的虚无中，因为他去往的是根本不存在的地方。

既然是真实的，而非所谓的"预言"或"幻象"，那他们所处的真实时间和这个未来时间，一定有一种交叉的方式。

"异常时间从1月15日开始，"郁飞尘说，"那大概率会在22日结束。"

痴呆的神情又回到了白松脸上："为什么？"

"22日午夜过后，我们会来到23日。"

白松点点头。

"但是，15日那天，23日已经出现过了。"

白松愣了愣。

"或者说，已经被'预言'过了。"郁飞尘换了个措辞。

"所……所以呢？"白松问。

"所以当22日过完后，我们不会有太好的结局。"

"你不对劲。"白松想了一会儿，说，"按照这几天的规律，15日能看到23日，真正的时间走到了23日，我们就会看到31日这样。"

"确实有可能，但如果是这样，和我们就没关系了。"

那就仿佛每天固定时间段播放一部平行世界的电影一样，看或不看都没什么关系。它不代表什么，也不暗示什么，他们只需要照常生活，努力逃出去就好。

白松还是维持着那种"你不对劲"的表情，说："那如果像你说的那样，和我们又有什么关系？"

安菲尔德听到这里，似乎笑了笑。他说："那就变得有关系了。22日结束，按照常理，时间会来到23日，但是真的会吗？"

"会啊，"白松睁大眼睛，说，"时间……时间就是向前走的。22日结束，就是23日了。"

"可是23日已经过去了，"一片寂静里，郁飞尘说，"它和15日一起发生了。"

白松愣了愣，半晌，仿佛突然想到极恐怖之事，他眼中露出惊疑的情绪，人们遇到不能理解之物时总是这样。

过了好久，他终于开口："那……这到底是怎么回事？"

郁飞尘把他刚才一直在写写画画的便笺本拿了出来。

翻开的那一页，从上往下依次写着"30"到"15"这16个数字。

"正常的时间是这样走的。"他拿笔从下往上画了一个"15"到"30"的箭头。

白松点点头。

"但是根据现在的情况，时间出了故障，断开了。"说着，郁飞尘在"22"和"23"之间画了一条横线，把它们隔开。

便笺本翻到下一页，还是这些数字，但变成了截开后的两列，从上往下，左边一列是"30"到"23"，右边一列是"22"到"15"，并且一一对应，加起来一共是八行。

"时间断开，然后又这样叠上了。这就是我们这几天经历的事情。"他说。

白松木然地拿着那两根用来撬锁的铁倒刺，把它们分开，然后贴在一起。

郁飞尘感到有些疲倦，并不是不想讲解，只是他今晚说了太多话。如果这种疲倦再继续下去，他很快就要进入会被投诉的那个状态了。

似乎是看出了他的疲倦，也看到了白松的迷茫，安菲尔德接过了他的纸笔，在"15"和"23"之间画一条横线，然后依次画在"16"到"24"、"17"到"25"间，直到"22"到"30"。

"把这些日期叠上，就是我们最近遇到的事情。15日可以看到23日，16日可以看到24日之类。"他声音清冷，用词也准确清晰，"这间营房就是连接它们的横线。"

"好像是这样。"白松点了点头，"所以呢？"

安菲尔德在"15"下方写了一个"14"，又在"30"上方写了一个"31"，然后在一旁也画了一个向上的箭头："但是，时间要往前走。"

白松木然把两根重叠的倒刺错开些许，让两头都露出一个尖。

"我们从14日来，并且往31日去。这之间的16天，却因为异常而重叠了。"安菲尔德说，"当我们度过15日，23日已经成为昨天。"

白松犹疑着点了点头。

"今天是21日，重叠会在22日结束后消失。问题在于，当22日过完，来到23日的0点，我们会遇到什么。是什么事都不会发生，来到新的23日，还是来到这里。"安菲尔德用笔尖指向那个与15日对应的23日，"来到这个被'预言'过的23日——这恐怕不太好。"

郁飞尘看着便笺，从疲倦中恢复了一些，说："或者永远停在断开的地方，22日。"

安菲尔德点点头，笔尖又移到"31"上："又或许，时间永远向前。22日过去了，与它相连的30日也过去了。我们会与31日的收容所直接重合，但是我们不知道31日的收容所会是什么样子的，或许全是死尸，就像今天。"

"那你们的意思就是,"白松从木然变成了绝望,"无论如何,22日过完,我们都会变糟糕。"

安菲尔德:"确实。"

"那……"金发壮汉好像也终于听懂了一些,"最可能是哪个?"

"我倾向于最后一个。"安菲尔德说,"在过去的这些天,我们只是通过一条通道或一扇窗户,观测到了几个可能的未来,但到了23日那天,真正的未来就会降临在这里。"

郁飞尘看着安菲尔德。锡云军校还会教观测,他冷漠地想。

"到那个时候,闭眼就不会再有效,真实的世界里,不会有两个相同的人。"他的声音有种微微的缥缈感。

郁飞尘从安菲尔德手里拿走便笺本,收起。"睡觉。"他说。

白松脸上露出了疑惑的神情:"就……就睡觉了?"

"你想做什么?"郁飞尘问。

"继续……"白松看向他的便笺本,"做点数学题,什么的。"

郁飞尘说:"我不喜欢做数学题。"

讲解了这么大一会儿的数学题,他只得到了一个简单的结论——必须在22日过完之前,带着他的科罗沙同胞,一个不落地离开这个鬼地方。他还有四十个小时。

这或许就是永夜之门交给他的任务。

"异变只局限在收容所内。"安菲尔德淡声说,"我会尝试与大校沟通,在那之前,把你们转移出去。"

"您……"白松对他的称呼变成了"您","锡云是派您来做什么的?"

锡云是黑章军所属的那个国家的首都。

这个问题很尖锐,尤其是发生在一个科罗沙俘虏和一位锡云上尉之间的时候。

"调查俘房失踪事件,并核查橡谷收容所的管理是否出现疏漏。"安菲尔德回答了他。

"那……您想要善待俘房吗?"

安菲尔德看了他一眼。

"对于如何对待俘房,锡云仍有争议。"安菲尔德说。

这个回答不出郁飞尘所料。

争议。这意味着黑章军并没有严格的规章来对待俘虏。也就意味着，至少现在，所有举动都被默许。那么一旦有了残酷的事情发生，就会越来越残酷。

此后无话，第一缕天光照进营房的时候，变化悄然在房间里发生了。

金发壮汉的尸体忽然在营房里消失了。他本人则好好地活着，蒙眼坐在那里。小个子那微笑着的尸体却仍然横躺在地上，来自未来的尸体取代了真正的他。

与这一幕同时出现的是"砰"的一声枪响。

血液飞溅，小个子的脸上再也看不出微笑的表情了。

恐慌的尖叫声在别的营房里响起。门口站岗的士兵原本睡眼惺忪，此刻猛地睁开眼睛，看向里面。

安菲尔德收起银白色的手枪，神色冷冷。

没有士兵敢质疑他。

营房里的其他人则露出了恐惧的表情。他们不知道安菲尔德的用意。

郁飞尘没说话。橡谷收容所建立高墙，控制俘虏，为的就是隐瞒他们的所作所为，尤其是那个使人微笑的毒气。一旦橡谷知道了消息有泄露的可能，这些人将会性命不保。

总管很快前来开门，看到房中俘虏的尸体，面对安菲尔德的脸上充满了亲和的笑意，与平日的阴阳怪气截然不同。

"这个科罗沙浑蛋对您做了什么？尊敬的上尉。"总管说，"是他的脏手想摸您的头发吗？您知道的，这些人简直无药可救。"

安菲尔德什么都没说，径直掠过他，离开了这里。

总管对他的卫兵说话，语带得意："上尉终于放下了他清高的身段，橡谷现在欢迎他了，我要立刻报告给大校。"

一天的砖窑生活又开始了，今天的看守又比昨天残暴了许多。橡谷就是一个这样的地方。善待俘虏者必定被排斥，施虐者才能得到认同。久而久之，所有人都会习以为常。

郁飞尘再次找到了那些人——那些昨天他曾寻求过合作的人。

当然，今天他还带了别的东西，正面是用长官的便笺画成的路线示意图，背面是交给他们的任务。

昨天，他们拒绝了他，但今天，他们都收下了那几张便笺。

至于到时候会不会做，又会做成什么样子，郁飞尘不知道。他希望他们能顺利。

曾经，在他被投诉得最多的那段时间，契约之神莫格罗什经常找他喝茶——"喝茶"是"约谈批评"的代名词。

"我知道你习惯孤身一人，"莫格罗什的眼神在那时候会很慈祥，"但你得学着去信任你的队友。你迟早会学会。"

但至少他现在还做不到。一天下来，他在脑海中演练了无数种情况，从一个人掉链子到所有人全部掉链子，无一遗漏。

夜深后，22日的0点即将到来，安菲尔德仍然按时到了。如果一切真如他们所料，那这将是他们在收容所度过的最后一个晚上——也是探察收容所的最后一次机会。前天晚上，他们看到科罗沙人被全部"净化"。昨晚，看到格洛德泄漏毒气，杀死了所有人。今晚又会看到什么？

白松主动提出把他自己、大鼻子和金发壮汉的眼睛都蒙上，最大限度避免惨剧的发生。郁飞尘觉得可行。

白松撕下衬衫下摆，分成三条，分别蒙上了两个同伴的眼睛，又蒙上了自己的。

郁飞尘还在复习逃跑路线，余光就看到安菲尔德动了动，从右胸的口袋里拿出了一条黑色缎带。

再然后，他就看到安菲尔德转向了自己。

月光下，一个朦胧的轮廓。

安菲尔德说："你也蒙上。"

郁飞尘不认为自己有蒙上眼睛的必要，他能控制住自己，但长官既然愿意多此一举来保证他的安全，他也没有什么拒绝的理由。

他收起纸笔，看着安菲尔德倾身过来，然后缎带就盖住了他的眼睛。黑夜落下，除了朦胧的光晕，眼前什么都没有了。

安菲尔德的存在感却因此被放大数倍，冰雪寒意靠近了郁飞尘。

郁飞尘忽然碰到了什么东西，是这人的长发垂落下来，触到了他的脸颊。他伸手打算拨开，于是手指就碰到了那些微带凉意的金发。

轻微的压力从眼上传来，缎带的结系好了。

他不是个善于交际的人，但这不代表他没有识人之明。各个世界里，他见过太多形形色色的人，乐园里，他也与穿梭在各个世界的人打过交道。

寻常世界里的人和超脱于单个世界的人的所知、所识都有很大的区别。用虚无一点的说法——气质不一样。除非天赋异禀，否则截然不同。

过近的距离会使人产生错觉，认为他们之间不再陌生，他对安菲尔德问出了那句想问很久的话。

"长官，"他低声道，"你听过永夜之门吗？"

安菲尔德的呼吸声稍顿了一下。

他的声音在郁飞尘耳畔淡淡响起："管好你自己。"

也行。郁飞尘这辈子最擅长做的事情，就是管好自己。而他的好奇心又和他的记性一样有所欠缺，不会执着于某个问题。

他一言不发。营房里，除去呼吸声就只有怀表的秒针走动时那细微的声响。

玻璃油灯被灭掉，5分钟后，12点的时候重新点了起来。安菲尔德是唯一没蒙眼的人，因为无论按照什么逻辑，来自锡云的上尉都不会死在一间关押俘房的营房里。

郁飞尘出声："看到了什么？"

短暂的沉默后，安菲尔德才回答了他。

没了视力，听觉被放大数倍。安菲尔德冷霜般的声音听起来遥远又若即若离，像一声宣判："你们都死了。"

这倒出乎了郁飞尘的意料，他以为至少自己不在其中。

他确认了一句："全部？"

安菲尔德言简意赅："全部。"

也就是说，在22日指向的30日里，他们所有人都死了，在营房里。

郁飞尘伸手摸向营房门，却被安菲尔德抓住了手腕。他力气很大。

郁飞尘立刻意识到了安菲尔德的意思——如果没被拦住，可能他下一刻就会摸到自己的尸体！而摸到尸体的后果，恐怕和亲眼看到自己的尸体相差无几。

"门是从外面锁着的。"安菲尔德把他的手按回原位，起身。

说话声还伴随着衣物的摩擦声，他在翻看检查尸体。

"你们被锁在这里，"安菲尔德的声音淡淡传来，"毒气从下往上扩散，每个人都想去高处。所以你们相互踩踏，最后抓住铁门，堆叠在一起，全部死于微笑瓦斯。"

第二次"被死亡"的金发壮汉低声骂了一句脏话。郁飞尘能理解他，因为这位长官描述的场景实在过于生动，尤其是在他们目睹过别人的微笑尸体后。

沉闷的尸体拖动声响起。

郁飞尘不可避免地想到了在化工厂看到的毒气配方。

在那本记录册上，它被正式命名为"净化之水"，未正式命名前，被随意记录成"微笑瓦斯"。

以前，在创生之塔接到的任务有时非常离谱，因此他或直接或间接地接触过很多类型的科学，所以能从实验记录大致推出微笑瓦斯起效的过程。

它很简单，由毒剂和某种神经麻醉用品按一定比例混合而成。毒剂使人的整个生理系统瘫痪，丧失一切功能，人最后死于无法摄入氧气而引起的窒息。另一个成分则麻痹神经中枢，传递某种使人兴奋的信号或幻觉，使中毒者脸上不由自主地浮现笑容。

吸入微笑瓦斯后，大概会一边因为中毒而窒息，像溺水一样痛苦无比，拼命想爬往高处呼吸新鲜空气；一边却不由自主地陷入迷离的幻梦，最后挣扎着倒向死亡。

在这个世界的"预言"里，他也这样死亡了，但他不认为自己会这样死掉——起码不会和别人堆在一起。

但真正死去会是什么感觉？郁飞尘发现自己竟然在认真思考这个问题。

撬锁声响起，铁门打开了。

安菲尔德拉起郁飞尘，带他走出了这里，然后依次带出其他人。

有了小个子的惨案，这次谁都没有往回看，而是取下眼罩，看向了别的营房。这次月光如雪，不必用玻璃灯也能看见一切景象。

无一例外，每间营房的十几人全都以扭曲的姿势堆叠在门口或角落。

"发生了什么？"白松深呼吸了一口气，经历了昨天的恐怖景象，大家今天都好了一些。

郁飞尘打量着这些。门被从外面锁上，走廊角落里有一个掉落的防毒面具，证明是卫兵的手笔。几乎每个人身上都有鞭伤，证明死前都受到了惩罚。大门紧闭则是为了防止毒气外泄,这是有计划的谋杀,指向一个明显的结论。

"长官,"郁飞尘忽然说,"分头行动吧,不打扰您。"

安菲尔德回他以一句丝毫不带感情色彩的"嗯"。

他们探察收容所是为了寻找逃出去的机会。而这位长官在搞清楚那两个人失踪的原因后仍然前来,一定也有自己的目的。

他没有说自己要找什么,郁飞尘也没对他吐露任何关于逃跑的计划,既然如此,默契地分道扬镳就是最好的选择。

但是,当营房的大门打开——

长官那辆黑色的军用轿车赫然停在门前。

然后,长官从容地拉开车门,来到驾驶位,车门"砰"的一声关上,车灯亮起,引擎启动,轿车在夜色里缓缓开走。

郁飞尘心想,他那分道扬镳的话或许说早了。

"怎么会这样?"白松也发出了疑问。

"只需要让他的副官每天晚上都把车开到这里。"郁飞尘说。就像他让白松每晚画一道痕迹一样。

白松叹了口气,回到最初的问题:"那我们这次又是为什么死了?"

"越狱失败,被他们发现了。"

真实的时间里,昨天到今天,只发生了一件值得一提的事,那就是他把写着逃跑计划的便笺分发给了人们,一部分人开始计划越狱。

未来因此改变了。越狱失败,所有人被就地处死。

"这意味着我们一定会失败吗?"

郁飞尘没回答。

"那我们为什么会失败呢?"白松继续自问自答,"太难了吗?"

"很多事情都会导致失败,"郁飞尘随意回答。他是个严谨的人,关于怎么失败,他已经在脑海中预演无数遍了,非常熟练,"所有人都不按计划行事或者有内鬼告密,就这样。"

"应该……不会有人告密吧。大家都是科罗沙人。"白松话音刚落,所有人都像从梦中惊醒,忽然看向安菲尔德消失的方向。

郁飞尘当然也注意到了这一幕,阵营的天然对立就是如此。

"他还不知道。"他只说了这一句,看向另一边停着的卡车,"你去开那个。"

"这辆车又是怎么回事?"白松惊叫,"是你做的吗,郁哥?"

"不是,"郁飞尘面无表情,"这是他们用来运毒罐的。"

车是白松开的,一个人如果服过一年兵役,就会精通很多东西。

这天晚上,他们借助毒罐车绕收容所走了一整圈,规划路线。最后,郁飞尘在士兵和看守的训练场与营房里停留了很久。收容所有效的兵力不多。五个军官,各配手枪。二十个左右士兵,大概十把手枪、十把冲锋枪。除此之外,还有六个哨兵、三十个当地看守。看守只是临时征召的当地人,没有枪,即使有,里面也没有弹药。

郁飞尘背下了士兵的值班和巡逻表。离开的时候,他看到安菲尔德的车也停在这里,但他们去地方不同,并没有碰面。直到凌晨4点半,大家才一前一后回了营房——他们这些有尸体的人是自发蒙上眼睛,靠着墙进去的。

安菲尔德回来的时候,郁飞尘正靠墙假寐。

可想而知,安菲尔德一旦回来,就又要咳嗽。每天晚上都要被重叠的时间剥夺走半天的睡眠,出于对休息时间的珍惜,郁飞尘已经提前把被子推到了这位长官的位置上。

长官的脚步停在了他面前,良久。久到郁飞尘以为,有什么事要发生。

寂静里,轻轻一道解开扣子的声响后,那件毛呢斗篷落在了他身上。

这件斗篷或者说披风很轻。郁飞尘伸手抓住边缘,羊毛呢的质地,细密结实,是高级军官的制服中才会配备的那种御寒的好东西。

不过,再高级的制服披风也无法和被子相比。前两夜,这位长官即使身披披风,也仍然被寒气浸染,不住地咳嗽。

但这厚度对郁飞尘来说足够了——虽然冷或不冷都不会对他的身体产生太大的影响。

他不爱碰别人的东西,不过这披风倒没超出容忍的限度。他往自己身上拢了拢,湿冷的感觉很快退去。安菲尔德说话时总有种端正优雅的腔调,使唤人时也理所当然,有时让人想起古城堡里养尊处优的旧贵族,每次出门前,都会有女仆给他的披风熏以松木的香味。

但事实上并没有,披风上只附着冬日夜风的寒意,是那种下雪时特有的氛围。

安菲尔德也接受了他的被子，营房里没人说话。

虽说可用于睡眠的时间必须珍惜，郁飞尘还是在离凌晨5点只有两分钟的时候主动清醒了。天微微亮，白松睡得很沉，壮汉那边传来微微的鼾声，大鼻子的呼吸节奏证明他没睡，安菲尔德也没睡。

郁飞尘摘下了自己眼上的黑缎带，放在安菲尔德前面。

安菲尔德收回了那根缎带，没说什么。

5点01分，郁飞尘闭上眼继续睡，直到总管的开门声把他们唤醒。

"这已经是您在科罗沙浑蛋的窝度过的第二夜了，尊敬的长官。"总管声音尖细，笑道，"关于他们的秘密通道，您有眉目了吗？"

"没有密道。"安菲尔德走出门，和总管擦肩而过。或许称不上擦肩而过，因为总管的肩膀只比他的胳膊肘高一点。

"或许只能归结为科罗沙的巫术了。"总管跟上他，说，"不过，您尽管放心，大校已经连夜制定了新的管理制度，之后越狱永远不会在橡谷发生。"

安菲尔德的声音冷冷响起，却并没有接总管的任何话茬："记住昨天我说的。"

对着安菲尔德离开的背影，总管的嘴角不屑地抽动了一下。他把皮鞭狠狠掼在地上，发出一声清脆的"啪"，然后他清了清嗓子。这是他要发表总结或讲话的征象。

"在昨天，我们的几位光荣的士兵被调遣去从事其他神圣的事业。同时，大校认为，你们的纪律比起我们的实在是太过松散。我们为了管理你们付出了太多不必要的精力，这是完全可以避免的。橡谷就是你们的家，它应当秩序井然。"

他拍了拍手，一个卫兵走上前，呈上数十条黑色的皮手绳。

"牧羊人不会亲自放牧，因为他有牧羊犬。"他走进最近的一间营房，给其中一个人套上了一条手绳，又拍了拍对方的手背，"你每天可以享用双倍餐食了，牧羊犬。"

总管走入每一间营房，一边毫无规律地给每间营房中的一人套上手绳，一边宣告新的规章。

每间营房中被分配了皮手绳的人被称为这间营房的"监察员"，负责监督营房里其他人的一举一动，贯彻橡谷所制定的规则。如果有人犯错，监察员要惩罚并强制他改正。如果没做到，那受罚的就是监察员自己。

而如果有人产生了逃跑的意愿，监察员必须上报，会得到奖励。否则，整间营房里的人都会被处死。

"当然，如果有人真的逃掉了，"总管阴恻恻地说，"所有人，就可以去见你们亲爱的约尔亚尔拉了。"说到这里的时候他迈进了郁飞尘他们所在的房间，目光在四个人身上梭巡。

"讼棍、年轻小子、蠢牛——"他咧开嘴，"大鼻子，我记得你的鼻子。"他哈哈大笑，把皮绳系在了大鼻子手上，大鼻子惶惶低下头。

营房里的事务结束后，总管却没像往日一样让他们根据分工不同依次出去，而是让所有人一起走出了营房。

四辆卡车一起在外等着。

"你们的任务变了。"总管说，"我们尊贵的安菲尔德上尉认为他办公室里的炭火烧得不够旺。今天，你们所有人都给我滚去北山伐木。监察员多留五分钟。其他人上前三辆车。上尉会在晚上7点检查你们的劳动成果，如果数量达不到他的要求，你们就在那里通宵砍树吧，浑蛋。"

人群里顿时响起窃窃私语声。其中有几个把目光投向了郁飞尘，连白松也愣了："这……"

原因无他，他们约定好的逃跑计划里并没有这一出。那个计划是从砖窑开始的。

郁飞尘微抬头，望着铅灰色的天空。

北风，快下雪了。一旦地面铺上了一层雪，逃跑时的脚印就清晰可见，被追上的可能也直线上升。

在他的计划里，雪是一个必须考虑的因素。

风和时间也是。

他想过万一下雪要怎么对付——他知道对策，但是望着空无一物的天幕，他还是若有所失。

在过去的一天里，他排列组合了计划中几乎所有可能掉链子的人和其他可能会导致失败的因素，但没想到，安菲尔德一句话让他的所有演算都失效了。

他考虑了几乎所有情形，唯独没把安菲尔德考虑在内。或者说，他没想到安菲尔德的动作会比自己还快。

而他还没什么办法。

终于把目光从天空移开,他对上了白松探询的眼神。

"你还好吗?"白松问。

"还好。"郁飞尘答。

"你看起来像是遭遇了……"白松组织着措辞,"背叛。"

郁飞尘面无表情地看着白松,不知道这男孩到底是从哪里冒出来这种奇怪的幽默感。

"上车。"他说。

人以群分,砖窑的人还是自发上了同一辆车。三个当地司机各开一辆车,他们同时也是看守,每辆车的驾驶室里还有一名带假枪的看守和一名带枪卫兵。

也就是说,一共有三名真枪实弹的卫兵和六名看守,还有十几个监察员监视他们今日的伐木。看守和监察员暂时可以忽略不计。

"情况坏了,我们怎么办?"车里,白松小声问。

郁飞尘说:"没坏。"

人员从分散在三处变成了集中到北山,手里可用的武器从砖头变成伐木用的斧子,这不算坏,甚至比之前好多了。

只是需要重新排列组合而已。

前天晚上,他们和安菲尔德一起推出了营房内时间异常的真相,得出 22 日午夜,时间线会发生断裂重合,无法预测的恐怖之事会发生。安菲尔德说,他会尽力让人们在那之前转移出去,但是统治橡谷收容所的那位大校显然不可能让俘房长期停留到另一个地方。能让俘房午夜 12 点时不在收容所内,安菲尔德已经仁至义尽。

但这解决不了根本问题。集中营内的时间是扭曲变形的,23 日到 30 日这 8 天在某种意义上不存在了。根据他们的猜测,最可能的情况是,午夜 12 点一到,31 日的收容所会直接降临,取代原本的收容所。

而 31 日的收容所是什么样子的,取决于他们做了什么。

刚到收容所的时候,他们什么都没做,得到了全员被毒杀、焚烧的 28 日。

过了一天,格洛德前往化工厂,得到了微笑瓦斯全面泄漏、所有人死亡的 29 日。

再过一天，郁飞尘和几个领头人沟通了逃跑计划，得到了有人告密，全员被处死的 30 日。

所以，在午夜 12 点之前，郁飞尘必须创造另一个局面。

一个无论如何"预言"，都会让 31 日的人安然无恙的局面。

白松又问："昨晚的'预言'里，我们会被告密，怎么办？现在还有监察员了，不告诉他们吗？不可能呀。"

这是个涉及所有人的计划，所有人到时候都会知道。

他们身边的金发壮汉喃喃出声："没人告密，我们可能成功，也可能失败。成功就全部逃走，失败就全死了。有人告密，他们可能把我们全部处死，也可能只有我们几个死了，其他人活着，后来再慢慢被黑章军折磨死。"

没错。摆在他们面前的，有且仅有两种命运。全部活下来，或全部死去——昨晚他们所看到的景象也证明了这一点。

"对啊，无论如何都会死。"白松说，"不会有人告密的。"

"除非是安菲尔德上尉。"

"但上尉是个好人。"

"闭嘴。"郁飞尘道。

几乎所有人都习惯把失败归咎于他人。这场逃跑成功与否，从来不取决于告密。因为有人告密也是掉链子的一种，郁飞尘会考虑在内。

那两个人短暂地安静了，让郁飞尘清静了一段时间。

但当卡车摇摇晃晃地行驶到北山的时候，这两个人又开始了。

"锡云没有好人。"

"那科罗沙人中谁会去告密？"

还好，就在这时，卡车摇摇晃晃地停了下来。北山到了。

与南面的橡山不同，北山只有零星的橡树，其余都是桦树、山毛榉和密密匝匝的灌木。他们的任务有两种：一种是砍伐细长的桦树，劈成细条，当作木柴；一种是砍断那些粗壮的山毛榉树，它们会作为收容所的建筑材料使用。

据那些被分配去扩建收容所的人说，他们最近需要很多铺设铁轨用的枕木。

深冬，寒风猎猎。山上太冷，只有几个看守下车盯人，士兵待在了驾驶室里。等到监察员乘第四辆卡车过来，士兵从车窗里伸出一个扩音喇叭对他们放了狠话后，连看守都上车了。

为了不被士兵责罚，监察员必须时刻监视其他科罗沙人。而为了让自己免于责罚，同时又尽力避免作为监察员的科罗沙同胞被责罚，其余人必须努力工作。

一种新的纪律确实诞生了。戴着皮手绳的人不用劳动，其余人则一刻不停地卖命干活。

郁飞尘他们分到的任务是砍桦木——也就是给安菲尔德上尉用的木柴。

每个人都分到了一把斧头，大鼻子负责监督他们。不过看样子他还没适应监察员的身份，有些畏缩。

郁飞尘并没专心砍树。这里离收容所不远。收容所的北门附近，黑章军用木架子搭了一个高哨台，他昨晚留意过。哨台上的哨兵能轻易看到在北山伐木的他们——虽然不会太清楚。所以，一切行动必须保证不被哨兵察觉。

时间是一个重要因素。如果选择在上午集体逃走，中午有人来送饭的时候就会发现这一切，收容所会在白天就展开追捕。这些科罗沙人没受过训练，很容易被抓到。只有换成黑夜，逃跑成功的概率才会大大增加。

正想着，一个人来到了他旁边那棵树前，是他约好的帮手之一。

"情况变了，怎么办？"那人低声问他。

"照常，"郁飞尘说，"下午动手，你看好二号。"

他们不知道那些士兵和看守的名字，所以用编号代替。

过一会儿，又有人过来，计划里，他原本负责的四号没出现在这里。

郁飞尘往士兵在的驾驶室看了一眼，又将目光转向远处的收容所。

看管他们的士兵数量确实少了。以前每辆卡车都会配备两名带枪卫兵，现在每辆车只有一名。总管早上也说过一句话——"几位光荣的士兵被调遣去从事其他神圣的事业。"

看管他们的士兵多几个还是少几个，逃跑的难度不会变化太多，但这句话给了郁飞尘一个重要的信息。

对黑章军来说，"神圣的事业"只能是向外侵略其他国家。

而现在，所谓的"神圣的事业"一定不太顺利。不然，原本被分配到收容所的士兵不会再次被抽调走，收容所也不会这么迫切地需要一个更高效、更节省人手的管理制度。

要么，科罗沙开始了反击；要么，有其他国家加入战局。

总之，前线吃紧了。

"那个新看守交给你。"他说。

说完，他又打量了一下这人全身："你会开卡车吗？"

"你怎么知道？"

专职的卡车司机行走坐卧的姿势会和常人有细微的差别——其实每种职业都会在人身上留下痕迹。

现在他们有第二个司机了。

陆陆续续又有几人状似无意地逛到了他们这边，其中有一位甚至是监察员。第五个人是陌生面孔，他面容瘦削，眼镜片被打掉了一块，衣服已经满是污渍，但仍然文质彬彬，看起来博学多识。

"我听说了，你们要走。"他说话短促，"我知道这是哪里，我的公司给橡谷化工厂供过货。"

郁飞尘看着他。

"这里是黑章军占领的席勒，被占领已经超过三个月了，火车站和港口都被征用。从这里往北都是他们的领地。如果能离开这儿，不要靠近城市，往西走——科罗沙在西面。"

这位先生说的全是实话。在收容所的军营里，郁飞尘看过地图，但往西走不是他的计划。

他从没想过带大家回科罗沙。

科罗沙不是个军力强盛的国度，甚至因为过于依赖经济和贸易而成了一个松散的国家。郁飞尘不认为在黑章军的闪电袭击下，科罗沙的其他城市能够幸免。更大的可能是他们千辛万苦地逃回科罗沙原本的领土，却发现那里已经成了黑章军的属地。

现在唯一的有利条件是，几乎有三分之一的科罗沙人都不在国内。

"往南走，"他低声道，"去萨沙。"

那位先生睁大了眼睛。

这是郁飞尘能想到的唯一能保证大部分人存活的选择。根据他这几天的了解，萨沙是个中立的小国。往日，它没有任何至关重要的资源，地理位置也毫不优越，黑章军逐渐占领周围几个小国家，将矛头直指科罗沙时，并未将它考虑在内。而如今前线吃紧，更不可能把兵力浪费在这种地方。

在中立的萨沙有经商的科罗沙人，那么理所当然也有科罗沙人的组织。

"不去科罗沙？"那位先生先是摇了摇头，继而仿佛恍然大悟。

"愿约尔亚尔拉保佑我们。"他最后道。

紧张又诡秘的氛围在科罗沙俘房中悄然蔓延。一部分人已经知道，其余人一无所知。有的监察员装作什么都不知道，有的则不是。

譬如大鼻子。整个上午，他一直心事重重，眼角偶尔神经性地抽搐一下。或许他一直在想昨夜那个所有人死亡的场景。

将近12点的时候，他终于问出了那个问题。

"真的能成功吗？"他说，"他们有枪。"

白松和金发壮汉也问过相似的问题，郁飞尘没搭理，他不喜欢这种没有意义的问句。

但是此时此刻，看着大鼻子，他说了一句话："他们没打算让一个科罗沙人活到战争结束，不论他做了什么。我想你知道。"

大鼻子紧锁着眉头离开后，白松看向郁飞尘。

"好奇怪，"他说，"你好像在暗示什么。"

继奇怪的幽默和无意义的问句后，白松终于说了一句有价值的话，郁飞尘竟然觉得他进步匪浅。

这让郁飞尘的心情好了一点，连带着觉得白松那好奇的表情也显得顺眼了许多。他决定拿出当年接"辅导"单子的服务态度来。

"昨天晚上，安菲尔德把挡门的尸体搬开。"他语气平淡，毫无起伏，说，"你听到他搬了几下？"

白松："啊？"

郁飞尘不再说话，继续专心砍树了。

昨晚安菲尔德说"你们都死了"。然而，但凡长了耳朵的人都能听出来，只有两具尸体。

只是除了郁飞尘，没人注意罢了。

"郁哥。

"郁哥。

"郁哥。"

接连不断的喊声终于换来了郁飞尘的回头。他回头看向白松。白松脸上不仅没有他期望中的恍然大悟，反而满是迷茫与困惑。

"郁哥，"白松表情沉痛，"我没听懂，你展开说说。"

郁飞尘思索了一会儿。

"他搬了好几下，"他说，"但如果你仔细听，被搬的只有两具尸体。"

"两具？"白松惊讶无比，"这是人能听出来的吗？"

他问的问题也不是郁飞尘期望中的那个问题。郁飞尘以为白松的问题会更有价值，至少是"难道安菲尔德说谎了"之类的。

这让他刚刚思索并计划好的"辅导"流程失效了，只能另起一个。

既然白松连只有两具尸体都听不出来，自然没法听出尸体的重量，更没法从重量推出被搬的人是谁。

"你、他。""你"自然是白松，说"他"的时候，郁飞尘看向了金发壮汉。昨天晚上，营房里的尸体只有这两具。

"我、冈格？"白松睁大了眼睛，"不是说我们都死了吗？安菲尔德长官还说我们四个都堆在一起。他没数你和瓦当斯？"

这话一落地，郁飞尘刚更新好的"辅导"流程又失效了。

又过一分钟后，白松才迟疑着说："安菲尔德长官……他没说真话？"

终于回到了正确的轨道，郁飞尘微微松了一口气。

白松看向郁飞尘，又审慎地看了一眼大鼻子。此时大鼻子也正略带探究地从远处望着他们。

白松恍然大悟，一连串提问："你和他没死在营房里？那长官为什么要说我们都死了？他要吓唬你吗？"

郁飞尘按住白松的肩膀示意他闭嘴。

"逃跑失败，所有人都死在营房里，只有我和大鼻子没有。"他声音很低，"我是逃跑的策划人，和你们待遇不一样。"

他话没说全，但都说到了这个地步，白松没道理再听不出言外之意了。

几乎所有人都被处死，只有两个人不在。逃跑行动的策划者得到了特殊处置，可能遭受了其他酷刑，可能直接被击毙在了野外，也可能骨灰已经被扬了或者他实力远胜他人而幸免于难了。

但大鼻子呢？毫无特殊之处，起不到任何作用的大鼻子又为什么也没死在营房里呢？

只有一个答案——他是告密者。对黑章军的强权，他胆怯已久。最后，因为惧怕死亡，他靠出卖大家苟活了下来。

这件事，安菲尔德不能说。

如果大鼻子早就暗暗有了告密的心思，一旦安菲尔德说出了营房里的真相，他就会立即反应过来自己在将来因为告密幸免于难了。于是他告密的动机就会大大增强，招致不能想象的结果。

"为什么？我想不通。"白松说。

"我也有想不通的地方。"看着远方铅灰色的天际，郁飞尘也说了一句。

"哇，你也有想不通的地方？"白松说。

想着昨晚的一切，郁飞尘微微蹙起了眉。

今天凌晨4点58分左右，他在时间重叠还没有消失的时候就提前摘下了蒙眼的黑缎带，还回安菲尔德手里，意思是"我要看了"。

而安菲尔德收回了缎带，什么都没说，意思是"那你看吧"。

然后他就真的睁眼看了。

果然，房间里只有白松和金发壮汉的尸体，没有他和大鼻子的。

既然这样，那昨天夜里他伸手要去摸索的时候，安菲尔德为什么扣住了他的手腕，不让他碰尸体？

再往前，既然要防范的只有大鼻子一个，安菲尔德为什么说四个人全都死了？

这很反常，反常极了。没有逻辑。

就在这时，白松的神情忽然慌张了起来。

"也就是说，大鼻子告密了。安菲尔德长官看出来了！"他结结巴巴地说，"那、那长官肯定也猜出来……你要带我们逃跑了。"

寒风呼啸，吹开铅灰天幕的一角。

郁飞尘猛地愣了愣。

电光石火间，他忽然明白了！

安菲尔德先是看到这间营房里白松和金发壮汉死亡，没有郁飞尘和大鼻子，再看到对面的那些营房里全员死亡，然后再结合他们之前对收容所有目的的探察行为，他立即就可以得出正确结论：郁飞尘策划逃跑，大鼻子告密，逃跑失败，全员被处死。

可在这之前，长官已经告诉了总管，他要这些人明天全都去伐木。

也就是说，对于收容所里的人的去处，安菲尔德有他自己的计划。

一个想好了周全计划的安菲尔德发现另一个人也有自己的想法，而且两人的计划并不一致，甚至相反。那时安菲尔德的心情，或许就和今天早上忽然被告知要去伐木的郁飞尘的心情一样吧。

那昨晚在他身边的，或许是个因为计划被打乱而心情不太好的长官，这就是关键。

那么"你们都死了"这句话，还有不让他探究尸体的那个动作，不仅是在打消大鼻子的告密念头，也是在敲打他，让他不要妄想逃跑。

又或许没那么多弯弯绕绕。那位长官一看就久居上位、无人忤逆，习惯一切按计划进行。出现不可控因素，他有点烦而已。

郁飞尘继续换位思考，如果总管宣布伐木时，安菲尔德就在他身边，那他一定也会忍不住出言讽刺长官几句。

所以，一切都有了解释。他们两个各自绊了对方一下，扯平了。

郁飞尘忽然舒适了很多。

此前想不通的，他也刹那明白了——下意识里，他根本没考虑过安菲尔德的主观情绪。为什么？

"郁哥！郁哥！"白松的手在他眼前晃了晃，"你走神了。"

郁飞尘的思绪回到现实，北风刮着落叶擦过他的头发。

他确实走神了。

午间，运送木材的卡车带回了俘虏的午饭。士兵和看守终于从驾驶室里出来了。他们带了面包、熏肉和很多酒，在草地上聚餐。伐木场远离收容所，没有上级监管，比砖窑自由得多。

下午没有早上那么寒冷，看守恢复了挥鞭子的兴致，接连不断的惨叫声让那三个士兵大笑起来。两个科罗沙人用绳子拖着一根被竖劈成两半的山毛榉木路过他们，一个醉酒的士兵跳到了木头的截面上，像御马的车夫一样抄手站着，呵斥拖木头的人快一点。

但他的体重给拖绳人造成了极大的负担，而山间的路原本就不平坦，勉强被拖着走了几步后，他被颠得跌落下来。另外两个士兵见状大笑。他从地上爬起来，笑骂着举起枪，击毙了拖绳人中的一个。

枪声落下，科罗沙人的动作为之一顿，然后，他们默默低下头继续自己的工作。

郁飞尘穿过一片灌木丛。

"你去哪儿？"白松小声说。

"别跟着。"郁飞尘说。

他带着斧头缓缓掠过人群，来到伐木场边缘一辆拉木头的卡车后。不远处有两个人正卖力劈砍着木桩，发出巨大的声响。又过十分钟，作为监察员的大鼻子也尽职尽责地晃荡到了这附近，一切都很正常。

这是个隐蔽的角落。从伐木场中央往这儿看，只能看到一角。士兵在中央醉醺醺地喝酒划拳，没人担心俘虏会逃跑，因为伐木区被用电网围了起来，前方还插了个"雷区"的标志。

不过，郁飞尘的目的本来也不是越过雷池逃跑。他在这个角落不规律地晃荡，有时在卡车后专心劈柴，有时在车厢的开口处帮运木头的同伴把沉重的山毛榉木拉上卡车。

"你怎么走来走去？"终于，有个同伴问他。

郁飞尘比了个"嘘声"的手势。

此时他正拎着一捆木柴从卡车的背面走到车斗的门口。

伐木场的草地中央，饮酒作乐的士兵中的一个忽然抬头看了他一眼。而这个时候，郁飞尘也看向那边。他们对视了足足三秒。

三秒钟过后，他移开目光，登上车厢，把那捆木柴放进去。

再从车厢出来的时候，余光里，那名士兵已经拎着一个酒瓶，摇摇晃晃地朝他这边走过来了。

郁飞尘的神情没有任何变化。他转身又去了卡车的背后，坐在一根高树桩上，继续那位安菲尔德长官指定的劈柴事业。

人的注意力是有限的，尤其是在伐木场里许多人同时活动的情况下。这个时候，只有那些做出怪异举动或发出奇特声音的人才会被特别关注。

但郁飞尘自认为并不是个哗众取宠的人。

蛇只能看清移动着的东西，对人来说，其实也有类似的原理。如果一个东西频繁在视野里出现又消失，那它很难不被注意。

他频繁在车的背面和侧面走动，就是要引起这样的注意。

至于要引来的那个人——

沉重的脚步踩碎地上的落叶与枯枝,来者体形硕大,喘息声像野兽一样粗重。是郁飞尘的熟人。

正是那天在砖窑里和他打过九个回合,最后被打趴在地的大块头。郁飞尘还记得那天他爬起来后暴戾又阴冷的眼神。那眼神明明白白写着——我会弄死你,迟早。

只不过,拔枪出来击毙一个刚刚打败了自己的人,未免显得他过于恼羞成怒,有失荣耀与风度。当时这大块头士兵没为难郁飞尘,甚至咬牙切齿地说了一句"好小子"。第二天他没来砖窑值班,因为在养伤——郁飞尘清楚自己下手的轻重,那伤势必须卧床一天。

今天,大块头休养好了,那他报复郁飞尘就是迟早的事。上午的时候郁飞尘已经感受到了来自车窗里的那种若有若无的目光。于是,在士兵下车后,他就来到矿场边缘,并想办法吸引大块头的注意,为必然发生的冲突找一个合适的位置。

脚步声近了,他能听见大块头身上枪械撞击腰扣的声音。

为了方便行动与合作,他给经常照面的几位士兵编了号,这大块头是一号,一马当先。

之所以是一号,不是因为他块头最大,而是因为他是这些士兵里唯一受过专业的、真正的军事训练的人。那站立、握枪、打斗的姿势无一不证明了这一点。他拿手枪,而不是其他士兵那样威武的长步枪,因为这不是战场,步枪远没有手枪灵活好用。军装的肩膀微微鼓起一块,是防弹背心的痕迹。收容所里没必要穿这个会让人浑身不舒服的东西,他穿了,唯一的解释就是习惯所致。

还有那双野兽一样的眼睛,那是真正刀口舔血后才会有的眼神,不是虐杀几个手无缚鸡之力的俘虏就能得到的。

这也是最初郁飞尘选对方来搏斗的原因,找对手的时候,他从来只挑最强的那个。

雪亮的斧头劈裂倒数第二根白桦木的时候,一号的脚步在他旁边停了下来。混浊的呼吸声也近在咫尺。

郁飞尘没搭理。他没转头,甚至连眼珠都没转一下,只是把最后一根白桦木拿到眼前,再次举起斧头,把它劈成两半。

"好小子。"粗哑的声音再次响起,饱含怒意。

郁飞尘的本意很单纯，他一向善始善终，既然劈柴了，就要劈完最后一根，但听到这一声阴沉含怒的"好小子"，他确认，自己激怒别人的功力又在无意中增长了。

他把两根木柴拿起，放在木柴堆最上面，让它们堆成一个完美的等边三角形，然后语调平平，说："下午好，中士。"

"下午好，科罗沙。"一号在面目狰狞后，不怒反笑，他解下腰间的酒囊，拧开盖子，"我来请你喝酒，小子。"

"您不记得了吗？"郁飞尘淡淡道，"我不想喝。"

上一次，他把一号的酒倒在了地上。

"我来请你喝酒。"一号把这句话重复了一遍。

郁飞尘没说话，因为一号在说话的同时已经把酒囊高高举起，高过了他的头顶。"哗啦"一声，透明的酒液当头洒了下来，他微微偏头躲过，烈酒淋在了他的头发上，然后继续往下，浸透了右半边的衣服。

辛辣刺鼻的酒味蔓延开来，倒是比丧尸基地的78度假酒好闻些。

郁飞尘在思考。

他没在思考一号，他在想安菲尔德的计划是什么。除了这样硬碰硬的冲突，还有什么能把俘虏解放出来。

看见他因为走神而近乎发呆的面孔，一号发出了一声畅快的大笑。他知道科罗沙人视酒为诱人堕落的脏污之物，如今这家伙却被烈酒洒了一身——世上再没有比这更屈辱的事情。

不过这一笑，他肩膀上的伤口又隐隐作痛起来。那天打斗时的场景又浮现在他眼前，他狞笑着拿起枪，对准了这个家伙的脑袋。

不、不对，应该拿鞭子。在赏这家伙一颗子弹之前，得好好折磨他一番。

而郁飞尘只是抬起眼皮，平平无奇地看了他一眼。

下一刻，他的右手猛地扣住了一号拿枪的手腕，向下一拽。

原本就醉醺醺站不稳的一号被这样一拽，顿时失去重心，整个身子一个趔趄。他迈开左腿正要维持住平衡时，郁飞尘却已经借力向前一摆，然后拧着他的手腕迅速回身一跃，腾空膝击，正中他的右边肩背。

正在踉跄着的一号整个人猛地向前栽倒，胸膛轰然撞上了凸出地面的木桩。而郁飞尘一只手迅速死死扼住一号的喉咙，让一号一丝声音都没法发出来。

让安菲尔德的计划见鬼去,他就是喜欢硬碰硬。

没人看清这一切到底是怎么发生的,只知道一阵北风卷着落叶刮过去,郁飞尘已经把一号放倒在地,缓缓松开了扼住他咽喉的手指。这人近乎失声,因为他的气管连着整个肺叶都被撞坏了。

昏暗的天光下,只有他的牙齿咔咔作响的声音。

郁飞尘的手指在他身上摸索,像外科医生在计划从哪里开始下刀。

右边衣兜里是几串珠宝,左边衣兜里放着一个昂贵的金烟斗,都是高级货。皮夹里看到几颗带着骨骼碎片的金牙,郁飞尘把那些东西丢掉,俯视着一号。

回光返照的时间到了,粗浊的、饱含仇恨的声音从一号喉口艰难地迸出来:"你……死……"

"我……死?"像是听到有人在讲笑话,郁飞尘轻轻重复了一遍。

一号喘着粗气,咬牙向上看去。他不信自己会死在一个科罗沙人手里,却忽然对上了郁飞尘的眼神。

血腥味里,毫不掩饰的森冷戾气扑面而来。空无一物的眼瞳里有隐隐约约的疯狂,对方像是换了一个人。

仿佛低级的野兽遇到了丛林的统治者或者一个凡人见到了死神,一号咬着牙,本能地颤抖了起来,哆嗦着用最后一丝力气握紧了手里的枪。

"告诉你唯一可能挡住我的办法。"郁飞尘慢条斯理地卸掉他的手臂关节,他的手指无力地软垂下来,枪"啪嗒"一声落地。冬日的枯草上带着洁净的白霜,郁飞尘将枪柄在上面反复擦了几下,才把它握在手里。

"别让我拿到枪。"

话音落下,如同一个死亡的休止符,一号剧烈地喘了几口气,呼吸戛然而止。郁飞尘站起来,冰凉的烈酒从他的脸颊滑落下去。他轻轻喘了一口气,恢复到平日里那种状态。

有时候,他觉得自己绝不是什么好东西。野兽吃了人就会一直吃人,刀刃见了血就要一直见血。被欲望和暴力统治后疯狂的人他见多了。

但他永远能控制自己。

他望向旁边,那两个伐木的科罗沙人愣愣地看着这边,眼神说不出是害怕还是快意。郁飞尘朝他们招了招手,他们沉默地走过来,帮忙用旁边的木柴堆掩盖了尸体。这尸体死状凄惨，毫无尊严，但没人怜悯他。化工厂的白烟还袅袅冒着，战火纷飞的时代没有法律，就只剩下血债血偿。

郁飞尘来到车厢门口，另外两个士兵还在饮酒作乐，没人注意到这边发生了什么。而他的另外两个伙伴已经一人拿着一柄斧头，游荡在了他们旁边。看见他出来，他们遥遥交换了一下眼神。

这两个士兵不足为虑，看守没枪，也很好解决。

北边的岗哨看不清这边人的具体动作，只能看见人群和卡车。等到解决看守和士兵后，他们会假装要将运木料的卡车开回收容所，郁飞尘下车，悄无声息地解决哨兵。之后，科罗沙人就自由了。郁飞尘继续潜入收容所，女人和孩子那边他还有别的事情要做。

卡车将分别被丢在北边和西边，营造他们往科罗沙方向逃去的假象。真正的科罗沙人则潜入南面的橡山，渡过那条环绕整座橡谷收容所的河流，在密林中继续行进。收容所察觉出不对的时候，所有人已经分散隐入夜晚的高山密林之中。

橡山上的橡子是长期的食物，雪水和冬天的冰块能保证饮水。

七到十天后，逃出生天的科罗沙俘虏会像他们传说中的约尔亚尔拉的先民那样斩断荆棘，越过山脉，来到中立国家萨沙，与祖国取得联系。

这是个不错的计划，现在也一切顺利。最具威胁的士兵已经被解决，自由近在咫尺——没人不渴望自由，就连一直忧心忡忡的大鼻子也像是舒了一口气。

郁飞尘的目光在场中缓缓移动。他总觉得还有哪里不对。

大鼻子的胆子并不像他的鼻子那么大。从刚才的表现看，只要郁飞尘的计划有成功的苗头，他就会既不敢参与，也不敢告密。

他只在一种情况下敢告密——那就是逃跑者占绝对劣势的时候。

而郁飞尘相信，不管是哪个时空自己都不会出纰漏，不会有这种情况发生。

可在昨晚的"预言"中，大鼻子确确实实告密了。

难道又会有计划之外的事情发生？

郁飞尘蹙眉，飞快盘算着其他的可能。

同时，手持斧头的科罗沙人也渐渐逼近了他们被安排好的那个目标

095

背后，攥紧斧柄，缓缓抬手——

雾气弥漫的远山之中，忽然响起一道悠远的火车汽笛声。

汽笛声的穿透力极强，因为天空与大地寂静，甚至显得有些突兀了。

紧接着就是"隆隆"的震颤声，所有人都停下手里的活儿，往声音的源头看去。只见一列黑色的铁皮火车从南方山脉里缓缓露出头来。

窃窃私语声在人群中响起。这里的所有人都对火车印象深刻，因为他们就是乘坐一列这样的黑铁皮火车来到橡谷收容所的。

"看什么看！"被编为三号的士兵收回目光，大声吼道。

"看来，你们有兄弟要来加入这个大家庭了。"二号环视一周，笑道。他就是今天跳上山毛榉木，然后杀死了拖木人的那个。

就在二号的背后，一个肩膀宽阔、臂膀有力的科罗沙男人握紧斧柄，看向郁飞尘。

隔着弥漫的雾气，郁飞尘对他遥遥点了点头。这个脖颈上蔓延着鞭痕的男人见状抿紧了嘴唇，眼神现出决绝和坚毅。

"锡云不给我们补给，却送来一车又一车科罗沙野猪，不过这也——"

天光之下，斧刃映出雪一样的亮光。

锋利的斧刃正中他那因为说话而震颤的后脖颈，二号士兵的声音戛然而止，他的身体晃了晃，无力地向前扑倒。

听见动静的三号猝然转身，但是为时已晚，他身后的那个科罗沙人蓄力已久，斧背重击了他的后脑勺，一声沉闷的钝响后，他也倒了下去。

知晓计划的其他科罗沙人一拥而上，扑向各自附近的看守。场面一度十分混乱。

其中一个看守发出了大叫，但这地方是荒山野岭，没人能听到。

他们挣扎厮打，一个身强力壮的看守挣脱了制服他的几个人，大叫着向外面大步跑去，但他很快停下了脚步。因为当他在恐慌下回头查看情况的时候，看到郁飞尘那黑洞洞的枪口正指着他。

看守迟疑片刻，举起双手作投降状。立即有人用捆木头的绳子把他绑了起来。其他几个看守也被牢牢绑起，郁飞尘俯身，伸手挨个在看守的下颌处扳了一下——关节松动，嘴巴便只能无力地张开，没法发出清晰的声音了。

人群的动乱停息了下来。这动静不小，北面的岗哨应该也能隐约注意到一点不同寻常之处,然而哨兵只会以为是士兵和看守又在虐待科罗沙俘虏。

科罗沙人沉默着注视着这里,原本知道计划的人自然清楚局势,对计划一无所知的人见到此刻的情形也知晓了一切。

郁飞尘看着那几个被捆起来的看守:"你们想怎么处置?"

这些看守都是被征用的当地居民,这些天一直残暴地对待科罗沙人。不过,与十恶不赦的士兵相比,他们毕竟没杀死过人。

郁飞尘环视四周,没一个人说话,但大家脸上都浮现既仇恨又犹疑的表情。

他知道答案了。科罗沙人似乎天生温顺和善。

于是他也没多说什么,只是简短道:"带进车厢里。"

看守被扔进了卡车的车厢中,和木头待在一起。他们被丢下去的时候全然不见了之前的凶恶和威风,眼珠瞪大,满眼惊恐,喉咙里发出"呜呜"的祈求声。

郁飞尘则站在空地上,看向收容所。白松从驾驶室里搜到了一个望远镜,交给他。

在他们干掉士兵、制服看守的同时,火车缓缓驶来。

此刻,火车头上隆隆冒着蒸汽,停在收容所的南门。一队士兵从车厢里跳了下来,远远看去,大约十二人,正好是一支整编的分队。

有节奏的哨声忽然从南门处响了起来,两长一短一长。

郁飞尘举起望远镜,看向北面岗哨。只见那里的哨兵面向南门方向,吹了一声长哨,又转向他们这里,吹了两声连续的长哨。

郁飞尘稍稍回想,这哨声平日里偶尔也能听见,应该是士兵之间远距离沟通的方式。

他来到一处灌木丛里,在倒地的二号身上摸索。

岗哨迟迟听不见这边的回应,又急促地吹了两声长哨。

白松焦虑地说:"怎么办?"

又是两声。

时间越发紧迫,郁飞尘眉头微蹙,右手在二号口袋里翻找,终于碰到了一个铁质的小东西——一个哨子。

找到了。

他拿起哨子，不假思索地吹了一声悠远的长哨。

根据刚才听见的内容，南门哨响后，北门回了一声长哨，所以他猜测长哨就是"收到"的意思。

果然，这一声长哨落下，岗哨不再吹了。

一声长哨是"收到"，两声长哨又是什么？

无从知晓，但是结合刚到南门的那列火车，只有一个可能——他们在喊伐木场的人回去。

回去，回南门。或许是有活儿要让他们干，比如从火车上搬东西。

郁飞尘飞快地思索着。他最先猜测火车上是一批新俘虏，二号士兵的话也佐证了这一点，可是如果是新的俘虏，为什么又要叫他们过去？

是其他东西吗？他想不到有什么大宗物件值得用火车运送到一座收容所，这里绝不是什么军事要地。

无论如何，这列火车打乱了先前的一切计划。他心中清楚，今天的事情，不能善终了。

"上车，"他说，"所有人。"

不论新来的那列火车上是不是科罗沙俘虏，他都要先把这批俘虏安全地送出去。

有人问："我们去哪儿？"

"天快黑了，"郁飞尘看了看天色，冬天天黑得早，"往深山开，把车扔在山里，你们往橡山去。"说罢，他又看向那辆拉木头的车，"那辆留给我。"

"你去做什么？"白松问。

"我回收容所。"

他来到卡车后，把大块头身上的防弹背心扒下来，穿在了自己衣服里面。还好这种制式生产的东西，型号是可调节的，穿在身上没有太突兀。

"他们还在里面。"他听见一个人说，"我妹妹还在里面。"

没错，妇女、儿童、老人，还有实验室里的孕妇和残疾人都还在收容所里，甚至，火车上可能来了一批新俘虏。郁飞尘从永夜之门来到这个鬼地方的时候没有得到任何任务要求或提示，那就只能尝试把所有人都救出去。

扣好最上面的一粒纽扣，他说："如果有人愿意帮忙，我不介意。"

短暂的沉默。

然后,令人惊讶的事情发生了。

首先是一个人走了出来。

接着,三个人从人群中出来,围绕在他身边。

再然后,几乎一半人都来了。另外一半人在犹豫。

郁飞尘失笑。

有时候,这些科罗沙人的软弱让他觉得他们简直像一群待宰的羔羊;有时候,他们中的一部分又善良得可爱。或许善良和软弱原本就是一种东西。

"戴手绳的,全部去那边。"他先是把所有监察员都塞进了先走的卡车里,包括大鼻子——这就杜绝了大鼻子告密的可能,或许也让大鼻子接下来的一生都免于良心的谴责。

郁飞尘觉得自己做了件好事。

接着,他在那些主动愿意帮忙的人中,选择了身强体健的十来个,金发壮汉也在其中。白松也要来,郁飞尘无情地把他拎到了外面:"你知道路线,带他们走。"

"你会用枪吗?"注意到一个人手掌上特殊的茧子,他问。

"会,"那人回答他,"我经常打猎。"

"不错。"郁飞尘拍了拍他的肩膀,把原本属于二号的步枪给了他。

又有一个人主动说:"我也会。"

郁飞尘把三号的枪给了他。两把枪都有了用处,没有浪费,这让郁飞尘心情不错。

紧接着,到了分配司机的时候。

这群人中,能娴熟地在山地驾驶卡车的人,满打满算只有三个——还是把白松算在内的情况下。其他人只会开轿车。

他们的卡车却有四辆,其中三辆将满载着科罗沙人在夜幕下逃走,剩下一辆负责带郁飞尘和帮手去南门,车上同时还载着掩人耳目用的木料和几个不能动弹的看守。人手不够。

"怎么办?"白松焦虑道。

郁飞尘不动声色,让金发壮汉换上了看守的衣服,坐在第四辆卡车的副驾驶位子。然后,他在驾驶位坐下,熟练地检查冷却液,然后打着了火。

"原来你也会开。"昨晚被压榨着开卡车环游了收容所的白松仰头，幽幽看着他。

郁飞尘确信白松的注意力偏了，白松总是在该紧张的时候放松，该放松的时候紧张，关注一些无关紧要的小事。

他注视着白松，语气真诚："我什么都会开。"

白松还跟他杠上了："那你会开飞机吗？"

郁飞尘挂挡，启动卡车。

"会。"他的语气理所当然得仿佛在说"我会喝水"。

白松还想说什么，被郁飞尘拉回了正确的话题。

"望远镜你拿着，"他说，"看到哨兵没了，就带他们走。"

白松对他点点头。

郁飞尘在心底默念一遍莫格罗什的那句"相信你的队友"，把车向北门开了回去。

开到一半，北门的岗哨发现了只有一辆车往回开这件事，又疯狂地吹起了哨。然而，无论他怎样吹，郁飞尘的回复只有一个。

"收到。

"收到。

"收到。"

最终，哨兵失去耐心放弃了吹哨。

车一进北门，哨兵就跑下了哨台。

郁飞尘停车，低声对一身看守打扮的金发壮汉说："冷静。"

金发壮汉深吸一口气，点了点头。

紧接着，郁飞尘把士兵的军帽扣在了自己脑袋上，披上军装外套，打开了自己这一侧的车门。

士兵和士兵之间一定认识，但士兵和看守不一定认识，所以他让金发壮汉先摇下了那边的车窗，和哨兵对话。

"其他人呢？"哨兵问，"所有人都要往南门集合！"

"他们的车坏了。"金发壮汉探身出来，健壮的身体挡住整个车窗，使哨兵看不到郁飞尘的影子，问，"南门为什么这么多人？"

"好像是新的俘虏来了，我也不知道。"哨兵语气糟糕，"三辆车都坏了?你在开玩笑吗?"

"他们修好就会来的。"

"你们在搞什么?"

郁飞尘下车,往哨兵那边走去,此时此刻,哨兵的目光全在金发壮汉身上。郁飞尘又穿着哨兵熟悉的黑章军服,不会引起注意。

下一刻,冰冷的枪口抵上了哨兵的太阳穴。然后,哨兵变成了先投降而后被打昏的哨兵,和看守丢在了一起。

郁飞尘回头,遥望着伐木场的卡车依次开动,隐入了密林的小径中。

薄暮时分的天际,灰白中带着血红。

他深呼吸一口气,回到了车里。

夜晚刚刚开始。

卡车穿过整座收容所,从北门穿到南门的时候,暮色已经降临了山谷。雾气从天边漫卷而来,远方群山变成幢幢的黑影。狂风中,门口的电灯不断摇晃着,把大校与随从的背影打在了火车厢壁上。这列黑色的火车像一条长蛇一样蜿蜒着静卧在铁轨上。

大校不像睿智之人,但郁飞尘不认为他会忘记三四天前刚刚见过的俘虏的模样。因此,制服哨兵后,他就和金发壮汉再次换装,穿回了普通俘虏的衣服。

卡车行驶到门口,他踩下刹车,打开车门走下来,来到大校面前:"大校,中士先生让我们先来。"

大校那双微微凸出的眼珠仍然泛着神经性的红血丝,他看见这辆卡车,低吼道:"其他人呢?"

"报告,"郁飞尘的腔调因为平淡而显得在说真话,"其他人的车坏了。"

大校脸上的肌肉抽搐了一下,暴跳如雷:"你们难道只有一辆卡车吗?让那些浑蛋过来!"

"我们有四辆卡车,大校,"郁飞尘说,"但只有司机会修车,他们在一起检修那辆车,修好就会带着大家一起来。"

大校拔出枪来直指着他的脑袋,大吼:"破烂科罗沙卡车——"

郁飞尘以逆来顺受的姿态微微闭上眼。

余光里,大校恶狠狠地放下枪,再次大吼:"让你车上的都下来!"

郁飞尘去打开了车门,他的伙伴依次下车。拿枪的那两个,郁飞尘让他们藏在车厢深处,先不要出来。

大校看到只来了这么十几个人,再次大动肝火,炸雷一样的声音回荡在空旷的山谷里,甚至激起了一阵恐怖的回声。

"他们很快就会来。"郁飞尘说。

"等那些浑蛋修好他们的破烂,这列灵车就要发臭了!"大校吼了一个士兵的名字,道,"让那些女的也过来!"

吼完,他又指挥一个士兵,带上会修车的人,去伐木场找那些"浑蛋"。

郁飞尘不动声色。

金发壮汉在他耳边问:"詹斯,怎么办?"

郁飞尘伸手解开衬衫领口的上面两粒纽扣,寒风灌进来,有助于他清醒。他说:"很快。"

他微蹙着眉,看向雾气后的那列火车。

如果没听错的话,大校刚才说"这列灵车"。

一列什么样的车会被称为"灵车"?

正想着,大校摆了摆手,意思是让他们往前面去。

一个士兵提着一盏昏黄的煤油灯,领他们走到第一节车厢前,打开了车门。

灯光照亮了满车虚弱的俘虏,见到光,他们茫然地抬起头来,然后被驱赶下车。郁飞尘看着这些人,不放过任何一个细节。

这些人全部低垂着头颅,目光惊恐又迷茫,紧绷着嘴一言不发。他们不需要士兵驱赶就自发排成了一条长队,往门口走去。

一个最显著的特点是,他们全部穿着统一制式的灰色俘虏制服。另外,这些人全都是青年至壮年的男人。他们就那样沉默着低头往前走,活像一队行尸走肉。

士兵打开了第二节车厢,同样地,俘虏木然下车。

按理说,这些俘虏也是可用的劳动力,但他们现在个个目光如同最可怖的死人,脚步也踉跄虚浮,还有不少人艰难地拖着自己昏厥的同伴前行。另外一些人走着走着就颤抖着跪倒在地,喃喃念着"不要杀我"之类的话。

郁飞尘不禁揣测,大校是在发现这些俘虏完全没用后,才想到喊伐木场的俘虏来的。

而这些俘虏并不是被新掳来的科罗沙居民,更像是从另一座运转已久的收容所过来的

——现在一座收容所最多只能容纳两千人,黑章军建立的收容所一定不止一座。

接着是第三节。

"是新俘虏,"金发壮汉喃喃道,"那叫我们来做什么?"

郁飞尘没说话。

这位大律师的体力和嗅觉都只能算是正常人的,郁飞尘想发挥出非凡的能力只能靠意志强迫。所幸他的意志总是有用的。

士兵打开第四节车厢的时候,郁飞尘彻底确定了自己的想法。

车里,绝对不只是这些沉默的俘虏。

他低声说:"你闻见了吗?"

"什么?"金发壮汉起先茫然无比,听完他的话后努力在空气中嗅闻,神色猛地变了,"好重的血味。"

没错,血味。源源不断的血味被寒风送过来。

而且不是新鲜的血味,是血液发酵至少一天一夜后那种混浊难闻的腥味。只有经年累月屠杀生猪的屠宰场才有这种味道。

这味道太浓了,以至于几乎掩盖了其他味道。郁飞尘花了三分钟,才从沉闷的血液腥气里嗅到了另一种气息——尸臭。

夜深了,狂风大作,血腥和尸体的气味也越来越明显。

"嘎吱"一声,士兵打开第五节车厢。

先前四节车厢里走下来大概三百名俘虏,他们排成一列灰色的长队,蹒跚着缓缓进入南门。然而,这次打开车厢后,却没人下来了。

士兵朝郁飞尘他们挥手,大声说:"把他们抬到那里去。"他指着南门内灰白色的圆塔,郁飞尘探察过那里,那是个大型焚尸炉。

士兵把煤油灯交给他,他带着金发壮汉和其他人走上前去。

昏黄的光穿透了灰白的雾气,走进车厢的一瞬间,血腥气扑面而来,浓郁无比。

就在郁飞尘的对面,一具灰白色的尸体横躺在第四节车厢和第五节车厢的连接处,头上有个模糊的枪口,以这个枪孔为源头,身下是一摊血。

右边是第四节车厢，里面也躺着几个人，但还有呼吸，是几个昏过去的人。

至于左边——

他拿着灯往左手边照。

尸体。密密麻麻的尸体一层一层叠着，堆积在车厢里。尸体的摆放没有任何规律，每个脑袋上都中了一枪。

灯往上举，尸堆和车顶有二十厘米的距离。于是一道幽深的宽缝向后面的车厢扩展，尸体的形状在其中起起伏伏，灯光只能照亮近前的一部分，再往后看就只有模糊的黑影。

可以想见，后面的所有车厢里都会是这样的景象。这确实是一列载满了尸体的灵车。

见到这地狱一样的情形，所有人来不及做出任何反应，都愣了。直到大校的声音像恶魔一样从背后响起来。

"愣着干什么？"他吼道，"赶紧搬！"

搬。

搬尸体。

把尸体运到焚化炉里。

混浊的味道里，郁飞尘艰难地吐了一口气。

大校说得没错，即使已经是深冬，这些尸体如果再不处理，也要在这列火车里烂掉发臭了。

他身后，一个科罗沙人呕吐出声，还有一个人则崩溃地哭了起来。金发壮汉的身躯也剧烈地颤抖着。

毕竟，这些尸体都是他们的同胞。而现在，每个同胞头颅上都顶着一个枪击的伤口。很难想象，他们身上到底发生了什么。

大校惊雷一样的声音还在车厢内回荡，第四节车厢里那几个昏厥的人中，有两个动了动。

郁飞尘走过去，拍了拍他们。其中一个人惊惧地睁开眼，剧烈地喘着气。还有一个人也醒了，但眼神涣散，眼珠不住地震颤着。

已经疯了，郁飞尘心想。

"我是科罗沙人。"郁飞尘对那个清醒的说，"你们从哪里来？发生了什么？"

"从……"那个人死死抓着他的衣角,喃喃说,"高地收容所……他们说……要把我们送到……送到橡谷收容所。"

"这里就是橡谷收容所。你们怎么了?"

那人瞳孔骤缩,像是看到极恐怖之事:"我们……我们那里……有人要逃走,炸了……炸掉了焚化炉……被发现了。"他断断续续说,"其他人什么都没做……但他们要把我们……全部处死……其他人……都死了。"

郁飞尘问:"那你们呢?"

那人嘴角扯了扯,露出一个难看至极的笑容:"子弹用完了。"

子弹用完了,所以还剩下一些人没有处死。焚化炉被炸了,所以没办法处理尸体。所以,所有的人,不管是已死的还是未死的,都被运到橡谷收容所了。

旁边那个疯掉的人忽然哭了起来。"我劝过他,不要想着逃跑,"他声音嘶哑,"现在好了、现在好了——"

郁飞尘叹了口气,微微垂下眼帘。

他不是科罗沙人,对这个世界来说只是个匆匆过客,尽管如此,这些天来在橡谷收容所的所见所闻,仍然像一层晦暗的荫翳笼罩了他。即使是上个世界在丧尸群里的生活,也远比不上现在这样压抑。

那个丧尸世界,在这个收容所制度的映衬下,甚至都显得单纯又纯洁了。

他往里走了几步,回身往门外看。外面,南门口,大校抽着一支雪茄,边抽边神经质地跺了跺脚,像个不耐烦的监工。

郁飞尘死死盯着他的脸,这张满是横肉的脸上除了凶恶,还带着一丝焦虑和紧张。对于这些堆积如山的科罗沙尸体,大校的内心尚存一丝焦虑和紧张吗?郁飞尘不知道,他对大校的内心和灵魂毫无兴趣。

他只是在如山的尸体旁边半俯下身体,向外观察。狭窄的车门能挡住里面的一切,从这里往外望,一切毫无遮挡。

不是个制高点,但是个绝佳的狙击位,尤其当目标是大校脑袋的时候。

他没有狙击武器,但六十米太近了,绝对在手枪的射程内。

外面,寒风呜咽。大校又开始怒吼和咆哮,对天开了一枪。显然,这边还没开始搬运,他很不满。

里面,沉郁的血腥味几乎在空气里凝结,这是郁飞尘最想结束这一

105

切的一刻。

但时候还没到。

他低声道:"搬吧。"

然后,他抓住第一具尸体的肩膀,金发壮汉沉默地扛起尸体的脚,他们把这具沉重的尸体抬起来,往里走。

路过大校的时候,大校正在神经质地喃喃自语,他吐出一个混浊的烟圈:"下午刚和那个假清高的锡云上尉吵了一架,晚上高地又往我这里运垃圾,还有谁把我放在眼里——"

郁飞尘不由得多看了他一眼。

看来,大校的焦虑和紧张里,大部分是源于生活的不顺心。

听他话里的意思,就在今天下午,他还和安菲尔德吵了一架。郁飞尘想象不出安菲尔德和这位大校吵架的样子,或许大校的话里有夸大的成分,他们只是谈了谈。

不过,安菲尔德解决问题的方式倒是和他的外表相符,温和文雅。

他一边这样想着,一边掠过灰色的俘虏队,走近了焚尸炉。焚尸炉前有士兵把尸体接过去。

像是卸下了沉重的担子,金发壮汉长长出了口气,但是看到那具尸体被士兵抬进焚尸炉内,继而消失,他又忍不住颤抖了起来。郁飞尘拍了拍他的肩膀,他们往回走。

化工厂里的建筑密集。那座两层小楼就在焚尸炉的不远处。小楼的第二层亮着惨白的电灯,一个黑影靠在窗前,看姿势,是个人正看着这边。

郁飞尘从黑影的身形认出这就是收容所的那位医生。一个和焚尸炉为邻,住在最大的瓦斯罐的楼上的,一直研究微笑瓦斯和进行人体实验的那个人。

别的收容所还在用子弹处决俘虏,他却已经发明了用微笑瓦斯集体毒死俘虏,然后就地焚烧这样一套快速的流程。

于是前几天夜里所见的情形又自然而然地浮现在郁飞尘眼前了。

紧接着,金发壮汉停下脚步,扶着柱子弓下腰,他也吐了。

吐归吐,一切还是要继续。

只是,吐完之后,金发壮汉把脸埋进了宽大的手掌里。"詹斯,"他的声音透出软弱,"我们如果失败了,我们的家人是不是也会像那样?"

郁飞尘抿了抿唇。

见到那惨烈至极的一幕后，连一贯意志坚定的金发壮汉都动摇了，也难怪在昨晚的"预言"里，大鼻子会告密了。

他淡淡道："那你想看到微笑瓦斯被所有收容所用上吗？"

金发壮汉愣住了。

良久，他握紧了拳头，低声道："为了科罗沙。"

再次走到南门的时候，他们的身后传来声响。是几个士兵按照大校的吩咐，带着两百个女人和老人来了。事态紧急，其他男人又不见踪影，老弱病残自然就被带来充作劳工。

他们显然还不知道外面发生了什么，微微的喧哗声传来。

有什么冰凉的东西落在了郁飞尘脸上，他抬头，灯光中，洁白的碎屑纷纷扬扬，下雪了。

死人，活人。黑章军，俘虏。大校，医生。

火车，焚尸炉。男人，女人，老人。

北风，大雪。

仿佛神灵的旨意。在这个最后的晚上，该来的，都来了。

他深吸一口气，再次爬进车厢。

沉默里，那些一动不动的尸体似乎都注视着他。

检查防弹衣，拿枪。装填，上膛，瞄准。

一阵急促的响动，隔壁那个被吓疯了的科罗沙人忽然连滚带爬地掉下了车厢。他大声哭喊，声音沙哑，混浊尖厉，划破了寂静的夜空："又有人要逃了——"

郁飞尘猛地扣动了扳机。

枪声响起的那一刹那，大校正维持着听到疯子呼喊后猝然转头的姿势。临死前他一定听到了子弹在身前呼啸的声音，因为他的眼球高高凸起，脸上满是惊愕。

来到橡谷收容所的第一天，那个因为不愿脱衣服而被大校击毙的科罗沙老人倒下时，脸上也是这样的神情。

周围的空气寂静了一瞬，所有人都没来得及反应，甚至根本没意识到发生了什么。就连那个疯子也愣了愣，然后在枪声里痛苦地抱住了头。

随后是大校沉重的躯体轰然倒地的声音。他的嘴大张着，似乎是又想呵斥什么,然而他罪恶的一生也就终结在这一刻了。

"不要杀我、不要杀我、不要杀我!"死一样的寂静里,突然响起疯子的高声尖叫。

尖厉的声音像炸雷撕碎梦境一样惊醒了呆立的士兵,大校的副官向前跨出一步,大喊:"全体警戒!"

枪械碰撞声乒乒乓乓连响,郁飞尘一击即中,他紧贴着车厢壁,在一节一节相连的无光车厢里化作鬼魅一般的影子,一边往第四节车厢跑去,一边迅速再次把枪上膛。短短几秒钟后,他来到了第四节车厢的小门旁边,往外看去。

外面的士兵全都拔枪出来,有人对准了疯子,有人对准了黑洞洞的火车车厢门。令人惊讶的是,还有一部分橡谷收容所的士兵端着枪指向火车旁边高地收容所来的卫兵。看来刚才那声枪响来得太突然,谁都没反应过来到底是怎么一回事,更没人会想到手无缚鸡之力的俘虏中竟然有带枪者存在。

其他俘虏则一起抱头蹲下。

过了几秒,士兵将枪声响起的方向与疯子突如其来的叫喊联系在了一起,列车旁边的卫兵围向第五节车厢的门。

就在这时,郁飞尘的枪口贴着第四车厢门,再次对准了研究所的大门。在那里,大校的副官正在指挥行动。

他的视野被一分为二,一边是黑漆漆的车厢壁,一边是雪中的黑章军副官。很快,视线聚焦,集中在副官身上。

他的枪法一直很准,现在距离很近,但每次开枪前,他习惯了端正态度。

北风呼喊怒号,但他脑海里寂静无比。

"咔嗒"一声扳机轻响,枪声再次在所有人耳畔炸响。

这次轰然倒下的是副官。

再下一刻,电灯泡"哗啦"一声被击碎。刺眼的火花闪过后,大光源只剩下哨楼的雾灯,但它没法提供太清晰的视野。

昏暗笼罩了这个地方,只有雪光幽幽浮起,反复折射着零星的煤油灯灯光。

士兵哗然。

"不许动！"士兵们这次听出了声音的来源，三个士兵朝第四节车厢的门行动，另外三个士兵三步并作两步跨进第五节车厢的门，朝第四节车厢跑去。

郁飞尘没动。

现在离士兵围上来还有三四秒钟。他的目光迅速扫过所有人的肩章，大校和他的副官死后，军衔最高的士兵只剩下一名中尉。群龙无首。

有士兵看见他了，喊声过后是枪声，子弹擦着他的脸颊打在车厢壁上，火花飞溅。

郁飞尘一手撑住铁门，从车厢门跃出。

接着，他抬手对着离自己最近的士兵就是一枪。士兵身体倒下，郁飞尘把冲锋枪从他身上拽下，对着前方"砰"的一声开枪。

远处哨楼上的哨兵刚要吹响意味警报的长哨，右肩就被子弹击中，铁哨落地，他痛苦地抱臂大叫起来。

冲锋枪开过一次枪后就被立刻丢在地上，前方无数枪声连响，郁飞尘右手拽住那名死亡士兵胸口的衣服把他立在自己身前，像盾牌一样挡住那些朝他激射而来的子弹，左手拿着原本的手枪，朝后方车厢门里一连打了三枪。

三个拿冲锋武器、正冲出车厢门的士兵倒地。

郁飞尘对着车厢内大声道："关门！"

里面的金发壮汉反应很快，重重关上了第五节车厢的门，接着就是极速的跑步声，他正奔向第四节车厢。

门从里面关上以后，士兵就没办法钻进车厢出现在他背后。

赤手空拳的搏斗，乃至空手对白刃的围攻，即使是敌手人数众多，从四面八方围上来都没关系，但是枪战，永远要留一个安全的背后角度。

第一道关门声响起，他立刻回身向前，但子弹出膛溅出的火花在夜幕下极刺眼。它们变成短时间内难以消退的光斑，映在了郁飞尘的视野里。还有士兵打起了手电筒，但是为了最大可能避免中弹，郁飞尘时刻保持高强度移动。手电筒乱晃，不仅照不到他，还阻碍了别的士兵的视线。

放下被打得血迹斑斑的尸体，他向右边快速移动，移动的同时换回右手使枪，飞快朝两个方向分别点射。

来自对面的压力顿减，因为枪法最准的两个人都倒下了。

昏暗的侧面忽然响起另一道枪声。

直觉比理智更早做出反应,郁飞尘侧身,下一刻往那个方向放枪,但是前方枪声连响,密集的扫射打中了侧面的放枪士兵。

郁飞尘朝那里看去,根据模糊的轮廓,发现正是原本藏在卡车里的两个持枪的猎人同伴,他们已经下车,在车轮阴影里开枪。

雪更大了,刚溅上的血迹瞬间就被覆盖,只有尸体下面洇开无尽的黑红色。片刻后,郁飞尘的背后竟然又传来枪声。

但子弹不是对着他的,而是对着前方黑章士兵的。是金发壮汉关上了第四节车厢的门,来到第三节车厢,然后捡起了车厢里死亡士兵的冲锋枪,也加入了战局。

三个方向同时有了火力,无人指挥的黑章军摸不清敌人到底在哪里,节奏顿时紊乱。

郁飞尘就是在这个时候,神不知鬼不觉地出现在了最密集的一群士兵中。

他抬腿踹向最近一个士兵的膝盖,士兵向后趔趄压倒了另一个士兵。有人大喊一声,离得近的士兵都朝这边拥过来,但士兵的冲锋枪太长,近距离的情况下还不如一根木棍好用。

侧面一个士兵刚端起枪,就被手枪干掉了。同时另一个强壮士兵从背后扑上来,赤手空拳地扼住了郁飞尘拿枪的右手腕。

郁飞尘左手银光一闪,是他早就藏在身上的那把锋利的小银刀。他甚至没看身后那个强壮士兵一眼,反手向后,银刀洞穿了士兵的喉咙。

他把尸体猛地甩开以免血液喷溅到自己身上,下一刻,注意已久的那枚中尉肩章在雪光中一闪,他抬手两枪解决掉两个扑上来的士兵,左手从背后扣住中尉的肩膀,右手拿枪,枪口抵在了中尉的太阳穴上。

"不要、不要,请……"这位中尉大概一辈子都没体会过被人用枪抵着头的感觉,士兵接连不断的死亡更是加剧了这种恐惧,他在被制住的那一瞬间就颤声开口。

随即,根本没等郁飞尘说什么或做什么,他就大声道:"都别开枪!"

他很有做人质的自觉,但郁飞尘根本没这个意思。

一道沉闷的声响,子弹贯穿了他的头部。

这声枪响仿佛是令人恐惧的落幕词,风声里,枪声零落了下来。不知道他们是因为听从了中尉生前的命令,还是因为同伴死亡得太突然,不敢进攻了。

郁飞尘扔开中尉的尸体,看向场中央。

在那里,女人、老人和孩子还抱头蹲在地上,浑身发抖,就像黑章军对他们开枪时那样。他们被吓怕了,这一切又发生得太快,他们根本没来得及反应到底发生了什么,或许还以为这是黑章军在随机射杀俘虏。

而那些被高地收容所送来的、精神崩溃的俘虏则愣愣地看着这一幕。

这就是收容所的生活教给他们的东西。

郁飞尘深呼吸,看着他们。

一声高声尖叫忽然从卡车车底下响起,喊出了他想说的。

浑厚有力的声音在雪中回荡:"跑!"

最先有反应的是听到科罗沙口音后哆哆嗦嗦看向四周的女人,她们的目光先是惊恐,然后惊诧,再然后,她们或搀起老人,或抱起孩子。所有人都看见了这令人震惊的一幕——曾经杀人取乐、残暴无比的黑章士兵的尸体铺了一地。

卡车附近的第二个人大声重复了第一个人喊的话:"跑!"

第三节车厢的门打开,金发壮汉拖着一个黑章士兵的尸体跌跌撞撞地滚下来,又继续拖着尸体往火车头前的空地奔跑,一边跑,一边大喊:"跑——"

他奔跑的动作终于带动了第一个尖叫着跑向那个方向的女士,紧接着一位母亲把自己的孩子死死按在怀里,踏着积雪朝南面奔跑。

剩余还活着的黑章士兵大喊:"拦住他们!"

枪声重新响起来,金发壮汉在最前面,是最明显的目标,但他从郁飞尘刚才的动作里学会了用尸体挡枪,挡住了致命的一击。

枪声继续不知疲倦地响着,但已经不一样了。几乎所有人都向南奔跑。有的在雪中滑倒了,但继续爬起来;有的在黑暗里中了流弹,但还咬牙奔跑着。

枪声忽然没法吓住他们了,仿佛有什么东西碎裂,又有什么东西重生。

到最后,高地收容所的俘虏中,也传来了几声似痛苦又似快乐的大喊,他们拖着疲惫到了极点的身体,跟上女人和孩子,在枪声和火光中奔向南方无尽的雪幕。

111

接近一千个人的脚步踏着积雪的声音在漆黑的山脉间回荡，和呼喊声一起，发出剧烈的回响。

那两个拿枪的猎人，其中一个在逃走之前打开了卡车的前灯。雪亮的灯光照亮了这段逃离收容所、奔向自由和新生的道路。

郁飞尘则在后面的黑暗中继续潜行，他在中尉身上拿到了新的枪和子弹，朝南门跑过去，这个方向能看到焚尸塔和二层小楼，一盏小功率电灯在门前亮着，前面忽然闪过一个有些熟悉的身影——格洛德。

想起前些天看到的东西，他了然，转头又放了几枪保证逃走的科罗沙人的安全。听着外面枪声再次渐渐零落，他贴着墙朝那座小楼的方向跑去。小楼里寂静无声，他从背面的墙壁上去，踩着窗框借力向上攀登，爬到了二楼一扇半开的窗外。

就在这时，雪亮的灯光忽然以这座小楼为直径，唰地亮起。

这是盏极大功率的射灯，穿透力极强，照亮了方圆两百米的景物，也照亮了正在奔跑的人。

同时，安装在小楼一侧的广播放音喇叭里，传来一道温和的声音："亲爱的科罗沙朋友，请停下你们的脚步。"

这声音的主人曾用同样温和的语调询问过化学教师的妻子莱安娜，并表示"我和席贝医生会照顾你和腹中的孩子"，但是此刻的音质却有些沉闷和怪异，像隔着什么东西。

是那位医生。

遥遥传来的脚步声和喊叫声没有丝毫停歇。

"请停下你们的脚步，我再说一遍。"音量放大了，震耳欲聋，"否则，我们将向你们的方向释放有毒气体，毒气将在短时间内达到致死浓度，将你们送到神灵面前。"

与此同时，一队戴着防毒面具的士兵快步跑向南门。白色的防毒面具，两只眼睛处是黑色的椭圆大透镜，口鼻处是黑色管子，连着滤罐，这让他们看起来像一队长着骷髅头颅的幽灵。他们手中还各自拖着一条细长的管子，是从一楼延伸出来的。

微笑瓦斯。

能在转瞬之间，让所有人在痛苦中微笑死亡的毒气。

它终于伴随着橡谷收容所，从开始走到了最后。

郁飞尘从二楼的窗户翻了进去，一个穿着白大褂的助理惊恐地看着他，但郁飞尘用枪指着他，他没敢出声。

开枪会惊动下面的人，郁飞尘用枪托打晕了助理。这地方还连接着一个独立的储藏室，郁飞尘想去搜，但当他把解剖台上被束缚着的孕妇和残疾人全部解开之后，广播里，医生的话已经变得十分危险。

他从楼梯走下去，广播装置在一楼，他记得很清楚。

一楼很暗，毒气罐高大的影子挡住了一部分灯光。穿着白大褂的医生也戴着骷髅一样的防毒面具，正对着话筒缓慢地念道："现在我开始倒数，10、9——"

然而，南门大开着，能清楚地看到外面的情景，从窗户往外看去，大雪中，科罗沙人依旧在头也不回地奔跑。在这一刻，他们对自由的渴望盖过了死亡。

"8、7、6——"

戴防毒面具的士兵齐齐打开了管道顶端的装置。医生是在玩真的。

"5、4——"

郁飞尘抬起了枪，遥遥指着他。

"3、2——"

占据大厅大半的一堆毒气罐里，忽然响起一道冷静的声音："医生。"

医生猝然转头。

一个人缓缓爬到了毒气罐的顶端，他一只手按着最大的毒气罐沉重的阀门，另一只手拿着一个棕色的大玻璃瓶。在这个世界里，某些腐蚀性极强的酸性液体需要用这种容器储存。

是化学教师格洛德。

"让他们停下，"格洛德的声音从未如此镇静，"否则我就打开它或者把这东西倒下去。"

打开阀门或者用强酸液腐蚀罐体，都会导致大量的微笑瓦斯瞬间溢出。

"您的防毒面具，还有所有人的面具，都过滤不了这种浓度的微笑瓦斯，医生。"格洛德道。

"是你。"医生防毒面具下的脸看不出表情，他缓缓道，"你真的决定这样做？"

而格洛德只是居高临下俯视着他，手指颤抖，但目光坚定，一字一句道:"让、他、们、走。"

医生笑了笑。

"如果我没记错,你的妻子就在楼上,她还没睡觉。"他的声音越来越温和恳切,像是用了什么诱导的技巧,"你想和她说说话吗?"

说着,他慢慢转头,将目光投向上楼的楼梯。

然后他愣住了。

高处的楼梯上,郁飞尘把玩着手枪,正似笑非笑地看着他。

医生的动作有片刻的停滞,接着,他快速环视四周。

当然,除了郁飞尘和化学教师格洛德,四下没有其他人。士兵要么去前面阻挡科罗沙人的逃亡,要么拿着瓦斯管道站在南门口,准备向人们逃走的方向释放致命的毒气。

没人能帮他。

楼上传来微微杂乱的脚步声,像是有很多人在走动,格洛德的目光闪了闪。医生的姿态则显得更加不安。

冰冷的空气里,响起医生的喘气声。他向后退了几步。

"一层,来人。"他佯装镇定的声音在广播里响起。

医生即将数到结尾的倒数声戛然而止,士兵原本就很讶异,此刻又听到命令,立即有四五个士兵向这边跑来。

南门和小楼的距离很近,他们只需要半分钟就能抵达,医生似乎松了口气,站姿也更加沉稳且有底气起来。

只见他从腰间拔出一把棕色袖珍枪。一片死寂里,他呼吸微微颤抖,双手都握在枪柄上,一边瞄准郁飞尘,一边后退几步,逼近门口。

"放下枪,医生。"格洛德声音低沉,一边说,他的手指一边做出拧动阀门的动作。郁飞尘看过去,他知道,格洛德也是在玩真的。

这个毒气罐是微笑瓦斯的总罐,含毒量极高。阀门一旦打开,极高浓度的微笑瓦斯瞬间就会以这座小楼为中心扩散开来。防毒面具的过滤能力是有限的,根本挡不住这样浓的微笑瓦斯,到时候,所有人都会死——再也没有比这更有效的威胁了。

医生身体绷紧,猛地转身,将枪口对准格洛德。

就在这一刻——

"砰!"

郁飞尘早已不是漫不经心把玩枪柄的那个姿态，他蓦然抬手，子弹带着火花划出一条精准的直线，洞穿了医生的脑袋。

而这位医生的反应速度是他今晚见到最快的，就在子弹穿透身体的那一刻，医生也猛地向格洛德扣动了扳机。

两声枪响被广播的话筒接收，扩大了无数倍，响彻收容所的上空，又在山谷里层层回荡，惊起无数黑色的飞鸟。

可惜，医生没有经过严格的枪械训练，防毒面具的眼罩也造成了视觉上的误差，他那一枪注定打不准。

果然，子弹在离格洛德还有二十厘米的地方划过，带着火花撞在厚重的金属毒气罐上，火花爆射的"吱吱"声过后，留下一个黑色的凹坑。

而医生的身体则原地摇晃几下，开始栽倒。因为双手举枪，他重心前倾，脸部朝下重重倒在了地上。枪被甩开了，他的双手被倒地的冲击摆成一个投降的姿态。血液一半从防毒面罩的破口流出来，一半被挡住，淌在面罩内，鲜红黏腻的血就那样淹没了他的脸。

这位高高在上、用微笑瓦斯和电刑杀害了无数俘虏的医生，因为行事疯狂，在收容所里受到尊敬，自己也为此骄傲，然而，他最终就这样以一个极不体面的姿势告别了世界。死亡前，医生的血液甚至呛入自己的口鼻，他极为痛苦地咳了半声，然后再无动静了。

和那些毫无尊严，也失去反抗能力的科罗沙人的死亡并没有什么区别。死神不会因此怜悯科罗沙人，也不会因此善待这位医生，死亡面前，人人平等。

就在这时，士兵已经匆匆跑到门口，看到这一幕后，他们大惊，持枪上膛，瞄准房间里的郁飞尘和格洛德。

郁飞尘的神色没有变化，当他拿着枪的时候，所有人在他面前也是平等的。

更何况，这里不是只有他一个人。

在这个其他同胞奔向自由的夜晚，化学教师格洛德表现出了非同常人的冷静和镇定。

莫格罗什说："有时候你要相信你的队友。"现在他觉得这话也有道理。

"放下你们的枪，"只听格洛德说，"否则我会立刻拧开阀门，让这里储存的所有微笑瓦斯都泄漏出来。泄漏的后果，你们也知道。"

那些士兵一时间沉默了，没有开枪。

士兵手里有枪，格洛德手里有阀门。他们在彼此威胁、较量。

谁先怕，谁就会投降。

可是，格洛德已经没有什么好怕的了。

他的同胞已经奔走在通往自由的辉煌之路上，远离此处。他心爱的妻子虽然生死未卜，但就在楼上。

这场较量，如果他赢了，那就吓退黑章军，重获自由；如果他输了，那就和自己受尽折磨的妻子一起死去。

他什么都不怕了。他愿意光荣地死。

而黑章军的低级士兵却还想活着，高下立判。

有的士兵握枪的力道已经显出软弱，枪管也出现小幅度的颤抖。

就在此刻，郁飞尘拿着枪，一步步走下楼梯。

脚步声在木质楼梯上一声声响着，越来越近。他的存在感太强，所有人都将目光投向上面。

几缕微微汗湿的头发从郁飞尘额角垂下，他的五官俊美立体，眼神像无机质一样冰冷，走下楼的动作没有丝毫退缩，拿枪的手臂沉稳无比，工装衬衫的前两颗扣子解开，露出肌肉线条完美的胸膛。

他的衣袖上溅着未干的血，拿枪的姿势比任何人都熟练标准，在昏暗的灯光下，他像是件为杀戮而生的兵器，或是前来收割性命的死神。

这样一个人，不知为何，竟然显得比把持着致命阀门的格洛德还可怕。

有人认出了他就是今晚掀起这场动乱的人，微微的说话声在那群士兵里响起。有个士兵的手颤了颤，郁飞尘的枪口立刻旋转了微小的角度，对准了他。

"把枪放在地上，"郁飞尘此时的嗓音低沉，微微沙哑，"5、4……"

那个被指着的士兵被自己的恐惧击溃，把枪丢在了地上。

格洛德则把手指按在阀门上，续上了郁飞尘的倒数："3、2——"

寂静的空气里，这样的倒数像是死亡逐渐逼近的声音，第二个士兵放下了武器。

紧接着就是"哗啦哗啦"放下武器的声音，医生的尸体就那样狼狈地躺在地上，在毒气罐阀门和郁飞尘的枪口的双重威胁下，这场心理战，终是以黑章士兵投降收场。

郁飞尘继续道："退后。"

无人反抗，他们往后退了几步，离开那些放在地上的武器。

郁飞尘仍然用枪指着他们，但同时往后侧方看了一眼，使了个眼色。

二楼楼梯口的一个侏儒率先会意，连滚带爬地跑下楼梯，将士兵的枪拢成一堆，抱在怀里，然后邀功似的走到郁飞尘身边。

郁飞尘目不转睛地注视着黑章士兵，但伸手拍了一下他的头，像是赞赏。侏儒露出了憨厚的笑容。

就在这个时候，格洛德抬头。

原来，刚刚他全神贯注，精神都集中在与医生和士兵的较量上，根本没注意到二楼那些被研究的孕妇和残疾人已经被郁飞尘解救了。不仅被解救，还有几个人走到了连接一楼的楼梯口，默默看着楼下发生的这一幕。

只见楼梯口的人群中，走出一个身材略微臃肿的女人。她面容憔悴，亚麻色的头发暗淡无光，碧色的眼睛却依然美丽，这是莱安娜，她还活着。

黑章士兵已经被解除了武装，危险解除。她张嘴，声音里带着哭腔："格洛德……"

格洛德坚定的目光刹那动摇，眼睛里也含满了泪光，他却没立刻动作，而是看向了郁飞尘。

郁飞尘读懂了他的意思，格洛德是在问，他现在能不能离开阀门了。他对格洛德点了点头。

格洛德浑身颤抖，跌跌撞撞地爬下毒气罐。莱安娜则一手护住肚子，另一手扶着楼梯下来，他们在楼梯末端相聚。

格洛德死死抱住了莱安娜，声音嘶哑颤抖，说："对不起、对不起……"

他为什么说"对不起"，郁飞尘并不确切知道。或许是因为没保护好莱安娜，让她被带到了医生的实验室；或许是因为刚刚威胁医生和士兵的时候，一旦拧开阀门，不仅他自己会死，莱安娜的生命也保不住。

莱安娜边哭边笑，她捧住格洛德的脸，说："我都看到了。"

只听她轻声道："你是英雄，格洛德。"

这对恋人继续拥抱在一起，郁飞尘的背后也传来几道感动的抽泣声，紧接着，所有人又都用感激中带着敬慕的目光看向了郁飞尘。

"我不知道该怎样感谢您……"莱安娜抹了抹眼泪，说道。

郁飞尘看着她和格洛德。

先前，那间营房通往的某一个未来里，医生剖开了莱安娜的腹部，取出了她未成形的孩子，莱安娜被折磨致死。痛苦的格洛德因为妻子的死万念俱灰，又见到了黑章军批量毒死科罗沙人，然后把他们在焚尸炉里焚烧殆尽的情形，彻底绝望，而后崩溃。他打开了微笑瓦斯的总阀门，毒瓦斯在整个收容所蔓延，终结了他自己、实验品，还有其他同胞的痛苦，也让橡谷收容所的所有施暴者偿了命。这固然是一个"尘归尘，土归土"的结局，但始终有些残酷。

而现在，他们改变了这一切。

但现在不是煽情和感激的时候。

"往南走，"郁飞尘道，"快。"

格洛德猛然惊醒，搀着妻子往门外走去。其他人匆匆跟上。

就在这时，楼上忽然传来试剂瓶被打碎的声音，随即是一声尖叫："着火了！"

郁飞尘双眉微蹙，快速上楼。刚刚时间紧迫，他没来得及搜储藏室。这时，只见另一个白大褂医生匆匆从储藏室的方向出来，身后是已经蹿起来的火苗。

这人知道黑章军大势已去，打算销毁证据。

郁飞尘手起枪落，干脆利落地解决掉了这个医生，随即冲到已经被点燃的试剂柜和资料柜前。

试剂柜和资料柜前的几张大办公桌抽屉里，放着至关重要的研究资料。其中就包括微笑瓦斯的制取过程和分子式，甚至还有他们用微笑瓦斯残害俘虏的具体过程和每次的人数记录。

这些都是至关重要的证据，一旦拿到，作用巨大。

如果郁飞尘对它们一无所知，那面对已经熊熊燃烧起来的资料柜，他一定一筹莫展。然而事实并不是这样的，在前几次夜里的探察里，他已经把这些资料翻了一遍，并且牢牢记下了关键资料的位置，为的就是在将来节约时间。

此时火已经烧了起来，那医生一定加了什么助燃的东西，木质书柜噼啪作响，热浪扑面而来。郁飞尘丝毫没躲避，大步上前，一把扯下一件搭在椅背上的军大衣，拎起衣领，让厚重的大衣掀起气流向前刮去。火焰刹那间退了一步，他冲进去，一面用大衣挡火，一面翻开柜子，迅速从里面抽出资料。

火舌舔舐着大衣,没过半分钟,皮质大衣便被烧穿,也开始燃烧了。

不过这时郁飞尘已经完成了对资料柜的搜查,"哗啦"一声打开办公桌的左边抽屉,看也没看,将厚厚一沓资料抱在怀里,跃上办公桌。

他把烧着的大衣丢回火海,抱着资料跳下桌子。背后,资料架"嘎吱"作响,然后在下一刻彻底被烧穿,轰然倒塌。

滚滚火焰和浓烟里,郁飞尘穿过重重解剖台,回到楼梯口。科罗沙人还在等他,甚至有几个想上前来帮忙。

"走!"他低声道。

烟气和热浪轰然席卷,他们一起冲出了小楼。

小楼外暂时安全,郁飞尘把资料中不算太重要的一些分给他们以减轻自己的重量。那个侏儒把士兵交上来的冲锋枪抱给他,郁飞尘只留了三把给人们防身,这些病残人士大多数拿不起枪,给了也是徒增重量。接着,他挨个拆掉了剩下的枪最关键的部件,让它们报废了。

随后,郁飞尘把他们送到了南门。北风呼啸,夜色下,群山寒意深沉,但没人害怕它们。

"往橡山走,他们还没走远,雪上有脚印。"郁飞尘简单交代道,"如果实在追不上,也一直往南。"

为首的格洛德点了点头,说:"你呢?"

"我去军营再拿点东西,军事地图之类的。"郁飞尘说,"萨沙见。"

格洛德重重点了点头,紧握着莱安娜的手腕,带着其他人也踏上了那条逃离的道路。

大雪还在下,遮住了满地的鲜血。已经逃走的科罗沙人还算聪明,把地上残留的武器都捡走了。

身边传来响动,门口竟然还有个幸存的士兵,他非常年轻,被吓得嘴唇苍白,喃喃念着壮胆的词句,端着枪勉强站起来,把枪口指向了逃走的人群。

而莱安娜听到声响,猛然回头。

因为这个动作,她亚麻色的长发在大雪中扬起,碧色的眼睛清澈透亮得惊人。她和那名黑章士兵对上了目光。

这时,她的右手还紧紧保护着微微凸起的腹部。

女人，孕妇，肚子里还有脆弱的新生命，这是世上最柔弱也最该受到保护的人，此刻却在凛凛寒风和满地尸体间仓皇奔逃。

士兵握枪的手忽然剧烈颤抖起来。

透过纷纷扬扬的大雪，郁飞尘看见了这一幕。他也注意到了这个年轻黑章士兵生疏至极的拿枪姿势。

战争年代，很多新兵都是被临时征召入伍的平民。或许，就在一两个月前，他还是个生活在寻常家庭的普通人。而在一两个月前，莱安娜也是个衣食无忧、生活体面的妻子。他们如果在那时候碰面，或许这男孩还要尊敬女士，礼让孕妇，礼貌微笑着给她让道。

但战争和信仰在短时间内急遽改变了一切。和平的梦境被打碎，有人拿起枪，有人沦为牲畜，世界显露出它赤裸裸的残酷本质。

而胜利者也在不知不觉中，认为施展残杀是理所当然的事情。人心中暗藏的疯狂一旦开始发泄，就无法再体面收场。

然而就在这一刻，就在这惊惧无比的对视里，他们瞳孔震颤，灵魂发抖，同时洞彻了这件事。

年轻的黑章士兵忽然痛苦地大叫一声，往雪地上连放几枪，然后猛地将枪摔在地上。他跌坐雪中，双臂抱头，浑身颤抖，崩溃地哭泣起来。

郁飞尘在凛冽的北风里呼出一口寒气。

战争和战争中的统治，是最彻底的暴力，改变了所有人。

没再多想，他注视着格洛德一行人消失在雪中。

废掉了那名正在哭的黑章士兵的枪后，郁飞尘没再管他，往收容所内走去。为了让俘虏逃走，必要的事情已经完成，剩下的黑章军就交给战后的法律来公平制裁，他子弹有限。

南门内，小楼已经全部烧起来了，里面的化学物质加剧了火势，浓烟呛人。烈焰烧化了飞雪，也映红了半边天空。郁飞尘翻开手中资料，找到微笑瓦斯的化学式和性质描述，这里有微笑瓦斯在高温下的记录，还好，这东西不算稳定，一旦遇到高温会很快变性。

他松了口气，这样看，即使大火烧坏毒气罐，也不会造成太恶劣的影响，而他也还有时间去军营那里搜罗一些其他资料，或许对科罗沙人的战争有帮助。

第一次进入永夜之门，不知道任务完成的确切标准，他必须做完所有能做到的事情。

火光映亮了这里,他看向军营的方向,忽然想起一件事——今晚从头到尾,安菲尔德上尉都没有现身,他在做什么?

很快,郁飞尘从一个士兵身上收缴了怀表,又搜到另外两块手表校准时间,现在是晚上10点。时间不多,他必须在两小时内完成一切,离开这里,否则后果不堪设想。

他立刻向军营的方向去。路上经过俘房的营房,他也会进去探查,于是又陆陆续续救出了一些散落在其他地方、没参与外面事件的俘房。

收容所里的士兵几乎都没了,要么死了,要么逃得没了踪影。剩下的是当地人看守,以及后勤人员,他们倒是没杀过人。看到拿枪的郁飞尘进来,这些人瑟瑟发抖,郁飞尘对他们说了一句:"滚出这里。"他们匆匆忙忙地滚了。

来到军营后,郁飞尘先进了大校的办公室。根据他的记忆,这里有许多珍贵的资料——各个收容所的位置标示图,建立更大、效率更高的收容所的计划书,下一步的战争部署,以及橡谷与锡云的往来电报。

一开始,事情如他所料,十分顺利,但搜着搜着,他忽然发觉了不对。

少了。

计划书、往来电报,每个都少了点什么。不影响全局,但也是重要的一部分。不仅少得精准,手法还很高级,抽屉和柜子里完全没有翻动的痕迹,做得干净利落。

郁飞尘搜完一遍,收起资料,合上柜门,面无表情地走了出去。

他在附近翻找,很快锁定了大校房间斜对面的一间独立套房。里面陈设干净整齐,显然是高级军官的办公场所,壁炉里还燃着炭火,可见房间的主人有些畏寒。衣架上挂着一件外套,肩章是上尉军衔的。所以,这大概率就是有着铂金色长发的、一半时间给他帮忙、一半时间给他添堵的安菲尔德上尉的办公室了。

郁飞尘变得更加面无表情。

办公室里没人,但灯还没灭,茶水勉强算是温的,接近完全凉掉,可见人已经离开了至少半小时。

郁飞尘敏锐地嗅到一丝火烧过的气息,他有一点不妙的预感,寻着气息过去,果然见办公桌的花盆里用土盖着一些灰烬。

另一侧，办公桌旁边的小桌上摆着电报机，他走过去，把机器拆开，里面还有些余温，显然在不久前还高强度工作过。

想都不用想，既然有了纸张燃烧的灰烬，那么关键的资料肯定已经被安菲尔德处理掉了。这人心思缜密，和大校之流完全不同，不会留下把柄。

于是郁飞尘干脆没找，转身离开办公桌，顺便拿起一个空的公文包放资料。接着，他又在套房的盥洗室毛巾架上取下一条毛巾，用水打湿带在身上，短短一个多小时，南边已经变成了大型火灾的现场，烟气对肺部有害，湿毛巾是保护措施，或许有用。

做完这些，他离开了这间办公室。

只是关门的声音重了一些罢了。

他并不是非要知道安菲尔德在做什么，那些东西对他大概也没有什么帮助。只是，在这座收容所里，还存在他没有完全掌控的事情，这种感觉总是会让人有些不爽的。

离开这里后是晚上11点40分，时间不多了。不过从这地方到南门，以他的速度，15分钟足够。

而安菲尔德既然还有心思销毁资料，就说明他还好好活着。这人知道必须在12点前离开收容所，于是郁飞尘也不再管他的事情，一心一意赶路。

越到南面，火光越亮，烟气也越来越呛人，还好有漫天大雪中和，在他的接受范围内。火焰从二层小楼蔓延到了焚尸塔，也烧着了最近处的妇女、儿童的营房，砖瓦房不结实，已经有几座被烧塌了。

他经过这片废墟，继续往前走，寂静的午夜，只有风声和火焰燃烧的猎猎声。血腥味和烟气一样浓重，这地方对科罗沙人来说是人间地狱，现在的情景也和真正的地狱相差无几。

就在这时，一点细微的响动从废墟深处传来。

郁飞尘猝然回头。

响动声继续，还有说话声和细微的哭声。

他三步并作两步迈过废墟，往声音传来的地方跑去。绕过一座倒塌的房屋后，最先映入眼帘的是在火光里熠熠生辉的金发。

他脚下砖块碰撞发出声音，那人闻声也抬头朝他看来。

赫然是安菲尔德。

安菲尔德披着披风，戴着白手套，半跪在废墟里，拉着什么。郁飞尘往那边看，却见是个小女孩的上半身，那女孩身体颤抖，还活着，哭声就是她发出的。

只听她痛呼一声，安菲尔德重新低下头，一边拉着她，一边说话。

他这时用的是郁飞尘没见识过的、很温和的语调。

"往左边动一下。"安菲尔德说。

郁飞尘走近，这女孩看样子是被落在了营房，没跟大部队逃跑。不知怎的，她被倒塌的建筑死死压着，压着她的不仅是砖块和水泥板，还有交错的锋利钢架。

她怕被钢架弄伤，动得小心翼翼，闭着眼颤抖、哭泣。

郁飞尘迅速来到安菲尔德身边，目光在那些错综复杂的钢架上迅速扫过，选中了其中一根。

安菲尔德再次抬头看他。

而就在他抬头看向自己的那一瞬间，郁飞尘忽然看到，这个人在流泪。

但下一刻他看清了，刚才只是稍纵即逝的错觉，安菲尔德脸上没有眼泪，什么都没有。

耀眼的火光把年轻上尉的面庞照得清清楚楚，他们从没在这样明亮的环境里对视过，郁飞尘忽然看到了自己那错觉的来源。在安菲尔德的右眼下，离眼瞳极近处，下睫毛根部的位置，若隐若现有一颗浅色的、旧伤痕一样的小痣，像一滴将坠未坠的泪。

但郁飞尘只看了那一眨眼的时间。

接着，他双手抓住这根承重的钢架，用全力把它往上一抬。

钢架所撬起的东西沉重无比，只有他能弄动。烧焦的砖瓦石块哗啦哗啦滚落，小女孩尖叫一声往前扑，被安菲尔德托住，猛地从废墟中拽了出来。

郁飞尘放手，被撬起的建筑残骸轰然落地。安菲尔德拉着小女孩的手腕在烧焦的废墟里站起来，郁飞尘看了一眼表，然后和安菲尔德对视一眼。

他目光凝重，安菲尔德那双冰绿的眼瞳里也寒意凛冽。

11点58分，没有时间了。

就在此刻，风把浓烟往这边吹，安菲尔德忽然剧烈咳嗽起来。

郁飞尘叹了口气，用本来是为自己准备的毛巾捂住了他的口鼻。

安菲尔德先是微微睁大了眼睛，然后会意，接过了毛巾。

下一刻郁飞尘抓住安菲尔德的肩膀，安菲尔德则用一只手紧紧抓着小女孩的手腕，三个人在烈火、浓烟和废墟里向400米外的南门夺命狂奔。

400米，2分钟，寻常时候根本不成问题。

然而此刻他们脚下全是瓦砾，要随时防备绊倒和刺伤。同时浓烟扑面而来，烈火造成附近含氧量极低，也急剧消耗着他们的体能。更别提还有一个只有六七岁的小女孩，一个让人怎么想怎么不放心的带病的长官。

他们维持那个姿势跌跌撞撞跑了几步后，郁飞尘立刻感到不能这样下去。他迅速转到安菲尔德的右边，把小女孩一把抱起来，接着拽住长官的右手，用力拉着对方往前跑。

所幸安菲尔德的平衡力很好，没在废墟上栽跟头。半分钟后，他们终于冲出了废墟。

离南门还有300米。

郁飞尘回头看一眼安菲尔德。长官用白毛巾掩住口鼻，只露出眼睛，脸色略显苍白，但还能站住。

能站住就好。

看一眼前方平坦的道路，郁飞尘深吸一口气，拽着他头也不回地大步疾冲过去。

跑。

离开这里。

他脑子里什么念头都没有了，风在耳畔呼啸而过，过于剧烈的运动和稀薄的氧气造成了窒息一般的感受，肺部氧气被压榨殆尽，眼前的事物甚至微微变形。

南门越来越近了。

然而，就在还有一步之遥的时候，前方横躺着一具尸体。

郁飞尘已经无暇思考还有多少时间，也不管安菲尔德有没有注意到脚下的尸体，他怕自己没有体力迈过去，几乎是直觉似的反应，他把人往前猛地一拽，然后半抱在怀里，抬腿跨过那具尸体。这时他体力已经不多了，承重又太大，身体前倾的时候刹那失重。

但一切都在预料之中。下一刻，他借着冲势就地往前扑倒。

安菲尔德死死按住了小女孩，郁飞尘用右手护住安菲尔德的后脑勺，三个人在地上结结实实滚了两圈，南门两侧的水泥柱在郁飞尘视野里化作一片灰色的残影，铺天盖地地迅速掠过。

出来了！

郁飞尘用手臂撑着上半身站起来，安菲尔德的手也放开了，小女孩满眼惊慌地抬起头，从安菲尔德身上爬起。她的情况还好或者说她完全没意识到刚刚发生了什么。

郁飞尘只看了她一眼就没再管，俯身看向安菲尔德。

这边没被火焰波及，安菲尔德的铂金色长发在雪地上凌乱地散开了，两侧的碎鬓发湿漉漉地贴着额头。他断断续续喘着气，节奏并不规律，眼角泛着薄红，眼瞳微微失焦。

郁飞尘眼神一凝，按住他的胸口，找到肺部的大概位置。

"深呼吸，快！"他急促道。

浓烟、高温、缺氧、一氧化碳、剧烈运动、肺病，这些因素合到一起，直接后果就是中毒窒息。

安菲尔德不见任何反应，死寂的夜里，时间仿佛无限拉长，郁飞尘清楚地听到自己心脏如鼓点一般的跳动声。

他拍了拍安菲尔德的侧脸，声音沙哑："长官，醒醒。

"长官。

"安菲。"

安菲尔德缓缓眨了眨眼，纤长的睫毛上粘了雪粒，随着眨眼的动作合拢又分开。

还醒着，郁飞尘松了口气，继续帮他按着胸口，说："呼吸。"

手底下传来了呼吸的动作和力道，从开始的混乱逐渐变得绵长和规律起来。

安菲尔德紧抿了嘴唇，身体微微颤抖，但呼吸渐渐恢复正常。

一个濒临窒息的人要深呼吸是很痛苦的，因为他的肺部已经承受不了这样的动作，但是又只有深呼吸能在没有任何急救手段的情况下让他活过来。

显然，安菲尔德清楚该怎么做，也有足够的意志强迫自己承受住痛苦。短短几轮后，呼吸就已经平稳了许多。

"扶我起来。"轻而哑的嗓音，像地面上的雪沙。

郁飞尘的手臂从下面穿过去，揽住安菲尔德的肩背往上抬，先让他靠着自己坐了起来。

安菲尔德咳了几声，说："你还好吗？"

郁飞尘说："还好。"

他也调整着自己的呼吸，刚才的注意力全在差点没命的安菲尔德身上，此时回过神来，心肺处的难受才一股脑涌上来。

他的体力耗尽了，胸口像灌了沙子，喉口隐约有血味。

但都还好，常年在种种危险的境地来去，他习惯了。只有"咚咚"的急促心跳声异常陌生，他微微喘了口气，将这归咎于刚才的情形实在太过紧张。

正想着，就见安菲尔德一只手抓着他的袖角保持平衡，另一只手弹开了怀表的盖子。

从他们跌跌撞撞逃出南门到现在，大概过了 20 秒，现在，怀表那纤细的秒针正指向 11 点偏右。

11 点 59 分 55 秒。

离午夜 12 点还有 5 秒。

这一刻，他们不约而同地抬头望向围墙后的收容所。

深红的天际，高矗的焚尸塔，残存的火焰，漆黑的断壁残垣，远远近近横倒的尸体。一切都像是远古神话中的末日景象。

等 12 点到来的时候，时间线重新变动，到底会发生什么？

郁飞尘带长官往后退了点，在心中默数。

5、4、3、2、1。

秒针指向 12 的那一刻，时间仿佛忽然静止。

他的呼吸也猛地一顿。

那一刻，他的视网膜上明明还残留着火焰灼烧的影子，可前方的收容所内，完全不见了火焰的影子。

难以形容那些火焰是怎样灭掉的，是突然从这个世界消失还是像烟花一样消散在夜空当中，因为肉眼根本无法捕捉那瞬间的变化。就像原本流畅播放的录像带,播到某个画面的时候,突然卡帧了,出现了完全不连续的画面。

因为火焰的消失,被火光映得通红的天空也恢复了漆黑。一阵冷风吹来,连刺鼻的烧焦味道都减淡了许多。

从南门望过去,收容所内黑影幢幢,仍是一片废墟的模样。

四下里,一片岑寂。

诡异的变化发生在围墙内,而他们在围墙外。

郁飞尘耳畔突兀地传来一声音质柔和,但不带任何感情波动的机械系统音:"逃生成功。"

随着这声系统音落下,他身旁的一切事物忽然虚化暗淡,再一眨眼,他已经身处灰色的虚空当中,四面八方似乎通往无限远,但什么都没有。

再下一刻,一团灰色雾气在他眼前出现。它缓缓涌动,忽然出现了一些模糊的影子和图案。郁飞尘退远几步,看到了这些图案的全貌,俨然是这座收容所的立体虚影,由许多灰黑色的雾气线条交织而成。

他伸手,手指却穿过了这些线条,无法造成任何影响。

这时,系统音再次出现:"请开始解构。"

郁飞尘听清了这句话。

"逃生成功",是指在时限到来前从收容所逃出来,那"开始解构"又代表什么意思?

系统音落下后,灰雾里的景象没有任何变化,而这个空间里除了灰雾就只有他自己。那么毫无疑问,系统音是在让他开始解构。

"解构"这个词的指向很明确,拆分、揭示。而他现在又面对着一座虚幻的、出了问题的收容所,想必就是让他解释清楚收容所里到底出了什么状况,像做一道问答题。

郁飞尘定了定神,把这些天发生的事情在脑海里快速过了一遍。

然后,对着灰雾里的影像,他开口:"橡谷收容所是黑章军用来关押和处死科罗沙俘虏的地方。在1月15日之前,一切正常。1月15日起,收容所内的时空出现了错乱。每晚12点,通过我所在的营房门,能够看到8天后的景象,但并不是穿越到了未来,而是看到平行的时空。原本单向前进的时间线断开了,断开后发生重叠,重叠时长为8天。15日和23日同时发生,以此类推,22日和30日同时发生。

"由于时间线断开,失去了因果联系,所以午夜12点后呈现的未来时空并不是严格的、将来会发生的,而是基于真实时间已经发生过的所有事情的合理推演。"

说到这里,郁飞尘顿了顿,关于这个,他并不是很确定,但这是目前他能想到的唯一解释。

"所以,白天所做的事情,会影响到夜晚看到的未来。22日这一天,所有人都逃出了收容所,同时,所内发生了火灾,所以关于未来唯一可能的推演就是——8天后,这里是一片无人的火灾后废墟。"

顿了顿,他继续道:"今晚12点过后,度过了重叠的部分,直接来到了31日。这时,那个推演就会变成真正的现实。现在的收容所变成了31日的收容所,火已经熄灭,建筑变成废墟。而原本时间线上真实的收容所和收容所内的一切事物,已经消失了。

"所以,确保逃生的唯一方法,就是在22日午夜12点到来之前,离开收容所。"

灰雾仍然寂静地涌动,他回顾了一遍自己所说的,道:"我说完了。"

话音落下,系统音再响起:"解构开始。"

灰雾中的影像里,忽然出现一丝淡金色的亮光,在晦暗的雾中拖曳出一条明亮的丝线。

丝线丝丝缕缕覆上灰暗的收容所,下一刻,郁飞尘看到整座收容所都在震颤崩解,随着丝线的交织化成点点流光溢彩,像是被光芒溶解。

溶解从四面八方开始,在不同的地方有快有慢,仿佛遵循什么神秘的法则。

但是溶解到只剩下他们那间营房的建筑的时候,这个过程停止了。

提示音响起:"解构进度:86%。"

86%?郁飞尘微蹙眉,这个数值不算高。

然而,再下一刻,整个空间忽然被一股难以用语言形容、似乎直接动摇灵魂、完全不可防御的巨大力量直接震荡,剩下的灰雾营房刹那间崩解为满天星光。

系统音清冷:"解构成功。"

此时,灰雾彻底消失,空间飞舞盘旋着无数流星一样的光点。很难形容这种光点给人的感觉,微茫又璀璨,柔和中带有辉煌。

郁飞尘微微睁大了眼睛,看着这些光点中的一部分飞往远处,消失了踪影,一部分则朝他涌来,没入了他的身体当中。

最后一点星光消失后,整个空间重新变得空无一物。

郁飞尘站在原地,他需要一些时间来厘清刚刚发生了什么。

刚刚是永夜之门的规则呈现吗?先不管"解构"的意义到底是什么,"解构成功",代表他完成了任务?

按照以前熟知的流程,如果完成任务,下一刻就会被传回乐园,但这地方并没响起传送倒计时。

那些进入他身体的金色光点又是什么,奖励吗?

一时间,他脑海中掠过无数猜测。

然而,再下一秒,就像几分钟前那突兀的出现一样,这个空间就那样突兀地消失了。

凛冽的空气扑面而来,郁飞尘发现自己仍在一片废墟的收容所的围墙外,而怀表里的秒针也刚刚走过 12 点。

刚才那个空间是独立于时间之外的,现实里,什么都没有发生。

不,发生了。

郁飞尘忽然发现自己先前耗尽的体力回来了。

他抬眼看向收容所,黑暗里,建筑物的影子清晰无比。要知道,他这副大律师的身体,先前是一直有点无关紧要的低度近视的。

不仅如此,听觉、嗅觉好像都敏锐了许多,肌肉似乎也比原来更有力,仿佛整个人的身体素质得到了一次强化。

他若有所思,但肩膀处传来的颤动立刻拉回了他的思绪。

安菲尔德又在咳嗽了。

郁飞尘起先不知道该做什么,然后象征性地拍了拍这人的背给他顺气。

拍着拍着,他蹙眉。这次咳嗽和之前的都不一样。

果然,等安菲尔德终于不咳了,拿开毛巾,雪白的毛巾上沾了鲜红的血,而且不少。

安菲尔德的眼睫微微垂下,面容仍平静,他将毛巾折好,又掩口轻轻咳了两声。

他若无其事,那小女孩却看到了。她先是被从废墟中救出来,惊魂未定,接着又被火焰瞬间消失的怪异景象惊得什么都说不出来,现在又

129

看到救自己出来的人一副虚弱模样，还咯了血。她嘴一瘪，放声大哭了起来。

安菲尔德在咯血，小女孩在大哭，每件都是郁飞尘处理不了的事情，这让他感到前所未有地棘手。

两相权衡，他没管那个哭着的，转向安菲尔德，问："有药吗？"

安菲尔德点点头，从怀里掏出一个白色小药瓶，这里也没水，他直接借鲜血咽了下去。

郁飞尘扶他起来，说："先找个地方过夜。"

对现在的长官来说，保暖是最重要的。

虽说"逃生成功"了，但不到白天，他还是倾向于不进收容所。环视一周，他把过夜的地点定在了那辆运木头的卡车车厢里。

昏迷的哨兵和看守不知什么时候醒过来，然后逃了。大块头的尸体还在那里，他把尸体拖出去，稍微清理了一下里面后，把安菲尔德和小女孩弄了进去。长官在哄那女孩，哭声逐渐变小，这让他感到不那么头痛了。

接着就是把车开到山里的避风处。不能在车厢里生火，郁飞尘把车厢门打开一半，把木柴拢成堆，用随身携带的打火机点燃，让火在车厢门旁边烧起来。这样，车厢里的空气能保持清新，火焰的热度也能传过来。

想到安菲尔德那病恹恹的身体，他又往里面多添了一把柴火，还是白天亲自劈的。说起来，这些木柴本来就是给安菲尔德长官取暖用的，现在也算完成了使命。

生火后，不担心有山里的野兽过来，即使有，安菲尔德也随身带着枪，他枪法不会差。想到这里，郁飞尘放心走远了一些，在树枝上采了几颗可以食用的熟橡子。没什么别的用意，他只是不想再听小孩的哭声，崽子吃了东西至少会听话一点。

木柴堆的火光映亮了雪地、卡车和周围的橡树，他寻着光回去。

回到车厢旁的时候，安菲尔德正抱着那个女孩轻轻拍。女孩的头发是灿金色的，比安菲尔德头发的颜色深，但在火光的映照下，他们两个的发色显得相差无几。

想必是听到了他回来的声响，两个人一起看向他的方向，安菲尔德的目光温和沉静,女孩的眼瞳则还带着湿漉漉的水光。

郁飞尘把橡子塞进女孩怀里,没说什么,也靠着车壁坐下,在他们的右侧也是外侧挡风。体质强化后,他现在是最佳状态了。

女孩看起来累极了。很快,她握着橡子闭上了眼睛。安菲尔德的状态似乎好了些,右手轻轻拍着女孩的身体,帮她入睡。

郁飞尘没说话,只是看着这一幕,并非想从安菲尔德身上学到什么哄孩子的技巧,纯粹是今天安菲尔德多看了他几眼,他看回去以示礼貌。

虽然安菲尔德的动作和神情都异常熟练,但女孩今天确实受到了太大惊吓,每当即将入睡,都会一个激灵醒过来,面色煞白,反复几次,十分痛苦。

在她第四次惊恐发作后,郁飞尘看见安菲尔德伸手抚了抚女孩的头发,低垂的眼睫下,那冰绿色的眼瞳中流露出忧伤的情绪。

再然后,安菲尔德淡色的嘴唇微微动了动。极轻、极缓慢的调子缥缥缈缈地落在了火光笼罩的车厢里,像雪片落满了松叶。

是安眠曲或者别的什么。音调极为空灵,若有若无,郁飞尘听不出它所属的语言,或许那只是单纯的旋律。

在这样的歌谣里,女孩的呼吸渐渐平复下来。

郁飞尘发现,就连他自己的呼吸,也随着安菲尔德的歌谣逐渐平静、绵长起来。恍惚间,他好像也被拉入安眠的梦中,看见了一座不存在于现实的洁白神殿。建筑绵延数百里,碑刻林立,白鸽盘旋,鲜花盛开。

他看到女孩的眉头随着歌谣渐渐舒展开来,均匀绵长的呼吸声证明她陷入了甜美的深睡,面上隐隐约约有安恬的笑意,或许她也看到了刚才他恍惚间看到的那种画面。

不知不觉间,旋律渐渐消失,这曲子不留痕迹地结束了,仿佛从未存在过。寂静的夜里,只有木柴燃烧时轻轻噼啪作响。

雪也停了。越过火光,从这里往外看去,橡树掩映间,雪地深深浅浅、一望无际,隐约还能看见南门处一片狼藉。

安菲尔德说:"都是你做的?"

郁飞尘知道他指的是什么,也没必要隐瞒:"是。"

只见安菲尔德望着那里,不知在想什么。

月光亮了一些,火车蜿蜒横亘在山谷之中。

郁飞尘说:"据说是高地收容所的俘虏。"

"我知道,"安菲尔德道,"高地要转送一批俘虏到其他收容所处死,我知道你在策划出逃,把他们调来了橡谷。"

郁飞尘心想,果然,这位长官不会忘记给他添堵。

"除了这个,您还做了什么?"他托腮看着安菲尔德,意有所指,"趁乱坐享其成吗?"

他是指大校办公室里那些消失的资料。

安菲尔德也侧过头来看他,眼神没有平日那么清冷镇静,似乎温和了许多。

"今晚,锡云内部有一场政变。"似乎怕打扰小女孩的安睡,他声音很轻。

"我来橡谷探访收容所的现状,顺道收集一些必要的资料,为我所属的派系提供帮助。如果成功,很多做法会有改变,包括对待俘房的态度。"

"错怪您了,"郁飞尘语气随意,"那结果怎样?"

安菲尔德说:"不便透露。"

郁飞尘对他的缜密早有预料,转而提起另一个话题:"收容所里,我们看到的未来到底是什么?你怎么想,长官?"

"已经过去了,"安菲尔德说,"你还在想吗?"

郁飞尘:"在想。"

在那个奇异的空间里,根据系统音的陈述,他对收容所的解构只完成了 86%。这就像满分 100 分的考卷只考了 86 分一样,是让人难以忍受的。他从来没遇见过这种事,不能接受,且耿耿于怀。

"或许,每天晚上呈现的,都该是我们应该看到的那个固定不变的未来,"只听安菲尔德的声音淡淡道,"但总有人的举动超出了预料,未来只能不断更改。"

郁飞尘听出来了。

刚才,他稍微讽刺了一下安菲尔德,现在换成安菲尔德不着痕迹地责怪他了。

算了,他不计较。

他靠在车厢壁上:"但还是很奇怪。"

他继续说:"很割裂。"

一个平凡世界的某一个地方忽然就错乱了，时间线坏掉了，他没见过这种事情。

安菲尔德说了一句听起来有哲学意味的话。

"在世界上的许多地方，割裂才是正常的。"他说。

"嗯，"郁飞尘说，"锡云的年轻人都像您这样博学多识吗？"

不仅博学多识，而且在遇到这些完全反常的事情时，冷静镇定得像是见过无数次。

这次，安菲尔德没说"管好你自己"。他斯文优雅，彬彬有礼，说："就像科罗沙的律师上岗前都要练习枪法与搏击吗？"

"那倒没有，"郁飞尘随意应付，"转行当律师前上过两年空军学校。"

安菲尔德没再和他搭话，郁飞尘看过去，发现长官似乎也在看自己，眼里有一点似有似无的笑意。

他不太习惯，把目光往下移，于是又看见了那颗难以注意到的淡色泪痣。或许不能被称为"泪痣"，因为它和眼睛离得太近，就在眼底边缘。除非靠近端详，不然只像是下面的睫毛稍微浓密了些。

但那里又的确是泪珠离开眼睛后首先接触的地方。

它给安菲尔德原本没有任何表情倾向、冷淡且高高在上的面庞，平添了一种非尘世的平静和哀伤。

郁飞尘注视着这种平静和哀伤，不知道该怎么形容自己此时的感觉，他想把那颗痣涂掉，又觉得这是造物主的偏爱。

这时安菲尔德怀里的女孩动了动，他低头去看她，郁飞尘也移开目光看向车外的山脉与森林。

银色的月光洒在白雪覆盖的山谷中，偶尔有椋鸟栖留，引动橡树叶上的积雪簌簌落下。他就那样看了很久，没什么闲情雅致，只是夜晚空旷寥落，难免显得寂静动人。

目光再回到身侧，安菲尔德抱着孩子，已经睡着了。

六七岁的孩子，虽然单薄瘦小，但体重也不能算轻。他叹了口气，最终还是把小孩从安菲尔德的披风里弄了出来，随意安放在了自己身上。

天际泛白的时候，外面的火烧了半夜，渐渐熄了。

车厢里的温度缓慢下降，郁飞尘感到肩上传来轻轻的重量，是睡着的安菲尔德无意识靠在了他身上。

车厢变冷以后,他的身体差不多就成了唯一的热源。熟睡的人靠近热源是本能的行为,但安菲尔德居然对他如此放心,以至于睡着的时候毫无戒备,这是他没有想到的。

他低头,看到安菲尔德的手。修长,分明,皮肤细致,隐隐有青色的血管。

乐园里,所有人都可以通过自由捏脸的方式改变外貌和体格,很多人为了炫耀武力,把自己变成和小山一样笨重的壮汉,他不觉得那风格值得欣赏,而是更喜欢举重若轻的感觉。这是他为数不多的审美准则之一。譬如安菲尔德的手,不论是开枪还是拿刀,都很适合。

外面,一只松鼠抱着橡子在雪地上飞速跑过,发出"沙沙"的声响,打断了他的思绪。他忽然意识到了自己刚才在想什么。

安菲尔德现在的状态固然很放松。可被一个称不上熟悉的敌方长官倚着肩膀,他居然也没有生起防备之心,还观察起了这人的外表。

手固然顺眼,但毫无疑问,是开过枪、沾过血的。而长官身上也真的带着枪和匕首,随时都有可能展现出危险的一面。

郁飞尘像排列组合队友掉链子的可能性那样排列组合了一番,计算了安菲尔德忽然变脸的概率后,还是没能让自己的身体戒备起来。这让他觉得这个人有些不顺眼了。

最后,郁飞尘干脆闭上了眼睛。

一夜无事。

清晨的曦光照遍山野的时候,安菲尔德动了一下,郁飞尘立刻清醒。

然后,他就看着安菲尔德缓缓睁开了眼睛,淡冰绿色的眼瞳在片刻的失焦后就恢复了清明,映着一点微微的晨光。

这个人若无其事地直起身,并稍微顺了一下头发,接着,静静看向了睡着的小女孩。

小孩睡着睡着,从郁飞尘怀里滑到了车厢地板上,只有脑袋还枕在他身上。她身体健康不会有事,郁飞尘懒得再捞,只是把防弹衣盖在了她身上挡风。

长官又静静地看向他。

带孩子却把孩子带到了地板上,确实不太合格。在长官的目光下,郁飞尘自认理亏，于是早饭的橡子都是他剥的。

他在剥，小女孩在吃，安菲尔德在咳嗽。

咳完一轮，手绢上又是血。郁飞尘看到了。

要么是病情恶化了，要么是昨晚的浓烟给肺部添了新伤。

郁飞尘："你得去看医生。"

在这样一个不发达的时代，咯血是不祥之兆，通常意味着生命开始凋零。

安菲尔德轻声说："我知道。"

就此无话。吃完早饭，他们离开了这里。卡车的水箱冻上了，没法再开，他们步行回去。郁飞尘牵着小女孩走在前面，让安菲尔德在他的侧后方。这样，冷风吹向安菲尔德时会被他的身体挡住一部分。

以前，他的雇主偶尔也会有这种待遇，在额外加钱的情况下。后来，他发觉某些雇主有意高价请他到低级世界进行一些无聊的任务以消磨时间并且问东问西后，他就只接第七扇门的危险任务了。

走到南门的时候是早晨7点，天空灰蓝。

从门口向内望，里面一片颓败萧条，废墟的形状和昨夜稍有不同。郁飞尘看向围墙，焦黑的火烧痕迹上覆盖了一层薄薄的尘土。显然，对于这座收容所来说，火灾已经过去了数日。

那它就是31日的收容所无疑了，关于时间的推测并没有错。

安菲尔德走上前，伸手触碰确认了一下栅栏门上的灰尘。

接着，他向前走了一步，进去。

郁飞尘站在门外，没动。

清冷的天光下，安菲尔德半侧身，回头看着他。缀着泪痣的淡冰绿色眼睛就那样平静地望着，似乎在等他开口。

看着安菲尔德，郁飞尘说："我就到这里了。"

昨晚发生的事情注定无法保密，周围其他据点的黑章军会在两三天内察觉不对，前来搜查。到时候，对橡谷收容所发生的事件人们会哗然。

所内士兵几乎全灭，俘虏尽数逃脱，这种结果对黑章军来说无异于吃了一场败仗。大校已经死了，无从追究。到时候，作为唯一幸存的长官，全部的责任都在安菲尔德身上。

他想，安菲尔德自己也清楚这一点。

他们彼此对视，谁都没有说话。

"你可以跟我去萨沙。"沉默了一会儿，郁飞尘又说。

安菲尔德摇了摇头。他缓缓转身，注视着前方破败的废墟。郁飞尘只看到他的背影，却能想象到他的神情。

冷风里，安菲尔德轻声说："这是我的国家。"

郁飞尘听懂了他的未尽之语。这是他的国家，是无法背离的地方，即使遍身罪恶，满地荒芜。

虽然是郁飞尘意料之中的回答，但他还是感到了微微的遗憾。

"保重。"他说。

"再会。"安菲尔德的声音被风递过来，像一片飘摇落下的雪花，"谢谢你。"

他没有回头，郁飞尘牵着女孩的手转身，走向白雾朦胧的远方。

雪地上的脚印深深浅浅，来时是三双，离开时则少了一双。

小女孩的脚步不情不愿，频频驻足回头，扯着他的手，问他："长官哥哥怎么不一起走？"

"我们去哪里？"

"他留在那要做什么？"

"我不想走，哥哥，我不走了。"

郁飞尘一直没回答她，直到他们爬上一座高处的山岭，他低头看小女孩的情况，发现她已经满脸泪水，脸庞冻得通红。

她边哭，边固执地回望收容所的方向。

小孩的生命和情绪都太过脆弱多变，是他应付不了的东西。郁飞尘在心里叹了口气，单膝半跪在雪地上，和崽子平视，用袖子把她脸上冰凉的眼泪擦掉。

除了昨晚被吓坏了，其他时候她是个很乖的女孩，此时她低下头，带着哭腔小声说："我不想分开。"

郁飞尘看着她，良久。他神情看起来一片空白，实际上是在思考安慰的措辞。

"你有自己该去的地方，注定会和很多东西分开。"最终，他说。

话音落下，女孩的眼睛彻底被悲伤占满，安慰起了反作用。

沉默是金，他该牢记。

象征性地摸了摸女孩的头,他站起身,看向来时的方向。

从山岭高处往下看,收容所一览无余。

他也看见了安菲尔德。

身着黑色军服与披风的长官,静静站在焚尸塔前的空地上。高高矗立的焚尸塔一半是水泥的灰白色,另一半是被火烧过的漆黑。安菲尔德注视它。风扬起残灰,也吹起他黑色的披风下摆,几只乌鸦停在了焚尸塔顶端。

不知为何,这情景在颓败中带着圣洁。一如昨夜,烈火焚烧了罪孽。

最后看了他一眼,郁飞尘收回目光,抱起女孩往南方走去,再也没有回头。

就像他刚才对她说的,一个人在一生中,终究会习惯分离。

在无数个世界来去,最初的时候,他偶尔也会遇到一些值得留恋的东西,但到最后,只有乐园和创生之塔才是永恒的存在。

把收容所内发生的事情暂时抛之脑后,他按想好的路线前进,即使带着一个孩子,他赶路的速度也没变慢多少。

五天之后,他们抵达了萨沙。

这里是个属于萨沙的边陲小镇,不算繁华,但未受到战火波及,称得上安宁祥和。

郁飞尘是陌生面孔,外表令人注目,又风尘仆仆,进入城镇时就引起了人们的注意。好在他还带着个令人怜爱的小女孩,大大降低了旁人的戒备。

科罗沙人在各地经商贸易,不算难找。郁飞尘向最近的商铺打听有没有科罗沙人商会在这里,老板娘给他指了地址。

那地方是个中型银行。表明来意后,一个穿着西装的科罗沙中年人接待了他。

郁飞尘简短说了几句关于橡谷收容所屠杀俘虏的事情的话后,中年人面色凝重,让他们先在这里休息,他去告知上级。一天后,那个小女孩被商会其他人带走照顾,而郁飞尘换上了整洁的新衣物。中午,商会的中年人带来了一个头发雪白、戴着黑领结和金边眼镜的老人。

"我是萨沙的科罗沙商会会长,接到电报后,刚从首都赶来。"老人指了指自己胸前的金质徽章,注视着郁飞尘,说,"把你经历的事情详细说一遍，孩子。"

略过自己一个人在南门对付几十个士兵的事情不提，他把橡谷收容所发生的残杀事件详尽地告诉了老会长。

老会长听完全程，双手颤抖，沉默许久。

"黑章军攻破科罗沙，然后把人们关进收容所暂时管理的事情，我们先前也有所耳闻，"他终于开口，"但是，孩子，你所说的事情，实在是……耸人听闻，我不敢相信。"

郁飞尘说："这是真实发生过的。"

"你得提供切实的证据，孩子。不然，恐怕难以令人信服。"

郁飞尘的公文包里有纸质资料，但他没有现在就拿出来，而是说："我还有同伴会来。"

第三天，另一行十几个人满身狼狈地出现在镇外。早就接到指令的科罗沙商会迅速接到了他们。

这是一部分最早坐卡车逃离的人，为了减少被抓到的可能，他们按照郁飞尘的命令分成小队，分头逃跑。

这一队的领头人正是白松。

幸运的是，白松把一队人完整地带到了安全的萨沙。

不幸的是，他们在两天前遭遇了深山狼群。白松拿着斧头勇敢地保护了大家。作为代价，他的大腿受了非常严重的伤，他是被同伴拼命抬回来的。

医生初步的建议是截肢，商会给白松安排了病房，郁飞尘敲门走了进去。

白松看见他，激动地想坐起来，被护士手疾眼快地按住了。

见郁飞尘走到床前，白松带着一点哭腔，喊："郁哥。"

郁飞尘告诉他，所有人都逃出了收容所。白松听完，哭脸还没收起来，就愣愣地笑了。

这时，老会长走了进来。

"虽然可能有所冒犯，但我得把事情告诉你。"他对郁飞尘说，"我们决定把所有人分开，单独询问，用最后的所有证词来保证消息的可靠性。"

郁飞尘点了点头："应该这样。"

这是一种古老的审讯方法，根据不同人口中的细节比对，能最大限度测试证词的真实性,判断是否有人说谎。这样的举措也证明老会长是用真正慎重的态度来对待这件事的,郁飞尘可以放心了。

一天的分开询问后,老会长和商会会长再次拜访他,与他面对面坐下。

"我们得到了证词。噩梦正在我们的同胞身上发生,他们正在受难。我到现在还不敢相信,但我们会想出能帮助和解救他们的办法。"老会长仿佛一夜间苍老十岁,语气恳切,嘴唇颤抖,"谢谢你,孩子。"

郁飞尘轻轻点了点头。然后,他把公文包里的资料取出,推到了两位会长面前。他们接过去,扫过一眼后,神情郑重无比。

"你就像神圣约尔亚尔拉派来的使者。"最后,老会长握着他的手说。

他们说,会想尽办法用电文向可靠的组织和国家传递消息,商讨对策,为同胞奔走。郁飞尘接下来要做的事情就是等待结果。

许多天过去,不断有消息传来。

来自橡谷收容所的记录不仅不断上呈,也在许多地方秘密流传,科罗沙人在收容所遭受的匪夷所思的暴行,不仅令所有幸存的科罗沙人震惊愤怒,也让其他国家的人瞠目结舌。

与此同时,出逃的俘虏陆续抵达了萨沙的几座边陲城市,数目不太确切,但可以肯定的是,绝大多数人都成功逃出了。

一个月后,金发壮汉从另一个城镇听闻消息,赶过来,找到了郁飞尘和白松。

他说,他找到了他的妈妈,但其他亲人失散在别的火车上了。

"我和另外十几个人决定参加周边五国联合反抗黑章军的游击队,这将是我们毕生的事业。大鼻子准备去寻找他的亲人,顺便也会帮我们寻访。"金发壮汉告诉他们。

白松和他拥抱,眼里满含激动:"约尔亚尔拉保佑你们,冈格。"

"等我的腿好了,就去找你们。"他趴在冈格肩膀上,擦干了眼角泪水假装没哭,但实际上,金发壮汉来之前,他正在对郁飞尘鬼哭狼嚎。

保守治疗无效,他的整条右腿明天就要被锯掉了。

金发壮汉不知道,还在拍背安慰他:"很快会好的。"

郁飞尘站在窗边,看着这患难与共的两兄弟说话。

一切尘埃落定。

至此,"詹斯亚当斯"这个身份,已经为苦难中的祖国做完了力所能及的所有事情。更何况,那天的系统音还提示"解构成功"了——虽然成绩让他不太满意。

如果这样还不能完成任务,他也要去参军了。

就在这时,病房的门被敲开了。

老会长走进来,说:"我听说你们在这里聚会。"

他面带微笑,难掩激动,手捧一份电报,还有正在播报新闻的收音机:"这些天来最好的消息——科罗沙幸存的其他城市、其他五个受到黑章军侵略的国家,以及另外几个愿意伸出援手的国家,早已有组建联合军队的愿望。橡谷的事情传到他们耳中后,这一进程大大加快。就在今天上午,联合军队确定了领袖。"

老会长顿了顿,看到病房里的人先是吃惊,继而喜悦的神情后,继续道:"如果不出意外,联合军队成立的第一件事,就是派遣空军编队炸毁各地收容所的焚烧塔及其他杀伤装置,解救所有科罗沙人。"

他的话语和收音机中的播报渐渐重合,然后同时落下。

病房里的两个小护士抹着眼泪拥抱在了一起。

白松和金发壮汉本来就兄弟情深地抱着,闻言抱得更紧了。

病房里还剩下郁飞尘和老会长两个人。老会长环视一圈,轻咳了一声,和郁飞尘行了个科罗沙传统的庆祝礼,两人握拳碰了碰。

与此同时,这条科罗沙人居住的街道上,也遥遥传来了庆祝的声音,挂起了条幅。

老会长望向远方,说:"胜利终将归于正义。"

就在这所有人心中充满希望的时刻,郁飞尘周身传来了熟悉的变幻感。

灰色的空间再次出现在他眼前,与上次不同,前方景象变成一张巨大的地图,正是这个世界的地图,所有图案都由一些相互缠绕的灰黑色细线组成。

系统提示响起:"占领开始。"

下一刻,一个璀璨的光点出现在了橡谷收容所的位置,<u>丝丝缕缕</u>的金色线条从那里发出,朝四面八方而去,所到之处,金色蔓延。稍后,另一个更加明亮的光点出现在萨沙边缘,同样开始往外扩散。

郁飞尘想到了什么。

或许,这场景代表他对这个世界造成的影响。

扩散渐渐停止的时候，灰黑色地图上有了显眼的金色部分，大约占了八分之一。

"核心位置占领成功。"

"转化开始。"

接下来，地图看上去不再变动，但是郁飞尘走近观察，发现已有的金色线条正在以极其缓慢、肉眼难以观察到的速度侵蚀着其他部分。如果时间足够长，想必，整个世界就会完全被这柔和辉煌的金芒覆盖。

这时，提示声再度响起："战争胜利。

"请选择信徒。"

周围场景一变，雾蒙蒙的，是现实的场景，但所有人都静止了。

金发壮汉，白松，护士，老会长。

进入永夜之门前，那个声音曾对他说——"全心全意追随你的，应被带回。一次历险，带回一个。"

但是，郁飞尘意识到他并不能随心所欲地挑选信徒。

首先，很多人在这个世界上都有想做之事，而他欣赏这种人，譬如安菲尔德、金发壮汉。

金发壮汉不仅已经做了参军的决定，也有在意的亲人。

白松也有想做的事情，但他似乎做不到了。

郁飞尘走到了白松的身边，这孩子如果作为他的队友，未免显得各方面都有点普通，但和这世界的其他人相比，又显得很不错。

算了，他想。往事已经尘封在记忆中，但他自己在刚进入乐园的时候，想必也不是样样精通。

他看向白松，静止的场景中，白松忽然动了，睁开了眼睛。

"白松。"

白松迟疑着回他："郁哥？"

"以后打算做什么？"

"不知道，"白松说，"我没有其他亲人了，腿也没了。"

想了想，他又说："等习惯了没腿，做点力所能及的事情吧。"

郁飞尘想带白松走，但是该说点什么呢。

虚幻的场景，仿佛让他整个人的神志也陷入一片虚无的梦幻中。

他的思维前所未有地涣散，他忽然想：当初，你又是怎么来到乐园，加入其中？你从何而来？你被谁带来？

他记性不好，过往的很多事情都是一片空白。不是因为擅长遗忘，而是因为习惯了不回想。

随着心中的疑问，仿佛有浓白的迷雾被渐渐拨开。

溺亡的窒息感漫上全身，他全身都在海水里，并且不断下沉。或许是因为阳光直照，海面上透出晨曦一样灿烂的金色光晕。

缥缈的声音，隔着蔚蓝、透明的海水，像是从尘世之外传来。

"跟我走吗？"

那声音在他耳畔响起的下一刻，他的身体不受控制，对白松重复了一遍："跟我走吗？"

白松满眼迷茫，然后张嘴，问出了那个当初他问出的问题："去哪里？"

"去……行经险地，九死一生。

"归未归之地，救未救之人，赎未赎之罪。

"直至葬身永夜。

"或与世长存。"

"好……"

白松的应答落下，天旋地转，熟悉的、温柔欢快的接引女声在郁飞尘脑中响起："永夜49314已完成。回归通道开启，10、9、8、7、6……"

倒数开始了。他环视四周，最后看了一眼这个世界。

人们在欢笑、庆贺，到处洋溢胜利在望的气氛。

这个世界也即将成为过去。

如果说唯一的遗憾……

他的目光最终定在茶几边摆放的一张报纸上。那是联合会一直在想尽办法搜集的、黑章军内部报纸中的一份。

报纸并不引人注目的一角刊登了一则消息："因身体不适，上尉安菲尔德现已辞去所有职务，情况未明，将持续关注。"

"4、3、2、1。欢迎回到乐园。"

映入郁飞尘眼帘的，先是无穷无尽的黑暗。眼睛适应黑暗后，他看见空气中飘浮着一些细微的、深灰紫的光点。

有个人拽住了他的衣袖，是白松。

前方忽然亮起一道昏暗的白光，照亮了一个锁链缠绕的漆黑铁座。

铁座上,是一个半张脸隐没在兜帽里的黑衣男人,灰色的头发从兜帽中垂下,露出的下颌线条优美,皮肤苍白。

"你好。"那人似乎笑了笑,声音低沉散漫,"我是克拉罗斯,守门人。"

郁飞尘说:"你好。"

寂静中,只见守门人克拉罗斯半倚在黑铁高椅的扶手上,苍白的十指交叉,再次开口:"首先,对于进门前不曾详尽告知规则这件事,我要对你致以真诚的歉意。"

听到这个,郁飞尘没说什么,只静静地看着他。

"由于意外,你所进入的那个世界出现了未被预测的微小裂痕。这导致你必须完成正常情况下不会同时出现的战争与解构这两种任务才能回归。"说完,他横抬手腕,展示上面缠缚着的一根锁链,"对此,我已经受到了责罚。"

原来如此,郁飞尘心想。

然后,就见克拉罗斯微微笑了一下。

"其次,我以同样的真诚祝贺你完成永夜之门的第一次历险,正式长大成人。"说罢,他抬手,直直指向郁飞尘身后,"看。"

创生之二

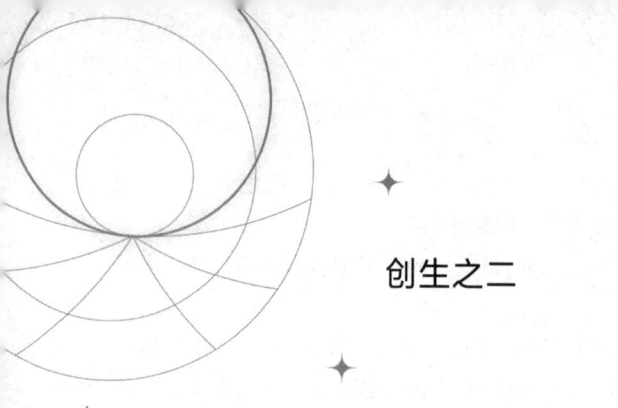

郁飞尘回头,见自己的身后远处,赫然矗立着一扇无限高大的漆黑大门。

四周都是深浓的黑暗,这扇门仿佛与无尽的黑夜融为一体,从无限远处延伸而来。

门上缠绕、交叠着重重深灰紫色的图腾,无处不在,是他所见和未见过的无数抽象的生灵。同时,那上面还刻印着复杂难辨的符文,符文向外散发着星星点点如幽灵一样的光芒。它由左、右两半组成,中央那条闪电状的漆黑缝隙里淌着变幻不定的灰色脉流。

难以形容、只能被直觉感知的宏伟力量在门下涌动。这情景映入他眼帘的那一刻,来自星空万古的旷远与恐怖重重叩击了他的魂灵。

白松结结巴巴的声音在他身边响起:"我、我这是……死了吗?"

"你没死。"克拉罗斯不知何时来到了他的身后,拍了拍他的肩膀,把他吓得大叫一声。

郁飞尘低头看了看白松的腿,两条腿完好无损,恢复了最健康的模样。

克拉罗斯收回拍着白松肩膀的手,抬起头来。他们三人并肩站着,望向远方那扇神秘莫测的大门。

守门人的声音像吟游诗人的低喃:"那就是永夜之门,无数人一生的梦魇,也是一切辉煌与荣耀的开端。"

郁飞尘注视着永夜之门。适应了那种摄人心魄的力量后,那扇门在宏伟与恐怖外,又显出了非凡的神秘与美丽。

他说:"门外是什么?"

"来这里。"克拉罗斯转身向另一个方向走去,郁飞尘和白松跟上。

只听克拉罗斯说:"为了解释清楚门外之物,我得复述一些你或许早已知道的关于乐园的故事。不过好在你带回了一个对此一无所知之人,讲那些故事也不算白费口舌。"

郁飞尘看向对此一无所知的白松。

白松现在的状态,不能说是大吃一惊,完全是接近痴呆了。不过,这孩子的心理承受能力还是不错的,在那间营房里,他是第一个接受时间错乱的人。

于是郁飞尘微颔首,示意克拉罗斯继续说下去。

克拉罗斯拂袖,漆黑的空间里凭空出现一圈剔透的水晶落地窗,光线照了进来,外面的景物也映入眼帘。

他们俯瞰整个乐园。

视野由近及远,先是辉冰石广场、广场上的人们、广场中央的计时沙漏,再是形形色色且一望无际的植被、河流、山脉和建筑。一切都与金色的天穹交相辉映。

白松喃喃道:"好美。这是哪里?"

"人们称这里为'乐园',主神的信徒所居之地。"克拉罗斯微微一笑,"但为了解释清楚乐园的起源,我还要带你们去看另一个地方。"

他话音落下,落地窗前景物倏变。无数事物如潮水般向后退去,他们像是在云层中迅速穿行,刹那间飞向乐园的边缘。

平日里,乐园仿佛一望无际,但只有抵达边缘才能发现,它的所在地其实是座高空中的金色浮岛。

站在边缘往下望去,下方是一望无际的海洋。海洋中静立着无数座如宽广的大陆或繁星一样的岛屿,它们一直绵延至视线尽头。

"下方的土地被称为'神国',神的子民的安居之所。"克拉罗斯说。

白松说:"好大。"

"我已经数不清他到底有多少领土,又究竟有多少的子民了。这下面每一个国家、城市与村落都建有主神的殿堂,他被万众信仰,敬称为'众神之神''万王之王'。

"他所统治的国度,永远和平、富庶、永无饥饿、战争与贫穷。作为回报,拥有智慧的子民也创造出无穷无尽的魔法、科学、诗歌、音乐与建筑。

"当然,微小的动荡和意外不可避免,这时就需要乐园里的信徒来解决和摆平。创生之塔第七层，你们的力量女神阿忒加所辖的第一、第二、第三扇门，通往的就是下方的动乱之地。"说到这里，克拉罗斯叹了口气，"不过，你们也知道，即使神爱世人，但动乱仍是永恒。"

他再挥衣袖，这时，连穹顶也变得透明。

郁飞尘往上看。他的视线穿过层层金色的云雾。天空上方，浩瀚的星云尘埃组成流动的穹顶，笼罩了一切，每一粒细小的尘屑都闪烁着微光。

"那里是尘沙之海。每一粒尘沙都是另一个世界，居住着无数生灵。"克拉罗斯仰望星海，低声念诵，"这些世界虽已归主神所有，但仍未得到和平与安宁。有的世界纷争不断，有的世界布满烈焰熔岩，还有的世界面临着外来者的威胁与侵袭。这就是阿忒加的第四、第五、第六、第七扇门所通往的地方，危险之地。

"当一代又一代信徒携带着神的力量，在这些危险的土地上完成使命，长久的时间过后，它就会宁静、繁荣，逐渐向下降落，融入神国。"

"无数个……危险的世界？"白松仰着头，喃喃道，"那我……我就是从那里来的吗？"

"你？"克拉罗斯状似怜爱地拍了拍他的头，"你要再等等。"

"等什么？"

"等我讲完。"

"好……"

他仿佛接收了太多不该接收的东西，问完克拉罗斯，又把求助的目光投向郁飞尘。郁飞尘拍了拍他的肩膀，示意他认真听讲。

就见落地窗前的景色由广袤无垠的神国变回乐园的辉冰石广场。广场上，人来人往。

克拉罗斯对白松循循善诱："据我之前的讲述，你应该能够猜出，乐园需要无数愿为之赴汤蹈火的信徒。他们从哪里来？"

白松机械重复："从哪里来？"

郁飞尘转向窗外，背对他们，站在窗前俯视整个乐园。他什么都没说，也看不出任何表情，仿佛守门人要说的一切都与他无关。

克拉罗斯回答了白松的问题："从神的子民中来。在神国，无数人都想成为主神的使者与信徒，得到光荣与奖赏。当然，其中也不乏追名逐利之徒。有时，各地的神殿不得不对报名者进行严苛的考核，以控制进入乐园的人数。

"至于尘沙之海中那些危险的世界,虽然动乱不止,却也有领命而来的神官不断挑选出类拔萃之人,引领他们升入乐园。其他信徒同样有权带回他们喜爱的同伴。"

白松:"比如我吗?"

他的神志好像有些涣散了,又进入那个抓不住主题的状态,喃喃自语:"这么说,郁哥还是很喜欢我的。"

克拉罗斯:"你?还要再等等。"

白松沉默。

"现在,你知道了乐园、神国与信徒的存在,也明白了它们之间牢固而紧密的联系。"

"真的吗?我怎么还没醒?天还没亮吗?"

"现在,我要问你一个问题。"

"好……"

"神国由尘沙之海中的世界下落沉降而成,那尘沙之海里的那些世界又从哪里来?"

"我的腿怎么好了!"

克拉罗斯沉默了。

郁飞尘有点想笑,但下一刻,他就被点名了。

"郁飞尘,你来说。"克拉罗斯抹掉了落地窗和天窗,世界重回黑暗。

守门人知道自己的名字,郁飞尘并不意外。

创生之塔的神灵仿佛共享一个详尽的数据库,知道每个人的姓名,乃至性格与履历,甚至被投诉次数,这也是所谓"全知全能的主神"的统治让他感到不舒适的原因之一。

他回忆了一下克拉罗斯刚才的问题。

主神拥有那么多的世界从哪里来?

确实,世界不能凭空出现。它们也不会平平静静地堆在那里,等别人来统治。

所以,问题的答案,不在神的统治内,而在神的统治外。

而根据他有限的所知,整个乐园里不被主神统治的地方,只有一处。

他望向那扇门。

乐园里的一切都与光明有关,就连天空也永远是日暮时分辉煌的淡金。这扇门却被称作"永夜之门"。

白昼无法触及的地方,便是黑夜。

他望着永夜之门,说出他想说的答案:"从门外。"

他答完,守门人很久没有说话。郁飞尘回过头去,看见那片昏暗的白光里,黑袍覆身的克拉罗斯也正直直对着他。

兜帽遮住了守门人的上半张脸,郁飞尘无法看到他的眼睛。直觉却清晰地告诉他,那双眼睛正深深地注视着自己。

警惕与戒备原本就一直存在,在被注视的一刹那更是陡然升了起来。他目光平静、毫不退避地看了回去。

仿佛无形的较量,一片寂静。

许久,守门人露在兜帽外的下半张脸笑了笑,郁飞尘周围的压力陡然一减。

"没错,那些待拯救的世界是从门外来的。"守门人一步步向郁飞尘走过来,边走边轻声说,"来到永夜之门的客人很多,但我并不告诉他们这些。能像你一样,在第一次进入后就猜出真相的人,没有几个。更何况,在拜访永夜之门前,你似乎已经对此有所察觉。"

冰冷的手指贴上了郁飞尘的侧脸,克拉罗斯在审视他,像一只野兽观察迎面而来的陌生生物那样审视。

郁飞尘不喜欢这样的视线,他的声音也很沉着冷静:"为什么告诉我?"

轻轻的笑声在他耳畔响起,然后,克拉罗斯的声音刹那间变得无比淡漠,在他耳边极近处说:"为了避免你胡思乱想,小孩。"说完放下了手指。

郁飞尘面无表情。

克拉罗斯转身回去,声音重新变得缓和而循循善诱——他说话的对象变成了白松。

"漫长的永夜中,无数人在受难。而永夜里荆棘丛生,无人能施以援手。为避免无谓的牺牲,只有信徒中功勋卓著、身经百战者,才能获得进入永夜的资格。

"决定进入之前,我会告知他们三条规则。

"第一,除了自身初始的力量,神不会给你任何额外的帮助。想要之物，门外自取。

"第二，永夜之门一旦开启，永不关闭。下一次进入，可能是随时、随地，没有任何规律。

"第三，在永夜之中，一旦死亡，永远离去。"

郁飞尘冷眼看着。

虽然他打定主意要进入永夜之门，也知道很多人在进门后都没再回来，但这三条规则，在进门之前，克拉罗斯一条都没有告诉他，甚至克拉罗斯完全没有现身。他只被问了一句"为何来到永夜之门"，就被干脆利落地扔进去了。

克拉罗斯的手搭在了白松肩膀上："当然，你已经没有了做出决定的资格，我只是让你知晓现状，小傻子。知晓规则后，我才能告诉你该做些什么。"

白松眼神涣散，他现在的模样，已经完全是个真正的"小傻子"了。

"永夜之门外，你们会进入的世界，分为两种。"守门人开始了他的介绍，"第一种世界是完整的，疆域辽阔，生灵众多，一切事物的进展都有规律。你身为主神的信徒，当你和你的同伴让这个世界产生了足够的改变，主神的力量便占领了这个世界的核心，视为胜利。"

"一个友好的提示，最快捷的方法便是赢得那些关键的战争。"说到这里，他微笑道，"不过，改变始终是个漫长的过程，有时，你们得在那里停留数年甚至百年之久。"

郁飞尘联想起了在上个世界里，科罗沙人最终得到帮助后，系统响起的那一声"战争胜利"。

但在那之前，逃出收容所的时候，还响过一声"解构成功"。

于是他问："第二种？"

"你得接受一件事，没有理由。"克拉罗斯的注视穿过兜帽，直勾勾地对着他的眼睛，"有些世界残缺不全，就像有些人的灵魂支离破碎一样——第二种世界是破碎的，毫无价值。"

"碎片有大有小，大多数都十分有限，边界清晰。在那里，逻辑漏洞百出，规则各不相同，死亡随处可见。"克拉罗斯缓缓道，"你或许会被困入一个吃人的迷宫，或许被投入一个恶魔栖居的洞窟，很难列举出具体的情形。我最离奇的经历是误入一个只有平面的世界，变成了一根弯曲的线条。"

他叹了口气："不过不必担心，这种离奇的世界太少，因为已经完全破碎成粉末，再晚几分钟，它就会化成最纯粹的力量，被其他世界捕捉殆尽了。"

郁飞尘抓住了最关键的那句话，他道："世界会捕捉力量？"

"维持一个世界的运转，需要力量。破碎的世界极度渴望获取外来的力量以稳固自身，但是外面世界的来客又觊觎它内部残存的力量。"克拉罗斯的声音愈低愈诡秘，还带有隐约的兴奋与疯狂，"你、你的同伴、无辜被捕获之人，以及其他别有用心的来客，将一同进入一场规则未明的猎杀游戏，遇到无数不可预知的危险，直面鲜血和死亡。这场游戏的胜负取决于，是你的生命先被吞食，还是它的存在先被破解。

"破碎之地必有入口和出处，当你找到逃生之路，离开猎杀之地，视为逃生成功。这时，来自创生之塔的力量会恢复与你的联系，创造一个只有你与同伴存在的空间。在那里，你需要将已探明的规则阐述完毕，接下来的事情便交给创生之塔。它会根据你的说辞，从那世界的底层将其解构。"

郁飞尘一字不落地听完了。

虽然克拉罗斯最初什么都没说，但他现在交代的确实是真话。

郁飞尘还记得自己说完对收容所的猜测后，系统显示的解构进度是86%。

他说："要全部探明吗？"

克拉罗斯轻轻叹一口气。

"既然已经进入永夜，那你早晚要知道，自己所追随的是这个宇宙纪元里疆域最为辽阔、力量也最为强大的主神。"他说。

"对规则的解构需要完成至少四分之三，其余的，便能够被创生之塔以不可战胜的强力直接粉碎。力量一部分归于创生之塔，另一部分作为对你的奖赏——那是你直接从外部世界获取的力量。它永远属于你，只有死亡可以将其剥夺。这就是永夜之门永恒的诱惑。只要有命活着，你就可以得到任何你想要的东西，无论是什么。多去几次，你就会明白。"

接着，守门人懒洋洋道："当然，如果未能完成四分之三，破解和奖励也就无从谈起。就算侥幸逃出，也只称得上'逃过一劫'。"

郁飞尘若有所思。他差不多明白所有规则了。不过，还有一点——

"破碎世界需要带回同伴吗？"

"不需要。"克拉罗斯回答，"那里鱼龙混杂，你不知道自己会带回什么货色。"

"除此之外，客人，既然来到永夜之门，我要送你两件礼物。"他指尖浮现两点灰色的微光，飘入郁飞尘的身体。

"第一件，它会在你进入一个世界前，估测那地方的混乱程度。这意味着那个世界是否完整。"

第二点微光飘入。

"第二件，它会在你离开一个世界后告诉你，获得的奖励究竟是什么。"

"最开始时不告诉吗？"

"有时候，我喜欢考验人，尤其是遇到一些有趣的客人时。"克拉罗斯回到了自己的高座之上，他用右手支着下巴，于是衣袖滑落，那根缠缚着他手腕的铁锁链又露了出来。

他漫不经心地晃了晃铁链："但你也看到了，找乐子需要付出代价。"

郁飞尘没搭理他。

过了一会儿，克拉罗斯的话语声显出微微好奇："你只有这点问题要问吗？"

不然呢？郁飞尘想。

一切已经很清楚。怎样完成任务，他也明白了。

除此之外，收容所里的异常也有了解释。他本来该进入一个完整的世界，可惜那个世界中途开始破碎，破碎从收容所开始，导致出现了时间的异常。

原本，他只需要带领科罗沙人获得胜利就能完成任务，出现异常后，任务多了一个附加条件与死亡规则——必须在23日之前逃出收容所，否则就会死无葬身之地。

这两个任务其实不算困难。真正的困难是克拉罗斯一手造成的，在一无所知的情况下，他得猜对完成任务的方向。

不过，无论守门人用意何在，接下来都不会再有这种事情发生，他已经了解规则。

郁飞尘："没有了。"

"真的没有了？"克拉罗斯倾身向前，"你的求知欲有所欠缺，恕我直言，这不好。"

郁飞尘又想了一遍，他确实没有疑问了。

或许，除了规则，他真的还有一个问题想问。

看着克拉罗斯腕上的锁链，他开口："谁处罚了你？"

克拉罗斯的身形出现了微微的僵直。

他的语气很奇怪："那你觉得，谁有资格处罚我？"

郁飞尘语气生硬："不知道。"

"一个我以为不打算从暮日神殿出来的人。没想到久别重逢，我就被关了半个纪元的禁闭，"守门人忧郁道，"或许是复活日快到了吧。"

郁飞尘转身就走。

"别走嘛，"克拉罗斯懒洋洋道，"听说你不喜欢待在别人的地盘，那去外面为别人开疆拓土，心情如何？"

"还不错。"郁飞尘面无表情，拎起仍然游离在状况外的白松，按下了电梯。

"别忘了去第九层找画家做个标记，"电梯关闭的最后一刻，克拉罗斯的声音传来，"以防认错同伴。"

电梯里也是一片漆黑。下降过程中，只有白松气若游丝的声音不断响起。

"我是谁？"

"我还好吗？"

"我坏掉了。"

"我不存在了。"

郁飞尘说："你还好。"

"真好，"白松的声音洋溢着无限的欣慰，"郁哥还在我身边，我做梦都要和郁哥在一起，但你的声音好像变了。郁哥，你感冒了吗？"

就在这时，电梯离开了第十三层。外面的光线照进来，一瞬间亮如白昼。

对面的白松忽然呆住了。他的视线僵硬地从上到下缓缓扫视了郁飞尘一遍，颤抖着声音道："你是谁……"

郁飞尘在前一个世界里的身份是詹斯，回到乐园，当然变回了原本的样子。

在守门人那里,他就想知道白松为什么一直知道他是他。原来不是因为他的脸和詹斯长得像,也不是因为第十三层有什么奇怪的魔法,而是因为那里太黑了,这孩子自始至终没看清他的外表。

下一秒,白松又问了一遍:"你是谁?"

郁飞尘说:"你觉得呢?"

白松两眼一翻,直接晕过去了。

郁飞尘叹了口气。

这时,电梯停了,第九层。

创生之塔的第九层,郁飞尘只来过一次,在他刚刚来到乐园的时候。那时他身无分文,也不知道该去哪里、去做什么。然后,他被陌生人拉来了第九层,说要高价购买他的捏脸。

那时候他不知道捏脸是什么意思,直到反应过来这是要把自己的外貌完全复制给另一个人,他才拒绝。

很久以后,他才知道,这一层属于艺术、创造与灵感之神,这位神自称为"画家",乐园中,所有与改变外表有关的事情,包括服饰、建筑与景物,都在这位神的职责范围之内。

门开了,郁飞尘走进去。艺术、创造与灵感之神喜欢安静的空间,所以这一层并不像第一层那样熙熙攘攘。来访者只要进入,便会进入一个只有自己、神、指定同伴的单独空间。

这是个灰色的正方形画室,空荡的长墙上零星挂着几幅涂鸦画,墙边偶尔有一两座未干的雕像。正对着他们的地方,一个穿栗色衬衫、头戴画家帽的青年正坐在木制画架前涂涂抹抹,直到郁飞尘拎着白松走到近前时他才搁笔抬头。

一张毫无特色的脸出现在了郁飞尘面前,辨认容貌本来就不是他的长项,这位艺术、创造与灵感之神的外貌尤其如此,过目即忘,但在记忆里,这是个非常温和的神。

"你好,我是画家。"画家微微一笑,"好久不见,来做什么?"

"小可怜,怎么是昏着的?"这时,画家看到了被他拎着的白松,"先放在地上吧。"

白松被放倒在了地上。

"我去了永夜之门。"郁飞尘简短说了来意,"需要一个标记。"

"你来乐园才多久,太快了。"画家声音里带点诧异,随后,他看着郁飞尘,认真地问,"是谨慎做出的决定吗?"

"是。"

"那就好。"画家点点头,起身来到他面前,"来,给我看看你的脸。"

郁飞尘微倾身,他比画家高一些。

温和平静的声音在耳边响起:"永夜之门后的有些世界会改变你的同伴的外貌。因此,有必要在你们身上放一个只有彼此可见的标记,以便你们能够迅速辨认对方……最好在面部,最好不要是饰品。我的建议是一个微型的刺青,或特定部位的痣与疤痕。在哪里最合适……让我看看。"

画家一边说着,一边拿一把象牙色的直尺在他脸上来回比画。

比画着比画着,郁飞尘忽然看到,画家眼圈泛红,像是快要哭出来了。

"对不起,"画家忽然摇摇头,放下尺子,说,"我不想在你的脸上做任何标记。你的外表完全符合你自身,任何一点细微的改变都会打破原有的氛围……原有的特质。我喜欢这种节律。"

他微微出神,语速越来越快,声音也越来越低,内容越发晦涩,像是梦游者的呓语:"极度的精确与极度的疯狂仅在一念之间,均衡二者之物看似是冰冷,其实为空白……你的意象是临界点。"

下一刻,仿佛灵感忽然出现,他眼神一变,喃喃低语刹那打住,道:"我想在你的右侧锁骨附近打下标记。"

郁飞尘默许了。虽说面部的标记最为明显,但如果脸上被涂了一笔痕迹,他会很想洗掉。

画家示意他解开领口,道:"你更适合字符,而非图案。有什么对你来说意义深刻的组合吗?最好是通用文字中的字母和数字。"

这问题触及了郁飞尘的盲区,他没有什么印象深刻的字母或数字,短暂思考后,他随便选了一个记忆中最近且符合要求的:"A1407。"

这是进永夜之门前最后一个世界里,他把自己弄成一个丧尸后,科学家给他的编号。

画家依言在他右侧锁骨上写下了几笔,冰冷的感觉稍纵即逝,对面出现了一面镜子。

"可以吗？"

郁飞尘看过去，镜子里，他的锁骨处被标上了个整齐又机械感的"A1407"。看了看，郁飞尘没觉得不顺眼。

"谢谢。"他说。

"不客气。"画家全神贯注看着那串字符，忽然说了一个词，"物化。"

"什么？"

"物化。"画家重复一遍，然后给他拉上了立领，字符被遮住，"机械化的编号有非人感，不会破坏你的特质。"

"好了，刻印结束。"说完，画家抱来两个黑色的长方形盒子，分别系着银灰和墨绿色缎带，他微笑道，"一些适合你们两个的着装，当作进入永夜之门的礼物。"

郁飞尘接下："谢谢……"

就在这时，地上的白松动了动，似乎醒了。

"刚从外面带回来？"画家问。

郁飞尘："嗯。"

"从熟悉的世界来到乐园，会感到极度的虚幻与不安。还记得我第一次来这里的时候，被吓哭了。不过那时候乐园还不像现在这么美。辉冰石广场的每一块地砖都是我后来选的。"画家半跪下去，温柔地摸了摸白松的头，"带他去日落街喝点淡松子酒，你似乎不爱说话，租一位导游吧。"

郁飞尘点点头："好。"

离开的时候，画家把他们送到了电梯门外。

"一切顺利。"他对郁飞尘说。

看着微笑的画家，郁飞尘又抓住了一点初到乐园时的模糊记忆。

他说："谢谢你。"

画家向他挥手道别。

来到辉冰石广场后，白松仍然飘飘忽忽，说："你说话的语气真的很像我的郁哥……这里真好看。"

郁飞尘按照画家所说带白松来到了日落街，这里有很多酒馆。他找了看起来顺眼的一家，来到二楼，点了两杯淡松子酒，开始准备措辞。

一个雪白头发、长着精灵耳朵的女孩给他们送酒，看到明显不在状态的白松后,她眨了眨眼睛,往酒杯里加了两滴浆果汁,插上吸管。

这种饮料有放松精神、镇静情绪的作用。它在白松身上发挥了效果。在郁飞尘的耐心耗尽之前,白松终于相信了他就是真正的郁飞尘,以及"自己现在被带到了一个神秘的乐园"这个事实。

"郁哥,你是神派来拯救科罗沙的使者。现在,我也成了你的同伴,要帮助神去拯救其他人了。"白松到最后竟然隐隐激动了起来,"天哪,我要去完成比加入冈格的游击队还要伟大的事业了。而且,我的腿还好了,感谢神明。"

这孩子的阵营转变如此之快,已经不说"感谢约尔亚尔拉"了。

不过,按照他那样理解,好像也没什么错,但郁飞尘必须纠正一件事:"我并不信仰那位神。"

"可是那个……那个……那个……"白松"那个"了半天,终于蹦出了词,"那个弯曲的线条,他不是说——"

"弯曲的线条?"

饶是郁飞尘也花费了三秒才反应过来"弯曲的线条"指的是克拉罗斯。守门人说了这么多,看来白松只记住了他曾经在一个平面世界里变成了一根弯曲的线条这件事。

克拉罗斯弯曲与否,郁飞尘不知道,但他意识到白松大脑的结构足够弯曲。

"他不是说这里的人都是信徒吗?他们从下面来。"白松的眼中充满纯粹的好奇与疑问,问他,"你不是吗?"

那眼神异常清澈,像蔚蓝的海水。

过往的记忆,久不回想时,仿佛从未存在过。可一旦闪现了某些片段,它们就像潮汐吞没海滩一样没过漫长的时间,来到了眼前。

"我不是。"郁飞尘听见自己说。

"啊?"

淡松子酒的气息在他们周围缓缓萦绕,一切都变得遥远,除了往事。

往事扑面而来。

郁飞尘的声音很低,也像梦中的呓语:"我被人带来,像你一样,有人问'跟我走吗'。"

"我答应了,就从原来的世界,忽然到了这里。"郁飞尘看向远处人来人往的辉冰石广场中央,说,"我就站在那里。"

在那个一望无际的广场上,金色的天穹下,无数陌生的、奇异的人在他身边穿梭而过,熙熙攘攘。

他就站在那里。

"但是,我身边没有人。"自始至终。

画家说,当一个人从过往的世界忽然来到乐园,首先感到的会是巨大的虚幻与不安。

虽然承认自己曾经茫然与不安是一件很难的事情,但画家说得没错。那时他遥望着前方雪白的、巨大的高塔,旋涡从天空压下来,地面闪烁着斑斓的辉光——那场景只与虚幻有关。

白松小心问他:"后来呢?"

后来的事情,很简单。

他先是意识到这并非梦境,继而在原地开始了漫长的等待。

有人问他"是否需要帮助",有人向他推销什么东西,也有人说:"是不是迷路了?"但他不能离开,这里人流如织,迈出一步就再也回不到原点,也就不会有人来找他了。

白松点点头,说:"小时候,我妈妈告诉我,走丢后不要乱走,在原地站着。"

郁飞尘看着他,说:"你现在也要记住。"

白松转移了话题:"后来呢,他来了吗?"

没有来。

最开始,每次有人从后面拍他的肩膀,他都以为这漫长的等待终于结束了,但是每次回头,都是路过的陌生人问着一些他无法完全听懂的问题。渐渐地,心情就再也不会因为被拍肩膀或搭话而变化了。

这地方没有昼夜,他也仿佛失去了对寒冷和饥饿的感知,只有不知何处而来的钟响声回荡了无数遍。

他不是个没有耐心的人。他知道只要时间够久,水滴也能凿穿石头,但只要天气足够寒冷,半空的水滴也会结成冰。

在第 365 声钟响后,他放弃了。

有些东西等不来就不等,他知道自己的路注定要一个人走。

于是他走了。

那365声钟响的时长是他一生中仅有的一段想依赖别人的时光，以前没有过，今后也不会再有。

再后来，就是他被拉去第九层找艺术、创造与灵感之神。

那位自称为"画家"的神看出异常，然后问清了他的处境。

"你不该被落下，这种情况太少了。"画家蹙眉深思，却也无法得到结论。

最后，画家给了他三片辉冰石。那东西是长方形，比钞票小一些，薄如蝉翼，据说是这里的通用货币。

按照画家所说，第一片辉冰石用来买了一个翻译球，用以彻底明白所有语言，第二片用来租了一个导游，在导游的引导下了解这地方的运作机制。

第三片，画家让他去日落街喝杯酒、吃点东西，再去旅馆租个房间，他没花。

导游告诉他了许多东西，其中对他来说意义重大的只有三条。

第一，想要得到辉冰石，就去做任务。

第二，乐园里的信徒确实能把外面的人带回。

第三，每隔3650声钟响，乐园迎来一次盛大的节日"归乡节"。

"归乡节？"白松重复了一遍这个词。看来，对他来说这个词语有些陌生。

郁飞尘换了一个比较接近白松语言体系的说法："像你上学时候的礼拜日。"

在归乡节这一天，任务区域关停。所有人都可以到创生之塔第十层找到"仪式与庆典之神"，短暂传送到想去的那个世界度假。可以是自己的家乡，也可以是其他有所牵挂的世界。

"真好。"听完解释，白松的眼睛更亮了，"也就是说，我们可以回科罗沙吗？我想知道冈格怎么样了。"

科罗沙，或许还能回去。郁飞尘淡淡"嗯"了一声。

等那个世界完全收归主神所有，成为尘沙之海的一部分，白松就能在某个归乡节回去看它了。

"太好了！"白松的头脑应该是被能回家的喜悦冲昏了，一把抓住郁飞尘的手，问，"然后呢？郁哥，你回家了，对吗？那个带你来的人到底怎么样了？还在那里吗？"

郁飞尘摇了摇头。

"我去了第十层。"他说。

"不知道自己故乡的代号或编码？完全没关系。"仪式与庆典之神是个和蔼喜庆的老人，抚摸着白胡须对他说，"告诉我那个世界都有什么，我就能够迅速帮你定位到家乡。"

郁飞尘就说了。

他开始描述，金碧辉煌的典礼大厅里飘浮起无数世界的缩影。而随着他说得越来越多，那些世界变得越来越少。于是他知道，只要自己描述得足够精准，仪式与庆典之神就能准确地帮他筛选出自己的家乡。

"好神奇啊。"白松感叹。

郁飞尘不知道那究竟神不神奇。因为说到最后，他的面前空空荡荡，一个世界都没有。

神和助手齐齐看向他，问他是否有什么地方记错了。

但他自己清楚地知道，没有记错。

"神的领土中没有符合你描述的世界，"仪式与庆典之神摇摇头，下了定论，"一定有哪里记错了，下次来吧，孩子。"

从那天起，他的过去也变成一片虚无。而也是在那一天，他真正接受了身处乐园的现实。

不论从何而来，不论怎样到来，他要向前走。

那天之后，他再也没有回头。

他开始与数不清的陌生人一同辗转在无数危险的世界，也见过了几乎所有各司其职的神。

可他还是不能接纳这里。

在这里，所有人的所做、所为、所说都在教诲，在逼迫——你要热爱这片你本不热爱的土地，你要信仰那位你本不信仰的神。

他们要他从不自由中得到快乐，从被统治中感到幸福。

可他不喜欢。

于是他注定要去走那条最长的路。

千万个世界的杀伐和历练让他变成比最初强大了千万倍的人，但乐园养不熟他。他做完了无数个任务，也拯救过无数个生灵，他不反感，但他不是为了被驯养和被统治而生的。

郁飞尘以最后一句话结束了这段回忆。

"我不信仰任何事物，"他对白松说，"希望你也是。"

白松忧郁了："可是，郁哥，我怎么样才能有你这么高的觉悟？"

白松忧郁地喝了一口酒："我刚过二十三岁生日呢，郁哥，我还不成熟。"

"这还不够吗？"

"这难道够吗？"白松喃喃道，"郁哥，那时候你多大？"

郁飞尘问他"那时候是什么时候"，白松说"刚来乐园的时候"。

郁飞尘微微蹙眉，回想了一下，这种东西他真的记不太清了。

"二十……或者二十一岁吧。"

"这么小！"白松的酒杯都快掉地上了。

"那郁哥，那你……"白松看起来越发来劲了，问题也越发偏离了原本的主题，"那你的那个世界是什么样的？你是做什么的？你长什么样？郁哥，你不会还在上学吧？我的天，好可爱。"

白松真的已经彻底扭曲了，郁飞尘确信。

"我毕业了。"他说。

白松陷入了奇异的亢奋，两眼闪光："展开说说。"

郁飞尘不是很想说，但以他对白松的了解，如果今天不说，以后恐怕就会迎来无穷无尽的纠缠。毕竟白松不再是那些点头之交的雇主，而是以后要一起下副本的队友。他不想看到那样的场景——他们被困在危险之中，正在关键时刻，耳边忽然传来一声"展开说说"。

要展开说也不难，他出身的那个世界其实和白松的世界结构类似，不会有理解上的困难。

只是一旦回想过去，虚无的感觉便如影随形。他不能确认那到底是不是真实存在的，甚至也无法确定那里是不是他生命的开端。

可是再往前确实是一片空白了，而他来到乐园，也正是从那个世界开始的。

"你的世界，力量类型是科学，统治单位是国家……发展到了热兵器时代，和我来的地方差不多，但我的要先进大概……两百年。"他边思考措辞边说出来，因此语速有些缓慢，但没关系，队友毕竟与雇主不同，不用认真服务。

"我那时候的外貌就是现在这个。"黑色头发和眼睛,没什么出奇之处。

"哥,你好会长,真的。"

郁飞尘没理睬他,继续说:"我记得你服过役。"

白松点头:"我还上过军校呢。"

"我也是军校毕业,驾驶——"

"卡车?"

面对着白松,郁飞尘不得不喝了一口酒以维持情绪平稳:"我不介意你少说话。"

白松闭嘴了。

能让守门人都沉默了的人,果然有他的特殊之处。

"是空军学校。"郁飞尘说,"飞机。"

白松惊讶道:"我郁哥这么厉害,一定开的是战斗机。"

但他又猜错了。

郁飞尘说:"舰载机。"

"那是什么?"

"是在海上,母舰的。"

那个世界里,海洋多过陆面。

而所有适用于海洋的战争机器里最复杂也最强大、象征顶尖战力的是一种巨大的钢铁舰艇,被称为"母舰"。母舰是个能在海面移动的巨型堡垒,拥有强大的动力、装配火力强悍的武器。同时,它也是个海上战机基地。

服务于母舰的战机被称为"舰载机"。只有最优秀的空军学校里最出色的毕业生才能成为舰载机的飞行员。

"为什么?"

"因为母舰是移动的。"郁飞尘回答他。

舰载机的起降要在移动的飞行甲板上完成,步骤与陆上不同,坡道也只有正常坡道长度的一半,驾驶难度极高。并且,它面临的战斗风险最大。

不过,在那个世界里,他只活到了二十岁或二十一岁,在海上也没度过几年,没什么值得一提的成就,也没赢得过真正的战斗。

"战斗好像要开始了,然后我和我的飞机被击沉了,就这样。"他喝完酒,起身,下楼。

"哎,郁哥!"白松跟着他,"你肯定在骗我。"

郁飞尘说:"没骗。"白松不信。

"那个世界我不想再提,希望你记住。"郁飞尘在楼下不远处给白松买了翻译球拍进脑袋里,并租到了一位导游。

导游服务涨价了,两片辉冰石。白松往这边凑,还拼命想说些什么,但被导游笑眯眯地拉走了。

郁飞尘今天说的话已经够多了,其他专业的事情就交给专业的人做。他要回旅店了。

巨树旅馆名副其实,是棵巨大的树,但它比外面世界的一片森林还要大,浓密的深绿枝叶里结着繁星一样的树屋,里面有个他长租的房间。

躺在树屋的床上,郁飞尘看着自己的手。握紧,松开。再握紧,再松开。

不是错觉,他的力量和对身体的掌控程度全部提高了一个等级。理论上这是不可能的,因为乐园里,所有人的身体素质都是固定一样的——为了避免斗殴。

现在他的身体却改变了。

只有一个解释——这是永夜之门里破碎的收容所被解构时,他获得的力量。这力量是直接从外部世界获得的,无法被任何人或神剥夺。

这样的力量,正是多年来他执着想要得到的,像经验、技能与知识一样,是永远属于自己的东西。

获得这些东西,感受到自己逐渐变强,能够掌控的事情越来越多,是一件能够成瘾的事情。就像他在最初的那片海上时,也喜欢没日没夜地在飞行甲板上练习起降一样。

意识到自己在想什么,郁飞尘中断了思绪。

他喝多了。那不是什么愉快的记忆。就像刚到乐园的那段时光一样,是早已决定永远遗忘的东西。

不知道离下一次进入永夜之门还有多久,克拉罗斯说没规律。

一声钟响意味着乐园的一天,白松被导游带走,大概要一天半才能回来。无事可做,他闭眼入睡。

周围一切微微晃动，在入睡与清醒的临界点，他知道这是树屋在风中微微摇摆。

乐园是安全的，不必警惕，他也早已习惯了这种水波一样的晃动。

在淡松子酒的气息里，他放任自己沉入了水中。

水。

河流。

海洋。

夜晚的海洋波澜起伏，像漆黑的幕布在风中不停翻涌。

但夜晚的母舰是个灯火辉煌的堡垒，像平地一样坚如磐石、纹丝不动。

他把微微汗湿的头盔抱在怀里，肩上挂着护目镜，推开了宿舍门。

室友在打牌。他们几个在学校里是室友，现在仍然是。

"你下机啦。"室友说。

他说："下了。"

室友继续打牌。

他收拾，洗漱，整理衣物，然后打开了一门线上课。

室友之一警惕地结束打牌，过来看他在学什么，看完，说："你无聊不无聊？"

他说："不无聊。"

"你管他干什么，天生的。"另一个室友说，"连起降都上瘾的人，他看什么都不无聊，七上辈子肯定是座雕像。明天长官再让练起降，我就要吐了。"

"七的生活，几个词就可以高度概括。"第三个室友边洗牌边说，"上机，下机；起飞，降落；练习，学习。报告完毕。"

第四个室友说："你漏了，还有一个，顶长官嘴。"

第五个室友："被长官罚。"

"七，"第六个室友说，"明天又该你去长官办公室值日了。"

宿舍八人，他排老七。

就在八的嘴也即将张开时，他戴上了降噪耳机。世界和平。

去长官办公室值日是世界上最无聊的活。它也可以用几个词概括：端茶，倒水，浇花，喂鱼，擦桌，扫地。

他的长官年轻，四肢齐全，但墨水瓶倒了都不会伸手扶，比最精密的战机还难伺候，有些命令难以理解。因此他值日时的活动又多了四个：疑问，顶嘴，继而被罚，加值。

这导致每次轮到值日，他的心情都异常沉重。

但每次轮到室友值日，看到室友欢呼"终于轮到我了！不上机了！我爱长官"时，他又会觉得异常不舒服。

所以，无论从什么角度，他看长官都很不顺眼。

而让他不顺眼的东西都是危险的，例如起飞前没调好的仪表、装枪时没压紧的暗扣，不及时解决，会让他送命。

就像那位长官，在最后真的让他送了命一样。

晃动还在继续。

摇晃的、起伏的海水。

温柔的海水将他往下拉去，残骸和火焰都消失了，他眼前只有一片蔚蓝，还有蔚蓝的海水里，越来越明亮的金色光斑。

他向上伸出手，却离光斑越来越远。

就在这万籁俱寂的水中，他的耳畔却响起缥缈而熟悉的声音。

——是谁的？

可他记得，已经让四带着那个人先撤离了。

他睁大眼睛，海面上，光斑越来越刺眼，忽然让他想起某一天。

那天，海上天气晴朗，阳光把甲板都照得晃眼。一、二、三、四、五、六、八在外面起降，他在办公室舷窗边罚站。

罚站期限是一个小时，但两小时后还没人喊他进去。

如果是母舰上其他教官和上级的命令，他会一动不动，继续罚站。

但是，罚他站的是这位长官。三个小时过去后，长官还是没喊他进去，必定是忘了。

他面无表情地推开了办公室门，走到绿植招展的办公桌前，准备开口象征性喊一声"长官"，但那两个字下一刻就被他生生咽了回去。

办公桌后，长官右手关节支着太阳穴的位置，微微垂头，闭着眼睛。日光透过舷窗穿过绿植照进来，把这人的睫毛映得剔透。长官睡着了。

母舰上事务繁忙，长官已经连轴转了好几天。他叹口气，什么都没说，打算继续去外面罚站，并且还要离舷窗近一点。这样，这个人醒来的第一刻，就会得到让别人多站了四五个小时的愧疚感。

不仅如此，他还轻轻把花盆往左移，这样，阳光就不会刺到长官的眼睛，对方可以睡得久一点。

但这是个错误的决定，花盆移动的第一秒，睡着的人就缓缓睁开了眼睛。阳光照亮了空气中飞舞的尘埃，他忽然看到长官的右眼底，有一点东西微光湛湛。

第一眼，他以为对方哭了。

第二眼——

铺天盖地的火焰焚烧了一切，天空血红，耳边传来女孩的呜咽声，焦黑的废墟上，烈烈火光中，安菲尔德长官朝他抬起了脸。

郁飞尘猛地睁开了眼。

树屋的天花板安静地挂在那里，微风吹过巨树，树叶沙沙作响，树屋随之轻轻晃动。

他愣怔望着那里，溺水感与灼烧感如同附骨之疽仍未消退。心脏剧烈跳动，呼吸不断起伏，像做了一场光怪陆离的噩梦。

右眼，痣——

他剧烈喘气，闭上眼睛。海上的巨舰在眼前放大再放大，一切细节都纤毫毕现，甲板的纹路清晰可见，一、二、三、四、五、六、八的玩笑声也响在耳畔。

宿舍，走廊，舷窗，机舱，天空，海洋——

他几乎是无法控制地把那最初的记忆也翻得一片狼藉，像是把堆放杂物的箱子"哗啦"一声倒过来，跪在地上胡乱翻找。

但直到所有物品都被清点干净，他也没有找到想要的那些。

他什么都找不到。

他已经完全忘记了那个人的脸。

什么都没有。

都过去了。

心跳与呼吸渐渐规律，年轻时的血液在梦中翻腾了片刻，而后渐渐冷却。

他起身用凉水抹了把脸，窗外树影斑驳，乐园依然平静安宁。

无论哪位长官，他们只是过去，一切都是错觉，他对自己说。

"先生，"长着透明薄翅的树人侍者从窗外冒出了头，"需要帮忙吗？"

"冰水。"

树人乖巧地应了一声，片刻后，一根藤蔓卷着一杯冰水递给他。

他接过来，没喝，只是借冰水的温度平静自己。

"您还好吗？"树人侍者问，"还需要什么吗？"

"不需要了。"他说，"谢谢。"

他确实不好，很糟糕。

他已经不记得上次情绪有这么大的波动是什么时候了。

罪魁祸首与万恶之源，淡松子酒，喋喋不休的白松。

三分钟后，他才喝下了那杯冰水。

记忆渐渐清空，一切恢复正常。

就在这时，系统音忽然在他耳畔响起："永夜之门已开启，倒计时10、9、8、7……"

与清冷的倒计时同时响起的是另一个欢快活泼的系统音："亲爱的客人，守门人温馨提示，此次您即将进入的世界强度4，振幅7，满分10。"

"3、2、1。祝您好运。"

"祝您好运！"

燃灯之城

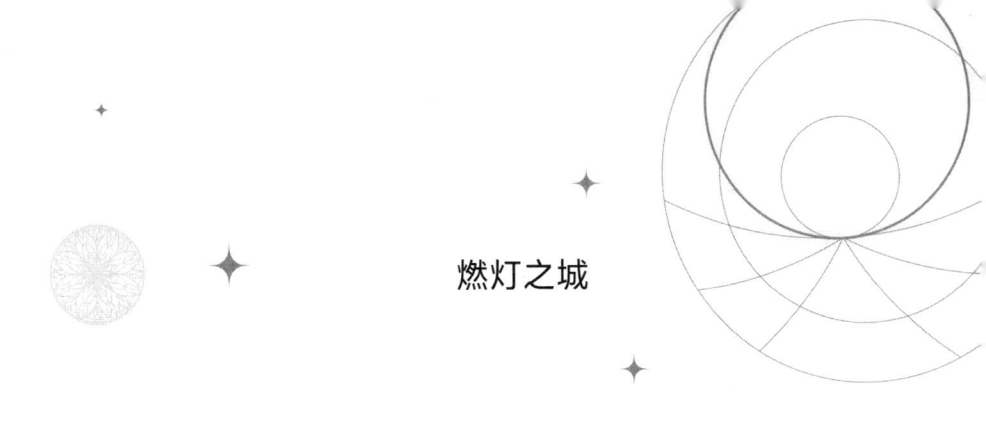

四周光线忽然变幻。

郁飞尘抬头，一轮圆月低悬在阴沉的天幕上。圆月前方清晰地矗立着一座灯火通明的方形建筑。而他正身处一道向上的白色长阶上。阶梯边缘锋利，但不算太坚硬，是石灰岩的。

片刻后身后传来响动，伴随着一声——"啊！！"

"闭嘴。"郁飞尘道。

一听那惊慌的语调，就知道是白松。

果然，身后那人道："郁哥？"

接着，白松走上前，他们见了面。郁飞尘稍微拨开他的衣领，果然见白松的锁骨处也有"A1407"的标记。

"郁哥，你的外貌和乐园里的相比变了一些，但大体轮廓没变。"

郁飞尘不太在意，"嗯"了一声。白松有些特征也变了，并且，他们的衣着彻底不同了。不仅彻底不同，还都有些浮夸。

他自己有了一头短金发，身着金属片、丝绸与金线织成的骑士轻甲，腰配一把镶嵌宝石的长剑，肩上还披了一件精致的刺绣白金披风。这不是战时装备，更像是参加晚宴或会议的礼服。

白松的着装与他类似，但没披风，细节处更简单。

白松拔出自己的长剑仔细观看："太帅了，郁哥。我小时候的梦想就是当个骑士。我们这次是要作为骑士参战吗？"

郁飞尘环视四周。

除去上方那座被苍白圆月映衬着的建筑，其他地方都是一片雾蒙蒙且漆黑的，看不见任何细节，只有天空边缘有些起伏的轮廓，像是群山一整圈怀抱住这里，投下影子。总而言之，很不真实。

进入这里之前，守门人提示这地方强度4，振幅7，满分为10。如果"强度"意味着力量强度，那"振幅"大概率就是混乱程度了。混乱程度较高，意味着这里可能不是完整的世界，而是一个地域有限的碎片。

守门人对碎片世界的描述大概是一场危险的猎杀游戏，充满未知和死亡。

郁飞尘把猜测告诉白松之后，这位年轻小伙在成为骑士的第一天就丢弃了应有的风度，紧紧抱住了他的手臂："郁哥，带带我。"

带是肯定的，但这种世界他自己也是第一次来。

郁飞尘再次环视四周，确认什么都没有，说："上去。"

那座灯火通明的建筑看起来是这里唯一有价值的东西。

长阶陡峭漫长，随着他们离那地方越来越近，建筑的轮廓越来越清晰。

月光下，建筑外围环绕着高大的白色立柱，立柱顶端有形态各异的雕像，微微向中央倾倒，拱卫着建筑主体。

古老神秘的气息扑面而来，走到阶梯尽头，石灰岩围墙的门外站着一个身披黑斗篷、长着鹰钩鼻的老人，手里提着一盏明亮的风灯。

"于斐骑士长、白恩骑士，你们终于来了。"斗篷老人将他们俩迎进去，声音嘶哑，道，"大家等待很久了。"

谨慎起见，郁飞尘没有说话。老人转身带路，他们两个跟他走。走廊由圆形立柱隔成，两旁全是火把。在走廊里拐过两个弯后，他们进入了一个墙壁上点满蜡烛的方形大厅。

烛火密密匝匝地叠在一起，人走进来，四面八方的影子极淡。

大厅里摆着一张大理石长桌。桌上也点着一整排蜡烛，摆着几个被金属碗扣住的食物托盘。桌旁摆放着十一把高背椅，其中三把椅子上已经坐了人，都在左侧。

他们两个也被引导到长桌左侧依次坐下。坐下的那一瞬间，郁飞尘感觉到了周围投来的打量目光。

他不动声色地环视了一周。坐在白松左手边的是个穿法官服的中年男人，再往左是个学者打扮的男人，最后是个裹在黑袍里的年轻女人，像是一位女巫。他们都神情严肃，学者的坐姿透露着微微的不安。

安排两人坐下后，斗篷老人便出去了。

不一会儿，隔着墙壁和走廊，老人的声音遥遥传过来："远道而来的裘德大领主、裘娜夫人，你们终于来了。大家等待很久了。"

接着，细微的说话声传来，听不真切。稍后就见老人领着一男一女走进了大厅，让他们在长桌右侧坐下。

被称为"裘德大领主"的男人身着栗色礼服，拿着手杖，黑发的女人则穿着同色长裙，头戴面纱，带着一把洋伞。只是男人拿杖的手微微颤抖，女人面纱下的面孔也略带苍白。同时，他们脚步虚浮，气喘吁吁，看来是攀爬阶梯消耗了太多体力。

斗篷老人再次出门。

"这到底是什么地方？你们是做什么的？怎么来的？"名叫"裘德"的男人看着他们，神情焦急，一连串发问。

裘娜夫人用戴着蕾丝手套的右手抹了抹眼，小声说："我们正打着全息游戏呢，就到这里了。"

没人回答他们，长桌上一片沉默。

直到裘德耐不住焦急，嘴角动了动，同时手肘撑着桌面，似乎要拍案而起时，学者打断了他要说的话和动作。

"给我老实点，"他声音低沉严厉，语气骇人，"少做傻事。"

他的语气镇住了那两人，他们不安地对视一眼，没再说话。

白松焦虑地抓了抓桌面，被郁飞尘淡淡看了一眼，乖巧地收了起来。

郁飞尘回想守门人所说，碎片世界里的外来者有三种：他和他的伙伴、其他别有用心的来客，以及无辜被捕获之人。也就是说，有他和白松这种做好了心理准备，但毫无经验的新手；有已有经验的老客；还有对此一无所知、意外进来的普通人。这对领主夫妻看来是第三种。其他人是第二种。

老者的声音再度传来，这次进来的是个身着华服、头戴冠冕的肥胖男人，被称作"尊敬的席勒公爵"。

席勒公爵平静入座后，下一个入座的是"尊敬的沙狄国王"，有一头卷曲的黑发，是个粗犷彪悍的青年男人。

现在还剩两个位子空着——右侧一个，长桌尽头一个。

大约十分钟后，门口终于又传来响动。

"尊贵的叶丽莎女王，您终于来了。大家等待很久了。"

高跟鞋叩地的声音在走廊中回荡，这次进门的却是两个人。走在前面的是个女人,她身材高挑,穿暗红色长蓬裙礼服,戴长手套,亚麻色盘发上戴着银色王冠。看来就是老人所说的"女王"了。走在女王侧后方的则是个灰衣服男仆,着装和面容都平平无奇。

女王落座右侧最后一个位子,在郁飞尘的对面。灰衣仆人则站在她座位的后方。

郁飞尘察觉到,这两个人出现在门口的时候,长桌上的气氛忽然变得紧绷起来。

现在只剩长桌尽头的那把椅子还空着了。他将现有的人身份都过了一遍。自己和白松分别是骑士长和骑士,旁边的三个人看起来像是法官、学者和女巫。对面则是领主、领主夫人、公爵和两位国王。

这些似乎是蒙昧的中世纪时代会出现的角色,不知道具体的权力构成,但从领主到国王,身份逐渐升高。既然如此,坐在最后一个位子的又会是什么角色?

这次,间隔的时间更久了。

没有人说话,只有领主和领主夫人焦虑地向四周张望。

终于,半小时后,外面再度响起了声音:"日光之下的使者,卡萨布兰的主人,尊贵的路德维希皇帝陛下,您终于来了。大家等待很久了。"

短暂的寂静后,另一种声音响起。先是沉闷的"嘎吱"声,再是"咚"的一道碰撞声响,最后是铁门被锁上的声音。大门关了。

最后一名客人走到了大厅内。长桌上的所有人抬起了头,郁飞尘也往门口看去。

首先映入眼帘的是一头银色的长发,然后是墨绿色眼瞳与微微苍白的皮肤。

来者比想象中年轻得多,仅有二十五六岁模样。他身形修长,穿一件带暗银纹饰、极为繁复华丽的黑色立领长袍,手持权杖,眉眼薄冷,神情淡漠,行走时仪态格外高贵、端雅,虽然也是外来客,却还真像个重权在握的年轻帝王。

斗篷老人将他引至长桌尽头坐下:"请坐,陛下。"

人齐了。

接着,老人走到长桌没放椅子的那一端。他站在那里清了清嗓子,开口:"深夜急召各位来议事,实在是因为燃灯城中发生了十万火急的大事。"他神情严肃,脸色苍白,"灯灵受了重伤。"说罢,他停顿了下来,环视四周,像是等待看到所有人大吃一惊的表情。

但是在场的各位的壳子底下都是外来人员,没人给出应有的反应,都呈现出若有所思的神情,只有裘德领主说了一声——"啊?"

老人仿佛没看到他们各个面无表情的模样,像一个被设置好内部程序的NPC[①]那样,继续用紧张的语气道:"他被恶灵以极端残忍的方式虐害。医师说,灯灵只能再活三到五天了。如果灯灵死亡,无人祈福,整个卡萨布兰都将不复存在。诸位是卡萨布兰最为高贵、聪明、渊博的人,必须帮助灯城渡过难关。"

学者发问:"怎样渡过?"

斗篷老人也不知道究竟有没有听见这个问题,只是神情激动地往下说:"现在,医师正在破解'复生魔药'的配方,他们保证从明天起,每天能够破解一条。到时候,请各位帮忙寻找配方中的物品。"

"其次,三到五天之内,我们一定、一定、一定要找出凶手!否则……"老人恐惧地闭上了双眼,说,"神明会惩罚我们。事发突然,我只为诸位准备了简单的晚餐,大家用餐以后,就依座次去隔壁睡下吧。明天早餐后,我会再来找你们。"

"另外,凶手尚未伏法,请诸位注意安全,夜间不要随意走动。"说完后,斗篷老人就转身离开了这里。

"哎!"裘娜从桌上站起来,对着老人的背影喊道,"这都是什么跟什么呀?你倒是把话说清楚啊!"

老人仿佛听不见一样,维持着原本的姿势走开了。

裘娜又喊:"喂!"

郁飞尘用余光看了看白松。白松端正地坐着,虽然眼睛小幅度地瞟着四周,但总体仍然保持了乖巧和安静,还不错。

"闭嘴。"那位沙狄国王似乎烦不胜烦,道,"低级NPC不理人。"

这句话落下,裘娜反而猛地松了一口气一般,笑了一声,伸手重重拍了裘德一下:"二百五!我就说你点错游戏了吧!"

说罢,她转身环视大厅一周,"啧"了一声,道:"别说,这细节和

[①] 非玩家角色。

光影做得也太好了,怪瘆人的,我还以为是真的呢,吓死我了。"

随着她拍人、转身和说话的动作,胳膊与身体带起了一阵风,身后几支蜡烛的火焰猛地摇曳几下,使她投在对面墙上的淡影几经变幻。

"夫人。"长桌尽头的路德维希陛下忽然开口了。

他语调轻,但咬字极为清晰,音色在清冷中带了微微的沙哑,显得缥缈优雅,一开口就把裘娜听得愣了。

"安静是美德,"只听他缓声道,"既然来了,就坐下吧。"

裘娜脸上忽然出现不知所措的神色,愣愣地"哦"了一声,慢慢坐下了。

又过一会儿,她像是想通了什么,对裘德道:"那先按规则玩玩看吧。"裘德不断摩挲着桌面的纹路,脸色苍白,含糊地"嗯"了一声。

郁飞尘将这一幕尽收眼底。他还看见对面的女王先是冷眼旁观,继而微微扬起饶有兴味的笑容。

来到碎片世界的人看起来都各自为营,彼此之间十分冷漠。裘娜和裘德从进来开始就一直在吵嚷,学者和沙狄国王都对他们说了话,但都是简单的呵斥和警告,不会给他们任何帮助。

路德维希却有些例外。郁飞尘并不确定这位陛下的那几句话是因为被吵到了,还是在不着痕迹地为裘娜解围。

无论如何,长桌上重回寂静。

只见女王优雅地打了个哈欠,说:"吃饭吧。"

千百支蜡烛的火光聚在一起,倒是把整张长桌照得温馨明亮。

揭开托盘上的黄铜盖,里面摆着他们的晚餐。菜品分两种:水果沙拉、蔬菜沙拉。每人面前还有一个玻璃杯,盛着不知道取自什么果实的汁液。

郁飞尘简单吃了一些看起来不那么怪异的。其他人进食的兴致也不高,没过多久,大家都放下了刀叉。

学者模样的男人忽然用叉子"叮"的一声敲响了玻璃杯,桌上的人都看向他。

"这个世界看起来对我们没有太大恶意,"他说,"我们今天回房后就按刚才那个老头说的,不要出门,然后各自在房间看看有没有什么可以利用的线索,明天一起合作,完成要求吧。"

领主夫人裘娜说了一声"好",两个国王点头,其他人也没表示反对。

据斗篷老人说,睡觉的房间在隔壁。很快他们就在大厅一侧发现了一扇门,打开门后,里面是条 U 形的闭合走道,十分狭小,和大厅一样被许多支蜡烛照亮。两侧有门,尽头也是一扇门。

白松"咦"了一声,说:"像是桌子的顺序。"

确实,老人给他们安排的桌次也是这样排的。不过,现在每侧墙壁上只开了四扇门。也就是说,有的房间里要住进两个人。

郁飞尘没说什么,带着白松先走向了尽头左侧的房间。

接着,他看见路德维希进入了死角处的房间。而女王带着她那个一言不发的灰衣男仆进了对面。裘娜挽着丈夫裘德,一边略带兴奋地四处看,一边走进了属于他们那个位置的房间。其他人也依座次进房。

进房之后,白松四处张望:"好多蜡烛。"

的确,这间卧室也和大厅、走廊一样灯火通明。每一堵墙壁都从高到低镶嵌了三排黑色铁烛台,烛台上插着白色牛油蜡烛,密密麻麻。

房间不大,仅有一张床和一把椅子,蜡烛燃烧时特有的油脂味道充斥了整个房间。闷热、滑腻。

呼吸几次之后,湿漉漉的油脂像是灌满了肺管。随着呼吸次数的增多,那种感觉越发油腻,仿佛浑身的血液也变成了厚重的蜡油一般。

郁飞尘环视房间一周。门对面的墙壁上有扇大窗,侧面墙壁有些凹凸的石雕,除此之外就再也没什么值得注意的东西了。

他走到石雕墙壁前。白松则来到窗前。

"这窗户能开吗?"他在窗棂上边摸索边嘀咕,"我好像要死了。"

的确,充满蜡油的空气令人异常不适,一举一动都沉重无比。

但郁飞尘还是道:"除非撑不住,否则不要开窗。"

"为什么?"

郁飞尘只简单地说:"恶灵。"

根据斗篷老人透露的信息,这座灯城里目前有恶灵出没。

白松思考片刻,"哦"了一声。对窗外爬进恶灵的恐惧盖过了对新鲜空气的渴求,本来已经放在窗户插销上的手撒开了。他来到郁飞尘身边,两人一起看向有着石雕的墙壁。

墙壁由一块块半米见方的石灰岩整齐地砌成,缝隙横平竖直。

图案里，最显眼的是层层叠叠的同心圆环，每个圆环上都刻着密密麻麻、垂直于圆心的短线。正中央则是个三叉戟戟头一样的标志。

整体看上去，雕刻以戟头为核心，圆环逐渐放大，短线则组成放射状的图案，像是有什么东西渐次扩大，带来神秘的压迫感。

白松说："好威严。"

郁飞尘意外地看了白松一眼，这孩子的感觉没错。

"是图腾，"他说，"太阳。"

三叉戟图案在很多世界的文明里都用来表示火焰，逐渐放大的圆环则象征向外放射的光线，组合起来，虽然和现实太阳的形象大相径庭，但确实是一个太阳图腾。所以，这座"灯城"大概率是一座崇拜太阳的城市。

听完解释后，白松"哇"了一声："郁哥，你也太厉害了！"

郁飞尘没有给出被夸应有的反应。带雇主的时候，如果每次被夸都要给出反应，那他就没有做任务的时间了。当然，如果每次被投诉也要给出反应，那他就没有接下一个任务的时间了。

这是个常规的图腾，但整个图案里，有一个地方非常不和谐。

在圆环之外的地方，右下角，还有一个拇指大小的小型圆环，刻痕很浅，不易察觉。

光斑？伴星？月亮？

都不像，刻痕的深浅与大图案不一致，手法有区别，落灰程度也不同。

白松的脑子倒是转得很快："那这个就是星星或者月亮？"

郁飞尘摇了摇头。他屈起指节轻叩了几下墙壁，眉头微蹙，将手指放在小圆环中间，用力按压。

没反应。

他再将手指在圆周环绕一圈。

还是没反应。

环绕后，他再次按压圆心。

细微的声响忽然在房间响起。然后，就见正对着他们的十二块方石以中间的一列为轴心，旋转到了与原本的墙面垂直的位置。

这儿有一扇暗门！

而暗门所通往的——

这堵墙后的房间，是个华丽的寝室，地面铺着毛皮地毯，床头摆着精致的瓷偶。正对着他的地方，站着一个人。

路德维希陛下长发披散，裸足踩在地毯雪白的皮毛上，穿一身宽松单薄的丝绸黑袍，正把外衣挂进衣柜。

此时此刻，这位陛下侧过头，就那样面无表情地静静看着郁飞尘。

郁飞尘："失礼了。"他果断按下机关，墙壁再转，合上了。

"郁哥，"白松说，"真有你的。"

闭嘴吧。这样的夸奖郁飞尘不想要。

墙壁里暗藏机关，他在叩墙的时候就听出来了。按照他的预计，这个位置应该是个未知的房间才对，因为皇帝陛下的房间明明在另一堵墙的隔壁。但他没想到大家的房间规格不一样，对方的寝殿大得多，以至于把他的房间两面都包住了，这才发生了尴尬的一幕。

话说回来，骑士长的房间为什么会有通往皇帝房间的暗道？

郁飞尘再次端详自己长剑上的纹饰，想找出什么蛛丝马迹——现在他怀疑这位于斐骑士长其实就是皇帝的骑士。

那么长桌上的各个角色间是否也有内在联系，又会不会在这个世界的猎杀里起到作用，这些都要等未来再验证了。房间搜检完毕，现在要做的事情是睡觉。

不能两人一起睡，他值前半夜，白松值后半夜。

但房间灯火太亮，白松又心情激动，一时间没能睡着，漫无边际地喋喋不休着。郁飞尘有一搭没一搭敷衍地回答着。

"郁哥，"白松说，"NPC是什么？"

"一种提线木偶。"

"真神奇。"白松不知怎的又换了话题，说，"导游还没给我讲完呢。"

"讲到哪里了？"

"导游正带我逛夕晖街呢。"提到乐园，白松语气兴奋了起来，"导游太好了，他带我去那个、那个创生之塔的第一层排队领了五片辉冰石，然后说，带我去夕晖街挥霍。郁哥，那里的东西可太多了！"

落日广场，也就是辉冰石广场旁边有两条街：日落街、夕晖街。日落街是酒馆与美食之街，在那里，能品尝到主神统治下所有世界的美酒佳肴；夕晖街则是购物街，可以买到所有存在的物品，都用辉冰石结算。

但是他给白松请导游,是介绍乐园规则的,不是让对方带着白松去购物的。

而且,创生之塔的第一层是组队、结契的地方,什么时候可以排队领辉冰石了?简直就像那种有无数老人排队领赠品的早间超市一样。

他问:"领辉冰石?"

"对啊,好像是有个庆祝活动,"白松说,"契约之神、仪式与庆典之神都在呢。一层挂了好大一条横幅,上面写着'热烈、热烈、热烈庆祝郁飞尘进入永夜之门,再也不会被投诉了!爱你们的莫格罗什'。"

"等等,"白松仿佛想起了什么,神情顿时一僵,"郁哥,你全名叫什么?"

郁飞尘没说话。

"郁哥?"

"换个话题。"

"哦。"白松脑回路灵活地再次弯曲,说,"我有点想科罗沙了。不知道……"

郁飞尘以为白松又要再说一遍"不知道冈格怎么样了",白松却说:"不知道安菲尔德上尉怎么样了。"

安菲尔德。

或许仍在深夜里咯血不止,缠绵病榻吧。

或许病情没那么严重,他仍然在锡云的政斗里步步为营或平步青云。

又或许科罗沙的战火已经平息,某个监牢里,他作为黑章军官,正在等待战争法庭的裁决。历史会错杀一些人,也会放过一些人。

还有一种可能。

郁飞尘忽然道:"白松。"

"啊?"

郁飞尘看向那堵通往隔壁房间的墙壁,微微出神:"你觉不觉得……"

"什么?"

"算了。"

"你不要这样说话,郁哥,我会睡不着的。"

郁飞尘面无表情。他只是淡淡地扫了一眼寂静无声的窗外,道:"珍惜今晚。"

白松领会到他的意思，连声音都小了许多："别……别吓我啊，郁哥。"

就在这时，寂静的房间里，忽然响起轻轻的敲击声——"咚咚。"

白松猛地一哆嗦。

"咚咚。"

白松滚到了他身后。

"咚咚咚。"

郁飞尘看向那堵图腾墙壁，敲击声就是从那里传来的。

出什么事了？

他拔出长剑平放身前，按下了墙壁上的机关。

暗门旋转，对面正是一身黑衣、银发披散的路德维希陛下。烛火辉煌，在他身后投下浅浅的影子。他的仪态平静端庄得过分，可以和他床头那个瓷器人偶相提并论。

郁飞尘说："你找我？"

路德维希微颔首，转身朝房间对面走去。他仍然未着鞋袜，走在地毯上悄无声息。

郁飞尘穿过暗门跟上，见他先是微抬手指了指床头柜，又抬头看向对面墙的高处。

床头柜的抽屉开着，里面整整齐齐放着一排牛油蜡烛。墙壁高处，一排蜡烛正燃至末尾，火焰微弱。

而他做完那两个微不可察的动作后，竟然就那样在床边坐下了。

郁飞尘看着他迤迤然坐下休息，忽然生出一种与被安菲尔德当扶梯和靠枕使用时类似的、发自内心的消极感。

这意思，不会是命令他把蜡烛续上吧？

自己没有手吗？点亮蜡烛，插到烛台上，但凡长了手的人都能做到这件事。即使身高不够，脚凳就摆在床边，拉到墙边就可以做到。

于斐骑士长或许确实是陛下的骑士，但郁飞尘不是。同时，他也不是一个乐于助人的人，尤其是在碎片世界这种环境下。

他向前走了两步，烛火映在骑士着装的甲片上，发出熠熠的银光。

"有什么话要对我说吗？"他语气淡淡，仿佛刚才什么都没领会到。

路德维希坐在床边，微微垂着头，郁飞尘出声三秒钟后，仍没见他有任何动作。

郁飞尘心中警兆忽生。

没进入永夜之门前,他进过很多世界,但并不是所有类型的世界他都会去。不常进入的世界之一,就是发生着违背常理的诡异之事,被称为"灵异"或"恐怖"类型的,但这并不代表他对那种世界缺乏了解。

现在的陛下,不仅肤色微微苍白,连呼吸的起伏都变得难以察觉。

郁飞尘在原地站定,手指依然按在剑柄上,道:"陛下?"

路德维希的嘴唇微微动了一下,声音很轻:"蜡烛。"

郁飞尘走上前,从床头柜抽屉里拿出一支蜡烛,用旁边的火柴点燃。这时他余光看到路德维希往自己身上看了一眼。

晚餐的时候,这人就坐在自己旁边,郁飞尘记得他的眼神,平静、清醒。而刚刚的那个眼神,与这两个词都毫无关系。非要形容的话,就像起了雾一样。

郁飞尘面上仍然没什么表情。皇帝陛下或许出现了异常,如果真是这样,那这场游戏开始得比他想象中要快。

他拿起了燃着的蜡烛,却根本没往墙边去,也没有转身就逃。相反,他动作平稳,直接把明晃晃的蜡烛火焰递到了路德维希面前。

"你需要?"他问。

路德维希微微抬起脸,含雾的墨绿色眼瞳和他的视线直直相接。

仿佛时间忽然静止,郁飞尘的呼吸为之一顿。

右边,眼底,一颗针尖大小的棕色小痣,就那样静静地躺在睫毛掩映下。颜色稍有差别,但是其他的……就连位置、比例都分毫不差。

这颗泪痣映入眼帘的一瞬间,橡山的雪与北风扑面而来。

"安菲?"他声音微带疑惑。

路德维希没说话。下一秒,他那一直微垂着的眼睫忽然闭上了。不仅如此,整个人都往前倾,朝郁飞尘这边栽过来。

前面就是蜡烛的火焰。

郁飞尘右手瞬间撤开,左手则下意识扶住了路德维希的肩膀。做完这个动作,他才反应过来,这是在避免对方的额头磕到他胸前的金属护甲。

不带任何戒备,又像是忽然间失去了意识。总之,这位陛下就这样倒在了他的胸前。

白松终于敢从暗门伸出脑袋,看见的就是这样一幕。他脑子里瞬间掠过无数想法，思考了一下，开口："现在是需要我关门吗？"

然后，他就听见他郁哥语气不善："过来。"

白松过来，把蜡烛接过去了。

郁飞尘腾出手，把路德维希打横抱起来，平放在床上。

"他怎么了？"白松看着双手交叠平放腹前、神情平静宛如沉睡的人。

郁飞尘的目光仍然停留在路德维希的右眼下。

不是鬼，是活人。

也不是昏倒，是睡着了。

还有刚才那含着雾气的眼睛，不是因为出现了什么异常，极大可能是因为困了。

可是这睡得也太过突然了。还有，那颗泪痣，位置太特殊了，他只在上个世界的安菲尔德脸上见过。

不排除世界上有两个在相同位置有同样泪痣的人，但是在永夜之门的两个世界里连续遇到，这是完全不可能的事情。

路德维希就是安菲尔德？安菲尔德也是进入永夜之门来执行任务的人？

他拨开路德维希的黑袍。锁骨上并没有他的 A1407 标记。

两个不同队伍的人会同时通过永夜之门进入同一个世界吗？

或者他是乐园之外的人？

有很多疑问，他现在没有办法询问了。因为这人根本没法叫醒，而且不知道会睡到什么时候。

他让白松去把那排蜡烛续上。

几支蜡烛的光线比起满屋的烛火来说微不足道。白松一边踩在脚凳上续蜡烛，一边说："非要点满吗？"说完，他又嘀咕，"好亮，会睡不着。"

蜡烛被续上，两个方向的火焰明亮程度相差无几，抵消了光线的差别产生的浅浅阴影。

郁飞尘的目光停在消失的阴影处。

破碎的世界里有破碎的规则，这些规则有时难以用常理解释，却是这个世界里不能触犯的法条。

种种不合常理之处在郁飞尘脑中迅速过了一遍，他想自己或许已经知道了一条规则。路德维希的要求也是佐证。

"白松，值夜的时候注意蜡烛，有要灭的就续上。不要开窗，不要让风把蜡烛吹灭。"

"为什么？"

灯城里四面八方都燃着蜡烛，房间是正方形的，床在正中央。

而且，这座城崇拜太阳。

太阳，阳光，光线。

与光线相反的，是阴影。崇拜光线，或许是因为害怕阴影。

而最大的反常之处就在于，在四面八方的烛光映照下，人走在主要的活动区域时根本没有影子或者影子极淡。

"当心阴影或暗处。"郁飞尘对白松稍作解释，然后道。

听完解释，白松愣了愣："那……郁哥……"

郁飞尘原本以为，他又有了什么雇主式的疑问，却没想到白松问："要告诉他们吗？"

"他们"指的自然是别的房间那些人。郁飞尘看了白松一眼。科罗沙人的善良几乎刻在骨血之中。

郁飞尘自己却并不能算是个善良的人。他帮助科罗沙人全部逃出收容所，也只是为了最大限度完成任务。

虽然他也不认为自己是个邪恶的人。

只是很多时候，当两种选择摆在他面前时，他发现自己的选择只取决于两次判断：所得是否想要，所失能否承担。

"不要离开灯，其他随你，只限今晚。"他说。

当白松的手按在门把手上时，他又补了一句："敲门后退到走廊中间。"

白松的敲门声响起的时候，裘娜刚吹灭最后一支蜡烛。

蜡烛都灭掉以后，房间里终于不亮了，那种闷热感也退下去了一些。

她明明把那沉重的礼服长裙都脱掉了，只剩件蕾丝裹胸短袍，结果还是那么热，根本喘不过气来，这让她烦躁极了。

更别提自己这个不知道又犯什么鬼脾气的老公，硬是脸色铁青，不许她开窗，为此还凶了她。不开窗，如果再不把蜡烛灭掉，她就要热晕了。

这见鬼的地方，连体感都那么真实，她现在怀疑是全息舱出了BUG[1]，把他们卡进了什么还在内测的黑科技游戏，还没有"退出"选项。不过没事，现在科技那么发达，会有程序员把他们捞出去的。

"谁？"裘娜来到门前，隔门问。

"我，白松，你们的……同伴。"

"吱呀"一声，房门开启了一条只有拳头宽的缝，裘娜伸手掩了掩胸口，说："什么事？"

白松愣了。让他愣住的不是裘娜的穿着，而是……虽然只有一条缝，但他们的房间是完全昏暗的。

"你们吹灭蜡烛了？为什么？"不安的感觉涌上心头，白松下意识想往后退，但理智把他钉在了原地。

"这房子热死人了。"裘娜笑道，"怎么了？"

白松复述了一遍郁飞尘的简单解释，告诉他们一定要把蜡烛点好。

"这游戏还挺有意思。"裘娜道。

虽然不知道为什么这位女士一直说这么真实的世界是游戏，但白松还是道："不是游戏，您一定记得把蜡烛点上。"

"好的好的。"裘娜满口答应，把门关上了。

白松在门口多站了一会儿，里面隐隐传来裘娜变尖了一点的声音，是对她丈夫说的："点蜡烛！你就躺在那里，是死了吗！门都要我去开？没看见我穿的什么？"

确认他们要点蜡烛，白松去敲了隔壁的房间，隔壁是那位胖胖的席勒公爵。领主夫妇和这个公爵是他觉得最好相处的人，所以他先选择了这两个房间。

但敲了几下，没人开门，门内只传来一道声音："知道。"

白松舒了一口气，又去敲了敲最远的房间，得到一声："听到了。"

这地方太静，门又只有薄薄一层木头，看来大家都听到了。

白松快步回了房间。

一进房间，闷热、混浊的油脂气息足足比走廊浓了好几倍，差点让人当场昏过去。

---

[1] 机器故障，程序错误。

给郁飞尘汇报了结果后,他翻来覆去,怎么都睡不着,最后抱着枕头又来到了皇帝陛下的房间。

郁飞尘还在陛下的床边,准确地说,是尊贵的陛下睡在床中央,他郁哥半靠在右边床头,神情专注,似乎在聚精会神地审视对方。

"郁哥,"白松说,"你不打算回去了吗?"

"不了。"

并不是因为皇帝陛下的寝殿规格高于他的那个保姆房一样的小房间,而是有些事情需要一个解答,郁飞尘想看看这人到底打算睡到什么时候。

白松申请也到这间房里来睡,理由是他有一点害怕。最终他没被允许睡在床上,而是把一张软椅放平,贴在大床左侧,躺下了。

路德维希这一睡就到了早晨。

他一直睡得很深,与其说是沉睡,不如说是昏睡。

郁飞尘就那样站在床前等。日光照进来,那双墨绿色的眼睛睁开后,正对上他,像所有昏睡初醒的人一样,氤氲着一些似有似无的迷茫。

郁飞尘直接道:"安菲。"

陛下的目光彻底清醒了。他从床上起身,径直掠过郁飞尘,走向衣柜。冷冷的声音响起:"路德维希。"

没有承认,但是也说不上否认。

郁飞尘没说什么。

他承认,对于"路德维希到底是不是安菲尔德"这件事,自己确实有好奇和探究的心理。这两个人同样冷淡、倨傲、高高在上,但安菲尔德病重,路德维希不是。可以说,这是个摒除了弱点的安菲尔德。这样一个人如果作为同伴,是极其强大的助力;如果作为对手,那就是巨大的隐患和威胁。

而郁飞尘并不能确定,路德维希在这个世界打算扮演一个怎样的角色。

房间内烛火燃至尾声,皇帝陛下穿好了华丽厚重的黑金外衣,走到窗前。

他们一起看向窗外。

此时此刻,窗外所呈现的,是绝对不会在正常世界里出现的景象。

象牙白的建筑矗立在高山之巅。高山的四周,是连绵起伏的山脉,星罗棋布的城镇、村庄。可是这些地方,现在全都处在巨大的环形阴影笼罩下。

他们望向最远方——

昨晚，朦胧雾气下，郁飞尘以为是群山环抱着这座灯城。直到天亮他才看到，远方，一堵巨大的黑色高墙在地平线尽头矗立，环绕整个世界。漆黑的颜色反射不出一丝光亮，仿佛散发着无穷无尽的恶意。

往上看，高墙环抱下，天空是个灰白的圆。

路德维希说了一个字："井。"

井。

没错，这个世界仿佛在一口深不见底的井里。而且不是那种圆柱形的直井，而是圆锥状的。光线只从"井口"照进来，照亮了这座中央高山上的主城，其他的地方全部在阴影之中。

走廊传来响动，大家都起了。

早餐依然是沙拉，大家一言不发地吃着，除了路德维希，显然都没睡好。在那令人窒息的闷热和油腻中，谁能睡得好才是一件怪事。

脚步声传来，斗篷老人再次出现。

"复生魔药的配方，第一条：蜥蜴泪晶。找到它，在日暮黄昏之前。"说罢，他就离开了。

根据老人昨天和今天所说的话，要做的事情已经很清楚了。第一，在日暮之前找到一个叫"蜥蜴泪晶"的东西。第二，搜集情报，进行推理，找出谋害所谓"灯灵"的凶手。第一个任务的时限是一个白天；第二个则是长期任务，三到五天内完成。

"分头行动吧。"外貌粗犷阴沉的沙狄国王说。

他们都看向帝国皇帝和叶丽莎女王。这两人是昨晚最晚来到的客人，也是角色中地位最高的。

短暂的沉默后，路德维希先开口："我找蜥蜴泪晶。"

女王笑了笑："那我去搜集情报。"

接着，他们按照座次依次做出选择。沙狄国王、席勒公爵、法官和女巫选择跟着女王搜集情报。领主夫妇和学者选择跟随路德维希。郁飞尘也选择跟着这位陛下。白松自然而然和他一起。

其实，比起寻找蜥蜴泪晶这么一个让人云里雾里的任务，搜集情报显然是收益更大的选项。一方面稳妥、简单且不易失败；另一方面，有助于了解整件事的脉络。骑士长和皇帝陛下房间的暗门有些不同寻常，虽然还不明白这个世界具体的规则，但郁飞尘觉得，有必要做出符合角色身份的选择。

两队分开。

"那就走吧。"女王说。

"稍等。"路德维希轻声道。

皇帝陛下音色好、声调轻，听起来本该是温声细语，却不知为何，更像不容置疑的命令。

"明日配方宣布后，两队任务调换。"他道。

刹那间，郁飞尘明白了他的意思。这人果然不是吃亏的性格。

女王脸色有刹那的不善，片刻后才勾唇一笑："好，公平轮流。"说罢，她带人先离开了这里。

餐桌上只剩下他们。

路德维希却不说话了，他眼睫微垂，似乎有些乏了。

裘娜兴致勃勃："现在我们去干什么？出去搜查吗？"

既然皇帝陛下不说话，那就郁飞尘说。他不喜欢主动权被其他人拿走。

"蜥蜴泪晶，"他道，"你们怎么想？"

"这看起来是西幻 RPG①背景嘛，"裘娜说，"国际惯例，我们应该先去找外面的 NPC 打听，然后就会有一个 NPC 告诉我们，他听过这样一个宝贝的传说，我们跟着线索去找。"

没错，如果这个世界真的像裘娜以为的那样是场全息游戏，按照游戏任务设计的风格，就该这样做。

但是，郁飞尘知道，这不是游戏，是一个真实存在的世界。

而复生魔药是个上古配方，甚至需要医师翻译破解。翻译破解出来的上古名词，肯定不会是现在已有的宝物名字。因此，他更倾向于"蜥蜴泪晶"就是个直白的陈述——蜥蜴眼泪的结晶。

就听裘娜说："如果你们同意，我们现在就去分头问 NPC 吧。"

"我不同意，"郁飞尘说，"我认为它是需要我们制作的药材，应该先去找到一只蜥蜴。"

---

① 角色扮演游戏。

"我同意骑士长。"一直没有说话的学者出声了。

裘娜:"为什么?"

学者从自己的怀里掏出一本厚册子:"我的口袋里装着几本书,是这个世界的生物图鉴。昨晚,我把这些书读完了。"

学者说,这本书按地域介绍了各种生物,而生活在疑似灯城所在地"中央心脏之巅"的生物中,就有许多种蜥蜴。学者打开了蜥蜴所在的几页,果然如此。

郁飞尘说:"走吧。"

去抓蜥蜴。

他们离开这里,问了几个附近的NPC——在这座城中走动的似乎只有形形色色的巫师。先问有没有听说过蜥蜴泪晶,结果不出所料,所有人都一脸迷茫。再问附近哪里有蜥蜴,一个黑袍女巫告诉他们,后山的树林和山涧旁有蜥蜴出没。

一进后山,裘娜就抖了抖。"唑,"她抱紧自己的手臂,"好冷。"

确实,后山植物很多,到处是藤蔓,还有许多条深溪,一进去,寒意就扑面而来。

郁飞尘看了看深深的山谷和交错的树影,道:"分头找,别离太远。"想起昨晚关于光和影的推理,他又补充了一句,"别去阴影太多的地方。"

"啊?"裘娜说,"那怎么找?"她指着地面,"树林里怎么可能没影子嘛。"

学者开口:"我觉得没必要太担心。"

他指着地平线尽头那块环绕世界的巨大黑幕,阳光从"井口"照进来,黑幕在整个世界投下辽阔的阴影。"这个世界的大多数地方不都在阴影里吗?点蜡烛可能只是习俗。"

"我就说嘛,"裘娜笑眯眯道,说着,她还摸了摸白松的头,"骑士小哥哥昨晚把我吓了一大跳呢。"

郁飞尘不再和他们纠缠,道:"开始找吧。"

他们分散开来观察,但没有分得太开,都在彼此的视线范围内。

寂静的山林里,除了树叶的沙沙声、流水的哗啦声,就只有裘娜大声说话的声音。

"哎!那里有条尾巴——又不见了!"

"这里的小鱼真好看,头上还顶着宝石呢,一闪一闪。

"说起来,咱们队帅哥好多呢,我选择跟着皇帝陛下的原因就是小哥哥长得实在太好看了,没想到骑士长也来了。骑士长,你知道自己多帅吗?你笑笑呗。

"我说,你们到底是内测玩家还是NPC啊?怎么都像NPC呢?

"老公、老公?你人呢?"

裘德在一棵大树后。

听着这个女人的说笑声,他内心的烦躁如浪潮不断翻涌,越来越高。

他和裘娜是在一款全息游戏里认识的,当初裘娜是全服竞技排名前三的操作高手,极有魅力。他们很快就"奔现",恋爱,结婚了。

但是,结婚后,裘娜的缺点暴露得越来越多,他也越来越难以忍耐。这个女人是游戏狂魔,每出一款新游戏都疯狂练技术,日夜通关,丝毫不照顾他们的现实生活。不仅如此,现实生活里,她也是一副游戏人生的态度。她没有任何责任感,不温柔、不善解人意,更不是个好妻子,能让她感兴趣的只有一件事——玩。

就像现在。

看着眼前的高山、树藤、溪流,裘德心中的恐慌像奔腾的洪流,他脸色苍白,连手指都在发抖。

这么真实的世界,这么真实的细节,这个蠢女人怎么还以为这只是款好玩的游戏?所有人都不说话,只有她在那里高兴地叫唤,不觉得很突兀吗?

而他清醒地知道,一切都变了。这不是游戏,这就是真实的、怪异的世界!

裘德攥紧了拳头,一边往四周乱看,一边不住喘着粗气,恨不得从来没和裘娜认识过。

他的心脏怦怦跳着,忽然一个激灵。

有什么东西不对。

裘德猛地回头。身后,草地青绿,小溪平静地流淌着,一切都很安静。

看来只是错觉,裘德提起来的心放下去一半,继续往前走,搜查着石头的缝隙,根本没有蜥蜴的影子。

他翻开一块石头,忽然,一种充满恶意的阴冷感攫住了他的心脏。

他浑身汗毛竖起,再次往自己身后看。

草地、小溪,还是那么平静。

裘德喘了几口粗气,继续往远离裘娜的地方走,一边走,一边发疯一样想刚才那两次到底是怎么回事。他是个谨慎的人,一边按照骑士长说的话规避着地面上的阴影,一边绞尽脑汁地想:到底哪里不对劲?

就在绕过一团树影的时候,他忽然顿住了脚步,心脏几乎跳出喉咙,他恐惧地睁大了眼睛。

我的……影子呢?想到这里,裘德先是浑身僵硬,停止一切动作,然后缓缓……缓缓往脚下看去。

两只脚下面,连接着他的影子。

呼,影子还在,看来刚刚又是他的错觉。

他慢慢转头,看向身后影子的全貌。青绿草地上躺着黑色的阴影。黑影静静地铺在那里,头、躯干、四肢,都在。

一切正常,什么都没有发生。

不!

裘德浑身颤抖,惊惧地注视着自己的影子——它怎么不跟着自己动?

裘德屏住呼吸,抬起右手。

这是一个幅度很大的动作,可他的影子没有跟着抬起手,它就那样铺在地上一动不动,仿佛站立着的黑色的人,散发着无穷无尽的森冷与恶意。

裘德惊惧地后退几步,影子缓缓跟着他平移,牢牢黏在脚下。

忽然,它动了。

彻骨阴冷的感觉从裘德右脚踝处传来。

"啊啊啊啊啊啊啊——"饱含惊惧与绝望的喊声忽然从树林里爆发。

郁飞尘陡然回身,往那地方看去。

裘德,他怎么了?

随后做出反应的是裘娜,她放下手里的一块苔藓,道:"老公?"

喊声继续传来,伴随着一道沉闷的扑倒声,接着就是嘶哑的呼喊:"救我……快救我!啊——"

郁飞尘"唰"的一声拔出长剑,砍断旁边拦路的树枝,朝那边大步赶过去。

其他人也匆匆围拢过去。

长剑挑开树藤，展现在他们眼前的一幕让所有人都不由得呼吸一滞。

只见裘德一边痛苦地大叫着，一边抱着他的右腿在草地上打滚。他的右腿上，密密麻麻蔓延着无数黑色与血色相间的、小蛇一样的触手，触手上生着尖利的长刺，长刺深深扎入了裘德的皮肤。

最诡异的是，这些触手是从裘德的影子里伸出来的。

郁飞尘眼神一凝，当机立断，长剑在月光下寒光一闪，血液喷溅，一声更加尖厉的痛喊从裘德喉咙里爆发出来。

裘娜呼吸急促，想上前几步，却又硬生生停住了动作。

断掉的小腿被藤蔓扯着，往后退了几步，与裘德的身体分离，郁飞尘一手撑住他肋下，另一手抓着他的肩膀把他整个人往上抬，低喝："站起来！"

裘德体重很沉，并且还在往下坠，郁飞尘已经用全力把人往上拽，但还得裘德本人向上使劲，才能把他拽离地面，让他的身体和他的影子分开。

裘德听到了。站起来，站起来……他咬紧牙关，克服着腿上传来的剧痛，努力顺着郁飞尘的力道，将身体向上蠕动。

同时，一个想法从他的内心生出来：刚才缠着自己的，到底是什么？仿佛有一股不可抵抗的力量，硬生生扭转他的脖子，让他转头看向地面上自己的影子。

那个人还是那样静静站在地面上。

裘德忽然睁大了眼睛。

他看见自己的影子上，头部那该是嘴的位置，真的咧开了一张嘴。那张嘴的嘴角缓缓勾起，嘴张开，露出漆黑的口腔，扬起阴邪无比的笑容。无穷无尽的恶意扑面而来。

裘德刚刚恢复了一点力气的腿，刹那间变软了。抵抗的力气也刹那间散去。

仿佛有一种看不见的东西拉扯着裘德的身体，郁飞尘就那样感受着他的身体硬生生离开了自己的手臂，"砰"的一声往下栽去。

下一秒，他倒在了自己的影子上，剧烈地抽搐起来。

这次，触手缠咬住了他，把他整个人牢牢钉死在地上。

一个人拉住了郁飞尘的胳膊，向后使劲，是路德维希。

与此同时，郁飞尘瞬间撒手，后退几步。他知道，救不了了。

裘德喉咙里溢出破碎的声调，脸上全是血污，他努力挣扎，那些触手却裹着他，控制着他的身体，让他一步步朝郁飞尘、路德维希和其他人的方向爬去。

裘德朝他们艰难地伸出手，断断续续道："救……救我……"

血色占满了他的视野，忽然，他看到一抹栗色的身影，她正愣怔望着自己。那是裘娜，他的妻子，一个……蠢女人。

他的嘴巴张了张，一股不知从何而来的力量短暂克服了那股一直控制着他的怪力。他的手仍然向前伸着，到了嘴边的"救我"却被生生咽了下去，他艰难地发出嘶哑的声音："快……快跑……"

裘娜脸色苍白，提着裙子，颤抖着转身，白松搀起她的胳膊，第一个带她往树最少、阳光最亮的方向跑去。紧接着，学者往那个方向拔腿就跑。

郁飞尘插剑回鞘，看了一眼身旁皇帝陛下那妨碍行动的衣着，电光石火间做出决定，抓起他的胳膊，拽着他往前跑去。

一阵大风刮过，阴影深深的山林里，似乎响起一声令人胆寒的尖厉啸鸣。

一行人跌跌撞撞地往前跑着，郁飞尘一边跑，一边观察着四周。

不对劲。

很不对劲。

四周摇曳的树影不仅比正常的颜色深，而且仿佛活着一般，随着他们的跑动，像蛇一样扭动着。

不……不是！

郁飞尘大脑飞速运转，脚步稍顿。

不是影子活过来了，是有什么东西想从影子里出来！

下一刻，仿佛是在印证他的猜想，在他的靴子边缘五厘米远的地方，一片树梢的影子里，一条险恶的触手在阴影中凝聚，用闪电般的速度朝他探过来。

但郁飞尘心里早就生出警惕，瞬间抬腿向前，再加上路德维希把他往前拽，两人飞快离开了那片影子。

余光中,那条触手不甘地缩了回去。深浓的黑色,却像倒进水里的墨水一样,在他们周围的更多树影里飞速铺开。

"不要碰影子。"郁飞尘一边跑,一边飞快对前面的人说。

他喘了口气,想起从裘德影子里钻出的怪物,继续道:"自己的影子也不要碰到别的阴影。"

话音刚落,就见学者的身体颤了颤。就在那一刻,他飞奔过程中摆动的左边手臂的影子触到了旁边的藤影。

他一咬牙,横着伸出了手臂:"骑士长!"

郁飞尘瞬间会意,长剑出鞘,削断了学者的小臂。一切都在一两秒内发生。小臂带着那片属于小臂的影子坠落,一片浓黑的阴影也被这片影子包裹着,离开了学者身躯的大影子。

他们继续往前跑,阴影像潮水一样如影随形,紧咬不放。终于,在他们体力即将耗尽的时候,灿烂的阳光带着暖意扑面而来,他们跑出了树林,来到一片溪边空地上。

所有人,包括所有人的影子,都离开了那片树林的阴影。

郁飞尘:"停吧。"

他们气喘吁吁地停下,回望那片树林。

漆黑的阴影仍在树影里徘徊,却没有再向前追来。

它没法跨越阴影与光明的交界。

一行人里,郁飞尘的体力剩余最多,也最快调整好了呼吸。

"杀死裘德的是个黑色怪物,"他说,"不知道具体形状和大小,但是移动速度非常快,杀伤力很强,而且……"他想到拉扯裘德时那个人异常的举止,道,"可能有迷惑心神的能力。"

学者一边咬牙撕下衣服包扎伤口,一边道:"没错。"

剧烈的跑动让路德维希的嗓音微微沙哑,但这也让他的声音显得真实了一些:"怪物只能在阴影中移动。"

郁飞尘"嗯"了一声。

没错,目前看来,就像人只能在地面上走路,不能飞起来一样,那个阴影怪物只能在有影子的地方移动,即使离开,也只能短暂从阴影里伸出来,不能彻底脱离它。

这时,白松"啊"了一声:"所以,我们不仅自己不能接触阴影,我们的影子也不能和别的影子接触，否则……"

否则，那个怪物就会从外面的影子移动到他们的影子里，而一个人的影子永远连接着他的身体，那时候就真的像裘德一样无处可逃了。

那裘德身体里的怪物最初又从哪里来呢？郁飞尘稍微思索，觉得大概和他们昨晚熄了灯有关。

几乎可以确定，斗篷老人口中的恶灵就是今天他们遭遇的阴影怪物。怪物潜入了裘德夫妇房间的阴影中，并且寄居在了裘德的影子里，但是在处处灯火的建筑中，阴影怪物的活动范围是十分受限的，所以它没有当场对裘德动手，而是等他们来到山林之中，才显露出面目来。

也就是说，怪物从早上起，就一直潜伏在他们身边。

郁飞尘呼出一口气。

守门人说得没错，碎片世界里，处处隐藏着致命危险。

几人各自思索，陷入了短暂的沉默。只有裘娜轻轻抽泣了一声。郁飞尘看向她，裘娜脸色苍白，靠在白松身边，抹了一把眼泪。

她在伤心、痛苦，但情绪没有崩溃，还很冷静。

没错，她其实一直是冷静的。郁飞尘清楚地记得，虽然口中对"躲阴影"这件事颇有微词，但裘娜在整个上午的搜查当中，一直在细心规避着影子。甚至，从今早开始，她根本没触碰过自己的丈夫。

裘娜抬头朝他看过来，郁飞尘收回目光。

裘娜现在究竟把这个世界当成什么，他不清楚，这也和他无关。不过，一个头脑清醒的同伴起码好过一个情绪崩溃的拖油瓶。

这时，路德维希出声："看那边。"

郁飞尘顺着他指的方向看去，他们来时的地方，一个深绿色的影子倏然闪过，在某个地方停留片刻，又飞快蹿出去，消失在密林之中。

一只蜥蜴！

"那里有什么？"郁飞尘眯了眯眼睛。

"血。"这次是学者回答他。

学者已经把断臂牢牢绑紧止血，包扎好了，但刚才逃命的路上，手臂的断口还是在地上落下了血迹。

郁飞尘直直看向学者。这人有所隐瞒。

学者倒也不避讳，忍着痛苦笑了一下，又翻开那本生物图鉴，打开了他没指给大家看的几页。上面写着各个种类蜥蜴的生活习性,其中大多数蜥蜴的习性中都有一条——喜食鲜血。

学者明明花一夜时间熟读了书上的每一个字,早知道这一特性,之前却不告知大家。他昨晚已经被提醒小心阴影,今天却出言让大家放松警惕。并且,他也像裘娜一样,整个上午都小心规避了阴影。

学者打算借可能存在的恶灵的刀,用谁的鲜血来吸引蜥蜴?

恐怕除了他自己,谁的都可以。

不过,现在正在流血的只有他自己。止血过程中,他的身下也流了一大摊血。

没时间计较,他们很快决定去不远处一块石头后躲藏,留那摊血吸引蜥蜴。

书上的记载果然没错,没过多久,几道窸窸窣窣的影子就爬到了鲜血周围,是蜥蜴。这里的蜥蜴模样十分丑陋,长着斑斓的鳞甲,贪婪吸吮着地上的鲜血。

既然出现了蜥蜴,接下来要做的就是捕捉了。

然而,这件事无比困难。

这片平地过于空旷,出现什么东西都很显眼。白松先出去抓蜥蜴,然而他的身影乍一从石头后面出现,那些蜥蜴就飞一样四处逃窜了。

接着,郁飞尘用长剑在地上挖了一个陷阱,盖上树叶和杂草掩蔽,一旦有蜥蜴从上面踩过去,就会落进坑里。然而,再次前来的蜥蜴仿佛看破了他们的计划,没有一只肯靠近那片区域。

它们的智力也同样高,这样的事情发生两次后,再也没有蜥蜴过来了。

"怎么办?"白松揪着头发道。

他们的血吸引不了蜥蜴,似乎走入了死局。

郁飞尘望向树林深处。还有一个地方,也有大量的鲜血——裘德死去的地方。但是要去那里,就必须冒着再次遭遇怪物的风险。

他们举手表决。

出乎意料,除了路德维希、郁飞尘和白松,裘娜也愿意冒险前往。

学者断了一臂,行动不便,就留在这里。

他们按照来时的路线,再次深入树林之中。

往这边跑的时候,太阳在后面,影子在侧前方,容易看到,但往回走，影子就落在了自己的后面。为保证自己的影子不碰到别的影子，他们得排成一队，后面的人看着前面人的影子，及时提醒。

但这样的话，注定有一个人要断后，他的影子是无人看顾的。

路德维希道："我在后面。"

郁飞尘看了看他，道："我吧。"

路德维希淡淡看他一眼，郁飞尘就听这人惜字如金道："你，高。"

确实，他比路德维希高一些，影子自然就会长一点。

但是，这话应付不了郁飞尘。他看向路德维希的影子，意有所指，开口道："陛下，您衣服太多。"

陛下的礼服诚然很好看，然而，这也造成他的影子多了衣服下摆和袍袖这部分，比别人的影子占地面积大。

陛下转身就往前走。郁飞尘像是扳回一局那样，扬了扬眉，在后面跟上。

他们逃出来的时候是被生死激发出了无限的潜能，进去时就谨慎了许多，一路上完美地规避着阴影，因此也没遇到异状。

回到原来的地方，灌木掩映间，是极其血腥的一幕。一大群蜥蜴正在纵情进食。

白松脸色苍白，像是要吐了。

主动站出来要去抓蜥蜴的，却是同样脸色苍白的裘娜。

郁飞尘点了点头，同意了她去。就见她拿出了一直挂在腰间的洋伞，把它撑开，然后咬牙撅断了洋伞的细柄，让它变成一个罩子。

这位资深游戏玩家展现出了惊人的谨慎和周全。她的高跟鞋早就跑没了，此刻她则解下扣子，脱掉厚重宽大的长裙，只留下蔽体的蕾丝短袍。既减小了目标，又使自己更加灵活。

她手持伞罩，赤足踩在草地上，紧咬着下唇，悄无声息地靠近。

没有蜥蜴发现她。

接着，她整个人猛地往前一扑。

一道沉闷的声响，整个身体压着伞罩扣在残骸堆上，她的四肢和躯干也沾满了血液。蜥蜴群惊散，但伞罩底下已经成功扣住了三只。

郁飞尘上前把伞罩底下的蜥蜴抓出来，扯下自己的披风把三只蜥蜴兜了进去，扎成一个口袋。

裘娜一言不发地穿回衣服,在离开之前,她目露悲伤,深深地看了丈夫的尸体一眼,然后决绝地转过头去。他们原路返回,和学者会合。

现在,他们有蜥蜴了。但是,蜥蜴泪晶,指的究竟是什么?

郁飞尘抓了一只颜色令人反胃的花斑蜥蜴出来。蜥蜴的眼眶干干净净,什么都没有,尖刺上喷着火星,试图攻击他。

魔法蜥蜴会哭泣吗?难道他们要感化蜥蜴,让它痛哭流涕吗?

完全做不到,没人能和蜥蜴对话。

该怎么办?所有人都在冥思苦想。

难道这个世界有种能和动物对话的魔法?

不对,一定没有那么复杂。

一个天马行空的想法忽然在郁飞尘脑中划过,他抬起头,说了一个字:"盐。"

学者道:"盐?"

裘娜却出现了恍然大悟的神色。

"骑士长说得没错,"她声音里有隐隐的激动,"我知道鳄鱼流眼泪,是为了排出身体里的盐分。或许、或许蜥蜴也会这样!可以让它吃盐。"

郁飞尘确实是这样想的。

用科学的角度解释,鳄鱼、蜥蜴,还有其他一些生物,往往无法从皮肤排出代谢废物,而是通过眼部附近的腺体排出废物,看起来像是在流泪。

虽然不知道科学世界的原理对魔法蜥蜴是否有效,但现在没有别的头绪,也只能死马当活马医。

那么,想让它流泪,就要有盐。

盐从哪里找?城中的厨房吗?想起餐桌上毫无佐料、难吃至极的蔬菜和水果沙拉,他们心里浮现一个相同的疑问——这种鬼地方,真的会用盐吗?

现在正是中午,阳光从"井口"中央直照进来,周围光明无比,所有阴影都缩到最小。

但是,与之对应的是,巨幕在这个世界的其他地方投下的阴影更加凝实且黑暗了。从高山之巅往下看,仿佛这世界是一个漆黑的圆,而他们所在之处是唯一的白色亮点。

郁飞尘抬头看天，不知道是不是错觉，巨幕比早上的时候显得高了一些。那个能投出天光的圆形"井口"好像也缩小了。

这究竟意味着什么？

他把这现象告知了同伴，队伍的气氛更凝重了。

但是，现在有更迫在眉睫的问题——怎么在天黑之前弄到盐？

回到城中，他们分散开询问 NPC。

这地方的男巫和女巫全部裹在一身黑袍里，女巫戴着半透明的面纱作为区分。

"你好。"郁飞尘拍了拍一个背对他的女巫的肩膀。

对方缓缓回身看他，黑袍之下，她面色苍白，一双乌黑的眼睛仿佛反射不出任何光亮。

"你好。"淡漠的、机械性的回答从她口中吐出。

郁飞尘并不意外，早上的询问中，他们也是这么淡漠迟缓，仿佛是没有生命的人偶。似乎就像沙狄国王说的那样——"低级 NPC 不理人。"

"请问，你知道哪里有盐吗？"他直接问。

"盐？"女巫缓慢地重复了这一名词，然后又重复一遍，"盐？"

"你不知道这种东西吗？"

她摇摇头，然后走了。

郁飞尘微蹙眉，转向不远处另一个女巫。

不知道是什么原因，只要是在有性别划分的世界，大部分女性，尤其是柔弱、美丽或年长的女性，往往比男性更乐意回答他的问题。同类的男性则对他抱有下意识的敌意，郁飞尘只能将其归结于雄性莫名其妙的好胜心。

这次，他没有问"你知道哪里有盐吗"。上一个女巫的回答已经证明，这个世界不存在这个名词。

"沙拉的味道太淡了，"他说，"你知道有什么东西能让它变咸吗？"

没有"盐"，总有"咸"吧。起码他的味觉是正常的。

这个女巫的目光中现出微微的迷茫，她似乎思考了一会儿，然后回答他："你可以加入一些白胡椒。"

有白胡椒，所以有调味品，但不知道盐是什么，所以这个世界可能真的没有盐。

郁飞尘继续问："那么，你知不知道一种——"

女巫竖起一根苍白的手指放在面纱前，比了一个"嘘声"的手势，声音平板："女巫与外人过多说话，有损神明的圣洁。"说罢，她转身，像幽灵一样远去了。

郁飞尘转向下一个："请问，你知不知道一种白色的、半透明的，像小沙粒一样的东西？遇见热水会溶化。"

"白色的……"女巫抬头望向天空，太阳刺到了她的眼睛，她的瞳孔刹那间变成针尖一样的大小，目光空洞到诡异。

她微微歪了歪头，若有所思："半透明的……沙粒……遇水……"

她好像真的知道什么！郁飞尘目不转睛看着她，等待她的回答。

女巫再次张了张嘴。

"咚——"灯城的中央，忽然传来一声庄严的钟响。

女巫转头看向那边。"我得走了。"她说，"光明之神保佑疑问者必得解答。"

钟声继续响起，无数黑色身影陆陆续续从各个角落中走出，向中央聚集。

一无所获，郁飞尘按照约定去了右边一个空庭院，那是他们约好的会合点。他以为自己回去得已经够快，没想到，空庭院的水晶长椅上已经坐了一个人。

是路德维希。阳光下，银色的发梢散落微光，终于给这个人增添了几分生气。

郁飞尘走到长椅旁。

"有发现吗？"路德维希的声音依旧轻而平静。如果仔细听，声音虽然质地清冷，却带着一丝若有若无的鼻音，不至于拒人千里。

"NPC不知道盐。他们用胡椒做调味品。"郁飞尘说完又问，"你呢？"

"他们似乎不喜欢我。没有人回答我的问题。"

看起来，路德维希比他吃了更多的闭门羹，但郁飞尘很快明白了另一层意思："你的意思是，你并不统领灯城？"

路德维希微微点了点头。

"他们信仰的是一个叫'光明之神'的神。"郁飞尘说。

陛下若有所思，道："还有别的发现吗？"

郁飞尘居高临下，淡淡睨着路德维希的侧脸。

日光很好，但他的心情并不如此——那种感觉又来了。被提问的感觉，被当作工具的感觉。

如果是同伴之间相互询问、交换信息，他完全不会有任何意见。可是同样的情境下，对象换成路德维希，他内心就会生出不知从何而来的好胜心。

不仅时刻想要压过这个人，就连信息也要等价交换。对方如果要他去做什么事情，或从他这里获得什么东西，必须付出相应的报酬。

或许，只是因为……觉得这种云淡风轻、无论发生什么都在掌控之下的态度，不太顺眼。

出于这种陌生的心理，他没回答路德维希的问题，而是问："如果这个世界完全没有盐的存在或者根本没有蜥蜴泪晶这种东西，会怎么样？"

从进入这个世界开始，他就一直有一个疑问。根据守门人的说法，碎片世界里会有许多混乱的规则。它靠吞噬外来者的力量来维持自身的平稳。那么，碎片世界会不会从一开始，给他们的就是一个无解的任务？

路德维希微抬头，与他对视，看起来完全理解了他的意思。

"路或许很窄，或许曲折离奇，但理论上不存在无法逃脱的世界。"

"为什么？"

"既然来到这里，你已经知道这些世界的真相。"

"碎片。"

"规则必须自洽，否则会让世界本身更加混乱。因此，有进途必有出路。"

路德维希的解释点到即止，但郁飞尘完全明白了——这比守门人长篇大论的叙述清晰得多。

碎片世界的规则必须有理可循，否则只会加剧世界的崩溃和灭亡。就像上个世界无差别杀戮科罗沙人的黑章军，脱离底线的残暴和贪婪并不能巩固统治，只是加速了它的死亡。

所以，生路即使渺茫，但也必然存在——在理论上。

至于现实中存不存在，就要看外来者各自的本事了。

他仍然看着路德维希："你经历过很多次……这些世界吗？"

"多于你。"

无效的回答。

他看着路德维希右眼下的泪痣，淡淡问："两个没有联结的人，在一个世界分开后，会在另一个世界遇见吗？"

路德维希也淡淡回答："或许有巧合。"

或许真的是巧合吧。

——但你说话的语气，和安菲尔德长官一模一样。

大家都是聪明人，平时说话都是一点即透，为什么这颗泪痣明晃晃地强调着"路德维希就是安菲尔德"，你却还表现得和我不熟？甚至根本没有承认自己曾经的身份。简直像是那种明明被逮捕入狱，却因为缺少关键证据，还在嘴硬的犯罪嫌疑人。

可是作为关键证据的那颗泪痣，不是已经摆出来了？

就在这个刹那，郁飞尘脑中忽然掠过一个大胆的想法——他到底知不知道自己有泪痣？这个想法出现在脑海中的一瞬间，郁飞尘的心脏就"咚咚"跳了两下。

他看着路德维希。像是感知到了他的目光，路德维希也回看他。

两人就这样静静对视，直到路德维希一贯清明的墨绿眼瞳里浮现微微的困惑，像是在询问他——为什么一直看我？

郁飞尘回他以像野狼的尖牙叼住猎物后颈那样若有若无的笑。

不会告诉你的。他移开了目光。

白松的身影朝这边来。

"我搜了厨房，他们只用植物当调料。"白松一边气喘吁吁，一边又来回扫视他俩，"那个……我来得……是时候吗？"

郁飞尘审视他和路德维希的状态，想知道这次又是什么让白松的思路弯曲了。

皇帝陛下高贵端雅地坐在水晶长椅上，自然没有问题。而他随侍在侧，仪态也符合一位骑士长的规范。一切都很正常，理所当然。

他对白松说："继续。"

白松报告了情况——厨房里没有盐，靠植物；刷牙不用盐，靠一种水果沙拉中的水果，他们也吃了；洗衣服不用盐；厕所也没有盐……

"可以了……"

接着过来的是学者。他对大家摇了摇头。

最后到来的是裘娜，她也摇了摇头，然后道："没有盐，我们要用科学方法提炼盐类物质吗？我是制药专业毕业的，但是这里什么都没有。就算能提取也只是微量，肯定不足以让体形那么大的蜥蜴流泪。"

所有队友都齐了，彼此交换信息，郁飞尘也说了他的发现："没有盐，但是一个女巫知道一种白色的半透明沙粒，遇水会变化。"

也就是说，或许存在"盐"这种物质，但是它的用途可能和这些人想象中的截然不同，所以 NPC 才会一问三不知。

"白色的半透明结晶？遇水溶化？"裘娜语气微微激动了一些，"就算不是盐，也可能是类似物质，只要让蜥蜴产生了代谢负担，它就会流泪！"

学者："确实如此。"

所以，现在他们要想尽办法，找到这种东西。

去哪里找？那东西可能会用作什么？女巫又是通过什么途径接触了这种东西？

女巫……女巫的日常生活……

郁飞尘忽然道："巫师都去中庭集合了。"

白松："我看到了。"

其余人也点头。

片刻间，郁飞尘果断做出了一个大胆的决定："我们去那里。"

去哪里？当然是中庭，刚才巫师受到钟声召唤，然后集合的地方。

他们彼此对视一眼。白松不明就里，学者目光疑虑重重，而路德维希对郁飞尘微微点了点头。

短暂的沉默后，裘娜说："那就去吧。"

少数服从多数，他们立刻动身。

"往中庭去"这个决定虽然是郁飞尘在刹那间做出的，但他并不是为了碰碰运气，而是有充足的理由。

厨房不用盐，其他生活场所同样没有盐。根据女巫的表现，他们的日常也异常枯燥、单调，所以那种与盐类似的白色结晶不是他们日常生活中的物品。那么，女巫还会通过什么途径接触到它？

而就在刚刚，巫师被召唤过去，极有可能就是要进行什么神秘的集会或仪式。

去往中庭的路上，他简单交代了理由，又获得了白松惊叹的目光。

虽然白松的神情有些浮夸,但他探察的结果确实不错,经过一排房舍的时候,他对郁飞尘说:"郁哥,那是他们的仓库,放衣服的。"

郁飞尘拍了拍白松的脑袋以示夸奖,扫一眼确认四周无人后,他就从那个房舍的窗户翻了进去。果然,里面摆了几个木箱,木箱里面堆放着许多衣物、床单和其他零碎的生活用具。

郁飞尘从衣服里拣了几件,这里的人全都穿着这样宽大带兜帽的黑袍,背后有一个深银色太阳徽记。他向来是个周全的人,又在另一个箱子里扯了几张女巫戴的面纱以防万一。

其他人也走了进来,立刻领会了郁飞尘的意思。

"我们换衣服?"

郁飞尘颔首。

这座城对外人有戒备,以他们现在的打扮,他们不一定会被放进去看仪式。偷窥也不适合,换装混进去是最好的选择。

话不多说,他们分开进入几个小隔间换了衣服。

然而,这些骑士的轻铠、皇帝的礼服、夫人的蓬裙实在太过华丽烦琐,换下来以后,光是堆在墙角就显眼无比。

这时候,学者开口了:"我行动不方便,不去那里了,帮你们把衣服带回去。"

他不想去那里。

城中的危险绝对不会只有阴影怪物一种。而巫师的表现透着诡异,他们集合去做的未必是什么好事。贸然前往,会带来极大的危险。

在混乱的世界里,只有处处谨慎才能保证自己活着。

而这群人的表现,在他眼里实在太过冒进了。积极探索可能会有极大的收获,但更有可能带来死亡。

郁飞尘深深地看了他一眼:"好。"

每个人都有选择的权利。况且,他们的衣服也需要一个去处。

他们就此分开,郁飞尘、路德维希、白松和裘娜继续朝中庭的方向去。

或许有云雾遮住了太阳,天色昏暗了些许,周围的气温也降下来了。他们抵达中庭前端的时候,两队黑影正分别消失在一条长廊的两端。

看身形,一队是男巫,另一队是女巫。

他们得跟上，但现在队伍里是三男一女，裘娜会落单。

郁飞尘和路德维希对视一眼。他微微挑了一下眉，似乎轻轻叹了口气，抬手，手掌展开平放到他面前。

郁飞尘把先前拿到的面纱放在了他手上。就见路德维希将面纱两端的小钩挂在两侧头发上，半透明的薄纱垂下来，遮住了精致的下半张面孔。

白松咳了一声。郁飞尘不动声色地看了他一眼，以示自己的无辜。

不是他让皇帝陛下这样的，是这人主动做出了选择。

现在的形势很清楚，他们来到这里已经算是冒险，如果再出现有人落单的情况，谁都不能保证接下来会发生什么。

虽然，他也真的有些好奇陛下戴上面纱的样子。

现在他成功地看到了。

路德维希身材比寻常女性高挑，然而把兜帽一拉，半透明薄纱覆住下半张脸，的确起到了混淆的作用。

没有时间了，那边的长队即将消失在走廊末尾。

路德维希带裘娜转身，宽大的黑色衣袍随动作飘荡的一刹那，"违和"感确实在他身上不见了。并不是说他变得像一位女性了，而是性别的界限忽然在他身上完全消失。

那种感觉稍纵即逝，郁飞尘也带白松往男巫队伍的末尾赶去，终于在队伍全部消失在末端房间之前赶上了。

走进去，里面同样是个点着蜡烛的房间。男巫排成一队，最前面是张桌子。桌子后坐着个脸部隐没在黑斗篷里的老人，脸上戴了一个黑铁面具，看不出是不是接引他们来的那个。

而男巫排队经过这个房间，是在领东西。每个人都领取了一把银色尖刀和一根长火柴。领完之后，他们再从房间的另一个出口走出去。

轮到郁飞尘和白松的时候，他们刻意低下了头，没有朝面具老人看。老人枯瘦的双手抬起来，把银刀和火柴递给了他们。

蒙混过关了。

接下来就是继续跟着。他们穿过另一条走廊，来到了中庭。

呈现在眼前的是另一幅奇异的景象。

中庭很大，是个白色石灰岩地基的圆形场地。场地上呈圆环放射状摆放着一些黑铁架。所有铁架合在一起组成了规律的图案，与房间里的太阳图腾一模一样，象征着太阳向外散发的光线。

场地中间，铁架环绕出一个圆。圆心处又是一个铁支架，立柱托着黑色圆盘，很高，圆盘上什么都没放。

接着，男巫在场地上散开了。

不知何处传来"咚"的一声钟响。

"沙沙。""沙沙。"沉闷的衣物摩擦声混合蹒跚的脚步声从背后传来。

面具老人的身影缓缓地在他们的来处出现了。他手里捧着一个车轮大小的银盘。而银盘之上，像山一样堆积着一垛雪白晶体。在日光照射下，那东西散发着雪山一般的光泽。

郁飞尘瞳孔骤缩。白松拉了拉他的袍角。

那不就是疑似的……

盐！

郁飞尘眼睛一眨不眨地盯着面具老人，老人似乎是城中颇为尊贵的存在，他捧着盐盘，低垂头颅，向前行走。

原来，盐在这里是这么重要的物品吗？

郁飞尘指指那边，问身边的一个男巫："那是什么？"

男巫机械性地抬头看向盐盘，道："是永不废弃。"

郁飞尘走到另一个地方，靠近别的男巫："那是什么？"

"日光下不朽。"

"那是什么？"

"是永不废弃。"

"那是什么？"

"日光下不朽。"

他这边无限循环，那边面具老人继续前进，最后将盐盘放置在中央高台上，后退几步。

钟声又响。

另一队人在中庭另一端出现了，是女巫。男巫每人拿着一把银刀和一根火柴，女巫则每人手持一支鲜红色的蜡烛。

然后，女巫也散入场地当中，男巫、女巫混在了一起。郁飞尘看向女巫队伍的末尾，不着痕迹在人群中移动，直到和走在最后的路德维希会合。

面纱之上，陛下墨绿色的眼瞳清醒淡然，他的银发从兜帽里滑落了一缕，蜡烛因为被苍白修长的手指握持，更显得鲜红欲滴，像一摊凝固的血。眼下一点微光，虽本人面无表情，它却如同慈悯的泪迹。

下一刻，不知从哪里传来奇异的乐声，巫师像是得到什么信号，全部转身，面朝盐盘的方向。

仪式开始了。

只见男巫与女巫规律地按照铁架排成光线的形状，开始随着乐声舞蹈，做出一些奇异的动作。他们的队伍也开始有规律地移动，绕圆环转圈或者向别的地方挪动去交换位置。

古老的时代，人们不了解世间万物运行的规律，崇拜变幻莫测的自然力量，往往举行一些仪式进行模仿和呼唤，诞生了被后世称为"巫术"的东西，现在呈现在他们面前的就和那类似。

郁飞尘尽力跟着他们的动作和队形，虽然不算熟练，但别人都在专注自己的舞蹈，没人注意他动作是否合格。

最后，每个男巫都规律出列，用正中央盐盘上的盐山刮碰了一下自己的银刀，再退回原来的位置。女巫则将鲜红的蜡烛贴于额头，向盐山长揖敬拜。

日光又昏暗了一些，山巅刮起风来。

人群开始随着乐声没有规律地混乱交错起来。郁飞尘观察周围，发现是男巫在寻找女巫，找到一个后就在附近铁架前站定不动，似乎和她结成了对。

于是他伸手按住身前银发"女巫"的肩膀。

队列挪动的时候，路德维希一直在他不远处，但白松和裘娜不见了，希望他们能在一起。

所有巫师都结对完成后，就见男巫齐齐弯腰，抱起女巫放置在了铁架上，然后揭开了她们的面纱。

要做什么？

所有人都在动作，容不得郁飞尘多想，他也把路德维希横抱起来，放在上面。

揭开面纱时，路德维希的兜帽微微滑落，银色长发向外散开些许。

乐声又变。

女巫解开了黑袍的衣扣，将它换了个朝向，像被子一样盖在身上。那个原本在后背上的太阳徽记此刻到了左胸口处，心脏的位置。

改变后的黑袍没有完全盖住身体。肩颈、手臂、小腿、双足，全部裸露在暗淡的天光下。

路德维希也是同样。

面具老人伏地跪拜在盐盘前，不见丝毫动作。

乐声复归低沉，变成奇异的呜咽。

阴云在天空聚拢。

正中央的老人嘶声道："点燃——"

"刺啦"一声，不知什么材质制成的火柴在粗糙的黑铁表面擦燃，继而点燃了血红蜡烛。很快，火苗烧化蜡体，使它化成烛泪。

乐声再度变化的时候，男巫开始将蜡烛向女巫身上倾斜，女巫的额头、四肢都染上了血色蜡滴，烛泪画出奇异的纹样。

随后，乐声停了。

结束了吗？

绝对没有，面具老人还在盐盘前匍匐不起。

只见巫师全体朝向盐盘，紧闭双眼，匍匐下拜。

这些巫师到底在做什么，郁飞尘了解，但是他们四个人来到这里的目标只有一个，就是中央的盐盘。

而现在所有人都闭眼了，没人能看到他。

要从这么多人的仪式上得到盐，机会稍纵即逝，但是它已经出现了。

必须抓住机会，就现在！

郁飞尘放轻脚步，放慢呼吸，往中央走去。

他就这样堂而皇之地前进。

他清楚自己冒着怎样的风险。然而如果得不到那个要找的东西，风险可能更大。

盐盘离他越来越近，越来越近，他掠过闭眼匍匐的面具老人，走到盐盘极近处，再次确认这形状和透光度，这就是他们想要的东西。

接着，他把它拿起，转身，走。

与此同时，路德维希披好衣服，往离开的方向轻轻走去。

白松瞪大眼睛，看着他们这奇异离谱的操作，片刻后做出清醒的决定，带上裘娜，往另一个出口去。这样，万一他郁哥露馅了，他还可以吸引一部分火力。

四人就这样身着黑袍，蹑手蹑脚地离开这个明明到处是人，却死寂无声的场地。

走廊近了，出口也近了，有堵墙，可以阻隔一部分视线。

郁飞尘的精神极度集中，所有神经都绷紧了，四面八方，所有细微的响动，他都认真听着，什么都不放过——

"咔嚓。"不知是谁的脚踩到了一片落叶，但也许谁都没有踩到，是风吹动一片树叶，树叶边缘刮着石灰岩发出了声响。

身后气氛猛地一沉，血腥恶意奔涌而出。

被发现了？

来不及多想，那一秒，他们全部向前拔足狂奔。

逃！

已经跑到长廊尽头的郁飞尘登时左脚一踏，飞身转了个方向拐到院墙后，没走出几步，就听见身后果然传来了杂沓的脚步声和粗重的喘气声。

追上来了！

他迅速后瞥一眼，估测着院墙能遮挡到什么时候，然后端着盐盘朝视觉死角处拐弯，那地方有扇半开的小门。他闪身进去，见是一个杂草丛生的院落，屋门紧闭，窗户光滑，没有任何可借力的地方。

但院子中央有棵枝干拳曲的大树。

郁飞尘立刻做出决定，原地助跑借力，踩着树干曲折处向上爬，一只手托盐盘，另一只手抓住粗壮的枝丫，唰唰几下爬上了大树一根粗壮的枝丫的中段。

浓密的枝叶在风中沙沙而动，掩住了他的身体。他紧贴树干，用极小幅度的动作一边寻找最佳平衡点，一边调整呼吸。

几息之后，僵硬的脚步声从外面传来。

他立刻静止不动，这个姿势，透过树叶的缝隙只能看见院门旁范围有限的一片地方。

三个黑衣的男巫推开另外半边门，走了进来。

他们抬腿的动作很僵硬，像是不知道关节能灵活转弯一样，抬起脚掌的时候只稍稍离开地面，在距离地面极近的地方向前滑动，再落下。

这种走路方式很费力,但他们步伐极快,左脚刚落地,右脚就跟了上来。

简直像是僵尸,又像条……竖起半截身子的黑蛇,另外半截身子负责迅速屈起又落下,借此快速前移。

三个男巫进入院中,消失在郁飞尘的视野里。只有不断响起的鞋底刮擦声告诉他,有三个诡异的东西在这里快速梭巡。

郁飞尘半边身子贴着枝干,一手撑树,另一手托盐盘,屏息。

诡异而僵硬的脚步声不断在院内响起。

"沙——"

"沙——"

"沙沙——"

郁飞尘在绷紧身体、维持静止的过程中,体力消耗恐怖。

他的意志依然冷静到极致,手指却因长时间的僵直产生了生理性的挛缩颤抖。如果再这样继续下去,下一个颤抖的就是全身。

终于,脚步声开始朝着同一个方向去,三个身影重新出现在了院门处,然后走了出去。

郁飞尘看着他们走出几步后,深吸一口气,缓慢地换了个姿势,放松身体。其他地方都还好,长时间托举盐盘的手腕却僵硬极了。

还好拿着盐盘的是他,而不是其他三个人。不然,托着这么大、这么重的盐盘,还要跑酷,就算本人没被发现,手里的盐也早就被撒飞了。

他从枝丫上起身,居高临下地观察四周,确认男巫已经向外搜索,近处没人了。

下树后,他找到来时的方向,沿着记忆中的道路原路返回。

一路有惊无险地避过几个巡查的巫师后,熟悉的建筑物出现在他眼前,是那个放衣服的仓库。到了这里,回住处的路线就清晰明了了。

离胜利又近了一步,郁飞尘松了一口气,贴着仓库的墙壁向前行走,一边走,一边集中精神看着前方道路。

仓库的门是关着的,窗户依然像他们来时候那样半开着,不会有敌人在内。后方已经走过了,短时间内也不会有人,如果出现危机,只能是……

就在此时,前方的倾斜走廊尽头似乎有黑色袖角一闪。

有人正在往这边来!

翻窗躲!这个念头出现的下一秒,从半开的仓库窗户里,忽然伸出一只手，直伸到他面前。

见到这近乎惊悚的一幕，郁飞尘已经握紧手中银刀，只待刺出，下一刻，他却看见这只手的手腕上，没能完全被黑袍的衣袖遮盖住的殷红烛泪。

里面是路德维希。

下一个动作顺理成章，原本要刺出手中刀，现在则换成把盐盘往那手上一递。

路德维希的平衡能力果然也不错，单手稳稳将盐盘接过，迅速收进窗户里，一粒盐都没有撒出来。

盐盘的边缘勉强消失在窗框后的同一秒，前方那个黑袍男巫走到了倾斜走廊的末端，也站在了仓库的墙下。

郁飞尘手持尖刀，他本来就面无表情，刹那间更是放空目光作僵尸状。然后，他往旁边缓慢转头，装作也在搜寻敌人的模样。

迎面而来的男巫和他动作差不多，一直往这边走，看来没发现他的异常。

然而，走到仓库门口时，那名男巫竟然打开门，走了进去。

郁飞尘跟上。

只见木箱堆积的仓库中，不仅没有任何可疑物品的影子，还有另一名黑袍男巫正在缓慢梭巡。

原本打算进门搜查的男巫转身朝另一个方向去了。他的身影消失在不远处一栋房子里后，郁飞尘进了仓库门。

仓库里的那位黑袍男巫银发绿瞳，神情木然，正是去掉了面纱的路德维希。

他们对视，陛下空洞的目光恢复清明，指了指身旁的一个木箱。他把盐盘装进了木箱里。

郁飞尘微微舒了一口气。现在他们暂时安全了。

回顾刚才千钧一发的险境，那一系列意料之外又流畅无比的操作没有任何漏洞，称得上天衣无缝。

两人合作，接下来的路就好走多了。他们没再光明正大地托着雪白的盐山行走，而是带着木箱跑路。

路德维希向前探路，确认安全后郁飞尘再带着箱子过去，如果实在避无可避，就把箱子放在隐蔽处，两人同时伪装成男巫，每次都能成功脱身。

他们来到一个无人的小湖周围，过了这个湖，前面就是住处。

离开中庭后，一路上气温都在缓慢回升。到了这里，阳光彻底灿烂强烈起来。湖边的白卵石和大块石灰岩在日光下熠熠生辉。

小湖，白石；阳光，微风。这本是无比静谧美丽的一幕，然而接连经历阴影怪物捕杀、诡谲的仪式和险象环生的巫师追杀后，景色越安宁，这座灯城显得越阴冷古怪。

潜伏在神圣美丽的外表下的，究竟是什么东西？

郁飞尘正在思索，却见身侧的路德维希忽然朝一个方向转过头去。

他也往那个方向看去。这一看，后背却猛地寒了一下。

就在他们刚刚走过的地方，雪白的岩石块下，一个白袍白发的女巫双手交叉在胸前，就那样静静地望着他们。

而不论是往这里来的过程中，还是经过那地方的时候，他和路德维希谁都没有发现她的存在。

郁飞尘脑中快速思索。这女巫刚才应该是面向岩石、背对着他们的，她衣服的颜色和白石几乎一模一样，所以难以被发现踪迹。就算此刻面对面相望，对方也仿佛和周遭的景物融为一体，仿佛是它们的一部分。

她袍子的颜色和其他巫师不同，显然没参加刚才的仪式，会是什么人？

就听路德维希问："你在做什么？"

白袍女巫像是被提醒了，仍是双手交叉，缓缓转过身去面对着雪白的、在日光下闪着纯洁光芒的岩石。她说："我在为灯灵祈福。"

郁飞尘道："灯灵现在怎么样了？"

女巫缓缓摇了摇头。

这名女巫看起来和其他巫师不同，不仅衣服有区别，还能对他们的话做出正常的反应。而且，她摇头的时候，脸上萦绕着淡淡的忧愁，这种真实的情绪是在其他巫师身上都见不到的。

那么，她会是灯灵身边的女巫，或是什么高级成员吗？

却听路德维希问："如果无法挽救灯灵，会发生什么？"

女巫抬头望着井口一般的天空，目光依然忧愁，缓缓开口："再也没有人能阻止浓黑之幕合拢。整个卡萨布兰将永远被阴影笼罩，成为恶灵的国度。"

浓黑之幕，无疑就是笼罩这世界的那块黑暗巨幕。当黑暗巨幕合拢，日光就再也无法照进来了。这个世界确实如同斗篷老人所说，将迎来灭顶之灾。

联想到他们的任务，郁飞尘道："希望他早日康复。"

女巫轻声说："谢谢你。"

正说着，郁飞尘看见外围出现隐约的黑色人影，但现在他们有岩石遮挡，短时间内不会被看到形迹。

"我们得走了。"显然，路德维希也注意到了那边，"如果有人过来，可以不要说出我们来过吗？"

女巫似乎犹豫了一会儿，然后点了点头。

她道："感谢你们对他的真心祝愿。"

他们转身。"外来人，"女巫轻柔的声音却又响起，"一定要遵守这里的规矩。"

来不及再多言，他们以最快的速度离开那里，回到了住处。学者果然早已带着他们的衣物和他们的蜥蜴等在那里，两人换回原来的装束，又将木箱和黑袍推入桌布下藏好。

一切都进行得很迅速，僵着脸的黑袍男巫推门而入进行搜查的时候，他们已经在桌旁围坐成一圈。

"咱们花了大半天才从树林里逮到这几只，再过一会儿，太阳就要落山了。"学者叹气，语气在沉重中带着一丝故意为之的浮夸，"陛下、骑士长，你们说，到底怎样才能得到蜥蜴泪晶？"

郁飞尘："确实。"

路德维希："值得思考。"

男巫在房中走了一圈，离开了。

过了大约半小时，白松搀着裘娜也跌跌撞撞地回来了。

看到郁飞尘和陛下都在，白松猛地松了一口气，还没开口，就被郁飞尘拎去换衣服了。

裘娜也哆嗦着换衣服，路德维希帮了她，但她最终只能把衣服象征性地披在身上，伤口太疼了，并且流血不止，这里也没有能止血的药物。

白松讲了他们的逃亡过程，惊险程度和他们俩相比有增无减。

209

一开始，他和裘娜往和郁飞尘相反的方向闷头逃跑，有两次差点被抓到，裘娜也意外受伤。迫不得已之下，白松醒悟了，把裘娜藏在草丛里，自己装成巫师逃生。很快，裘娜也咬牙从半昏迷中醒来，两人又在互相帮助中靠白松作为骑士的体力和裘娜的急智渡过几次险关。

但是，他们迷路了。所幸走投无路的时候，两人偶遇了在探察情报的沙狄国王，沙狄国王给他们指了路，离住处并不远，他们顺利回来了。

既然都安全了，就该进行下一步了。

木箱里的盐山被拿出来，放在桌面上。学者浮现惊诧的神色，他想不到这几个人居然真的能弄到这东西，而且还这么多。

既然有了盐，接下来的事就是让蜥蜴哭泣了。

学者指着蜥蜴，沉声开口："既然大家都在，那有件事必须要告诉你们。"

"什么事？"

学者展开包裹蜥蜴用的披风，露出上面微微的水渍："它们都哭过了。"

"什么？"白松难以置信，"它们是因为被抓住，太绝望了吗？"

学者摇头："我想不是。"

有些事情，聪明人一旦想通，答案就在触手可及之处。

"让蜥蜴吃盐，无非要让它们快速流泪，但蜥蜴流泪排盐，本来就是正常的代谢过程。所以，不管吃什么，只要体内有盐分，就会流泪。"像讲课一般顿了顿后，他继续说，"而在被我们抓住之前，它们已经饱饮了鲜血。消化鲜血之后，身体代谢，自然会流泪。"

郁飞尘看向蜥蜴的眼角，确实有微微的水渍。学者说得没错。蜥蜴本来就会流泪排盐，只不过，谁都不能保证它什么时候会排罢了。

"这眼泪似乎没有什么特殊之处。"观察一会儿后，白松说。

"我把泪渍刮了下来，确实没什么特别的。"学者脸色很差，指了指旁边的一些白色粉末——确实是眼泪凝结的产物，只不过看起来不像是富有神奇功效的物品。如果把这东西献给斗篷老人，真能过关吗？

难道思路是错的？

"蜥蜴真会流泪，那就没错。"郁飞尘果断道，"继续喂盐。"

没人反对，但新的问题又来了，喂不进去。郁飞尘选了只最好看的白蜥，把盐塞进蜥蜴嘴里，但这蜥蜴不仅不吃，还把盐吐了出来。

看来，它对这种食物并不满意。

郁飞尘还想尝试，但路德维希轻声道："放下它吧。"

被麻绳绑住的蜥蜴被放在盐山上。

然后，路德维希动作了。他用尖刀划开了自己的手腕，所有人都明白了这是要做什么。

当路德维希微微倾身，鲜血从伤口中滴落而后坠入盐山的时候，蜥蜴那生无可恋的目光瞬间变得贪婪，它们即使被麻绳牢牢束缚住，也要拼命往鲜血处挤去。

这丑陋的一幕让郁飞尘感到眼睛都变脏了，他将目光转向陛下滴血的伤口。伤口没事，没有生命危险，但可能会疼几天。

接着，裘娜也让血流到盐山上。她的伤口比路德维希的大得多。

蜥蜴几近疯狂地大口大口吞噬着沾血的盐。它们体形很大，不过一会儿，盐山就消耗了将近一半。

与此同时，所有人都看见，晶莹的眼泪连续不断地从每一只蜥蜴的眼里流出来，然后在空气中凝结成类盐的物体。

蜥蜴舔舐鲜血，然后流出富含盐分的眼泪，难道就是这个世界提取盐的方法？那么，盐在此处的珍贵性也就顺理成章。

郁飞尘淡淡看了学者一眼。那明明看不出什么的眼神却让学者感到一种不安和危险，终于，他做出决定，解开了包扎手臂的布料，压力消失，断臂处原本被止住的鲜血重新冒了出来，分担了裘娜和路德维希的压力。

很快，剩余的盐全部被鲜血浸染，三人各自止血。

体形最小的白蜥却不再流泪了。它的身体内再也没有水分可以帮助排盐了，它却依旧兴奋地进食着，身体也因激动在周围不断冒出细小的冰碴——它是只"寒冰蜥蜴"。

没过多久，鲜红的血泪从它的眼睛里缓缓流出，眼泪的质地越来越黏稠。同样的情况也依次在另外两只蜥蜴身上上演。

郁飞尘心中微微一动。

最后，三颗颜色暗红却晶莹剔透的水滴状结晶呈现在他们面前，散发着无尽的诡异和邪恶，却因那精美的形状，让人无法移开目光。

一时间，房间里响起数道惊叹声。

这难道就是所谓的"蜥蜴泪晶"吗？他们今天的任务完成了？

成功了！

然而，郁飞尘却在想另外一件事。如果他们没有成功地找到盐，要用喝鲜血的方式让蜥蜴眼泪盐化到这种程度，要消耗多少血？

这个碎片世界果然诡谲。

现在有三颗蜥蜴泪晶了。

所有人都松了一口气，裘娜更是。她用意志力撑到了极限，此刻终于放松下来，一头栽到桌子上，昏迷过去。

白松在旁边手足无措，想给她披上衣服或者再包扎一下伤口。最后他用衣服裹起裘娜，带她回房了。学者也回了自己的房间。

陛下的寝殿里，只剩路德维希和郁飞尘两人。

郁飞尘收好蜥蜴泪晶，路德维希则走到衣柜旁，解开了外袍的扣子。

很快，陛下身上又只有那件宽松单薄的黑色丝质袍子了。他手拿一块干净的白绸布按在伤口处。按压止血，最原始的方式。

郁飞尘站在路德维希的左边。看了看路德维希略微失去血色的嘴唇，即使内心不太想付出完全无偿的帮助，他还是把手伸了过去，半护半扶着对方来到床边坐下。

路德维希低声道："谢谢。"

"不客气。"郁飞尘说，"你要睡吗？"

不用等路德维希回答，他已经知道了。

这人眼已半合，纤长的睫毛微微垂下，用力按着伤口的手的力度也放轻了，一股鲜血冒了出来。郁飞尘轻叹一口气，伸手过去帮他压着伤口。

按压起到了作用，血不再渗了。

郁飞尘低头看路德维希的脸。昏昏欲睡的陛下完全看不出在外面时的果断淡然，显得格外脆弱，又格外洁净。

确实，无论是安菲尔德还是路德维希，都是洁净的。

他的冷静和从容让郁飞尘相信，这人已经在无尽的危险世界里度过了长久的光阴，积累了无数经验，但他身上毫无学者那种自私算计的险恶气息，而是干净磊落，近于温柔。

郁飞尘也清楚地记得，路德维希在今天一整天里遇到危险时，至少拉着他逃跑了两次，出手解围了一次。

并非特殊对待,如果遇险的是其他成员,这人好像也会做同样的事情。

"路德。"他突然开口。

路德维希抬起眼,声音因欲睡而微带鼻音:"怎么了?"

"有话想说。"

"嗯。"

难得,他居然遇到了比自己还惜字如金的人,郁飞尘心想。

他尝试去理解那个"嗯",得出结论,大概意思就是"说吧"。

他确实有话想对这位说,想说:虽然不知道为什么,两个世界都碰见了你,但是如果未来还会再遇见……

"别离我那么近。"

没人回答他。他再一看,陛下已经呼吸均匀,说睡就睡了。

他偶发不必要的善心,提出真诚的建议,一百个世界里也难以见到一次。这人竟然以入睡作为回应。

不论听没听见,反正他已经说了。

上个世界肺病,这个世界昏睡,别人得到力量,这人得到毛病。

太阳从"井口"渐渐移过,大地一片昏暗。好在快到晚饭的时候,路德维希伤口的血止住了,郁飞尘得以离开这里,拿着两颗蜥蜴泪晶去了餐厅,留了一颗在抽屉里——他觉得用不到这么多。

女王他们也回来了,大家围坐在餐桌前交流信息。

女王那边,一个人都没有少,见他们这边缺了裘德、裘娜、陛下三个人,对面的脸瞬间绷紧了许多。仅仅一天不见,六个人就少了三个,还有一个断了胳膊,就算这种世界危险又残忍,可这伤亡也太多了。要知道,明天可是轮到他们队去找东西了。

长桌末端,那名女巫打扮、裹在黑袍里、名叫"茉莉"的成员脸色苍白,直到听到只是死了一个人,其他两人是有伤不能出来后,才松了一口气。

两队交换情报。女王他们花一天时间绘制好了整座建筑的地形图,附有详细标注。他们也尝试潜入灯灵所在的房间,但那地方被严防死守,潜入没有成功。

同时,女王还带来了一个对郁飞尘来说极为关键的消息:"他们今天举行了一场仪式,但我们跟过去的时候,却怎么都走不进去。"

看来，仪式确实是不允许外人参与的，他们几个是因为跟上了巫师的队伍才顺利潜入。

郁飞尘问："你知道那场仪式是在做什么吗？"

"打探到了一点，他们要准备一种叫作'日光下不朽''不朽之水''不灭之光'……总之，有很多名字的东西，象征'光明'。"

"永不废弃？"

"对，这也是个名字。"女王点点头，"我们翻到了一些仪式章程，但用词很混乱，花了很久才看懂，错过了仪式开始的时间。"

"用它做什么？"

"准备那个物品，为它祈福，然后为灯灵沐浴，希望能延长他的生命。"

虽然已经做出了诸多猜测，但这个答案还是出乎了郁飞尘的意料。那象征"光明"的东西是盐。用盐给一个受伤的人沐浴，是希望他死得更快吗？

是愚昧迷信，还是另有恶意？他正在思索，就见斗篷老人蹒跚走来，为他们上饭。

布饭结束，他沙哑苍老的声音响起："尊贵的客人，你们找到那传说中的魔药了吗？"

学者看向郁飞尘，似在催促。郁飞尘却没动，他想看看，如果没能拿到，会有什么后果。

一时没人说话。周围的温度似乎下降了许多。

老者的声音再次沉沉响起："尊贵的客人，你们找到那传说中的魔药了吗？"

一室寂静，阴冷的氛围中，全部烛火忽然疯狂摇曳起来。

"你们……找到……魔药……了吗？"

空气中刹那间弥漫血腥的气息，像是无数漆黑冰冷的触手爬满全身，扼住脖颈，森冷寒意让人毫不怀疑——如果再不把魔药拿出，下一刻迎接自己的，就是死亡！

老者的声音，越发低沉僵硬："你们……找到……"

"找到了！"学者额头冒出冷汗，咬牙出声。

郁飞尘把一颗蜥蜴泪晶摆上桌面。

压抑的气氛刹那间消散无踪，室内温暖明亮，仿佛一切全是错觉。

斗篷老人枯瘦的双手捧起那颗蜥蜴泪晶。

"我感到了……感到了复生的力量……尊敬的客人,你们果然找到了它……这是卡萨布兰的希望。"仿佛刚才那个可怕的声音不是他发出的一样,老者缓缓转身,"享用晚宴吧,尊贵的客人。今日祈福仪式遭到邪恶破坏。客人,夜间请注意安全,不要忘记自己的身份,务必遵守规矩。"

他喃喃低语着走了,所有人都松了一口气。

大家都没什么胃口,匆匆交换完所有信息后,各自散去。

房间里的蜡烛是全新的,似乎早上他们离开后,就有人给换上了。早在下午的时候,郁飞尘就趁着光还没消失,拆下了自己房间四分之三的蜡烛,堆成一摞。他和白松则照旧在路德维希的房间休息。

烛光明亮,郁飞尘在想这个世界的阴影。

规避影子是为了躲避在阴影中移动的怪物。说来简单,做来却很难。他今天上了一次树,影子不可避免接触了树影。只是庭院空荡,树的影子一直是孤立的,怪物才无法潜入,是安全的。

但是,碎片世界会不会引诱大家走入阴影?还有,所谓"规矩"到底都有什么?"不要忘记自己的身份"也算是一条规则吗,还是意有所指?

他这样想着,就见白松也在躺椅上翻来覆去,似乎非常苦恼。

郁飞尘等着白松向自己寻求帮助,等了半天,却等来一句:"郁哥,你碰过女孩吗?"

"哪种碰?"

"那种……亲密的身体接触。"

"没有。"

"不应当。"

郁飞尘现在想让他闭嘴了。他神情敷衍,并开始左耳进右耳出。

"今天……我……裘娜夫人……衣服……抱……"白松神情紧张,有如结婚前夜的新郎。

"你已经二十三岁了。"不必再像青春期的少年一样害羞。

白松愤怒地拍打着躺椅,伤心于郁哥不能共情他。

难道这人二十三岁的时候,就没有经历过成长的烦恼吗?白松伤心欲绝地思考。片刻后他想起,他郁哥二十三岁的时候,好像早已经被拐骗到乐园,给主神打工两三年了。

白松叹了口气:"郁哥……"
却见郁飞尘忽然抬头看向屋门,比了一个"嘘声"的手势。
走廊上有动静!听起来是从最外面那个名叫"茉莉"的女巫的房门附近传来的。他们对她没什么印象,只知道她是第一个被投放进来的人,坐在长桌最末的位子,后来选择了加入女王的队伍。
此时此刻,茉莉脸色苍白,注视着房内的烛火。
"不……"
她颤抖着后退,直到后背猛地贴上了房门,发出一道沉闷的撞击声。
房间亮如白昼,所有蜡烛都疯狂地燃烧着,迸发出明亮的火焰。她不知道火为什么这么大,也不知道她的蜡烛怎么烧得这么快,刚刚入夜一小会儿,它们已经全部……全部烧到了最后,下一刻就会熄灭。
到时候,整个房间都会被黑暗笼罩。
想起餐桌上听到的那位裘德领主的死状,茉莉恐惧地睁大了眼睛。
她不要死,她不要那样死!
这才是她的第二个副本,为什么这么危险?她原本生活在一座无比平静的城市,可是突然有一天,世界上开始频频发生失踪案,像是整个世界坏掉了一样,凭空失踪的人再也没有回来。她每天都活在无尽的恐惧中,终于,不久前,她离开了原本的世界,来到一个危险至极的、被其他人称为"副本"的地方。
在那里,她遇到了一个愿意帮助她的人。那个人对她说,规则越明确的世界,违背规则的结果越惨烈,但只要遵守规则,活下来的概率也最大。最危险的,就是那些不摆明规则的世界,因为你永远不知道恐怖的事情会在什么时候发生。
她拼命回想着自己到底做错了什么事情,低头看着自己的黑袍,忽然,斗篷老人的一句话在她耳边如晴天霹雳一样响起:"不要忘记自己的身份。"
难道是因为所有女巫都集合的时候,她害怕,所以没有去吗?
房间里的蜡烛疯狂燃烧,全部只剩薄薄一片,她冷汗满身,心脏狂跳,不敢再看,而是转身夺门而出。
站在走廊里,她颤抖着向前迈出脚步,死死盯着那些幽深的木门,一扇一扇看过去。

这些人里，谁能帮帮我？谁会……谁会收留我？

"哧——"

火焰淹没在滚烫的蜡油里，一缕白烟飘了出来。满室的蜡烛都灭了。

昏暗里，月至中天。淡淡月光透过窗棂照进来，房间里的一切摆设都投下阴影。

空无一人的走廊墙壁上忽然投下一个拉长的影子，影子渐渐前移，蹒跚的脚步声响了起来。

身体、脸庞全都隐没在斗篷里的老人踏入走廊，钥匙碰撞的声音响了起来。随后是钥匙捅开锁眼的声音。

法官身份的男人翻身下床，靠近墙边，听着隔壁茉莉房间里的动静。

门被推开，老人带着男巫走进了房间里。

"您在里面吗？"

声音符合礼仪，就像一个合格的管家询问客人是否需要帮助。

"您需要蜡烛吗？

"您藏在哪里？"

脚步在隔壁房间里走了一圈，然后走了出去。显然，他们一无所获。随后，他们去了对面领主夫妇的房间——现在那里只有一位寡妇了。

法官正倾听着，钥匙捅进锁眼的声音忽然在他自己的门口响起。

他上床，紧闭眼睛，装作自己已经熟睡。

接着，那诡异的老人也走进了他的房间，甚至还低头靠近了他。阴冷的呼吸拂在他脖子上，像是毒蛇爬了过去。

过了一会儿，门被关上，他们离开了。

法官这才睁开眼睛，紧张地喘了几口气。他现在无比庆幸，刚才茉莉敲响自己门的时候，他纠结了一番，还是没有打开。

茉莉是个美丽的少女，长得楚楚可怜。要是在正常的世界里，这样一个女孩的请求，恐怕没人会拒绝。而他这种男人，原本连被这种女孩求助的机会都不会有。

可是在这种地方，再美的脸、再多的财富，又有什么用？想到这里，他心中又生出一种快意。再也没有地位、相貌、财富的区别。保命，才是唯一的真理。

走廊上的门被一扇一扇打开。

沙狄国王同样在闭眼装睡。等老人巡视一圈，离开房间后，他也睁开了眼睛，微微茫然地看着天花板。

茉莉长得很像一个人，一个他被卷入这些险恶的世界前暗中爱慕很久、打算第二天就表白的女孩。

他其实在等茉莉敲响他的门，但或许是笃定自己不会开门，她根本没有来敲。他承认，自己感到了失落，就像明白再也见不到那个女孩的那天一样。

但是，如果茉莉真的敲了门，他一定会开吗？他不知道。

当生命被规则玩弄在股掌之间的时候，一个人的本性也将被残忍地撕去所有外衣，露出真实的面目。

开门的动静还在继续。

明亮的烛火里，席勒公爵在睡觉，学者在睡觉。略微昏暗的房间里，骑士长和骑士隔了一段距离并排躺在床上，女王躺在床上，男仆躺在地板上。

一道阴森的目光投在了皇帝陛下的门上。

"嘎吱"，门被打开了。陛下静静睡在大床上。房间其他地方空无一人。

到底在哪里？"嗬嗬"的喘气声带着无与伦比的愤怒，清晰地响在了每个人耳中，但没人敢发出声音。

终于，他们离开了。

脚步声彻底消失的一瞬间，郁飞尘和白松的房间里，茉莉的衣衫几乎被冷汗浸透，身体靠着墙往下滑，最终跪倒在地。

"谢谢……谢谢您……谢谢您！"她边说边流泪。

除了看起来冷漠无情的沙狄国王，她敲了自己队伍里每个人的门，可始终没有人开。

一起做了一天任务的人尚且这样，另一队就更不可能了。当她完全陷入绝望的时候，却听见了一声门响。半开的门里，她看见了骑士长冷淡又俊美的面孔。

她被一个想象不到的人救了，就像一个无法醒来的噩梦里，忽然降临了白马王子那样。可是当老人的开门声依次响起的时候，她才意识到一件恐怖的事——自己不仅没有侥幸逃生，还可能会害死帮助自己的人。

她却没想到……

茉莉看向身后的暗门,郁飞尘也看向那里。

这个女孩,别人没办法救,也不敢救,但就像路德维希说的那样,逃生之路可能渺茫,也可能曲折离奇,但必然存在。恰好,骑士长和陛下可以救她。只需要在老人即将打开这扇门的时候,将茉莉推入暗门后。再在老人离开房间后,开启暗门,把她拉回这个房间。

而事实确实也和他预测的一样,成功瞒天过海了。

至于为什么选择去救……或许是为了符合人们对骑士的期待吧。光明,正义,保护弱者,对抗邪恶。

"我不知道到底做错了什么……"茉莉低声道。

"三件事。你至少触犯了其中之一。"郁飞尘说。

茉莉茫然道:"什么?"

"第一,今天的仪式,你去了吗?"

"没有……"

"第二,我不确定是不是规则。每个人都有自己的身份,你和我被安排在同一侧,但你选择了跟随另一侧的女王。"

茉莉张了张嘴,什么都没说出来。

因为……她以为同性别的人,起码会友善一些。

"第三件,或许你不知道。"郁飞尘说,"女巫不能与外人过多说话。你和队友交谈的时候,有没有被看见?"

茉莉愣住了。她想起,今天法官和她攀谈聊天的时候,确实有一个巫师远远地注视着这边。

她抱紧双臂,细微地发着抖,感到无尽的寒冷和恶意,却又不能自控地看向救了自己的骑士长,只想让他再多说些什么,但他并没有多说。

说完,郁飞尘就离开了房间,留白松和茉莉在那里。

未来,白松还会遇到很多女性,一个合格的队友必须心志坚定,不能被外物诱惑。郁飞尘决定拔苗助长,帮助这个二十三岁的男孩快速度过使人降低智商的青春时期。当然,不用再听白松的奇怪发言,而是去找安静的路德维希,也可以放松他的精神。

过了很久,茉莉才恢复了一点行动的力气。

白松叹了口气,拍了拍她的肩膀:"明天再说,起码今晚没事了。你先睡吧。"

茉莉苍白着脸,说:"骑士长……他不和我们一起吗?万一这样也违背了规则呢?"

"怎么说呢?"白松望着那扇隐蔽的、连斗篷老人都不知道的暗门,语气真诚,"咱们都有自己的身份,这个身份是有意义和约束的。所以,我想,那扇门的存在,也一定有它的意义,对吧?"

接下来的一夜平静度过,清晨如约而至。

郁飞尘先醒,醒来的第一件事就是确认陛下伤口的状态还好,接着,准备好陛下的衣物,再接着,准备好洗漱的用具,最后,倒一杯可饮用的清水。

过了一会儿,路德维希睁开了眼睛。

他起身,看着床侧摆好的一应用具,看了几乎半分钟。接着,墨绿色的眼瞳缓缓看向了侍立在一旁的骑士长。

郁飞尘接收到了皇帝陛下的意思,那眼神太明显了,简直就像看到自己的工具忽然活过来,开始主动干活一样。

路德维希在问他——你今天怎么了?

没怎么,他被茉莉的遭遇敲响了警钟而已。

只是忽然觉得,这扇连 NPC 都不知道的暗门,有它存在的意义。

早餐的时候,保险起见,茉莉仍然被藏在了房间里。

老者照常发布任务,公布第二味配料:命运女神之翼。按照昨天商定好的次序,轮到女王一队来找。郁飞尘他们则探察情报,寻找灯灵受伤的真相,并查出真凶。

女王一队留在餐厅里交流思路,郁飞尘他们则先离开了餐厅。

他们先是探望了裘娜。裘娜的伤有些重,至少今天上午不能参加任务了。路德维希的伤口恢复一夜后,今天已经不妨碍什么。所以,今天参与探察任务的人是郁飞尘、白松、路德维希和学者。

他们再次集合在路德维希陛下的大房间里,商定行动的计划。

白松望着窗外:"你们觉不觉得,这里的晚上格外漫长?"

郁飞尘:"为什么这样说?"

"昨晚茉莉很害怕,睡不着,我和她说了很多话。说了我们以前各自生活的世界，还有后来的经历。"白松说，"她睡着的时候，我几乎都以为我们已经说到天亮了。"

竟然能和一个陌生女孩说这么久的话，郁飞尘心中生起一种类似于"孩子长大了"或"我养的草长高了"的情绪。

"但是，天依旧没亮，于是我也睡了，可是等我和她醒了，天还是没亮。于是我们又说了一些话，天这才亮了。"白松说。

没人理睬这位年轻的骑士，当郁飞尘准备好措辞，准备引导一番时，坐在他身旁的路德维希却搭话了——这是郁飞尘没想到的。

路德维希看向白松，声音里带着淡淡的柔和，竟然像是温柔的大哥哥教导刚长成的小孩一样。这种语气是郁飞尘之前没听到过的。

"或许，"他说，"你知道相对论？"

白松："那是什么，我不知道。"

路德维希淡淡地看了他一眼，不说话了。

郁飞尘叹了一口气。

陛下难得打趣人一次，还被这孩子的无知给噎到了。

截止到现在，白松已经用话语成功噎住了他、守门人克拉罗斯和路德维希陛下，可以说是战果斐然。他想，翻译球还不够，下次回到乐园，得给白松买个知识球，让白松获取一些常见世界的基础知识和技能。

路德维希绵里藏针的打趣虽然没有成功，白松说的却是真的。这里的夜晚已经格外漫长。

"巨幕还在合拢，'井口'变小了。"

众人抬头，只见那环绕着世界的浓黑之幕，仅是一夜未见，就已经以极其恐怖的速度合拢了几乎一半。昨天的"井口"还有盘子大，今天的"井口"，朝着天空伸出拳头，就可以把它全部挡住。

在正常的世界里，太阳从地平线升起后是早晨，走到正中是正午，从地平线的另一面落下是晚上。而在这个被浓黑之幕环绕的世界里，太阳从幕后升起后是早晨，走到"井口"正中是正午，落幕是夜晚。

也就是说，一些本应存在的白天时间被黑幕硬生生减去了。早晨的时间推迟，夜晚的时间提前。并且，随着巨幕不断合拢，白天还会继续缩短。

这不仅意味着这个世界将被更多阴影占据，成为恶灵肆虐的地方，还意味着，他们能做任务的时间越来越短了。

"希望他们能成功找到药材。"学者说。

一旦女王没找到药材，斗篷老人可不会因为分了队而放过他们，但现在他们也只能选择相信那一行人了。

"白天很短，那我们就立刻行动？"白松问。

"别急，"郁飞尘说，"先总结一下这个世界存在的危险和死亡条件。我先来。首先，必须躲避在影子里移动的怪物，最好是不让自己的影子接触任何外面的阴影。非接触不可的时候，孤立存在的阴影好于连绵不断的阴影。

"其次，遵守这个世界的规则。目前看来规则体现在三方面：第一，完成NPC发布的任务；第二，扮演好自己的角色；第三，遵守城中的规矩。触犯三条中的任意一个，都会被NPC惩罚。"

这样一想，他们要注意的事情实在是太多了。

但是，郁飞尘认为，这个世界的危险程度其实也不能算高。他继续道："但是，根据茉莉的经历，只要选对了方法，NPC的惩罚是可以逃过的。所以，希望大家不要放弃求生。

"还有，我认为这个世界判定我们是否触犯规则，是通过NPC的眼睛，而不是通过某种超自然力量时刻监控，否则昨天我们换装混入仪式，应该早就触发了死亡规则。所以在不被NPC看出端倪的情况下，我们可以自由行动。"

他道："我说完了。"然后他看向白松，"你有什么看法？"

"报告，郁哥，我想说的，你都说了。我没想到的，你也都说了，而且你说的，我都同意。"

学者："我也同意。"

郁飞尘看向路德维希。根据以前做任务时雇主的投诉，他知道自己看人时的目光有时会过于冰冷，令雇主无法感到被照顾和保护的温暖。为了符合角色，出于骑士长对陛下应有的尊敬，这次看向路德维希时，他努力将眼神缓和了一些。

白松好像嗓子不舒服，咳了一下。

"我也同意。"路德维希道，"但是除了弄清楚死亡规则，我们还需要寻找逃离这个世界的路径。"

学者道:"通常,逃出一个副本的方式是逃出它的所在场景,但是我们昨天离开了灯城,并没有什么事情发生。如果继续往外逃,又进入了巨幕阴影的危险区域。我认为这个副本的逃离方式是完成NPC给出的任务,即成功拯救灯灵,同时找出谋害灯灵的真凶。"

路德维希点点头,侧向郁飞尘的方位:"你怎么想,骑士长?"

"骑士长",这还是皇帝陛下第一次这样称呼他。这个称呼落在耳中的一瞬间,郁飞尘的头脑忽然恍惚了一瞬。一种熟悉又陌生的感觉浮上他心头,就像……遇见一个场景时,觉得自己曾梦见过那样。

这种感觉稍纵即逝,很快被另一个念头取代——明明是他把问题给了路德维希,为什么又回到了自己身上?

他道:"完成任务、拯救灯灵、找出真凶,这三个看起来是不同的任务,但背后都指向同一件事。"

白松:"什么事?"

郁飞尘看向漆黑天幕上苍白的"井口",道:"阻止巨幕继续升起或者挽留光明。"

很多事情看起来千头万绪,但背后都有统一的规律可循。

"排除一切干扰因素后,我们要做的事就是反抗阴影,挽留光明。所以,今天上午,我建议先不去管灯灵的死活,而是分头寻找这里关于光明、阴影的记载或传说,补充对这个世界的认知。"

白松盲目同意。

学者皱眉:"你是否发散过多?"

郁飞尘没理睬他。这是他以前面对雇主无理疑问时的惯用态度。有些雇主,总是在他做出完全缜密、每一步都有迹可循的推理时怀疑他在凭空猜测,仿佛脑子掉了线一般。

他今天说的话超标了,微微有些厌倦,直接一手托腮,看向路德维希:"您呢,陛下?"

路德维希眼里浮现一点若有若无的笑意:"我同意你说的。"

话不多说,几人起身,白松和学者离门近,先走出去,郁飞尘和路德维希在后。

与他们落下几步后,郁飞尘停下了脚步,他觉得有句话有必要向路德维希挑明。

"你是皇帝,"他道,"为什么现在好像是我在带队?"

路德维希稍微抬头,刚刚打理过的银色长发顺滑地落在肩上。两人对上目光后,他微微抿了抿嘴唇。郁飞尘发现,这人好像在对自己笑。

陛下今天吃错什么药了?

随即,他又想起,自己还在角色扮演的状态,看向陛下的目光应该也犹如吃错了药一般。也就是说,路德维希对他的态度,是随他的态度而改变的。这是一个善变的陛下。

就在这时,路德维希忽然朝他伸出了手。郁飞尘一愣,没躲。

"我累了,"路德维希轻声道,随后,他眼睫微微垂下,摆正了骑士长胸口处的十字徽章,说,"想跟着你。"

一时间郁飞尘不知道怎么回。

"你——"他本来想像以前责备雇主那样责备路德维希,开了个头,看到这人放在自己胸前徽章上还没放下的右手,又不由得放缓了一点声音,"你哪儿累了?"

他亲眼见证了路德维希用睡觉度过了一天的四分之三,睡眠过程中人事不知,看到茉莉出现在白松房间里还讶异了一下,仿佛不相信他会救人一样。

所以说这些人里,最不累的就是这位陛下。难道长伤口还会累到一个活人吗?连按压止血都有人帮他做了。

路德维希收回手,没回答,就静静地看着他,很坦然。

人的懒惰,竟能如此。

行吧。那就跟着。

郁飞尘道:"需要我帮您走路吗?"

路德维希:"不必了……"

不必了,那就走吧。

白松一边在前面走,一边频频回头张望,发现后面两人说了什么后,他郁哥的态度有了令人捉摸不透的变化——敬业中饱含着敷衍,主动中透露着消极,事无巨细,却又显得有些阴阳怪气,可再一琢磨,却又似乎乐在其中。

"下台阶了,陛下。

"前面不平,小心。

"风大,需要我帮您挡吗?"

拐了一个弯,走到主干道上。微风几近于无,枝梢的树叶都懒得动一下。郁飞尘走在路德维希旁边,继续口头履行他骑士长的职责。终于,路德维希面无表情地侧过头,墨绿的眼瞳淡淡剜了他一眼。

郁飞尘住口,并在路德维希转回头的时候,看着他的侧脸,忍不住勾了勾唇角。吃错药的陛下,也挺好玩。

路德维希走在路上,黑衣华贵,仪态端雅,仍和第一夜出现在门内时一样。只不过那晚的路德维希冷淡疏离,现在则安静平和地与他同行,看不出警惕戒备,甚至就像点了"自动跟随"设置一般。

清晨几乎没人走动,按照女王绘制的地图,他们来到了后院的储物室。这里没有藏书室之类的地方,典籍、书册与一些炼金材料一起堆放在储物室内。外人进入储物室,不能拿东西出去。正是因为这个,女王那一队才因为翻阅章程而错过了仪式开始的时间。

看门男巫打开沉重的木门,他们走了进去。

一个书柜从天花板连接地面,一共八层,堆满大小不一的书籍。

"每人两层,"郁飞尘说,"正午之前看完,找出有价值的信息。"说罢,他便从最高处抱了一堆书下来,到空旷处开始快速翻看。

书很多,但无价值的炼金书和占星书占了绝大部分。他们要看的则是历史、传说类的。

"哗啦哗啦"的翻书声一刻不停,没价值的放回去,有价值的放在中央。阳光渐渐强烈,中央的书也终于有了……三本。

而且是薄薄的三本。

"总结一下?"郁飞尘抱着一本黑皮书,看向地面上的三本薄书。

"可能是副本为了限制我们,这些书里根本没有正经的历史资料。"学者道,"我只发现了一本传说故事集。里面提到了两个神。光明之神带来生命,阴影之神带来死亡,而人们虔诚供奉光明之神,引起了阴影之神的嫉妒,因此,凡有阴影之地,都有恶灵肆虐害人。为了对抗阴影,人们发明了蜡烛,即使在夜间也能抵御恶灵,让人安然入睡。于是阴影之神大怒,降下了浓黑之幕。"

说着,他展示了一张插图,图上,狰狞的黑暗正在吞噬光明。

"另一个故事里,有皇帝的角色存在。说是浓黑之幕升起后,人们开始信仰灯城和灯灵，而不再相信帝国与帝国皇帝能给他们带来安稳的生活，因此引起了皇帝陛下的仇视什么的。"

路德维希莞尔。

学者说完，白松开口："我找到的是一本医学书。因为我觉得，只要是有生命的世界，医学都很重要，但是所有书里面好像都没有出现医学知识……我看了几本爱情小说，里面的主角得病后，都只有一句简单的话，'经过祈福，他好了起来'。"

郁飞尘："说重点。"

"这个世界以前的医学失落了，只传下来一些魔药配方，难以破译。现在的医学很简单。他们说，生命是一种力量，生病了，就是缺少了对应部位的力量。"白松说到这里，不由自主地往他郁哥身边靠了靠以寻找安全感，"哪里病了，就让别的健康人用自己的健康为它祈福，更可怕的是，这方法还真的有效。除非病得很重，不然都可以治愈。"白松小声说，"所以，咱们看到的仪式——他们可能真的想让灯灵活下来吧……我说完了。"

接着轮到路德维希。

"我找到的是一本歌颂灯灵的书。每过一百年，广阔的卡萨布兰土地上就会诞生一位灯灵，被灯城找到。找到灯灵的方法很简单，因为那是个没有影子的婴儿，是纯粹光明的化身。婴儿被灯城带走抚养，未学会人间的语言，就先学会了召唤光明的祷咒。每当灯灵开始祷咒，浓黑之幕就会停止上升。"

或许是储物室有回音，路德维希的语调中，似乎带着淡淡的忧伤。

"除了医师、长老与巫师，灯灵不能见外人，不得离开灯城。并且，除去维持生命必需的饮食和睡眠时间，他必须一刻不停念诵祷咒。"

白松："妈呀……"

"不过，有趣的是，这一页上，有人用红笔留下了痕迹。"路德维希展示那一页。只见那上面用红墨水打了一个巨大的叉号，右下角还写了两行字——

"黑乌鸦，见鬼去吧！"

"我已经知道你们最怕什么了！"

字的最下方，还画了一幅长着尖牙的鬼脸的涂鸦。

"笔画很稚嫩，像小孩。墨水褪色了，但没有变浅太多，写下的时间距现在不算太远。"郁飞尘看着那两行字，说。

就听路德维希道："黑乌鸦是指穿黑袍的那些人？灯城似乎得到了一位不听话的灯灵。"

说罢，他便不再开口。或许尊贵的陛下又累了吧，郁飞尘心想。

于是只能他来做最终总结："人和恶灵对立，光明神和阴影神对立，灯城和帝国关系不好。还有，我们要找的复生魔药，背后的原理也符合记载，是有效的。同时，灯城确实在努力救治灯灵。"

兜兜转转，竟然又回到了原点。

"这……"学者深锁眉头，"我们不是白看书了吗？"

"没有。"郁飞尘说，"我之前一直在想两个问题——为什么是我们所扮演的这些角色来到灯城？是谁邀请我们来？"

"不是灯城吗？"

"但是灯城和皇帝在传说故事里关系并不好，巫师也确实不理睬路德。按照常理，路德不会出现在这里。"

"或许是病急乱投医呢。"

"但我还发现了这个。"郁飞尘展开了手中的黑皮书。书的内容不重要，关键是书页上夹着一枚金属书签，书签上有个荆棘花图案。他把路德维希礼服的立领往下折，露出一处一模一样的荆棘花刺绣。

"这里的书籍里出现了路德的书签。皇帝曾经来过或者认识这里的某个人，很有可能就是灯灵本人，他将书签送给了灯灵。"

说完，郁飞尘立刻想到了另一件事——骑士长和皇帝的房间之间，有斗篷老人不知道的暗门。还有，不同房间的大小和摆设明显不同，这不是简单的客房。

"我现在推测，皇帝和骑士长其实是这里的常客，甚至所有被扮演的角色都曾经来过这里。一开始，我认为这不像是这座灯城会出现的事情，但是今天事情出现了转机，灯城里的灯灵是个特立独行的人。"

"你认为，我们其实是灯灵的客人或者朋友？"白松说。

"是。"

"那现在他快死了，请他的靠谱朋友来一起想办法，好像……也很合理？"

确实是合理的，甚至因为太过合理，显得有些"违和"了。

就在这时，忽然又响起一声钟响。黑影走过窗前，巫师竟然又在集合了。

今天怎么还有仪式？

白松望向郁飞尘："跟去看看？"

郁飞尘点头。不一定要参与仪式，但他想看看，这次进入仪式的都是什么人。

郁飞尘发现，那本黑皮书到了路德维希手里，这人将黑皮书放回原位，并把荆棘花书签取了下来。

一行人离开储物室，选了一个巫师，远远跟着。他们去的地方还是昨天的中庭场地，也同样是那座分成两段的建筑，然而……

"我的天。"白松喃喃道，"为什么？"

只见走廊两端，依然站着两排黑衣人。看身形，一排男巫，一排女巫。

"你们看……"学者声音颤抖，"女巫的影子。"

此时阳光正强，而且太阳马上就要走到天空正中，在每个人脚下投下一个椭圆状的深色黑影。男巫随着队伍向前走动，影子自然而然随着身体向前。可是，女巫们每往前踏出一步，脚下却黏连了黑色的浓稠液体，脚步落下，那些黑色触手一样的浓稠液体便又隐没在阴影里，她们就像在漆黑的沼泽中行走那样。

女巫的姿势也非常奇怪，每个人都以极不自然的姿势软垂着，脖颈带着兜帽软软歪斜，双手直直垂在身侧，看不出肩膀的骨架，也看不出身体的重心。

郁飞尘往另一个方向挪了几步，他心中有不好的预感，想看清这些女巫的正面。白松随他移动，说："她们好像……烂泥怪啊。"

这个比喻倒也没错，但郁飞尘想起了他们在后山树林里遭遇的阴影怪物。看着女巫的背影，他几乎能想象到那黑袍之下裹着的是什么了——就是和阴影怪物类似的东西。

学者显然也想到了这个，他说："难道她们都变成了恶灵吗？灯城没有发现？"

郁飞尘却没说话，缓缓移到队伍的侧面。女巫兜帽的帽檐下，就是面纱，简而言之，全是黑的，什么都看不见。

上次他们跟了进去，这次却明显不能。昨天的祈福仪式过后，女巫好像已经变成了……怪物。

"走吧。"郁飞尘说，"我要去找灯灵。"

白松和学者点点头，一直在跟随状态的路德维希却不跟随了，他道："我进去看看。"

"你去？"郁飞尘微蹙眉。

路德维希身上还带着伤。况且，不是说要跟着吗？

就见路德维希朝白松看了看，白松顺利领会了他的意思，竟然执行得比执行他郁哥的命令都迅捷，从随身携带的包裹里取出一套黑袍、一张黑色女巫面纱。

"上次是女巫，"路德维希淡淡道，"所以这次是男巫。"

他要换衣服，手里拿着那枚金色荆棘花书签，似乎没地方放，他随手别在了郁飞尘领口。

郁飞尘深深看了他一眼："不要被发现。"

路德维希平静地和他对视，说："我不会死。"

因伤而微微苍白的脸色、无法控制的嗜睡症、四体不勤的身体，"我不会死"这四个字，从这样一位陛下口中说出来，似乎无论如何都不能让人信服，但是一旦说这话的是路德维希，却又带有奇异的笃定。仿佛真如他所说那样，不论发生什么事情，即使所有人都死了，他也不会死。

郁飞尘便道："好。"

不再多言，路德维希换好衣服，戴上面纱，便又像那天一样缀在了女巫队伍的末端。风大了点，黑袍挂在他身上飘飘荡荡，像一个无性别的幽灵。

探访灯灵不需要太多人，郁飞尘让白松拿着路德维希原本的衣服守在原地等待随时接应，让学者继续去储物间翻阅书籍，自己则按照地图的标记，走向灯灵居住的殿堂。

女王说，灯灵居住的地方被严密守护，他们无从接近，但是昨天正午的时候，巫师全部前来参加仪式，即使守护灯灵的人没有全部离开，周围的防守也会略有松懈。他不相信他们连潜入一个地方都做不到。就算不是有意误导，也至少有所隐瞒。

至于隐瞒的原因，他心中也有大致的猜想。

他来到碎片世界或者说碎片副本，不仅要逃生，还要执行永夜之门的解构任务，也就是要尽最大可能探查这个世界的结构，解开谜团。而守门人说过一句很有深意的话："那你早晚要知道，自己所追随的是这个宇宙纪元里疆域最为辽阔、力量也最为强大的主神。"这句话其实不只是在强调主神的力量，还透露出一个消息——在永夜之门外，还有别的与主神类似的存在，那么自然也就有别的信徒。如果大家的目的都是解构，那就不仅要自己努力完成解构，还要防止别人获得解构的线索，以免谜题被他人提前破解。

灯灵居住的地方在最高处。一个洁白的方形殿堂，上方有高高的尖顶。尖顶在很多文明中都有相同的意象，那就是崇拜太阳，甚至就连创生之塔的方尖形状也是如此。

殿堂外空空荡荡，没有任何人的影子。

郁飞尘走上石灰岩阶梯。走近了，他才看见，高耸的拱门下，一个白袍棕发的女巫手持一支雪白的蜡烛，正面带忧愁地望向前方。

白袍、黑袍，不同的袍子，又意味着什么？

郁飞尘走上前去，那名女巫也看到了他。

"于斐骑士长，你终于来了，我们等你很久了。"她说。

这场景，似乎……曾经见过。

两天前的晚上，他和白松攀登到阶梯的尽头时，那名斗篷老人说的是什么？"于斐骑士长、白恩骑士，你们终于来了。大家等待很久了。"

两种相似的场景叠在一起，透着说不出的诡异。

但女巫的下一句话又将对话拉回现实："可是，路德维希陛下没有与您一同前来吗？"

真正的皇帝陛下和他的骑士长到底有多形影不离，甚至连女巫都问出了这样的问题。

不过，这句话落下后，郁飞尘就知道之前的猜测是对的。灯灵和皇帝陛下确实相识。如果不是出于这个猜测，他也不会这么直接就走到灯灵的门前。

骑士长按理说应该跟随陛下，为了最大限度保证自己不违反规则，他还是伸手取下衣领上的荆棘花书签示意，随后把书签又别了回去，道："他暂时有事在身，派我先来。"

听完这句话，女巫眼中流露出看到救星一般的意味："珊莎说见到了外来人的踪迹，我想那一定是你们前来帮助灯灵。殿下曾经说，只有路德维希陛下与于斐骑士长才是他最真诚的朋友。"

郁飞尘点头，道："带我去看看他吧。"

虽是白天，但女巫仍然持蜡烛带路。

穿过拱门，前殿中央四支极其高大的蜡烛一字排开，正中央有空隙。每支蜡烛都有一人高，烛体雪白，火焰明亮。这地方的地板是水晶制的，透明地板下还有隔层，在下方燃着璀璨的烛火。再加上四周和天花板上许多吊灯的光线，真正让所有影子都消失了。

看来，为了防止灯灵被恶灵侵害，灯城做足了功夫。

穿过前殿，就来到了寝室。宽阔的房间中央，璀璨的烛光由远及近拱卫着一张方形的水晶床。水晶床上躺着一个穿白袍的人，想必就是灯灵。郁飞尘走近。

床上是个十七八岁的少年，他穿着雪白带金色太阳纹饰的袍子，有一头深红色的及肩发。他就那样静静地躺在璀璨的水晶床上，闭着眼睛仿佛沉睡。

但是，一根黑铁长尖刺从他白皙的脖颈一侧斜捅出来，形成一个狰狞的血洞。周围血肉外翻，半结着痂。一个白衣白发的女巫正在为他擦拭渗血的嘴唇，并换下血污的垫布，一边换，一边流泪——正是他们那天在湖边见到的祈福女巫。

"珊莎，我带于斐骑士长来了，"带郁飞尘来的那个棕发女巫说，"你总在圣殿里不出去，这还是你第一次见到他。"

珊莎看了郁飞尘一眼，或许是认出了他就是湖畔的那两个人之一，忧愁的眼睛里含满了泪水。

郁飞尘则看着那根黑铁长刺，眉头蹙起。这样的角度难以想象，可能是一根极长的黑铁柄从左边腰际刺进去，穿过几乎所有重要器官，然后再险险擦过心脏，继续往上刺破喉管，最后从脖子的右边上侧方穿出来。

"让我看他的伤。"郁飞尘说。

珊莎低头，伸手揭开了灯灵身上的被单。

伤情果然如郁飞尘所料，那东西就是从左腰际斜捅进去的，但造成伤口的东西完全出乎他的意料。不是什么铁尖刺或黑铁柄，而是一个铁

231

烛台。

烛台的形制是一个托盘上面铸造一根顶端尖锐的铁刺，蜡烛插上去，就能牢牢被固定住。而现在，这根尖刺直接把他们的灯灵戳了个对穿。

大概是不敢把这玩意拔掉，所以连铁刺带托盘和人一起放在了床上。也是，这种程度的伤，如果直接拔刺，估计他真的就大出血暴毙了。

郁飞尘是个很难和别人共情的人，然而此时面对着这种程度的伤情，他还是感到了一种心理上的诡痛。

珊莎再次给灯灵拭去嘴角的鲜血。烛光下，他因失血过多，皮肤苍白得几乎剔透。

郁飞尘将灯灵上身的衣袍也掀开。十七八岁，还是个孩子，胳膊上有严重的烫伤，单薄的胸膛上全是黑紫泛青的瘀痕和点点尖刺状瘀痕，是体内出血，然后在皮肤下凝结的迹象。

郁飞尘问："怎么出的事？"

"那天的早上来得很迟，凌晨，我们醒来，发现浓黑之幕又升高了许多。我们心中满是忧愁，出去对着天空祈福。灯灵依然在前殿里为卡萨布兰祈福。我们出去的时候，前殿中央的大烛刚刚燃到一半。珊莎总是牵挂灯灵，她在祈福的半途往回看，却发现前殿的烛火几乎全都灭了。"棕发女巫说。

白发女巫珊莎接上了她的话："我立刻向那里跑去，却有一个黑影从前殿冲出来，消失在外面的树影里，我认出那就是传说中只在黑暗中出没的恶灵。等我……等我进到前殿，就看见蜡烛几乎全部燃尽，灯灵已经……"她哽咽了一下，"他已经变成这样，烛台也被打翻，倒在地上。地上全是血迹，灯灵昏迷不醒。"

她们说完，郁飞尘立刻想起了前殿那四支一人高的巨型蜡烛，巨型蜡烛自然是插在大烛台上的，而四支蜡烛中间缺了一块，空了一个烛台，应该就是戳穿灯灵的那个。

根据她们的描述，一个场景几乎已经成形。总是灯火通明的神殿，烛火莫名熄灭，阴影中的恶灵露出行迹，漆黑的触手卷起灯灵的身体，残忍地将他高高举起，再猛地穿到烛台上。

但是，既然神殿灯火通明，就不该有恶灵能进入，最初的烛火是被谁熄灭的？

由棕发女巫带着，郁飞尘来到了前殿。

殿堂空旷，四周窗户紧闭，没有任何可以藏人的地方。

"烛火是被吹灭的？"

"有的被吹灭了，有的烧尽了。"

"你们走的时候，中央的蜡烛燃烧到了哪里？"

"还有一半，所以我们放心出去了。"

郁飞尘望着整个殿堂。他看着灯火辉煌的穹顶和数以万计的蜡烛，忽然问："你们是怎么点蜡烛的？"

这么多蜡烛如果要依次点亮，并维持长明，不知道要耗费多少人力。

女巫指着墙壁上一些攀爬用的黑铁架说："多年前的先辈会爬到墙壁上，把它们一支支点亮。"

"直到后来，我们发现把火焰蜥蜴蜕下的皮晒干研成粉末，可以帮助蜡烛点燃。"说着，她从口袋里取出一个瓶子，在手心倒了一把深红色粉末，往墙壁上一撒。粉末像烟雾一样笼罩了整堵墙。女巫又在黑铁架上擦燃了一根火柴，将它伸进烟雾中。

"轰"的一声，流星般的火焰在红雾里烧了起来，所有蜡烛都在火焰的笼罩下，片刻后，红雾烧完了，火也灭了，墙上依旧只有那些燃着的蜡烛。女巫说："就这样，一次能点亮整堵墙。"

郁飞尘看着那瓶粉末，心中微动："如果放多了呢？"

"千万不能放多，"女巫严肃道，"否则蜡烛会很快烧完。"

"能借我一些粉末和火柴吗？"

"当然可以。"女巫把东西给了他。

看完前殿，他们回到了灯灵床前。

"他一直昏迷吗？"

女巫回答说，灯灵刚受伤的时候还未陷入昏迷，但由于喉管受伤，已经很难出声了，他请她一定要让路德维希来到这里，便昏死过去了。

"城中昨天为灯灵举行了一场大型祈福仪式，虽然最后遭到了破坏，但他的情况仍然好转了一些，不再流那么多血了。珊莎说，灯灵的手昨天勉强动了动，握住了她的手。"

"现在呢？"

"现在不行，他在发烧，我们试着喊过他。"

233

郁飞尘脑中飞快掠过许多东西。

殿堂里没有留下任何有效的痕迹，一切都只能依靠女巫的转述。虽然她们看起来坚定地站在灯灵一方，但无法提供清晰的线索，只能由他不断提问。

破解灯灵遇害的谜题，最快捷的方法必然是让灯灵自己开口说话。而他一旦有清醒的意识，做的第一件事也是尽快说出害死自己的人，向外求救。

而女巫说，昨天灯灵的手能动一下了。

手。

这时候，血又染脏了灯灵腰下垫着伤口的白色衬布，珊莎再次把衬布换下来，放在一旁的弃物箱里。郁飞尘心中霍然划过一个念头，大步走到弃物箱旁，将所有换下的衬布倒出来，一条一条翻开。

女巫诧异："您在做什么？"

来不及多费口舌解释，郁飞尘飞快地展平每一条衬布。这孩子的伤口流了太多血，布面上全是大块大块的血迹，还有斑斑点点的血痕。

如果灯灵的意识真的清醒过，那他留下信息的途径，有且只有这一条！

下一刻，一条展平的衬布上，血迹旁边赫然出现了潦草的笔画。

是这个世界的文字，这串字符的意思是"我"。

女巫却仍然问："您在找什么？"

郁飞尘忽然意识到什么，他问："你们识字吗？"

女巫茫然地摇摇头。

心下沉了沉，郁飞尘继续翻找，终于，那些衬布即将被翻完的时候，又出现了一条带血字的衬布。

这个字是"杀"。

不，不能说是一个字，也不是个单纯的动词，这地方的文字有时态，这串字是过去式，意思是"杀掉""杀了""杀掉了"。

"杀""我"，前面缺了主语，是谁杀了他？

郁飞尘继续找，可是找遍所有衬布都没出现第三条带字的。

他目光冷沉，道："这是全部的吗？"

"是今天的。"

"昨天的呢？"

女巫小声说:"我们……送去洗了,正晾在外面。"

来到晾东西的庭院,果然,衬布重新被洗得雪白。灯灵艰难地清醒过来,留下的最重要的那条信息的第一个字符,就这样被不识字的女巫洗掉了。

不对。昨天也有人在探访灯灵遇害的真相,是女王他们。

他问:"昨天有外人来过吗?"

女巫的神情明显迟疑了一下。

"我无法回答您。"半晌,她说。

郁飞尘没再追问。在之前的交流中,他已经了解女巫的生活。她们不识字,自然也不学习知识或诗歌,全部的生活就是祈福和照顾灯灵。这样的环境让她们有种异于常人的天真和单纯。

面对"有没有"这样一个简单的问题,她没说"有"或"没有",而是回答"我无法回答"。这种情况只有一种解释,那就是她答应了某个人,不能将对方来过这件事说出来——就像那天白发女巫答应了他和路德维希一样。

如果回答"有",就违背了曾经说过的话,可如果回答"没有",又欺骗了他。所以女巫在左右为难下,只能做出这种回答。不过,这回答已经足够郁飞尘猜出真相了。

他伸手探了探灯灵的额头。额头滚烫,他发着高烧。

"用冷水或酒浸湿布料,敷在额头上,然后给他擦拭身体,"他说,"或许能让他舒服一些。"

女巫答应了。郁飞尘又在殿内探察一番,看到太阳渐渐西沉,他和女巫告别,打算回去。

女巫送他出门,忽然看向山下某处,道:"着火了。"

郁飞尘看过去,见半山腰处冒着浓浓的黑烟,不仅着了火,还已经烧到了尾声。他的眼睛经过了上个世界的强化,已经非常好用,在浓浓的烟气中看到了一些建筑的轮廓。他问那地方是做什么的,女巫摇摇头。

告别了女巫,他逐渐接近大家居住的地方。短暂的白天即将过去,漫长的夜晚正在到来。这时候,太阳已经接近落下,阳光微弱散漫,无力地在事物背后投下影子。接近正门的时候,他顿了顿脚步,心想:不知道路德维希有没有安全归来。他还没收回思绪,却听见里面传来低低的交谈声,是女声。

现在队伍里只有三个女性成员:裘娜、茉莉、女王。

他留了个心眼,没从正门进,转身去了一旁的围墙,在墙下的石雕处借力,轻手轻脚跳上去,墙内建筑的轮廓正好挡住他的身形。

庭院里,正在交谈的人是女王和裘娜——女王竟然已经回来了。而裘娜也从昏睡中苏醒,从井里打了冷水,正在洗脸。

"今天和昨天相比,你有很大的不同。"叶丽莎女王站在裘娜背后,她的灰衣男仆还是像个幽灵一样一声不响地跟在她身侧。

"女人在失去丈夫后,会有很大的改变,有人活得更好,有人活得更坏。我很高兴,你现在看起来坚决果断,是前者。"

裘娜从木桶里捧起冷水,让它泼到自己脸上,冰冷的井水能刺激头脑清醒。

今天傍晚,她刚从昏睡中发着烧醒来,就被女王敲响了房门。穿着深红华服的女王坐在床边,握住她的手,表情温柔,像是深闺姐妹那样对她说话,问候她的情况,但是她可不是什么缺乏警惕心的小女孩。虽然拿不准女王到底是好是坏,但她知道,永远不要在不清醒的时候和陌生人交谈,于是她从床上起身,说要出去洗脸。

"你想对我说什么?"她语气冷静,问女王。

理智的态度反而引起了女王的欣赏,既然如此,她也不再故作姿态。

"第一次来碎片世界?"

"碎片世界?"裘娜冷静地抛出疑问,以获取更多信息。

"就是现在我们所处的这种地方,有人叫它'碎片',有人叫它'副本',你应该能理解我在说什么。"

"你是说,这种地方还有很多?"

"当然,它可以说无穷无尽。"

"我为什么会来这里?"

"来之前,你生活的地方秩序还好吗?有没有莫名其妙的失踪案或者频繁发生的灾害?"

"有过气温升高、森林大火和频繁地震的新闻。"

"这是一个世界开始破碎、不再安全的征兆。亲爱的,在你看不到的地方,你生活的世界出现了裂缝,很不幸,你从裂缝里掉了出去,来到无边无际的宇宙中，然后就被这个灯城世界用强力捕获进来了。游戏就开始了。"

裘娜道："游戏规则是什么？"

"活着逃出去。周而复始。"女王说。

"没有停止的时候吗？怎样算是胜利？"

"当你费尽心思离开了这个世界，就会立即被卷入下一个未知的副本，永远不会停止。"女王笑了，语露残酷。

"为什么要逃？如果我被卷进一个不算太危险的世界或者掌握了一些可以活下去的方法，不就可以在那个世界里安全地活下去了吗？"

"你很聪明，"女王打量她的目光再度变化，"可惜在碎片世界眼里，外来者永远是猎物，想要苟活的人未必能比勇敢抗争的人活得长久。你好像是个游戏玩家，应该比我更清楚这一点。"

裘娜愣怔地望着清凌凌的水面，道："那我的家乡……那个世界，现在怎么样了？"

"忘记它吧，女孩。我们已经无家可归。"女王眼中流露出一种可以称得上悲戚的情绪，"它既然开始破碎，就会一直崩溃下去，直到也解体成许多个疯狂的碎片世界，就像这里一样。"

也就是说，她回不去了。

求生的意志在裘娜心中消失了一瞬，但对死亡的恐惧令它复燃。

"也有很低的概率，你可以回去。"女王道，"虽然进入碎片世界是随机的，但人和同源的世界之间，存在微弱的吸引力。举个例子，我的家乡是个美丽的魔法帝国，我进入的副本里，至少有三分之一也使用魔法。只要你活得够久，说不定有一天，会被曾经的家乡捕获。到那时候，你就会知道，自己怀念的那个地方变成了怎样的……人间地狱。没准，给你发布死亡任务的 NPC，就是曾经的好朋友，那滋味恐怕不太好受，亲爱的。"

裘娜的手浸在冷水里，静静望着自己的倒影，久久没有说话。

听到了这句话的郁飞尘，眼前也浮现出最初那艘母舰的形状。

原来……这些世界的真相是这样的吗？这些都是守门人没有说过的。

一片沉默里，裘娜终于开口了："所以，你告诉我这些东西，是想和我组队吗？"

"我喜欢和聪明人说话，"女王走近，手指亲昵地搭上她的肩膀，"你不想知道更多游戏规则吗？我们有很多人，也有许多过关的经验和技巧，等你变得再强大一点，我们还能教你怎样拥有属于自己的力量。"

郁飞尘面无表情地看着女王。

说了这么多，原来是在挖墙脚。这个世界上，除了主神和主神的乐园，果然还有其他形式的组织存在。

这些东西原本都在预料之中，可女王的最后一句话"怎样拥有属于自己的力量"却不同，是他最在意的那类消息。他屏住呼吸，想听到更多。

果然，裘娜也注意到了一个词，她说："力量？"

然而，就在此时，门口传来规律的脚步声，路德维希神色淡漠，跨入门内，身后跟着小骑士白松。

女王不再说话，对话被打断，郁飞尘自然也听不到他在意的信息了。路德维希回来的时机如此不巧，简直就像是故意的。

路德维希回房，女王拍了拍裘娜的肩膀，也离开了。郁飞尘跳下墙，从正门回去，仿佛刚刚回来一样。只是，他总觉得路德维希陛下进门的时候，若有若无地朝自己藏身的方位看了一眼。

这个副本里，他的同伴个个都不简单。

他觉得有趣，神色自然地走入餐厅。大家已经都回来了，坐在属于自己的位子上。只是，曾经坐满了人的长桌，现在却空荡荡的，缺了近半的人。

女王那一队今天死了两个——法官、席勒公爵。

"我从来没见过像法官这么蠢的人，以为自己活过了三个副本就可以开始耍小聪明了。"女王冷笑一下，道，"他想杀NPC，最后被怪物拖进树林，撕成了碎片。"

路德维希没接话。郁飞尘心想，陛下这是给他添完了今日份的堵，又回归到自动跟随模式了。

他接过女王的话头："你们找到东西了？"

女王道："侥幸。"说着，她从裙摆下拿出了一只雪白色的美丽蝴蝶。

确认由女王队执行今天的寻物任务后，学者就把自己角色自带的生物图鉴给了他们。第二件配料的线索，果然也在那本书上。

这是一种珍奇的蝴蝶，关于它现身的记载，只有寥寥几次。这种蝴蝶只在哀悼逝者的场景中才会翩翩出现,因此又被称为"命运女神"。

没有多说得到蝴蝶的详细过程,女王道:"说说你们的发现?"

郁飞尘道:"他们再次举行了仪式,我们去了。"说完,他用胳膊肘捣了捣路德维希。

英明神武的皇帝陛下也不知道究竟是怎么了,今天一天都好像没从吃错药的状态中恢复,被他碰胳膊前,这人好像正在专心欣赏着桌面上那些毫无意义的木头纹路。橡山收容所的安菲尔德上尉虽说身体病弱,但也没这么彻底地不在线过,郁飞尘心想。

被碰了一下后,陛下倒是自然而然地上线了。他神情淡然,语气冷静一如往常:"他们再次用仪式进行祈福,这次的祈福重心是男巫。同时,女巫已经被阴影中的怪物取代,不是活人了。"

白松打了个寒战,又往郁飞尘身边缩了缩。

郁飞尘这次倒是没避开,而是伸手拍了拍他的肩膀。

白松虽然见识还少,但也算是从残忍血腥的橡山收容所和战争中活过来的人,心理素质不能算差。然而,这个世界的残酷与橡山收容所的残酷却是完全不同的。

橡山收容所是人与人之间的残杀,而这个世界落后、愚昧、怪异,还被一种说不清、道不明的恶意充斥。

原始野蛮的医疗方法和神秘怪诞的巫术仪式,还有蜥蜴泪晶、命运女神之翼……仿佛生命只是一种可以随意摘取、捏合的原始材料。

这就是这个碎片世界的运行方式吗?

郁飞尘正想着,外面的天幕又黑了几分,更显出殿内灯火辉煌。蹒跚的脚步声照旧响起,斗篷老人来了。他的面目依旧埋在兜帽下,看不清五官。

女王捧上了那只蝴蝶。斗篷老人捧着蝴蝶,凑近嗅了一口,陶醉道:"我感受到了……死亡的力量。"

"感谢你们,尊贵的来客,你们不愧是卡萨布兰最智慧、最渊博、最高贵的人。现在,享用晚宴吧。"他转身。

看着他的背影,郁飞尘忽然出声:"明天的配方解出来了吗?"

白松小声说:"郁哥,不是说 NPC 不会和人对话吗?"

郁飞尘示意他少安毋躁。NPC 或许不会和人进行正常的对话,但是他觉得,这位斗篷老人起码是有一定自主性和智力的,不然怎么能判断出他们找到的东西是对是错。连之前的男巫、女巫都会回答一些特定的问题,没道理这种重要角色不会回答。

老人语调中透露着一丝机械的僵硬:"学者保证,每天能破解一条。"

"但是白天寻找的时间越来越短,黑夜却越来越长。"郁飞尘说,"按照正常时间,今天半夜就能破解第三条。一旦破解成功,希望您能够尽早告知我们,以免耽搁白天,影响拯救灯灵。"

老人没说什么,迈着蹒跚的步伐离开了这里。

桌上的蔬菜沙拉和水果沙拉一如既往地难吃。郁飞尘命令白松多吃东西补充体力后,自己面无表情地进食完毕,开始观察路德维希进食,仿佛审视自己养的宠物状态是否活泼一般。

只见陛下用刀把一块淡而无味的水果切成块,用叉子戳起来,优雅地咽了下去,吃了几块后,放下了餐具。

吃得很少,不过倒也没关系,毕竟"自动跟随"不需要多少体力。

走回房间,关上门的时候,白松重重吐了一口气。

"女王的话,没必要全信。"郁飞尘淡淡道。

"什么意思?"

"那个胖国王,"郁飞尘不太能想起来那位国王的名字了,只记得他体形很圆,"他死了,但女王始终没提过。"

这说明,胖国王可能不是被副本杀死的。

不过这些都没什么意义了。女王只字不提自己是否进过灯灵的殿堂,既然一根绳上的蚂蚱没有合作的意愿,那就各凭本事。

比起女王,他还是对路德维希的兴趣大一些。

今天下午他确切知道了这世界上存在其他主神或首领,而这些主神或首领也有信徒,那路德维希又来自哪里,他也是某位主神或首领的信徒吗?

不像。路德维希在这个副本里的逃生欲很不强烈,比起玩家,更像是个围观群众,如果这是替人办事,态度也太敷衍了。

白松伸手在他眼前晃了晃:"郁哥,你在想什么?"

茉莉也小心地站在一旁,问他:"骑士长,你喝水吗?"郁飞尘摇头,茉莉又说,"我给您铺床。"

她抬头看着他,目光带着期冀:"您今晚是打算在这个房间睡吗?"

郁飞尘点头。

白松却不愿意了:"你不陪陛下啦?"

郁飞尘顺手拿起剑柄敲了他脑壳一下。这孩子和漂亮少女单独度过了一夜,原来还上瘾了。他感到不满,仿佛自己院子里的野草想爬到别的地方去一样。

正在这个时候,暗门动了。说什么来什么,换好睡衣的皇帝陛下抱着他的枕头出现在了暗门通道里,朝这边走过来。

"哦。"白松恍然大悟,"意思是你俩今晚睡这儿,我和茉莉去那边,对吧?"

郁飞尘冷不丁看向他,道:"那个房间的蜡烛能收多少是多少。"说完,他又补了一句,"收起来后,吹一吹蜡烛表面。"

虽然不知道为什么要吹蜡烛,但白松总算明白了他郁哥的意思。

夜晚变长了,而且今夜会比昨夜更加漫长,这意味着一件事——他们的蜡烛可能不够用。

——就算昨天已经存了很多。那么为了最大程度节约蜡烛,只能委屈陛下来这张小床上就寝了,毕竟这里房间小,需要的蜡烛也少。

白松带着茉莉去那个房间摘蜡烛,一边摘,一边说:"你说,郁哥怎么知道陛下会来的?没见他俩说话啊。唉,我什么时候能和郁哥也这么默契。"

茉莉却咬着嘴唇,眼中似有泪光:"我们能活下去吗?"

"能的,你相信他。"白松说,"只要别作死,郁哥肯定能带咱们活下去,真的。我很了解他的表情。我和你保证,他根本没慌。这说明什么?说明一切还在可控范围内。"

茉莉透过暗门望着骑士长的身影,点了点头。

另一边,郁飞尘却真的遇上了可控范围之外的事情。

"你又要睡?"

路德维希侧靠在床头上,点了点头。

"给我撑住。"郁飞尘站床边俯视着他,冷声命令道。

路德维希勉为其难地抬起眼皮。

"灯灵被烛台穿成了糖葫芦,留下了线索,但可能被女王拿到了。他

241

昏迷前指名要路德维希来解决问题。"

路德维希缓缓道："陛下代表世俗皇权，在黑幕降临前是最高统治者。黑幕出现后，灯城建立，灯灵被称为'神明化身'。"

郁飞尘思索。

所以，皇帝和灯城之间不能说敌对，至少不太友好。

而灯灵重伤，却让不同阵营的路德维希来帮忙，意味着他根本不信任灯城。那么，如果选择相信灯灵，就代表灯城是敌人。

但是，所有错综复杂的事情背后，还有一个关键因素始终没有现身——神。这个副本里，神是真实存在的吗？它在左右着一切吗？

郁飞尘："那神在哪里？"

路德维希在强制命令下微微抬起的眼皮又渐渐合上了，他的声音变得很轻，郁飞尘甚至分不清他是在回答自己的问题还是在说些别的什么。

"不要……相信神。"路德维希说。

"要相信什么？"

路德维希抬起手，指腹虚虚搭在了郁飞尘的左边胸口。

郁飞尘看着那里，忽然感到了自己心脏微微跳动。

路德维希没开口说话，但郁飞尘明白这个动作的意思。不要相信神，相信你自己——相信你自己的选择、自己的判断，还有自己的内心。

他没想到在破碎的世界里一群各为其主的信徒间，还能遇到和自己信条差不多的人。

他拍了拍路德维希的脑袋，道："可以睡了。"

路德维希眼睛轻闭，睡着了。

原来真的困到了这种地步。郁飞尘忽然怀疑自己刚才勒令路德维希保持清醒，是否太过残忍。他微微叹了口气。他发现自己最近叹气的次数直线上升。

这时，白松和茉莉抱着蜡烛回来了。

郁飞尘问："你们今天遇到危险了吗？"

白松说，他就守在外面，什么都不知道，只听见音乐声越来越诡异，比昨天还让人害怕。接着，那些人好像要出来了，他就抱着陛下的衣服躲到了隐蔽的地方，看着巫师出去。他看了很久，也没见陛下的踪影，正焦急得像追不上自己尾巴的狗，忽然背后就被人拍了拍。他惊惧转头，看见陛下毫发无损地站在自己背后,也不知道是怎样安然脱身的。

说完,白松补充了一句:"那个场景真的很帅,郁哥。"

郁飞尘若有所思地看向床上的路德维希。这人周身没有丝毫防备,在这个时候,随便一个人都能用刀划破他脆弱的咽喉。

无法阻止的沉睡就像奇异的诅咒,或许,路德维希在这个副本里跟着他,就是为了寻求保护。

人与生俱来有两种欲望,超越强者与保护弱者,但当两种欲望交织在一起,事情就复杂了起来。

郁飞尘选择在旁边躺椅睡下。眼不见,心不烦。

半夜,他像钟表一样,准时睁开了眼睛。

脚步声响在走廊远处,斗篷老人来了。

其余人陆陆续续也都动了,只有路德维希始终没醒,当然郁飞尘也不指望他能醒。郁飞尘让茉莉看着路德维希,和其他人一起聚集到了大厅。

"尊贵的客人,配方的第三条,也是最后一条的原料已经解出来了。这件东西无须再费力找寻。客人,明日正午,钟声响起,请务必活着抵达中庭,参加终于到来的复生典礼。"说完,老人就离开了。这次无论他们说什么,他都没有再给出回应。

餐厅里一片死寂,只有即将燃尽的蜡烛的火光在缓缓跳动着。沉默过后,女王先开口。

郁飞尘看向她,烛光里,她抿着嘴唇,眼睛向下看,这些肢体动作虽然经过了掩饰,但仍然透露出主人的紧张。事态的发展超出了她的预料。

"我们在这个世界里的任务都与复生灯灵有关,但需要寻找的材料只有两样,明天,复生典礼竟然就要到来了。"只听她道,"通常情况下,这说明副本的最后时刻要到了。"

白松:"最危险的时候要到了?"

女王有些奇怪地看了白松一眼,像是女老师看向一个她认为学得很好,却在考试中得了零分的学生。沙狄国王也把目光投向这边。

郁飞尘眉头微蹙,心说:不好,女王好像通过白松的提问发现了什么。

就见女王脸上浮现笑容,紧张的神情缓解了不少。接着,她阐述了一些副本的规律。

她说:"通常情况下,如果一个副本给参与者发布了明确的任务,比

243

如斗篷老人发布的寻物任务，那么，只需要按部就班地完成所有任务，最后就会迎来胜利时刻。"

那么，他们仅剩的任务就只有一个——按照斗篷老人所说，活着度过今晚。

"做好准备吧，诸位。希望我们都能平安地度过今晚。"说完，她看了裘娜一眼，微挑眉，似乎示意对方跟上，然后起身离开了餐桌。

裘娜却在原地没动。

女王微微回头。

"女王大人。"郁飞尘淡淡道。

女王语气略带倨傲："怎么？"

郁飞尘不喜欢弯弯绕绕的说话方式。他道："希望您不要自作聪明。"

女王回以他胜券在握的笑："希望你也是。"

说罢，"笃笃"的高跟鞋声响起，她带着那个幽灵般的灰衣男仆回了房间。沙狄国王跟上，与女王去了同一个房间。

长桌旁还剩下郁飞尘、白松、学者、裘娜。

"这里的蜡烛快烧完了，"郁飞尘淡淡道，"回去说。"

餐厅里的蜡烛和他们房间里的蜡烛的长度是相同的，这边的蜡烛如果快烧完了，意味着大家房里的蜡烛也快熄灭了。

裘娜却开口："我存了蜡烛。"

郁飞尘："集中起来。"

学者审视着目前的状况，他发现，除女王和沙狄外的其他人都莫名其妙地倒向了骑士长这边，但对于这位骑士长，他还是抱有怀疑的态度。然而，他现在更不愿意当个被所有团体都排除在外的人。思忖片刻后，他也献出了自己存放的蜡烛。

郁飞尘在前，走近自己房门的时候，却听见里面传来了说话声。是路德维希的声音。这家伙竟然醒了？

"他说得没错，但我觉得副本无法被概括为明确的几类。"

郁飞尘没听见前情提要，但是路德维希竟然在和萍水相逢的女孩谈论副本。女王谈论副本，是在诱惑裘娜，挖他们队的墙脚，这也就算了，但陛下您又是怎么回事？

"你要记住一件事，无论被置于怎样的境地，都要去勇敢探寻这个世界的线索。当你明白一件事的成因，就会预见它的结果，也会找到离开的道路。"

"可是……"茉莉道，"我害怕。"

"不要怕，它们是一些孤独的碎片，但你也是故乡世界的一个小碎片，你们平等。"

原来是在安慰迷途的少女。

茉莉在哭："我还能回去吗？"

"分别只是开端，你要长久地活下去——"

"吱呀"一声，郁飞尘推开了门。

门内，路德维希银发披散，拥被坐在床上，而茉莉则在床侧。烛光里，路德维希握着少女纤细的手指，神色温柔，仿佛教导孩子的长辈一般。听到门响的声音，他仍维持着先前的神情，继续未完的话，却也抬头看向门外的郁飞尘。

"就会等到重新相逢的一天。"

迷途的少女哽咽着握紧陛下的手，把脸埋进了被子里。

路德维希转向他们："你们回来了。"

郁飞尘一声没吭，甚至觉得该关上门，让这对"半路父女"继续他们的温情时刻。

但来都来了，白松把椅子拉开，众人依次坐下，茉莉也抹了抹眼泪，去另一边站着了。

路德维希望向空着的床头柜，似乎意有所指，然后道："我忽然醒来，茉莉小姐问我'是否已经习惯这种生活'。"

裘娜道："意识到自己没路可走的时候，确实很无助。"

郁飞尘在床头柜上重重放下一杯清水。这骑士长的日子终于要到头了，虽然他才干了两天，但辞职的愿望已经强烈无比。明天典礼过后，他再也不伺候了。

路德维希动作自然，拿起杯子喝水润喉。

郁飞尘简单交代情况："新任务，活到明天，正午去中庭参加复生典礼。"

明天典礼上，他们这一行外来者，恐怕就是仅剩的几个活人了。到时候会发生什么？

其他人显然也想到了。

"第三味药,他们说就在灯城里。"裘娜深思,"有可能是灯城里原本就有的藏品,但根据他们的作风,我觉得也可能是……我们。"

白松:"对对对!那么,明天我们会遇到什么?"

裘娜:"与其担心明天会遇到什么,不如担心今晚会遇到什么。先清点咱们的蜡烛吧。"

白松指了指床角的一堆蜡烛:"喏。"

裘娜抱着自己存下的蜡烛,想放上去。

郁飞尘叫住了她:"先吹一下,每一支。"

"为什么?"

郁飞尘示意她看了一下自己房间里的蜡烛。

裘娜瞪大了眼睛:"你们房间的蜡烛怎么比我的长?不对,一开始都是一样长的,你们的烧得慢?"

果然如此。看来,这就是今晚他们会遇到的第一个危机了。漫漫长夜和无法支撑完长夜的蜡烛。

郁飞尘拿出了助燃粉末。这种粉末质地极轻,撒在空气里就像烟雾一样,落在蜡烛上,也不会被任何人察觉。他取了一点,吹到一支蜡烛上,然后点燃。

那支蜡烛迅速熔化,烛泪滴落,短短两分钟,蜡烛就肉眼可见地少了一小段。郁飞尘再加粉末,蜡烛烧得更加剧烈了,几乎变成了燃烧的火把。

茉莉忽然惊呼一声:"昨天晚上……我房间里的蜡烛就是这样的!"

原来,这就是规则惩罚她的方式吗?如果不是被骑士长救了,她根本想不到破解的方法!

裘娜眼神一凝,认真吹起蜡烛来,并且还用裙子仔细擦拭。

"轮番守夜,两人一组。首先看好蜡烛,其次注意外面。"郁飞尘道。

如果他没猜错,今晚的第二个危险,应该就是那些阴影怪物了。

至于第三种……

他懒得理睬,在床边躺椅上睡下。

不知什么时候又回到挂机状态的路德维希早已回到了被子里,面对着他,又是一副昏昏欲睡的样子。

郁飞尘问:"你为什么醒了?"

"直觉吧,"欲睡时特有的鼻音又出现在了路德维希的声音里,他道,"感到有危险,可能是你出去了。"

虽说在危险情况下醒来是人的本能,但郁飞尘还是觉得舒适了一些。

"睡吧,"他说,"明天我有数。"

路德维希道:"会有死亡发生。"

"但也会带来新的线索。起码能看清楚灯城是不是真心想要拯救灯灵。"

路德维希困得口不择言:"那……祝你活着。"

他说完就睡了,毫无和茉莉说话时那种感觉——那种语气和眼神,仿佛他全知、全能,又对眼前所有人有无限的爱怜。

郁飞尘看着他的睡颜,回想着那副模样,心中却琢磨,如果他远离这张床,陛下会不会再次醒来,像个被按了按钮的机器人一样。

走廊的灯,应该还能撑一会儿。

他在危险的边缘摇摇欲坠,最后还是拉过半边被子,睡了。命要紧。

这一夜,先是白松和茉莉守夜,再是学者和裘娜。本以为应该危机四伏,所有人都没睡死,但出乎意料的是什么事情都没发生,平静得吓人。

夜晚过去三分之一,一切平安无事,换班的时候,却听茉莉怯生生道:"我……我想上厕所。"

这话一出口,大家都愣了。郁飞尘也睁开了眼睛。这房子里其他人全是男人,同为女性,裘娜先开口:"你……再忍忍?"

茉莉缩在床边,捂着肚子,艰难地摇了摇头:"我快……快忍不住了。"

"这……"裘娜也不知道该怎么办了。

听完她们的对话,再看茉莉苍白的脸色和渗出汗水的额头,确实是一副撑不住的模样。这里的食物和水都很特殊,他们这些天几乎没什么生理需求,即使有,白天的时候也已经在外面的公用盥洗室解决了,但因为惧怕被抓,茉莉一直在房间里面没敢出去,更谈不上去盥洗室了。

但这个时候,其他房间都已经熄灯,走廊的烛火也早该灭了,不能放人出去。郁飞尘道:"就在这里吧。"

"啊?"茉莉死死咬着嘴唇,"不行,我……我不行。"

即使是为了活命,她也干不出来这种事情,尤其是在这么小的房间里,当着所有人的面。羞耻心让她整个人几乎要爆炸,她更紧地抱住自

247

己,努力想要忘却身体的感受,小声道:"我再忍忍吧。"

可是,根本忍不了。

再忍忍……

不可以,忍不住了,再不出去,她就要死了。

出去,推开那扇门,盥洗室就在出走廊左转五六步远。她着迷地望着那扇橡木门,门在她眼前逐渐放大,越来越近,越来越近。

"茉莉。"一道冷淡的声音像兜头泼了一盆冰水,使她刹那间清醒了许多,她环视四周,发现自己竟然不知道什么时候已经站起来,往门口走去了。

她心脏怦怦跳,不由自主地望向刚才出声喊住她的骑士长。那位姓白的骑士说他叫"郁飞尘"。

郁飞尘。一个很好听的名字,仿佛世间一切往事都能如同尘埃,随风飞去。

"茉莉?"这次是那位白松骑士喊了一声她的名字,散漫的思绪陡然被喊回来,茉莉愣了愣,彻底清醒了。下一刻,腹部的胀痛就猛烈袭来,她不得不扶住肚子,微微弯下腰。

"你别撑着了,唉。"白松说,"我们都转身,不会看你的。"

茉莉崩溃地摇了摇头,从小生长的环境和受到的教育不允许她做这种事情。她忍不住哭了起来。

"要去就去,不去就忍着。"裘娜这下明白自己遇到了最不愿意遇到的那种队友,说话的语气也变得干脆严厉,"天不知道什么时候亮,大家可没空跟你耗着。"

茉莉说了一声"对不起",哭得更厉害了。

违背规则、被抓住、被救、拖大家后腿……她丢了很多脸,可是在这个变化无常的世界里,这是她作为一个活人仅剩的最后一点尊严了。

白松最先心软了,他看向郁飞尘:"郁哥,怎么办?"

郁飞尘设想过很多今晚会发生的事情,但没想到是自己这边的人先出了状况,而且……透露着蹊跷。

思忖片刻,他看着茉莉,道:"我带你去。"

裘娜和白松几乎一起开了口。

裘娜:"会出事。"

白松："怎么去？"

郁飞尘从高处拿了支火苗很大的蜡烛，他也不说话，就那样静静端详着蜡烛的火焰。

学者低声道："他在发什么呆？"

"嘘，"白松说，"郁哥计算呢。"

两分钟后，郁飞尘动了。

他拔出随身的长剑，将蜡烛尾端中央对准剑刃，精确地按了下去。蜡烛下半部分被剑刃从中间劈开，却没断，而是被牢牢固定在了剑上。他把剑柄递给茉莉，让她用右手拿着，将蜡烛高高举过头顶，又将她的右手肘向里面摆，直到蜡烛、剑、肘关节完全在一条垂直于地面的线上。

"记住角度，"他对茉莉说，"不管遇到什么，都不能动这里。"

接着，他看了白松一眼，白松自觉奉上了自己的骑士长剑。郁飞尘把这把剑也插了蜡烛，给自己用。在人们的注视下，他推开门，对茉莉道："跟我来。出门就左转，要快。"

说罢他一步迈出去，直接走进了门旁边的黑暗处。

果然，外面所有蜡烛要么已经熄了，要么风烛残年、奄奄一息。而他的蜡烛高高举过头顶，正好从上往下，在地面上投下一个圆形黑影，与外面的东西界限分明，就像太阳走到头顶正上方的效果一样。而突出于身体的手肘，本来按照光学原理该被投影到墙上，却因为刁钻的垂直角度，也成了灯下黑的一部分，投影到了地面上那团小影子里。

"嚯，这操作，"白松赞叹，"不仅全身都在光里，和暗处隔开了，连影子都那么小，不会碰到别的阴影。我怎么想不到？"

他这边赞叹着，那边郁飞尘已经带茉莉一步步往前走，身影一转，离开了这条走廊。

床上的路德维希缓缓睁开了眼睛，坐起来，环视四周。

白松殷勤地给他披上外袍："您别冻着。"

"发生什么了？"他问。

"有人非要出去上厕所。"裘娜冷酷抱臂，简单把事情经过说了一遍。

听完，路德维希看向半掩着的门扉。

"我郁哥！"白松赞叹，"我以后也要做郁哥这样的人。"

却听路德维希道："哪样的人？"

"虽然总是爱搭不理，但郁哥其实是个好人，"白松说，"而且他还很强，是个会保护大家的人。真的，你们不觉得特别有安全感吗？"

路德维希没说话。

"陛下，您喝水。"白松自觉接过了他郁哥未竟之业，无微不至。

"陛下，您怎么了？"

路德维希转头看他："我有哪里不对吗？"

"没什么，就是觉得您眼神有点怪。"

一向好说话的路德维希陛下却又追问了一句："哪里怪？"

白松挠了挠脑袋："有点像，很久没回家……自家的草长高了，那种……那种感觉。"

"有吗？"路德维希微微笑了一下，"我想过，他是否过于孤僻。"

这不就更像了。

白松小心翼翼地模仿自己被叫家长后父母相互安慰的语气，顺着陛下的意思往下说："或许，慢慢就好了。"

路德维希靠着床头，似乎是赞同地点了点头。

走廊里漆黑一片，烛光之外的地方全部看不清。不知道是不是错觉，茉莉觉得，那些黑暗都变成了有形的、活着的东西，就像有一个巨大的怪物蛰伏在黑暗中，正在缓慢地呼吸。随着它的呼吸，黑暗也在缓缓涌动。她只能不断看向旁边的郁飞尘，才能保持镇定。

不要怕，不要怕，盥洗室就在前面。

烛光照亮盥洗室门的时候，她却猛地叫了一声："啊！"

胳膊一抖，蜡烛险些歪了，郁飞尘伸手抓了一下她的手肘，这才稳住。

茉莉哆嗦着看向前方，郁飞尘也看着那里。

昏暗的盥洗室门不知道什么时候突然变了，门前静静站着一个漆黑的人。没有衣服，没有头发，没有任何细节，甚至没有任何立体感，就像一个纸人或者立起来的影子。

他微侧头，朝后面一瞥。

后面，走廊深深的阴影里，模模糊糊立着不止一个这样的人。

茉莉腿都软了："怎么……怎么办？"

"走。"郁飞尘道。

茉莉咬牙继续往前走，但走着走着，她发现了更恐怖的事情。那个人好像向后平移了，虽然还是那个静立的姿态，但原本在门前，现在在门里。

可她得进去。

"它们怕光。"郁飞尘道，"继续走，怕就闭眼。"

想到这些阴影怪物好像有影响人情绪的能力，他补了一句："什么都别想，手不要动。"

茉莉点头，终于一步步缓缓走进了盥洗室里。

郁飞尘则背过身去，直直看向幽深的走廊。

一个又一个漆黑的人林立，全都静静对着这边。

与它们对视的一瞬间，海风的咸味忽然拂过他鼻端。

海风的味道咸，掺着一点铁锈味，像血。

他置身于一条灰沉沉的走廊内，铁锈、灰尘和弹痕掩盖下，依稀能看出原来的墙壁是银白色的，侧面有残破的标语："守卫第三航线，献身碧海蓝天。"

女王说，只要在这条路上走得够远，总有一天，你会回到破碎的故乡。

他面前是去往甲板的通道门，通道尽头传来"嗡嗡"的起降声，右手边是盖着几个血手印的407宿舍门，左手边门上挂着"统战指挥处"的牌子，摇摇欲坠，是某位长官的办公室。

很近，触手可及。只需要走过去，用右手推开门，就能看到里面的情形。

"七？"

"七——"

有人喊他，好像在催促他开门，但他始终没动，伸出右手拇指，摩挲着剑鞘上华美的花纹，格格不入的风格时刻提醒着他，自己到底在什么地方。

很多事情虽然不承认，但始终存在，也许正是因为真实存在，才不想承认。譬如他早已决定遗忘自己的来处，却连续在梦境和副本制造的幻觉中见到了它；又如他从不认为自己是个好人，但权衡之后，还是带茉莉走出了房间。

但是，还有一件事也是确定的——他不是个蠢货。

甲板上传来的呼唤声越来越急促、越来越密切，办公室里传来掀动纸页的声音，甚至有人在说话："第一盆三天浇一次，第二盆七天，第三盆一天。"宿舍里也传来了嬉笑声："看，浇死了吧！"

但他始终一动不动。慢慢地，一切事物都消失了，前方的走廊又恢复到原本的样子，前面站了黑压压一堆人，右手边是扇大落地窗，窗外一片漆黑，天空上有个戒指大小的圆弧，是巨幕的轮廓。

他看着窗外的巨幕口，看了很久，然后缓缓地把手中的蜡烛往前移，自己的影子也跟着动作向后移动。

身后传来轻轻的脚步声。

"骑士长，我回来了。"茉莉的声音响起。

脚步声越来越近，少女轻轻的吐息拂在他后脖颈上："骑士长？"

郁飞尘脚下一动不动，把蜡烛移回原来的位置。

背后轻轻凉凉的呼吸随着他的动作慢慢隐去了。

"茉莉。"他道。

"骑士长……"带着哭腔的声音从盥洗室后传出来，这才是真的茉莉。

"闭眼了吗？"

"闭了……"茉莉握紧手中的剑柄，喃喃道。她鼻端传来爆米花的甜味，还有隐隐约约的人声、商场播放的音乐声。她往远处看，通道的尽头就是她最爱逛的小书店。这才是她的世界。她睁开眼，噩梦就醒了，就回去了。

她睁开眼……等等，我不是已经闭眼了吗？那看到的又是什么？

她惊出一身冷汗，喊道："救我！"

郁飞尘早有准备，茉莉出声的下一秒，他就朝身后撒出助燃粉末，蜡烛引火，"哗"的一声，流星雨一样的火焰映亮了整条走廊，也映亮了盥洗室。

茉莉的思绪刹那间清晰了好几秒。

等等！我为什么会在这里？

她摸了摸自己的肚子。所有异样的感觉都消失了，像是做了一场梦一般。可是刚刚，明明……

"骑士长，我根本……"

"继续闭眼。"郁飞尘道，"跟我走。"

回到房间的时候,所有人脸上都是很古怪的表情。

"外面安全吗?"学者脸色极差,"蜡烛味太难受了,我想出去走走。"

"郁哥,我也想去,我待不下去了,我觉得肺里面都是死人的气息。我想呼吸新鲜空气,一秒就行。"白松说。

裘娜则倒在桌子上,额头抵着桌板,有气无力:"我今天就算是死……死在这里,也不会让你们出去。"

白松:"你刚才还说也想出去来着。"

"想归想,不可能出去。"

郁飞尘望向唯一平静的路德维希,对方略带无奈地笑了笑。

"走吧。"郁飞尘说,"带你们出去。"

"啊?真出去?"白松道,"我不去,我能撑住,撑到天亮,没问题。"

"外面没危险。"

"真的吗?我不信。"

"有一点,能克服。"

"你在说什么鬼话,郁哥?谁不知道出去就是死。"白松说,"外面肯定有东西在勾引我们出去。我刚想明白,郁哥,茉莉半小时前还和我好好地说话来着,怎么忽然就要憋死了?更何况她心情不好,连着快两天没吃没喝了。外面是怪物的陷阱啊,郁哥!"

白松越说越激动,却忽然猛地"嗷"了一声:"我好饿!我想去餐桌找东西吃!"

"闭嘴吧。"裘娜气若游丝,"我真的饿死了……我不能出去……我不能出去……"

郁飞尘看着东倒西歪、有气无力的一屋人,有他们作衬托,连长在了床上的路德维希都显得不那么怠惰了。

"我说真的,"他道,"出去,现在。"

"去哪儿?"

"中庭。"

"你不想活到明天了?"

"待在这里,才活不到明天。"

白松如丧考妣:"完了,连郁哥都中招了。我们活不了了。"

学者却说:"有什么理由吗?"

253

"理由就是你们都被幻觉影响了。"

裘娜条理清晰:"是啊,我们确实被影响了,所以这不是正在抵抗吗?不管明天发生什么,起码把今晚撑过去啊。"

"提醒你们一件事。"郁飞尘道。

"什么事?"

"根据巨幕的合拢程度,明天的早晨和正午会有多短?"

"很短……吧。"

太阳得从巨幕口露头,才算清晨。

"从这里到中庭,要多长时间?"

"一切顺利的话,二十分钟到半小时吧。"

仿佛晴天霹雳,裘娜忽然打了个寒噤,白松也睁大了眼睛。

"晚上,巨幕还是在慢慢合拢的,它会缩到没法盛下一个完整的太阳的状态。也就是说,清晨一到,正午马上就到了……最坏的情况,太阳出现,就是正午了!"白松道。

"假如太阳一出来我们就往中庭赶,很可能已经晚了。之前怎么没想到!"

所有人都吃了一惊,要知道斗篷老人说的那句话,不仅要他们活到明天,还得在正午前赶到中庭。

见他们反应过来了,郁飞尘也省了点力气。外面确实有东西,大概率就是那些黑色的影子在给他们制造幻觉,引诱他们出去。而这幻觉又不是特别逼真,正好处在大家受到了迷惑,但又能努力阻挡住的程度。这个时候所有人的心思都会放在抵抗幻觉上,拼命催眠自己——要留在房间,不到天亮,打死不能出去,也不能让其他人出去涉险。

自己催眠自己的结果就是遗漏关键信息,在自以为正确的道路上越走越偏。这也是今晚最为凶险的一关。如果大家都是意志坚强的人,可能一晚上就那么相互打气、挣扎抵抗度过了。

最开始的时候,连他都差点被茉莉给唬住了——看出不对劲后,他想坚决地把她留在房间里。

可茉莉的意志力异常薄弱,突然找死的行为尤其让他觉得蹊跷。就算实在内急,又磨不开面子,同样漆黑的隔壁房间也可以去。为什么非要执着于去那么远的盥洗室?

所以，幻觉的核心不是引诱人去危险的地方，而只是单纯地让人想出门。出门之后，才会继续换个角度引诱，使人做出危险的举动。

指向如此明确，就不由得令人深思了。加上本来就想知道更多关于阴影怪物的信息，他准备好撒手锏助燃粉末后，也就带她去了。

果然，外面虽然凶险，但仍有活下来的可能，落地窗外看到的漆黑夜空让他蓦地惊醒。今晚，"留"反而是死路一条。

"杀了我吧。"白松以头撞桌，说，"怎么这么难？"

早就倒在了桌上的裘娜也喃喃道："真有意思，差点死了。这套路也太曲折了。"

学者更是惊惧无比："那要摸黑去中庭吗？怎么去？这还能活吗？"

白松："我现在可算知道'活着抵达中庭'是什么意思了。"

至于茉莉，她已经完全在状况外了，双手抱臂，眼神惊慌无比。

只有皇帝陛下还平静地看大家讨论。郁飞尘就静静看着他，见讨论完毕，陛下终于回到队长位置，下了定论："做个计划，尽快出发。"

郁飞尘回以诘问："首先，您会睡着还是醒着？"

女王的房间。

灰衣男仆静静站在门口，像个守门的幽灵。门外传来那个小骑士的声音，絮絮叨叨说他们现在就应该出去。

"蠢货！"女王怒视着一脸纠结的沙狄国王，"不想死就别出去！"

沙狄国王道："但你不觉得他说得很有道理吗？"

女王往窗外看了一眼，代表巨幕的圆弧还有一个杯底那么大，和白天没什么差别，是安全的。

"别被幻觉骗了，他们队除那个半死不活的皇帝陛下外全是新人，那个学者也没经历过几个副本。他们不知道被什么幻觉困住了，要出去找死。"说到这里，她还笑了笑，"还以为是多难的本，现在看来还是常规难度。既然有人上赶着找死，那死的就不会是我。"

门外，白松说："他们不信，怎么办？不管了吗？"

不信，他们也没有办法。每个人都有自己的抉择，也要为抉择付出相应的代价。

"幻觉会以多种形式出现，不仅影响视觉，还会控制其他感官。不要

255

相信任何东西。"郁飞尘简短道，"不要和黑影对视，每个人都只看前面的人。我会把你们带到中庭。记住，走路的人往前走，别转身。举灯的人，别下去，别放手。"

他们结队来到外面，门一开，凄冷的夜风呼啸着袭来，几乎让人睁不开眼睛。

这样的天气，要是拿着蜡烛，肯定会被风吹灭。还好他们从陛下的房间里搜刮出了两个水晶灯罩。

白松俯身背起茉莉，茉莉则举着一个带灯罩的大烛台，将两人的影子牢牢投在地面。面对黑暗，她的手有点抖，但是看看同行人坚定的身影，她深呼吸一口气，将烛台高高举起。这次，她决心不再拖任何一个人的后腿。

另一边，学者背起了裘娜，他失去了一条手臂，所以非常艰难。郁飞尘走在最前，路德维希断后。

问了那个"会睡着还是醒着"的问题后，陛下思忖片刻，回答说："现在情况危急，我大概率能够保持清醒。"

水晶灯罩里的蜡烛撒上了助燃粉末，因此火光异常明亮。火光将他们两人的影子一个向前投，另一个向后投，面积不大，界限清晰，是很安全的那种影子。

郁飞尘早背下了地图，带人径直去正中央的大道。那地方遮蔽物少，可能产生的影子也少。他没拿蜡烛，握紧了自己的剑柄，冰凉的剑柄带给他清醒。其他人在克服幻觉的同时只需要跟他往前走就好了，但他是带队人，必须保证自己按照路线行进，不能出一点差错。

暗淡的光线从巨幕边缘透出来，不知道是月光还是晨光。

昏暗里，黑影幢幢，前后左右，全都静默地站着无数个黑色的人。它们随着火光的靠近而移远，但数量始终有增无减。仿佛无数个亡灵正在静静注视着他们，也看透他们内心的想法，从而制造出形形色色的幻觉。

他们像是走在林立的黑色墓碑间。

郁飞尘握紧剑柄，眼前的景色数度变化。母舰长廊最常见，除了这个，有时候是辉冰石广场，有时候是日落街，有时候是在其他世界里见到过的景象。

要拐弯的时候，场景又一变。前方是橡谷收容所大开的南门，右边是烈焰熊熊的实验室二层小楼。

地图刻在了他的脑子里,他手心贴着冰薄的剑锋,顶着灼热的巨浪决然地向右转身,穿过烧着的房子。

他身后,白松和学者早已气喘吁吁,茉莉和裘娜手里的蜡烛几度颤抖。这不是一个人的事情,也没有什么亡羊补牢的余地,谁都不能出纰漏。

两支蜡烛在灯罩下像一对明亮的眼睛,在浓黑的夜幕下缓缓行进。

转过最后一个弯,郁飞尘看着宽敞的中庭大道,核对脑子里的地图,微微松了一口气。到了这里就不用再拐弯了,沿着大道一路走下去就能到。

天空灰白,亮度比之前稍微提高了,地面上建筑物的影子也由淡薄逐渐凝实。

郁飞尘道:"快到了。"

"呼,折磨死我了。"白松道。

裘娜低声说:"影子开始动了,很像那天的怪物,你们发现没?"

发现了,一路走来,黑夜里的怪物已经不只黑色的人一种,地面的黑影也渐渐伸出触手,如鬼魅一般朝他们爬过来,又被他们身边的光明驱散。

"专心保护蜡烛。"郁飞尘道。他没回头,问了一句,"路德?"

"我在。"路德维希平稳的声音从后面传来。

在就好。这人唯一的优点就是在该做正事的时候从不掉链子。

"走吧。"郁飞尘说。

前方的人已经聚集到了密密麻麻的程度,道路上全是高低不平的人头剪影。他深呼吸一口气,向正前方迈出一步。

缥缈的歌声忽然从耳畔传来,难懂的语言,很熟悉的调子。是……在橡山的那天晚上,安菲尔德给小女孩哼的安睡曲。歌声却变了,是柔美的少女声音。

郁飞尘环视四周,见自己走在一条宽阔的中庭大道上,路石雪白,在阳光下熠熠生辉,前方是座宏伟的巨型神殿。神殿建筑群里,洁白的方尖碑林立,指向天空与太阳。

几个佩剑的银甲骑士朝他走过来,喊了一声:"骑士长。"白袍绣淡金纹的少女三三两两挎着花篮路过他,也微笑示意。

他没说话,继续往前走。这不是灯城,但也不是他曾经见过的任何一个场景,是黑影凭空制造的幻觉吗?

大道通往神殿的台阶,只要往前走就能推开门,和原本的方向相同。

不对!影子制造的幻觉从来都在诱导人走向错误的方向,什么时候这么好心了?

可他一直在往前方走没错。

——如果不是自己的方向错了,那就是路的方向出了问题。

但正确的方向在哪里?

他停下脚步,环视四周,忽然听见耳边的歌声戛然而止,一道声音响起来:"骑士长?"

是路德维希,他发现异常了。

而就在路德维希的提醒声响起的同时,郁飞尘看到了左前方神殿花坛旁的一个背影。

看身形,那是个十五六岁的少年,穿雪白长袍,淡金的头发披散下来,在阳光下散发着晨曦一般的光泽,背对着他,寂静地站着。直到鸽群飞过湛蓝天空,白袍少年朝那边伸出了手。一只白鸽落在他肩上,亲昵地啄了啄他的头发。

郁飞尘看向太阳和地上影子的角度,推测现在的具体方位和这座神殿的朝向,然后转身,毅然偏离神殿道路的中轴线,朝左前方走去,恰巧,就是那个少年站的方位。

"郁飞尘?"又一声轻唤响起。

郁飞尘彻底恢复清醒,眼前场景退去,重新变成灯城昏暗的道路。

他看向脚下的路,发现自己之前果然在缓慢向右边偏离,并把后边的白松和学者也带偏了。好在他及时反应过来,回到了正确的方向。

"我醒了。"他道。

路德维希:"辛苦了。"

郁飞尘重新往正前方去,幻觉再也没有出现,或许是阴影怪物已经无计可施了。

跨过台阶就到了中庭。斗篷老人戴着黑铁面具,就站在入口处,他手中的风灯散发着幽幽的白光。

"尊贵的客人,你们终于来了。我们等待很久了。"他说。

就在这一刻,灰沉的天光从巨幕边缘透出来,白天到来了。

"我还是觉得咱们该走。"沙狄国王紧锁眉头。

女王闭眼坐在椅子上，捂着腹部，克制着几乎想要冲出去的饥饿感，没好气道："想死就自己去找。"

"还有，你没发现吗？蜡烛烧得特别快。咱们的蜡烛撑不住了。"

"闭嘴，烦死了！"女王用力掐着手心，全力摒除幻觉，直到觉得神思一清才睁开眼睛，却看见架子上快要烧到尽头的蜡烛。

"怎么回事？"她猛地一惊。

第一晚，她就开始收集蜡烛，计算蜡烛燃烧的速度。她囤下的蜡烛烧一整天都没问题，怎么这么快就要烧完了？

"这蜡烛有问题。"她冷静道，"有人动手脚，还是你违反了规则？"

"没时间了，"蜡烛火苗几乎要烧断敏感的神经，出门的冲动直冲沙狄国王的脑子，"对面走得早，他们说不定还有蜡烛！"说完，他抓起一把燃烧着的蜡烛，夺门而出。女王没拦住，想到拿蜡烛是正事，也没继续拦，而是重新坐下，抚额思考。

明明幻觉是副本里最常见的干扰手段，她没少经历过类似的陷阱，有一整套应对各种幻觉的理论，这次同样扛住了出去的诱惑，可是现在怎么这么不对劲？到底是哪里出了问题？

隐隐约约的失控感从她潜意识里生出来，并在五分钟后达到了顶峰。

五分钟了，沙狄还没出来。拿个蜡烛而已，花五分钟已经算是磨蹭了。她心中警铃大作，喊了一声："沙狄？"

没人回答，半分钟后，对面房间传来隐隐约约的咀嚼声。

女王一个激灵，彻底清醒了。她猝然抬头看向窗外，一眼就看到了灰黑泛白的天空，还有天空正中央小得不能再小的"井口"。

"该死！"她低骂一声，果断踢掉高跟鞋，迅速拢了十几支蜡烛，一只手抱蜡烛，另一只手提起裙子，根本没管对面房间里沙狄遇到了什么，头也不回地朝外面冲了出去。

中庭。

"井口"逐渐发白，一道惨淡的天光直射下来，风也吹开了笼罩着中庭的夜雾。呈放射状摆放的黑铁架还和前两天一样，每个旁边都站着两个黑袍人，一个是男巫，另一个是女巫。只有最里侧一圈的黑铁架旁是空的。

而场地中央,也就是太阳中心的位置,摆着一张水晶床。水晶床上躺着红发白袍的少年——灯灵。两个白衣女巫站在床边,不安地看向四周。

斗篷老人道:"客人,请跟我来。"

他们跟着他往中庭走。郁飞尘看了一眼男巫和女巫,他们的身体全部隐没在黑袍下,漆黑之下还是漆黑,看不到任何一个部位,肩膀和胸脯也看不到呼吸起伏。

斗篷老人将他们带到了正中央空着的那圈黑铁架旁,他们散开,一人一个。

郁飞尘数了数,一共十一个铁架。他们最初的时候也是十一个人,仿佛量身定做一般。

只是,十一个人里面,有些人注定无法来到这里了。碎片世界里的死亡是真正的死亡。

中央的水晶床上,灯灵的胸膛一起一伏,呼吸略微急促,面色因为高烧而泛出绯红,黑铁烛台仍然牢牢地插在他的身体里。看到这种可怕的场景,茉莉忍不住惊呼了一声。出声后,她忍不住往四周看了看,见自己的同伴也都看到了,但没一个人反应过度。她抿了抿唇,忍住眼泪,低头不再看向那里。

斗篷老人缓慢地走到灯灵的床前。

"浓黑之幕即将合拢,卡萨布兰的存亡,就在今天。"

"远道而来的客人,你们来了。若非诸位远超常人的智慧,魔药一定无法制出。感谢诸位的付出。"

说着,三个黑袍女巫走到了他的旁边。左边的女巫捧着一个黑铁托盘,里面放着晶莹剔透的蜥蜴泪晶。右边女巫的托盘上放着命运女神蝴蝶,蝴蝶还活着,但它的翅膀已经被剪掉大半,因此没法动弹。中央的女巫捧着一个黑铁盆,盆里放着某种白色的东西。

四个男巫分别抬着支架与坩埚来到了中央,在坩埚下点起火。

"器具已经准备好。"斗篷老人道。

就在这时,头上缩到小孔一样大小的"井口"猛地一亮,光芒直直打下来,仅仅照亮了中庭这一小片圆形区域。而除此之外的其他地方,全部被笼罩在阴影中,甚至能看到巨大的漆黑触手在那里盘旋游走。

蜡烛再亮，也有烧完的时候，如果……正午之前无法赶到这里，迎接他们的，恐怕就是那东西了。

"时候快到了，"只听斗篷老人道，"复生魔药即将——"

门口却传来一阵急促的脚步声。

深红的影子匆匆穿过大门，直到进入中庭才放慢了速度。女王头发凌乱，胳膊、脖子上全是血口子，国王已经不见踪影，但灰衣男仆还跟在她身边。

只见她理了理头发，形容狼狈，但仍神态自若走入场中："抱歉，差点晚了。"

斗篷老人仿佛什么都没听到，继续高声宣布："复生魔药即将开始制作。"

女王走到了近前。郁飞尘看向她的影子，似乎没什么异常。

阴影里面的那种情况，他们几人一起尚且险象环生。那条路不是一个人能走下来的，她怎样逃出来的？郁飞尘的目光在那地方停了停，但他没深想，很多事情只要往下走就会明白。就像他最开始在乐园做任务的时候，不理解为什么同是来到了一个陌生的世界，有的人力气比他大得多，有的人敏捷程度超过了这个世界的正常范围。后来他才知道，大家可以用辉冰石在创生之塔里购买各种各样的强化道具，在外面使用。

就在这一刻，太阳走到正中。

一束耀目的强光从天空正中央的小孔直直打下来，稍微往外扩散，彻底笼罩住圆形的场地。整个世界就像一个漆黑的舞台，只有中央从上往下亮起了一盏刺眼的聚光灯。

斗篷老人已经走到了坩埚前。

只见他缓慢地环视着四周。

四周，黑与白对比强烈，光与暗界限分明。在光暗过渡的那道圆柱面之外，阴影凝聚成漆黑的触手，像蛇一样环绕着这里，慢慢涌动。

"时间……不多了。"斗篷老人喃喃道，"让他喝下复生的魔药，拔下烛台，获得新生……在日暮到来之前。"

接下来的步骤由两个白衣女巫完成，她们将火烧到最旺，把东西聚集在坩埚里，不住搅拌。神秘的变化发生了——液体的基质逐渐从灰白变成雪白，而且鲜明地分成两边。左边星星点点地散布着鲜红色，右边则散布着斑斑点点的漆黑。

最终,坩埚里的魔药变成不流动的半液态,被女巫倒进一个雪白的骨瓷碗中。倒完,女巫看向他们。

路德维希示意郁飞尘接过。女巫会意,把骨瓷碗交到郁飞尘手中。

太阳西移,光柱缓慢倾斜,黑与白的界线向东移动,阴寒的风从黑暗最深处刮过来,黄昏将至。

异变在斗篷老人的身上发生了。黑暗从他的脚底生出来,蛇一般缠绕向上。最后,流动的黑影顶起了斗篷的兜帽,他整个人"活生生"地静静守在灯灵床前。

"快喂他喝掉。"女王道,"喂完,我们的任务就完成了。"

郁飞尘上前几步,端着碗,站在灯灵的床前。

"'搜集材料'的任务已经完成了,但'查明灯灵遇害真相'的任务还没有完成。"他淡淡道。

"别想这些乱七八糟的。你看看身边这些NPC,全都被占领身体,变成了阴影怪物!只是现在还有阳光,它们没法随意移动,一旦过了时间,它们就全部活过来了!"她往前走几步,出手要夺郁飞尘手中的骨瓷碗,"你不来,让我来。"

但郁飞尘怎么可能让她夺到,几个回合下来,女王气急败坏:"你知道自己在做什么吗?"

"知道。"郁飞尘直视女王,咬字斯文有礼——这是他和路德维希学的。他发现说话越文雅的人,越能气人。

"您探查真相,想要独自解构副本,可我也想解。"

女王冷笑:"是解构重要,还是活着重要?"

郁飞尘把骨瓷碗换了个位置,暗示只要她不说,他就不会给灯灵喂药,然后用同样的话反问:"是解构重要,还是活着重要?"

女王脸色阴晴不定。

但郁飞尘也并没有咄咄逼人,道:"我只问一个线索,您在灯灵神殿里,得到的那个字是什么?"

女王冷笑:"这个本的真相很简单,明眼人都能猜出谜底,难度全在寻物上,你不喂,那就一起死吧。"

郁飞尘淡淡道:"你不说,我来猜?"

就在这时，裘娜出声："你说'很简单'，那真相就是阴影的邪神为了完全占领世界，升起浓黑之幕，同时害死灯灵，对不对？"

郁飞尘没认同，但也没否认，道："所以那个字，是'神'？"

女王冷冷抱臂："是又怎样，这个本是最无聊的那种剧情。你还磨蹭什么，喂完药，大家大路朝天，各走一边。我不和你们计较。"

"神""杀""我"，神杀了我。

重重线索，只指向那个最简单的答案。

郁飞尘将碗举起，此时此刻，所有人的眼睛都注视着他，路德维希的、同伴的，还有那些斗篷下的怪物的——如果他们还有眼睛的话。

森冷的压力覆在他后背上，巫师和斗篷老人的呢喃响在他耳畔，看不见的力量指引着他往前去，将复生的魔药喂进灯灵口中，结束这恐怖的一切。

天近薄暮。场中静得只剩心跳声。

下一秒，郁飞尘干脆利落地把骨瓷碗摔在了地上。

清脆的碎裂声响起。骨瓷碗从中间裂成三瓣，碗里的魔药尽数泼到地上。

"你疯了！"女王的尖叫声响起，学者神色大变迈出一步，其余人也露出诧异神色，焦急地望向地上的魔药。

但他们的反应还不是最大的，因为周围所有黑袍人的兜帽下，漆黑的阴影都陡然跳了一下。天空阴云密布，寒风猛地呼啸，瘦长的黑影从老人的兜帽里蹿出来，张开满是獠牙的嘴朝郁飞尘袭来。

郁飞尘抬脚踹翻木柴堆，木柴带着炽烈的火焰和光芒向前翻倒，形成一堵灼热的火墙，黑影与烈光相触，不甘地缩了回去。

女王则跪在地上，用手捧起淋漓的魔药装回漆黑的坩埚里。

与此同时，黑影触手也从巫师身上伸出来，但长条状触手长度有限，只能离开身体两米。一时间，浓黑的触手一条连着一条向中央直射，微妙地嵌合了太阳图腾的放射状纹路。

只是太阳这一意象本来辉煌光明，现在却阴暗邪恶，是一轮"黑太阳"。

日晷指针缓缓游走，太阳继续西沉，天空苍白。光柱斜着倾倒，圆形中庭一半黑、一半白。

白松处在边缘处，慌忙撤退，一手拔剑出鞘，削断了一条朝自己袭

263

来的触手,另一手屈肘挡住呼啸而来的寒风,努力睁开眼睛,大喊:"现在不还是白天吗!它们怎么就开始动了!"

"你是傻子吗!"裘娜也是刚刚想明白其中关节,在风中吼出来,"它们为什么穿黑衣服——斗篷底下,不就是影子吗!"

那些漆黑的兜帽斗篷一旦立在光下,就成了阴影孳生的地方,让它们即使在强光下也能生存。怪物藏在影子里,也藏在他们身边,无处不在。

"我——"白松一句脏话骂了出来,绝望地呼喊,"郁哥!"

木柴堆的火焰短暂为郁飞尘挡住了阴影怪物的进攻,女王浑身发抖,仍然徒劳地拾取着魔药。那些药液混合了地上的灰尘,混浊得宛如将死之人的瞳孔。

学者质问他:"你到底在干什么!"说完,他愤怒地喘息几声,又用手指指向路德维希,"还有你!为什么不阻止他!"

面对学者盛气凌人的指责,路德维希什么都没说,只是默默站到了郁飞尘背后。

郁飞尘往前站了站,直视学者道:"我打翻了药碗,反而引发怪物的攻击,你不觉得哪里不对吗?"

学者的脸色阴晴不定。

就在这时,裘娜摆脱了怪物的攻击,站到了木柴堆围绕的安全区内,她气喘吁吁地说:"对啊……那药那么诡异,说不定灯灵喝了它,反而死了呢!再过分点,这药代表生死,万一把灯灵也变成阴影中的怪物,那怎么办?人不就一败涂地了吗?"

女王又捧起一捧药,冷笑:"你刚才不是还同意我的说法吗?"

裘娜回答:"刚才是刚才。我只知道一件事,反派不愿意看到的就是我们该做的。它们想要灯灵喝药,我们就不让他喝。"

"我觉得领主夫人说得有道理。"白松不停挥剑,姿态狼狈地和怪物对打,终于也回到了安全区内,"我还发现了一个线索,那个老人变成怪物是从影子开始的,可是、可是灯灵没有影子啊!想要污染他,说不定就要用这个诡异的魔药!我们一直找材料,反而变成了阴影的帮凶。"

郁飞尘听着他俩你一言我一语地分析事件,虽然和他的想法差十万八千里,但这种情况下还能冷静分析,也算可贵。

女王将混浊的魔药捧回坩埚里,再次回锅的药液已经失去了原有的诡异与神秘感。即使药效仍存，恐怕也要大打折扣。女王脸上原本胜券在握的表情也同曾经清澈的药液一般不复存在，流露出黯然失落的神色。

她将散乱的头发别回耳后，说："经过许多人的总结，在NPC明确发布了任务的世界，只要按部就班完成任务，就能离开。"

白松："可万一我们完成了自己的任务，却害死了灯灵呢？"

"不可能。副本不会在一开始就把人引上绝路，魔药绝对是拯救灯灵的方式。除了它，你还有办法——"她指向灯灵，"让一个这种死样子的人起死回生吗？"

"可是如果真像你说的那样，阴影怪物为什么要复活光明的灯灵呢？"

女王嘲讽地笑了笑。事情已经走到了这个地步，无所谓什么率先解构了，她也懒得再用先前那个无聊的故事去糊弄人，还不如说出真相，欣赏他们后悔莫及的表情。

"那是因为这些怪物虽然来自阴影，却也要维护光明。"

木柴的火焰燃至尾声，黑幕又逼近了一步，怪物尖啸着扑上来。这时候也无所谓什么影子不影子了。白松拿剑，很有骑士风度地挡在茉莉和裘娜身前，郁飞尘和白松相背，把路德维希护在后面。学者飞快环视四周，发现根本没人保护同样是弱者的自己，咬牙抄起一根木柴和怪物搏斗。

但怪物是无孔不入的阴影触手，其中还夹杂着无数惑人心智的幻境，郁飞尘和白松仍然没法完全把人护住，一条触手乘虚而入，向六神无主的茉莉袭去。

眼看茉莉的脖子就要被缠住，路德维希不知道趁乱从哪里顺到了一支燃着的血红蜡烛，戳到了她面前。

对于阴影怪物来说，光明就是不可逾越的屏障，即使是这一点微弱的光芒也让它的来势顿了顿，下一刻郁飞尘的长剑就把它干净利落地斩断了。

学者单手舞着木柴，但没什么章法，左支右绌。裘娜骂一声："废物！"她闪身离开白松的保护范围，反身把学者踹进安全圈内，再劈手把他的木柴夺了过来，木柴燃烧的顶端"刺啦"一声烧退了最近的怪物。

这干脆至极的动作把白松都给看愣了："你练过？"

"少废话！"她玩的是全息竞技游戏，又不是浑身上下只装备二十六个字母键的"键盘侠"。

唯一没有做出任何动作的是女王。她仍然半跪在地,机械性地收集着魔药。漆黑的怪手带着尖牙与棘刺一遍又一遍地鞭打、缠绕着她,在她身上留下无数新鲜的血痕,却根本影响不了她。她仍然像个没事人一样,不痛不痒。反而是她身后那个没遭到任何攻击的灰衣男仆不易察觉地颤抖着,脸色愈加苍白,身形也摇摇欲坠。

原来如此,男巫并不能算是个活人,而是什么诡异的术法,用来给她承伤。怪不得她能全须全尾地从黑暗里闯出来。

激烈的打斗声里,女王继续开口:"我从住所出来,一路上没有遇到太大危险,反而越逼近这里,怪物越多。你们说,这是为什么?"

别人要么在战斗,要么在发抖,只有学者有空和她扯皮:"因为它们都集中在仪式场地周围。"

女王冷笑:"阴影神的子民信仰太阳,是因为既感激它,又畏惧它。毕竟,有光的地方才有阴影。"

说出这关键的一句话,没看人们的反应,她自顾自道:"骑士长,你猜得没错,那确实是一个'神'字。多亏这个字,我才想到去藏书室翻阅与神话相关的典籍,知道了阴影之神与光明之神的存在。

"有光明才有阴影,这两个神相伴并生、相互制约。阴影想要存活在这个世界上,就不能让光明消失,所以它们必然会保护灯灵。灯灵出事,它们会付出所有力量去救治他,所以复生魔药就是真正的药剂,绝不是其他什么东西。同样,对于这个世界的活人来说,只有灯灵活着,他们才有生存的空间。灯灵就是光明、阴影两个阵营的平衡点。"

学者恍然大悟:"原来如此,这么简单,我怎么没想到!这里的东西太诡异了,任务又压得太紧,干扰了我们的思路。"

战况逐渐激烈起来,但女王什么都不在意,语气冷冷,自顾自往下说:"人和怪物同样需要光明。只要灯灵复活,光明还是光明,阴影还是阴影。活人能活,怪物也能活。这就是我们任务的终极目标,也是能让这个世界维持平衡,不再崩溃的……唯一生路。本来我们离成功已经很近了,没想到有人自作聪明,把一切都弄没了。呵……怪物都懂的道理,你竟然没想到。"

真相大白,生路却已经消失,学者大骇,看向郁飞尘的目光更加扭曲憎恨。

白松也忘记反击,愣愣道:"她说得好有道理。郁哥,咱们摊上事了?"

就在白松停手、学者发呆的空当,一个诡异的手形怪物从他们俩的空隙里钻出来,六根连着漆黑爪蹼的指头朝着学者当头抓下来。

本能的恐惧让学者心头猛地一个激灵,右边头顶传来的呼啸风声更是让他脑中警铃大作,他立刻做出反应,往愣在旁边的白松的身旁迅速一闪。

这样一来,怪物按照原本的轨迹移动,拍中的就不是他,而是白松了。而裘娜忙着应付自己那边的怪物,骑士长忙着救陛下,没人能腾出手来。

此时此刻,郁飞尘确实在忙。四面八方的怪物太多了,他冷不防用余光看见路德维希背后冒出一个模糊的薄薄人影,来不及做出其他反应,回身揽住路德维希的肩背,把他从地面上拽起,搂着人飞快转了半圈,离开怪物的攻击范围。

路德维希收拢左边胳膊反抱住了他。郁飞尘只看到银色的锋芒一闪,再转头过去,路德维希已经借着攀住他肩膀的角度,用右手甩出银刀。

银刀是第一场仪式上淬过盐的那把,动作干脆果决,角度刁钻,直接打穿了那个薄影,"噗"的一声把手形怪物牢牢钉在地面上。就在刚刚,它差一点抓住白松的天灵盖。

两边的危机都解除了,郁飞尘把路德维希放下来。

路德维希的手也从他肩膀的银甲上滑下来,到手腕位置的时候猛地握住一拽,带郁飞尘避过了右边的袭击,顺便转了个身,拾起银刀。

郁飞尘看向路德维希,见这人微垂首,正专心擦拭着银刀上的黑液,动作从容。

这人不错,冷静程度超出所有人,不掉链子,出手狠,直觉和战斗意识都很强。

就是太不爱动弹。

这时,学者那边发出一声惨叫。郁飞尘看过去。原来学者把手状怪物推给白松的时候,情急之下闪避到了更远的地方,被一个扭曲的人形怪物掐住喉咙,拖到不远处的黑暗边缘。

漆黑的半圆里像是张开一张巨口,吞没所有光线,也将学者的身影吞了进去。微弱的呼救声响了几下就彻底消失了。

被怪物拖走就是这个下场。所有人下意识向中间聚拢,不约而同地看向自己的影子,然后惊恐地发现,他们的影子都充斥着充满恶意的浓黑。方才激烈的战斗中只来得及保护自己,根本顾不上保护影子,就连郁飞尘的影子也是。

除了路德维希——他影子里干干净净,什么都没有,甚至就连刚才和郁飞尘一起,竟然也没沾上那东西。

女王冷漠地看向学者消失的方向,说:"他太蠢,即使能活过这个世界也离死不久了。"她说完笑了笑,"当然,你不算蠢。你天赋很好,本来能走很长的路,可惜做了错误的选择,毁在这里了。"

郁飞尘将长剑横在自己身前,挡住一个四肢着地的阴影怪物,淡淡道:"你在说我吗?"说罢他拔剑刺入左上方的触手,行云流水的动作丝毫没受到影响。

此时一缕黑色的雾气自影子里冒出来,从白松脚底往上蔓延。他的声音发着抖:"郁……郁哥,怎么办?"

"别怕。"郁飞尘淡淡道。说完,他抬头看天。苍白的天空越发暗淡,短暂的白天过去,黑夜即将到来,而天空中央的"井口"已经合拢到针眼大小。光明如同一条斜白线,突兀地被画在漆黑的背景上,将画布分为两半。

怪物完全放弃了地面上的魔药,只是疯狂攻击着这些人,以此复仇。

郁飞尘神色不变,长剑划出风声,剑锋斜指,尖刃抵在灯灵脆弱的脖颈上。这动作明明白白告诉那些黑暗中的生物——再来,我就彻底将其杀掉。

金发雪甲的骑士原本应当代表光明与仁慈,郁飞尘周身却只透出惊人的冷漠,配合上冰冷的神情、威胁意义十足的动作,森寒气息几乎盖过阴影。

致命的咽喉被扼住,黑色雾气刹那间停止蔓延,四周的怪物也不甘地停下了动作,充满威胁意味地在四周缓缓游走。

路德维希穿过众人走到灯灵身前,轻轻拨开红发少年雪白的衣袍,看了一眼伤口,将衣领重新掩上,又拉开他的袖口,露出几处烧伤的烫痕。最后,冷白的手指停在漆黑的烛台上,将巨大的铁烛台缓缓向外拔。

沉闷的钝响低低响起，长铁刺从灯灵的血肉中慢慢抽离，大股大股的鲜血涌了出来。生生抽离的疼痛让白袍下的身体颤抖了一下。

阴影猛地暴躁起来，女王也哑声道："他会死的！"

诚然，死亡是注定的结局，但有生命的东西总是想多活一刻是一刻。

一旁的裘娜道："要做什么？"

白松："可能是等死吧。看开了。"

郁飞尘看向女王，此刻她长发散落，形容狼狈，身边的灰衣男仆承伤到了极致，竟然已经变成了半透明状，仿佛随时都会消散。

他忽然开口："你的解构很有道理。"

女王抬头直视着他。

"但是，"他冷冷道，"既然让灯灵活着是维持平衡的唯一方法，还是光明、阴影两方都想看到的结果，那最初，为什么会有人要杀了他？"

水晶床上，灯灵失去血色的唇角忽然勾起微微的弧度。

"当然是因为有力量想打破平衡，让这个世界彻底崩溃！"女王说，"那个人就是真正的反派，等灯灵醒过来给我们提供更确切的线索，就能把他揪出来！"

她说得很好听。可是，放眼整座灯城，除了他们这些外来者就只剩两个半活人了——两个连字都不识、只会垂泪的白衣女巫，还有半个是半死不活的灯灵。

路德维希把烛台继续往外抽，伤口处鲜血喷涌，灯灵唇角也溢出鲜血，整个人因为剧痛浑身颤抖。极度的疼痛和极度的冰凉一样，都有可能把昏迷的人唤醒。

路德维希俯身拭去他嘴角的血迹，然后握住他的右手，就像那天晚上安抚茉莉一样。灯灵的手紧紧反握住他的，用力到指节泛白。无声的安抚起到了效果，灯灵吃痛的颤抖逐渐停了下来。

看了一眼他们的情况确认安全，郁飞尘继续对女王道："第一天，你在灯灵的房间发现了一个'神'字，但第二天我还在那里看到了另外两个字，分别是'杀'的过去式和'我'。"

"神杀了我？"女王将这三个字连起来念出，喃喃道，"怎么可能？"

神杀了我。阴影之神杀了灯灵以占领世界——这只是她随便编出来解释剧情的简单幌子，怎么可能是神杀了灯灵？难道不是阴影之神，而是光明之神吗？不对，光明、阴影双方都没有杀他的理由。

她摇头："不可能。"

郁飞尘本来已经不太想和她说话，但看到白松、裘娜与茉莉三个人投向他的求知眼神，只能继续下去。本以为来到永夜之门后就能彻底摆脱对无知雇主的解释，但在这个副本里，他说的话竟然比之前几个世界的加起来都多。而同样知道真相的某位陛下竟然比他还懒。

他不得不再次进行令人厌倦的"辅导"。不过，厌倦着厌倦着，他也就有点习惯了。

"灯灵保持着一定程度的清醒，但很难控制自己的动作，他花了整整两天的时间才写出三个字。这种状态下，我觉得他分辨不出昼夜的区别，也不会知道自己写下字的那些白布会因为过了一天而被女巫分开存放。他会以为，那些被血染脏的白布将按顺序一条叠着一条摞放，旧的在最下，新的在最上。"

裘娜轻轻"啊"了一声，女王猛地睁大了眼睛，白松也露出恍然大悟的神色。由于他悟得有点晚，神色明显不如前面两个人生动，很有马后炮的意思。不知道是真的悟了还是盲目从众以使自己显得合群。

这个世界的语言由间断的字组成，顺序会影响句意。假设灯灵是个冷静聪明的人，那他写下的血字的顺序就不是正常的语序，甚至还有故意为之的迷惑作用。而在他期望中那个看到血布的人会看到的排列，才是真正的语序。

所以不是"神杀了我"，而是"我杀了神"！

我杀了神……裘娜蹙眉深思："可是神在哪里？"

下一刻，她猛地一愣，看向水晶床上的灯灵。

这个副本里，他们没看到神，更没看到被杀死的神，却只看到一个……因遇害而生死未卜的人。一位代表光明的、能阻止浓黑天幕升起的灯灵。

郁飞尘抬头看了一眼天色。由于太阳逐渐偏离"井口"，那条白线向东边的倾斜程度越来越大，光芒与大地的交点也逐渐远去，一大半都移去了场外，剩下的光明勉强包裹着场中的几人。而"井口"小到不能再小，离完全合拢只有一步之遥了。

他返回灯灵床前，水晶床在太阳的最后一缕余晖下折射着璀璨的闪光。床上，灯灵的袖口被向上拉起，露出手臂上被火焰灼烧过的烫痕，同样的痕迹也存在于他的小腿上。

"灯灵身边总是有很多人，只有那次例外。那天，浓黑之幕忽然升得很高，所有人都去阳光下祈祷，他才有了独处的时机。为了保护灯灵，神殿里没有任何能用来行凶的物品，只有蜡烛和烛台，以及女巫身上常备来点火的助燃粉末。蜡烛、烛台、粉末，这就是他能利用的所有东西。"

边说，郁飞尘脑海中边浮现神殿里的摆设。上万支蜡烛辉煌璀璨，拱卫着正中央的五支等身长烛。他估计了一下烛台的高度和灯灵的少年身量，道："神殿中央有五支巨烛，烛台的尖刺足以穿透一个人，但他年纪还小，身高不够，没法把粉末直接撒到火焰上。"

路德维希手指轻抚着灯灵的额头，为他拭去细密的汗水。

"在很久之前，人们还没发现助燃粉末功效的时候，女巫沿着墙和天花板上的铁架爬上去，点亮天花板的蜡烛。那些铁架现在也还在，所以他从那里爬了上去，过程中被蜡烛火焰烧伤了手臂。他爬到天花板中央，向下方撒下巨量助燃粉末，中央的蜡烛很快烧完，露出烛插，然后——"

裘娜艰难地咽了咽口水，望向灯灵，哑声说："然后他跳了下去。"

白松走到床前，似乎感受到了那种疼痛，他声音也变低了："他想自杀，但他没死成？"

"他蓄谋已久，选择的角度也正确，本该死去。"郁飞尘把所见、所听的一切细节都串了起来，道，"但粉末到处撒，其他地方的蜡烛也烧完了很多，不再是完全光明的。一个或几个阴影怪物乘虚而入，正好看见了从天花板上掉下去的灯灵。它或它们可能知道灯灵对于阴影阵营的重要性，也可能只是没意识的怪物，想吃了他，总之一定对灯灵伸手了。灯灵下落的角度改变，从本来必死的结果变成了现在的结果。

"其他女巫察觉到殿里烛火不对，匆匆赶过来，阴影怪物见势不妙开始逃窜，他们正好照面。所以，女巫以为是阴影里的恶灵害了灯灵。同时，阴影阵营的成员知道不是自己干的，却只看见灯灵掉下来，没看见别的。它们认为是有不轨之徒想杀害灯灵。也就有了我们要做的第二个任务，查清真凶。"

白松盲目地鼓了几下掌，回到最初的问题上："那么，他为什么要自杀呢？"

这孩子能抓住重点了,可喜可贺。

出乎意料的是一直沉默划水的路德维希这次接了郁飞尘的话:"卡萨布兰子民生命所系,无法辜负。历代灯灵都在灯城中终了一生,可他比其他灯灵多了很多学识。"

郁飞尘点头:"灯城不教巫师识字,把历代灯灵从小养大,很可能也不让他们识字。"

目不识丁的灯灵闭目塞听,只是个工具而已,但是这一代灯灵不同。现在了解不深,还不能断定灯灵是个离经叛道的人,只能说他从小就是个叛逆的孩子,而叛逆的孩子往往又比较聪明。

他可能从小就偷学文字,再长大些,更是明白了灯城的命脉。储物室的藏书里,幼年灯灵用稚嫩生涩的笔迹写下了两句话:"黑乌鸦,见鬼去吧!我已经知道你们最怕什么了!"

不论那时城中的人是怪物还是活人,他们害怕的事只有一件,那就是灯灵不祈祷,浓黑之幕继续升起,光明消失。

这位灯灵极大可能利用这一点要挟了灯城的掌权者,得到了之前的灯灵得不到的东西,譬如学习更多知识或者结交外面朋友的机会。

于是他的见识越来越广博,阅历越来越丰富,也结识了许多外面的朋友。他的朋友经常来陪伴他,甚至在这里拥有了专属客房,就在他们这些外来者居住的U形回廊里。其中,灯灵最好的朋友便是路德维希陛下,以及常伴陛下左右的骑士长,于是有了两个房间之间的暗门。尊贵的皇帝陛下怎么可能不配备一两间"保姆房"?

文字、朋友,这二者带来广博的学识,这学识足够让他去思考更深一层的问题。灯灵会思考什么?

不难想出,他曾无数次思索过自己存在的意义,也思索过……光明和阴影的关系。

诚然,光明和阴影相伴并生、相互制衡,但它们并不像一对无法失去彼此的双生子,更像是寄生虫和它的宿主。

所谓"阴影"只是有形之物在光芒中留下的形迹罢了。没有阴影,光明还是光明,可没了光明,阴影就不复存在。

"世上没有了灯灵,就没有了光明,也就没有了阴影和阴影中的恶灵。"

在一个世界,每个人都扮演一个角色,要做出自己的选择。或许让光明和阴影一起湮灭，就是这位灯灵做出的选择。

听完郁飞尘的解释，茉莉小声道："可是……没了光，其他活人……也都死了呀。"

郁飞尘没说话。一个选择的对或错很难被评判，而且……刚才的推理里，还有一个地方，他没有提及。

就在这时，周围的阴影怪物猛地狂躁起来。斗篷老人黑袍之下的影子更是发出了一声尖厉的长啸。

郁飞尘理解它们的狂躁。它们费尽心机保住灯灵的性命，追查真凶，最后的结果却是被耍了个彻底。这种被当成傻子愚弄的滋味恐怕不太好受。

当然，灯灵本人也因此承受了太多不该承受的痛楚。意识到自己不仅没死成，还被全力救治，他才在最后时刻要求让路德维希来到灯城。他相信这位与灯城不太对付的至交好友一定能读懂自己的意思，完成他未完成的心愿。

随着真相逐步揭开，尖厉的嚎叫声包含愤怒，怪物彻底疯了。愚者的愤怒最简单粗暴——黑色的"潮水"聚拢成狰狞的旋涡朝他们卷来。

这一刻，日光已经移过中庭，它们却丝毫没有受到影响。郁飞尘扫一眼四周，立刻明白了原因。

蜡烛！四百支血红的蜡烛仍然在风中摇曳，散发着四百簇光明，也在四面八方投下深深的阴影。

浓黑的雾气从阴影里蔓延而出，怨毒地向他们俯冲，原本就存在于众人影子里的怪物更是像蛇一样爬上了他们的身体。

茉莉最先惨叫一声，整个人直直向前跪趴下去。她身下的影子变成了一片漆黑的沼泽，沼泽里翻涌着黏腻的波浪，将她往下拉扯。白松拿长剑砍向脚下的阴影怪物，可斩断一个又会再生一个，它们仍然像千足虫一样缠着他。

无穷无尽的声音——周围人的惨叫声、打斗声，怪物的嚎叫声。幻境中成千上万的喃喃低语声环绕在郁飞尘的耳畔，他再次抬头，望向像黑幕上点了一粒白点的天空。

白色斜线横穿整个漆黑世界，两种最纯粹的色彩构成一幅几何分割画。这画太宏大，用一整个天空当作画布，一个世界诞生以来的万古光阴都被包拢其中，可它又那么简单。

他站在这世界的最后时刻里，站在太阳图腾中央。在四百支蜡烛的映照下，贪婪疯狂的怪物正进行最后的反扑。然而，在那纯粹至极的黑白几何画映衬下，世间一切活物的愚昧、残忍、血腥、贪婪和疯狂显得异常微不足道，只是一个稍纵即逝的瞬间。

世界永远是那个世界，只是人在其中做出了不同的选择。

灰衣男仆的身影在地面上闪烁一下，最终化作无数飘飞的灰尘，彻底消失。他消失后，女王跌坐在魔法坩埚前，锅里，混浊魔药倒映着她扭曲的红色身影。

裘娜被触手卷住腰身，但仍然咬牙拽着茉莉和茉莉身下的沼泽爬到最近的蜡烛处，她们一支一支地吹熄蜡烛，因为呼吸过度，每个人脸色苍白，不停地痉挛着。

白松的剑被触手卷起夺走，陷入阴影沼泽之中。他剧烈喘息着，看向郁飞尘。只要郁飞尘还没倒下，他就觉得还有希望。

路德维希扶起灯灵的上半身，让他枕靠在自己胸前，也透过火光朝郁飞尘的方向看去。

下一刻，郁飞尘从怀中拿起盛放助燃粉末的白瓶。他把瓶身平放，瓶口朝外，猛地拔开软木瓶塞，深红的粉末瞬间如云雾一样腾起来。接着他把瓶子从上往下斜甩，所有粉末都从里面倾泻而出，被猎猎寒风刮着散往场中。

路德维希将先前那支蜡烛往前一递，郁飞尘接过，让火苗与漫布中庭的红雾相触。

亿万火花同时迸发，辉煌的流星雨轰烈落下。火焰以水晶床为中心向外席卷，如爆炸一般点燃了整个中庭。漆黑长夜里，太阳图腾焕发光芒，山巅绽开巨大的火焰花朵。

人们纷纷掩住口鼻。粉末呛进肺里，路德维希剧烈咳嗽起来，他咳起来时，就和安菲尔德完全重合了。郁飞尘回身，把陛下和灯灵——这两个脆弱的生物——一起扣在怀里，让他们尽量少吸入一些粉末。

炽烈火焰刹那间逼退了所有阴影怪物，也让四百支蜡烛迅速燃烧起来，烛泪像鲜血一样淋漓落下。很快，当所有粉末燃尽，昙花一现的烈火消失时，血红蜡烛也全部烧完了。

中庭处,所有光芒都熄灭,伸手不见五指。这世界的唯一光亮来自那条横贯世界的白线。

晦暗的世界里再次响起怪物的尖叫,漆黑的轮廓在几乎同色的背景下疯狂起伏,依稀能看见怪物挣扎着离开附身的躯壳,疯狂地追逐着那边的光线而去了。

中庭一时间只剩下几人剧烈的呼吸声。等呼吸声终于微微平复下来的时候,女王憔悴的声音响起:"所以,我们在这个副本的任务到底是什么?"

灯灵依旧没醒,路德维希还在小声咳嗽,郁飞尘没别的事情做,回答了她:"我的猜测,任务是三天之内阻止复生仪式举行,帮灯灵完成心愿。"

女王仍然有事情没想通:"可是 NPC 给我们发布了明确的任务。"

郁飞尘在心里微微叹气。或许,女王真的经历过很多个世界的历险,也属于一个强大的组织,她就像那种喜欢看攻略的资深玩家一样,喜欢把副本分门别类,分别掌握通关技巧。只是这终究是真实的世界,不是别人设计好的、永远有着无限可能的副本。

就像路德维希对茉莉说的那样,副本无法被概括为明确的几类。那些成形的经验最终禁锢了她。

"他发布给我们的根本不是真正的任务。"他淡淡地说。

话音落下,裘娜恍然大悟:"我知道了!"

她心脏因兴奋而剧烈跳动,语速极快:"女王、陛下、国王……这些人被请来,斗篷老人强迫他们帮忙找药材复活灯灵,查清真相,这可能根本不是你所谓的'通关任务',而是一个、一个……"

她绞尽脑汁寻找着可能的词,终于脱口而出:"一个背景剧情!"

郁飞尘"嗯"了一声。她说得对,被迫寻找魔药只是个背景剧情。只不过这逼真的剧情和大家习惯的副本任务实在是太相似了。而真正的通关任务隐藏在沉睡的灯灵的心中,只能由他们这些外来者探索得出。

这也是这个副本真正的难度所在。

裘娜醍醐灌顶,猛地拍了一下白松,继续道:"忙活半天,打工找错老板了!那个老东西根本不是导演,他只是个有剧本的配角啊!"

她说到气愤激动处,忍不住又狠狠拍了一下白松的背:"套娃了啊!不带这样玩的,这不是坑我们吗?气死了!"她骂了句脏话。

白松被拍得惨叫两声,但裘娜的话又让他觉得自己和她的语言体系有巨大的鸿沟,他完全不懂那些名词,只觉得最后一句话的用词不太文明。

他放弃了和这位战斗力强大的领主夫人沟通,转向郁飞尘,提出了涉及灵魂的疑问:"郁哥,你昨天也见到了灯灵本人。假如你那个时候把他给杀了,任务是不是就完成了?"

或许吧。

郁飞尘"嗯"了一声。

"可恶啊。"白松叹息说。

郁飞尘面无表情。如果能早猜出真相,他可能真的会提前结束灯灵的生命,也让对方免于痛苦的折磨,但是先前的信息量太少了,也就是今天阴影怪物穷途末路,暴露了太多关键线索,才让他彻底理出了真相。

女王不再言语。裘娜抬头望天:"天马上就要全黑,那些怪物全部追着光走了……假如现在我们杀了灯灵,能出去吗?"

郁飞尘:"按理来说,能。"

"那为什么还不动手?"

郁飞尘低头看怀里的人——虽然事实上什么东西都看不见。

看陛下对待灯灵那温温柔柔、恨不得代替对方承受痛苦的态度,恐怕不太想杀。

只听路德维希又咳了两声,终于止住了咳嗽。

"这个推理符合所有已知的事实,"他抬头轻声说,"但不到灯灵清醒的时刻,骑士长自己也无法确认它完全正确。"

郁飞尘心中颇有微词,想:这人难道还有更加正确的推理?那他洗耳恭听。

但路德维希的下一句话让他略觉满意。

"虽然我也认同他。"路德维希说。

路德维希看着灯灵,轻声道:"无人能完全布置好身后之事。他坠向烛台的那一刻,一定想起了一些未尽之语,我想听见他最后的愿望。"

郁飞尘握住烛台柄。血已经流了满床,烛台也将完全拔尽。灯灵呼吸不匀,正在将醒未醒的边缘,路德维希想听灯灵的未尽之语,而郁飞尘也有一件事想知道。

那件事他已经有了猜测,但还不能完全确认——灯灵想杀了自己,为什么却给路德维希留书说"我杀了神"?

他收紧手指向外使力,最后一截铁刺也离开了灯灵的身体。

灯灵剧烈咳嗽了起来。

就在此时,天空中白色的小点晃了晃,彻底消失。最后一线光亮离开了这个世界,远处怪物的嘶吼声忽然突兀地消失了。

彻底没有了光明,也就彻底没有了阴影。无须费力追捕或斩杀,那些残忍诡异的怪物就像失去了画布的图形一样,在这个世界凭空湮灭了。

这个世界上,只剩下无边无际的黑暗。

黑暗与寂静里,路德维希对白松说:"包给我。"

白松乖乖把装着他们全部身家的包递上,路德维希擦亮火柴,点燃了一支蜡烛,放在水晶床上。一缕微光在黑暗的世界里亮起,这次再没有阴影怪物来打扰他们了。

火光映亮了陛下沉静的面孔,红发灯灵咳嗽几下后,眼睫颤抖,然后缓缓睁开了眼睛。

他一眼看见了路德维希的脸,笑了笑,用极端虚弱的声音道:"路德……"

郁飞尘看到他湛蓝色的瞳孔已然涣散,或许再过一两分钟就会彻底没命。

路德维希说:"蜥蜴泪晶。"

他们当初有三颗蜥蜴泪晶,一颗交给了斗篷老人,剩下两颗则被郁飞尘收了起来。

斗篷老人曾经捧着蜥蜴泪晶陶醉地说自己感受到了复生的力量。这样看来,这东西就算没有起死回生的神奇功效,起码也有一定的医治效果。

路德维希动作自然,把身侧郁飞尘的剑鞘抽出来拿在手里,用坚硬的剑鞘敲下蜥蜴泪晶的一小块,把这块鲜红的薄片结晶递到灯灵嘴边。

看清这是什么东西后,灯灵虚弱地摇了摇头。

路德维希道:"未牺牲无辜之人。"

他将结晶再次往灯灵唇边递,这次灯灵接受了。连续服下几块结晶后,灯灵苍白的脸色恢复了一些,流血也止住了。

他没再继续服用,而是看向天空,道:"浓黑之幕已经彻底合拢了吗,路德?"

"合拢了,阴影中的恶灵已经全部消失。巫师试图炼制复生魔药来挽救你的生命，但没成功。"

灯灵微笑。

他是个漂亮的少年，有深红的头发和湛蓝的眼睛，眼角不像成年人那样长，显出灵动与俏皮，但此刻那湛蓝瞳孔中的平静盖过了那股孩子气的跳脱。

"路德，我不惧怕死亡，也不惧怕复生，只担忧他们将我变为失去神志的怪物。"他说，"谢谢你们。"

路德维希抚着他的头顶："我知道。"

湛蓝色的眼睛看过所有人，最后停在了郁飞尘身上："我知道你一定会陪路德来，很危险……但我只有你们这些朋友了，对不起。"

"没关系。"郁飞尘道，他又直截了当地问，"浓黑之幕究竟是什么？"

"我该为你们留下更多线索，可是来不及。"灯灵像个做错事的小孩一样低下头，然后，他说了一句话——

"那是我的影子。"

一时间，除郁飞尘和路德维希外的其他人都愣住了。

"人们从木头中发现火焰，创造出太阳以外的光明，就窃取了光明之神的一部分权柄，于是世上也多了原本不该存在的阴影。当阴影连成一片，就滋生了无穷无尽的杀人恶灵。

"我在路德的藏书里读到，出现有关恶灵的记载的同一年，广袤的大陆四周升起绵延不绝的浓黑之幕。三年之后，中央的高山上，一位大巫师建立了灯城，灯城找到了没有影子的灯灵。灯灵念诵特殊的祷咒，就能让浓黑之幕停止上升。

"我常想，灯城若真得到了光明神的旨意，为何我身为灯灵，却对此毫无感应，又为何……当我念诵祷咒时，总是觉得痛苦。直到我领悟了光明与阴影的联系，才明白灯城其实是阴影之神的辖地。阴影之神预料到……当浓黑之幕彻底合拢时，它和它的子民都会消失，所以才如此努力地寻找和保护灯灵。

"你知道吗，路德？光明灯城的人其实是阴影的信徒，而浓黑之幕却是光明之神保护世界的手段。这个世界荆棘丛生、黑白颠倒。"

浓黑之幕是光明之神保护世界的手段。

是啊，更强的光明只能带来更强的阴影，光明之神要想保护卡萨布兰免于恶灵的侵袭，就要让光明彻底消失。神将自己从世界上抽离，没有光的地方全是黑暗，于是卡萨布兰就升起了浓黑之幕。

对神来说，这可能只是一念转瞬，但对于人来说，浓黑之幕的合拢经历了数百年。

光明的反面是黑暗，所以要说浓黑之幕是光明神的影子，也有道理。

"我行走在阳光下时没有影子，那是因为……灯灵就是光明在人间的化身，正如灯城是阴影的化身。所以我能够阻止浓黑之幕的升起。

"我想说的，就是这些了。"

真相大白，灯灵说得没错。这世界荆棘丛生、黑白颠倒，表象和真相完全相反。

裘娜叹了口气："原来是这样。我真没想到，但你的子民……"

"所有人都死了。"灯灵平静地说。

然后他转向路德维希："路德，记得我们曾经讨论过的吗？"

"不要拒绝注定降临的毁灭，去接受终会到来的新生，路德。"灯灵握着路德维希的手，看着路德维希，目光却好像穿过了亘古的光阴，"我的所有子民都在苦难中死去，但终有一天，光明会重返卡萨布兰。人们再次诞生，也再次从木头里发现火焰。路德，日光之下没有新鲜事，只是循环往复，不要拒绝它，路德。"

路德维希静静地看着他，可烛光熠熠，倒映在他墨绿眼瞳里的时候像极了含水的波光。那烛光照亮他平静的面庞，再次映出他眼下的泪痣。

郁飞尘心想，他好像又哭了。

他会为了什么而流泪？

郁飞尘不知道，只觉得此刻的灯灵与陛下身上流淌着极为相似之物。那东西始于生，终于死；既慈悯，又哀伤。

"好了。"灯灵从床上起身，说，"在永眠之前，我带你们离开吧。"

夜色寂静，白衣红发的少年灯灵手持白烛，身旁侍立两位白衣女巫，带他们穿行过无人的幽庙。他一路走，一路滴落血迹，像一支燃着的蜡烛。

他们走到了灯城的大门口。

"我要用剩余的短暂时间，在这里留下能够长存于世的记号。等光明重新到来，新诞生的人若读懂它，或许就有了与我们不同的未来。客人，离开这里吧，我长眠于此，你们还有未尽之路。"

279

"路德，"最后，他轻声再唤，"不要拒绝注定降临的毁灭。"

郁飞尘站在门口，回望黑暗中持烛的灯灵。他微笑目送他们，好像真以为这些还是原本的朋友，又好像什么都知道。单薄的少年几乎撑不住华丽的白袍，却仍像个孤独的君主，守着王国的坟墓。

这世界的下一个轮回是否会到来？如果到来，会像旧世界一样愚昧残忍，还是如灯灵一般温柔平和？

他不知道，正如不知道身旁的路德维希为什么始终没有回头，又为什么流下了一滴真正的眼泪。

那眼泪流经右眼下的泪痣，在平静面孔上留下一道若隐若现的水迹，然后消失在了无边的夜色里。

下一刻路德维希面无表情地抓住郁飞尘的手腕，带他跨出了漆黑的铁门。

久违的系统音响起："逃生成功。

"请开始解构。"

明明才在这个世界度过三天，郁飞尘却好像和乐园阔别已久了。

随着系统音落下，灰色空间再度在郁飞尘身边展开，这次，灰雾构建出的是影影绰绰的灯城轮廓。

而和上次不同的是，他身边多出了一个白松。

白松："这是什么？"

郁飞尘："答题时间。"

"答题？"

郁飞尘把他拎到影像前，道："把副本里的来龙去脉给我说一遍。"

"哦。"白松应道。这孩子的好处就在于指哪儿打哪儿，十分听话。而郁飞尘觉得经过了女王、他，还有灯灵的轮番讲解，这个世界已经清晰无比了，但凡脑子斤两足够，都能解构得头头是道。

他倒也不怕女王在和他同时解构。首先，女王的智商不构成任何威胁；其次，哪一方能最终得到这个碎片世界，不仅要看解构进度，还要看谁背后的主神力量更强。

而那位乐园的主神，不是号称整个宇宙纪元里力量最强大的神吗？所以他就放心让白松来锻炼了。

白松清了清嗓子，开口："整件事情，要从光明之神和阴影之神讲起……

"这一代的灯灵,他很特殊、很聪明……他有很多好朋友、陛下、国王……他决定让一切在自己这里终结……就这样了。"

他说得还不错,逻辑尚算清晰,各种细节也没遗漏,郁飞尘偶尔补充两句,再把他的"可能""或许""说不定"修正成要么肯定要么否定的语气。

这样一通说完,郁飞尘又根据储藏室里书籍的内容补充了有关这世界的一些知识。

白松眼巴巴地说:"好了吧?"

郁飞尘觉得没好,交卷前还得检查一遍,于是又补充了几处边边角角的信息,最终道:"好了。"

系统道:"解构开始。"

接着,金色的光芒以几个关键节点为核心向外展开,迅速蔓延,很快就遍布了灯城的边边角角,整座灯城都几乎变成了金色。金芒停止扩展的时候,系统出声,不知为何,机械性的语调中多了一丝上扬。

"解构进度,98.5%,恭喜!"

98.5%,还不错。剩下那1.5%就是一些犄角旮旯的无意义信息了。

接下来的流程他已经很熟悉——创生之塔的力量接管。

"解构成功。"

金色光芒流溢,分别融进了他和白松的身体里。他觉得自己的身体和头脑又清明了许多。再然后,一颗缺了个角的蜥蜴泪晶凭空出现,飘浮在了他的面前。形状很清晰,还很眼熟,俨然就是被路德维希敲了的那颗。

另一个欢快的声音响起,他们面前同时浮现字幕:"守门人温馨提示,此次您的历险用时为目标世界三天,乐园十一钟。您的解构成绩为98.5%,超过了96.7%的乐园同行,非常优秀,请再接再厉!

"此次历险,您获得的奖励一:基础力量强化15%。

"奖励二:破损的复生泪晶(光明)。用途:修复当前身体的所有损伤,恢复到完美状态。使用方式:食用。有效次数:三。有效范围:通用。有效目标:通用。备注:非起死回生道具,无法修复致命重伤,无法复生已死亡对象,请知悉。

"守门人暖心嘱托,奖励得来不易,且用且珍惜!"

白松长长地"哇"了一声，说："郁哥，竟然还能这样，这听起来是好东西啊，就这么给我们了？"他又说，"这个括号里的内容，'光明'，是在夸我们吗？"

看来，他们用不杀人的方法得到的蜥蜴泪晶是光明的，而如果真用邪恶的方式获取蜥蜴泪晶，就会得到黑暗版心脏，药效必定有区别。

这部分字幕隐去，比较冷淡的那个系统音再度响起："请选择是否带回信徒。"

接着是欢快的系统音："守门人爱心提醒，世界千万片，乐园仅一个。此世界强度4，振幅7，安全性未知，选择信徒须向创生之塔支付十一万方辉冰石，并将其带入创生之塔第十层，进行记忆筛查与清洗，标价五万方辉冰石。"

这数值让白松麻木了。

"十六万方？"他掰着指头，"我之前就领了五片，郁哥，'片'和'方'是同一个单位吗？"

当然不是。

辉冰石有三个单位：片、块、方。"片"就是一块钞票大小的薄片；"块"则是个普通书籍大小的长方形块；至于"方"，用他比较熟悉的计量单位，是指1立方米。

明白两者的巨大差距后，白松因贫穷而绝望。

郁飞尘觉得他这种样子还挺好玩，于是没说出真相——十六万方辉冰石实属漫天要价，但对郁飞尘来说还不算什么。

随着守门人的"爱心提醒"，周围的一切重新浮现在他们旁边，只是其他人都是静止的，只有他们两个能动。

"选一个人当我们的队友吗？"白松说，"肯定是路德陛下啊！"

"他不是新人，有阵营。你不怕他是坏人？"

"怎么可能？"白松把郁飞尘拉到路德维希面前，撺掇说，"试试嘛，郁哥，钱算我欠你的！"

郁飞尘心想：你就不怕我真没钱吗？

但他还是被白松拉动，站到了路德维希面前。

定格的影像里，路德维希的眼睛是闭着的。远处微弱的烛光在他睫下投出阴影，先前流过泪的地方好像还残存微微的泪痕，像座精雕细琢的垂泪蜡像。

虽然隐约知道答案,但郁飞尘承认,自己在这一刻确实有所期待。

这人如果没有"不动弹"和"爱划水"两个缺点,会是很完美的队友。或许他再也不会遇到这么合心意的。如果可以……

但就是这一点期待让他微微冷了脸,他转身:"算了。"

"郁哥!你搞什么嘛!"

没搞什么,他不喜欢被拒绝,更反感期待落空的感觉,没必要去自找。

他不打算去问路德维希,结果身后传来声音,白松竟然自己上了:"陛下、陛下!"

郁飞尘转身,随着白松的喊声,路德维希真的缓缓睁开了眼睛,看向他们。

"陛下,您愿意跟我们走吗?以后一起。"

路德维希的目光和缓,他伸手揉了揉白松的头发,却看向郁飞尘。他好像在笑,眼睫微微弯起,很温柔的神情,但他对着郁飞尘,只说了一句话。

"再见。"他说。

意料之中的回答。郁飞尘没什么反应,语调平淡,直接说:"你在哭什么?"

"刚才吗?"路德维希一直看着他,神情依然温和,墨绿眼瞳中却流露出像轻烟一样的怅惘,"想起以前的事情了。"

郁飞尘不擅长安慰人,于是半晌没说话,最后只出来三个字:"别哭了。"

没想到陛下眼里还真浮现了微微笑意:"不会了。"

不错,他的安慰获得了第一次成功。

没能拉陛下入伙,白松很是失落,不过他很快想到了新的目标:"我觉得裘娜姐姐也很好,我去问问她。"

郁飞尘没什么表示,随白松去了,他和路德维希仍站在原地。路德维希道:"你觉得她会答应吗?"

郁飞尘:"不会。"

果然,听完白松的来意后,裘娜又问了些别的情况,最后摇摇头。

"我不会主动害队友,但那是在保证自己没事的情况下。不过你们也不是好欺负的人。"她说，"我和你们不是一路人，与其以后不愉快，不如现在各走一边吧。"

她叹了口气，也摸了摸白松的脑壳："这个副本教会我挺多东西，我自己先单打独斗一段时间吧。"

说罢她又看向郁飞尘和路德维希，洒脱地笑了笑："不过，交个朋友。你们是我认识的第一批人，万一以后再见面，还能忆往昔呢。"

郁飞尘："好。"

白松再度碰壁，垂头丧气："那……茉莉妹妹……等等，人呢？"

这时候他才发现茉莉根本没在门外，竟然还留在门内。

郁飞尘直接给系统说了一声："不选了。"

他们陡然落回实地，看向门内的茉莉。茉莉红着眼睛看着他们。

"我……不走了，可以吗？"她小声道，"这里，就很好。外面的世界……不是我能生存的地方。"

"你傻呀！"裘娜说，"这个世界连太阳都没有，你还能活几天？快出来啊。"

茉莉抿唇，依然摇了摇头："我出去，不也会死吗？还会死得……很难看，像学者那样。我就留在这里，给灯灵帮忙，帮他给下一代留下记录，后面的人就会知道光明和阴影的事情了。这样我还是个……有价值的人。"

灯灵微笑："谢谢你，女孩。"

茉莉低头，虽然红着眼睛，但仍露出释然的笑。

郁飞尘静静看着这一切。

每个人都有自己的选择，也就有了自己的命运。都结束了。

"永夜 49577 已完成。回归通道开启，10、9、8、7、6……

"本次历险结束，期待下次历险与您再见！"

最后一眼他看向了路德维希，正对上一对温柔的墨绿眼瞳。

看他的口型，似乎又说了一遍"再见"。

郁飞尘："再见。"

希望在下个世界里，这位毛病不少的陛下还能遇到他这种好人吧。

"3、2、1，欢迎回来。"